梁孟华 著

大河之东是故乡

梁衡 题

山西出版传媒集团

山西人民出版社

图书在版编目（CIP）数据

大河之东是故乡 / 梁孟华著． — 太原：山西人民出版社，2020.4

ISBN 978-7-203-11174-0

Ⅰ．①大⋯　Ⅱ．①梁⋯　Ⅲ．①散文集—中国—当代　Ⅳ．①I267

中国版本图书馆 CIP 数据核字（2020）第 003819 号

大河之东是故乡

著　　者：	梁孟华
责任编辑：	崔人杰
复　　审：	傅晓红
终　　审：	秦继华
装帧设计：	张镤尹
出 版 者：	山西出版传媒集团·山西人民出版社
地　　址：	太原市建设南路 21 号
邮　　编：	030012
发行营销：	0351-4922220　4955996　4956039　4922127（传真）
天猫官网：	https://sxrmcbs.tmall.com　电话：0351-4922159
E - mail：	sxskcb@163.com　发行部
	sxskcb@126.com　总编室
网　　址：	www.sxskcb.com
经 销 者：	山西出版传媒集团·山西人民出版社
承 印 厂：	山西出版传媒集团·山西人民印刷有限责任公司
开　　本：	720mm×1020mm　1/16
印　　张：	23.75
字　　数：	380 千字
印　　数：	1—3000 册
版　　次：	2020 年 4 月　第 1 版
印　　次：	2020 年 4 月　第 1 次印刷
书　　号：	ISBN 978-7-203-11174-0
定　　价：	78.00 元

如有印装质量问题请与本社联系调换

自序：大河之东是故乡

115万年前，地壳运动，陆地抬升，黄河的胎盘蜿蜒形成；105万年前，天造地育，自然运动，黄河水系雏形初具。

10万年前，万溪汇聚，浩荡成势，黄河以"天行有常，不为尧存，不为桀亡"一条东方龙的姿态大浪奔涌，横贯华夏！

大浪淘沙亿万吨，岁月流殇几千年！

浩如烟海的历史典籍被一双沧浪之手洗得发黄。《山海经》称黄河为"河水"，《水经注》曰黄河为"上河"，《汉书·西域传》呼黄河为"中国河"，《史记》中喊黄河为"大河"，西汉叫黄河为"浊河"；到了唐宋，这条古老的河流才正式冠名为"黄河"。

这条流光耀金的河流，从青海省的巴颜喀拉山脉出发，裹挟着华夏民族5000年的忧患苦难，"哺乳"着迁徙发展中的黄色文明，以平均流量每秒2571立方的豪迈之气，5464公里的起伏曲线，75万平方公里的壮阔流域，4480米水面落差之势，耸千尺浪，扬万里涛，狂卷骤涌，飞金溅黄，如万马奔腾，似百狮怒吼，若百虎啸山，日夜不息，桀骜不驯地奔腾着，以大写的"几"字辗转流经青海、四川、甘肃、宁夏、内蒙古、陕西、山西、河南及山东9个省区，穿越不同境域，汇聚万千气象，或开张，或窄流；或越野，或穿峡；或湍急，或舒缓；或大潮，或微澜……以华夏文明汩汩涌动的根祖血脉跌宕起伏地奔向渤海。

我们有幸，土生土长在晋陕豫黄河"金三角"的大拐弯处，一个名叫"大河之东"的地方。苍茫天地间，悬浮一片土，这片土地上的人们，啜饮着一道被黄土地染黄的河水……这个地方，因为母亲河的青睐有加，一个极其温柔的臂弯绕过，便亲切地揽住了华夏文明繁衍生长的祖庭。

鸟瞰河东大地，突兀隆起的中条山接天连地，绵延起伏，以坚如磐石的粗硬线条擘画着170公里长的晋南风骨；一路向东的大河浩浩汤汤，鱼跃鸢飞，以怀柔两岸的万般柔情迤逦展开；再加上一轮冉冉升腾的巨大红日，辅之以两岸生生不息的繁衍，与条山、黄河交相辉映，一幅全景式的"大河之东"立体画卷延展开来。

站在中条山上向西望去，大河岸边，一群茹毛饮血、践草为径的西侯度人，一不小心点燃了人类第一把圣火，一道文明的光焰迅速划过了天地玄黄的大河之东，光明洞达，烛照幽微，华夏祖庭的"大门"轰然打开。从这道大门鱼贯而出的是盘古开天辟地、女娲炼石补天、炎黄二帝大战、三皇五帝赓续……

徜徉在河东大地听取蛙声一片，华夏母亲，用一河乳汁，两岸爱意，汹涌着，拍打着，浸润着我们家乡土地上的每一寸肌肤。她赐予了她的子女们万兽丛林中狩猎时的勇气，风口浪尖上捕鱼时的智慧；日夜流淌的黄河水催生了这块土地上高粱红的红，玉米黄的黄，棉花白的白，滋养着我们故乡的万物生灵，造就了夸父追日的神话、精卫填海的壮举、风后造指南的传奇……

黄河一泻千里，恣意汪洋地涤荡着河东大地上的一切污泥浊水；黄河敞开胸襟，倾其所有地哺育着拐弯腹地的河东子民，雄浑与温柔交织成了大河之东永不服输的灵魂。

若说，中国是当今世界上唯一仅存的文明古国，那么大河之东便是这仅存文明古国的不可断裂的主根系。当两河文明(幼发拉底河和底格里斯河)曙光初现,古希腊的哲学家在爱琴海边思考,印度的哲学家在恒河岸边打坐,我们的尧舜禹已在黄河岸边摇着牛鞭,唱着牧歌,耕种田园。于是,在这1.4万平方公里的河东大地上,涌现出了华夏文明史上的一系列大咖,制造出了华夏史上的无数个第一。后稷稼穑,播撒下中华民族五千年农耕文明的第一粒种子;舜耕历山,开垦出了中华民族得以繁衍生存的第一块荒地;嫘祖养蚕,缝制出了维天有汉,维汉有衣的第一件华夏之服,让"黄帝、尧、舜垂衣裳而天下治";禹凿龙门,中流击水,河津渡口举起了开山劈石的第一斧;傅说版筑,夯土筑墙,古虞大地建起了中华民族第一屋……

猎猎南风中,是谁拨响了盐池岸边古老的琴弦?洪波涌起中,是谁唱响了后土祠中《秋风辞》韵2000年?大河之东站在迸溅喧嚣的激流上,站在悲怆激越的蒲州梆子里。这一站,就是5000年。

舜都蒲坂,履至尊而制六合;禹都安邑,临黄河而天下治。看,古绛大地,风卷战旗如画,重耳扬鞭,剑指天下,吞齐灭楚,当一回春秋霸主;看,普救寺里,西厢屋顶月似水,梨花院落鸟朦胧,张生和莺莺执手相看泪眼,谈一场有情人终成眷属的旷世绝恋;看,鹳雀楼上,王之涣凭栏远眺,目及黄河落日,思接万里东海,笔浸一河诗情,豪濡天边流云,留一首震古烁今;看,春秋楼上,忠义冠绝古今,智勇充塞天地,关二爷秉烛读《春秋》;看,永乐宫里,祥云缭绕圣地,教化天下人心,吕洞宾终成正果,做一回道教神仙……

一浪又一浪的黄河水,淘洗了一代又一代河东人,一代又一代河东人把血脉喷涌成黄河的壮丽,把骨肉凝结成条山的巍峨。不由分说的狂飙,吟唱出无尽的悲欢离合。就只为多年以后,河东儿女们能够如此快哉地在河东大地上幸福地生活:南山脚下摘棉花,涑水岸边种玉米,条山脚下剪花椒,峨眉岭上割麦子,后稷山上收板枣,潞村城中忙运盐,解州镇上吃泡馍,安邑集上喋凉粉,古魏大地看高台,凤凰城里听梆子……晨起,听"关关雎鸠,在河之洲"的诗经传唱;黄昏,看渔舟唱晚、大河之东的星空美景。

"子在川上曰:逝者如斯夫!"大河之东的两岸风景在浊浪排空中世道轮回:苍黄之浪早已冲走了"春秋五霸",湮没了"战国七雄";千年涛声,早已倾覆了夏商王朝,淹没了秦汉宫殿。狂风漫卷,吹散了多少汉风遗韵,勾走了多少王公魂魄;时光荏苒,让多少能臣骁将饮恨,让多少才子佳人消殒……

就这样,我们从风陵汉子背冰晾膘的匼河中走来,从临猗汉子扎马角向天祈雨的满脸鲜血中走来,从平陆大山皱褶深处生活了几千年的地坑院中走来,从父亲劳作长眠的一亩三分地里走来,从浩浩荡荡轰轰烈烈的大河之东走来,从风风火火欢欢喜喜的大河之东走来,从吹吹打打哭哭啼啼的大河之东走来,从潮起潮落沉沉浮浮的大河之东走来,从黄尘滚滚你来我往的大河之东走来……

走来,留住自己,留住故乡,留住历史长河的一抹浪花,留住"大河之东"的一页故事!

目 录

华夏是一本书…………………………………001
华夏是一杯酒…………………………………004
一碗滚水泡馍岁月长…………………………009
云长兄:别来无恙……………………………013
胡基 曾盖起了一个河东……………………025
河东腊月………………………………………031
人到中年好好活………………………………035
父亲的江湖……………………………………039
"装蒜"的人生…………………………………042
天地间:母亲坑我……………………………048
挥手2016 不带走你的分分秒秒 …………056
酸枣吟…………………………………………059
假若相逢在河东………………………………061
运城 终归是英雄的故乡……………………063
王之涣:河东真爷们…………………………066

今宵无月与谁酌…………………………069
仰望历史的星空…………………………072
故乡 就是一场露天电影 ………………075
煮壶端午念屈原…………………………079
故乡中秋味最长…………………………081
挥手揖别故乡的绝唱……………………084
一场感冒引发的战争……………………089
大河澎湃万里流…………………………091
河东霾又来………………………………093
雪落花未央………………………………096
一湖秋色映芮城…………………………098
桌子腿下的文学…………………………101
稷山 是一棵千年的枣树 ………………104
河东桃花正怒放…………………………107
父槐………………………………………110
话说运城枣叶茶…………………………113
我爱你 我那修理地球的父亲 …………116
谁能耐住我笛子的噪音…………………122
远志 我的白球鞋 ………………………124
清明遥寄介子推…………………………127

三月河东春满怀……………………………129

月上柳梢头　故乡何处是……………………132

回望当年那本书………………………………134

河东年味滚滚来………………………………136

赛妈　走好……………………………………139

聆听新年的钟声………………………………141

等你　大约在冬季……………………………143

霜染河东柿子红………………………………145

牵着母亲的手散步……………………………148

秋色壮河东……………………………………151

最爱河东柳……………………………………152

乡下母亲一小孩………………………………156

阴天儿里最少年………………………………159

回望南唐一千年………………………………161

朋友圈的江湖…………………………………165

晋南"打响盆"…………………………………167

我是孔乙己……………………………………170

七夕　二哥终于走上了幸福鹊桥……………177

人生苦短　不要等永远 ………………………181

问道老子………………………………………184

走 到锁爱家吃饺子 …………………………189

昨夜走进风兼雨……………………………192

村头布谷又声声……………………………195

母亲节的一笔"流水账"……………………197

谢你了 狗日的贼……………………………200

雨水 新春最好的祝福………………………202

年近了 心慌了………………………………206

揖别2017 后会无期…………………………209

男人四十的江湖……………………………212

母亲的江湖…………………………………216

少年江湖……………………………………220

拥抱冬日不觉寒……………………………223

关公磨刀雨纷纷……………………………226

说说门阀政治………………………………228

撒一把鱼饵钓人生…………………………231

逃往乡下去听雨……………………………234

不容易………………………………………236

蝉兄 欢迎指导………………………………240

我走呀………………………………………242

抱愧了 故乡的"盘盘花"……………………246

我以"八点子"的名义说说"二杆子"…………248
我以春联的名义向新年祝福……………252
怀念鲁迅……………………………………258
我的豆花姑娘………………………………262
今秋 有只螳螂来看我 ……………………265
黄豆在秋天出征……………………………267
当人生撞上理发期…………………………270
叶落唐诗起 风响宋词来 …………………273
俯拾岁月的麦穗……………………………277
惊蛰 那一声雷 ……………………………281
爸爸,您在天堂还好吗……………………283
静坐一窗秋雨………………………………288
人生是个蛋…………………………………290
那年我去交公粮……………………………292
以清明的名义,下一场思念的雨 …………295
柿子红了 照出农人的模样 ………………297
猪年的告白…………………………………300
今夏河东无蝉声……………………………303
"南征北战"卖冰棍…………………………306
鸟事三章……………………………………310

天下最大的杯 应该是世界杯 …………316

运城从来未输…………319

凉山未凉 英雄未死 三十儿郎在庙堂 ………322

致敬金庸…………324

河之东 一个磅礴时代的文学"检阅" ………327

写自己的文章 让别人骂去吧 …………330

河东飞雪吊宗元…………333

带着老妈看红叶…………339

"中国式"吃得开…………343

把孔乙己老师的账还了吧…………348

11.11：这"四个光棍"还能走多远…………352

裸奔吧 哥们…………355

慷慨悲歌向灶台…………360

我爱河东这片土地…………363

华夏是一本书

华夏是一本书!

华夏是一本从远古开始,在东北亚地区发行,大开大合持续影响全世界的皇皇巨著。

华夏是一本由炎、黄两帝饱蘸黄河之汁,吸足长江之水,泼墨挥毫共同命名为"华夏民族"熠熠生辉的历史传奇……

华夏是一本由三皇五帝作序,以历史发展走向为主线,各个朝代起承转合为目录,以长城、泰山、东方龙等中国印为插图,56个民族集体创作的上下五千年,纵横千万里,气象恢宏,阅之不尽的沧桑大书。

这本书,从人猿揖别,西侯度人类第一把圣火烧起,那文明的曙光就照亮了这本书的扉页,从结绳记事到仓颉造字开始,我们民族故事的讲述就开始在甲骨上篆刻诉说,我们民族兴衰的表达就开始在青铜器上熔铸刻画、我们民族苦难的记载就开始在竹简木牍上以刀为笔刻骨铭心;我们民族文明的传承就开始在帛书纸张上书写印刷,而我们每个炎黄子孙都是那《三坟》《五典》《八索》《九丘》最早的中国古书发黄扉页里面的一排排汉字小楷。

岁月不居,斗争不止!在中华民族的轴心时代,在"春秋五霸"频频发动战乱,"战国七雄"燃起熊熊战火,陈胜吴广揭竿而起,楚汉争雄兵戎相见的特殊时期,为华夏民族精神的浴火重生、凤凰涅槃缔造了一个波澜壮阔的转型时代。在血雨腥风,江山更替中,诸子百家如雨后春笋般地应运而生,各种流派的思想相互激荡,百家争鸣的先声回响中华大地,百花齐放的

大河之东是故乡

光芒辉映于东方,于是便有了西伯拘而演《周易》;仲尼厄而作《春秋》;屈原放逐乃赋《离骚》;左丘失明厥有《国语》;孙子膑脚修列《兵法》;不韦迁蜀世传《吕览》;韩非囚秦,始有《说难》和《孤愤》,司马迁宫刑愤而作《史记》。

一本本大书,一组组传奇,一章章绝唱,一声声呐喊,在废墟上勾勒,在战火中酝酿,在金戈铁马中素描,在苦难辉煌中写就。既是横亘在中国文化史上的一座座巨著高峰,也是流淌在华夏960万平方公里大地上的一条条汹涌澎湃的文明河流。每一本书,都是一座座峰回路转的中条山、华山。或壁立千仞,危岩高耸;或云蒸霞蔚,幽深奇险,等着我们去攀越,去探索。每一本书,又都是一条条奔竞的黄河、长江。或波平水阔,千帆竞远;或水急流湍,鱼跃鸢飞,经天纬地,通古接今,等着我们苦作舟,去遨游。

在这样的皇皇巨著面前,我们的赵家皇帝旗帜鲜明地提出了"书中自有千钟粟,书中自有黄金屋,书中自有颜如玉,男儿若遂平生志,五经勤向窗前读"的读书观。苏轼曾立志"发愤识遍天下字,立志读尽人间书",杜牧曾兴奋地提出"杜诗韩集愁来读,似倩麻姑痒处搔",杜甫坚定地认为"富贵必从勤苦得,男儿须读五车书"。为了窥书山之巅的民族风光,为了探学海深处的历史容颜!为了知识改变命运,为了齐家治国平天下,我们中华儿女的阅读之风从未中断停止,我们华夏先贤的阅读精神一直绵延流长,书香门第遍布九州,耕读传家并肩而行,有条件的汗牛充栋,秉烛达旦,读万卷书,行万里路;没条件的到屋顶上借月赏读,在雪地里以雪映读,在壁墙上凿光偷读,还有韦编三绝而读,圆木警枕而读,牛角挂书而读,高凤流麦而读……李清照爱书而成癖,袁枚读书如吃饭,闻一多读书就"醉",鲁迅看书成痴,朱自清当衣买书……

华夏这本书含英咀华,当你用心去阅读,你就会蓦然发现,书之大美,非读无以窥其貌!掩卷沉思,伏案细品,孔子之著如春风和煦而温暖,孟子之说如夏雨热烈而强劲,庄子之言如秋叶淡泊而悠远,老子之教如冬雪晶莹而博大……阅诗经,古雅简洁,以少胜多,情貌无遗,读之可明道;读楚辞,想象独特,文字沉郁,感情激奋,读之可养志;诵汉赋,文字汪洋,感情恣肆,气势恢宏,读之可盛神;背唐诗,大气瑰丽,意境高远,气象万千,读之可立魂;吟宋词,清婉精雕,文字清丽,大美天成,读之可洗心;唱元曲,回肠荡气,文字激越,摇曳多姿,读之可通灵……还有明清小说,四大名著,阅之拍案,读之动容,深读热血奔涌,细品如饮陈年佳酿,如沐三月柔阳,如赏春日百花,如观中秋满月……

只有阅读,我们才能重新审视华夏民族的年轻模样;只有阅读,我们才能重新领略我们民族母亲的沧海桑田;只有阅读,我们才能不断体验自己无法拥有的厚度,不断追求自己难以企及的高度,不断感知遥远历史的温度,不断汲取民族灵魂的素养,不断培育自己的民族气质,不断塑造自己的民族性格,不断树立自己的民族信仰……从而不断地调校着我们民族的历史走向和我们每个人的人生航向。五千年灿烂文明,离不开浩如烟海史册文献的承载;华夏文化的灵魂"密码"离不开汗牛充栋古籍典本的破译。正是因为我们拥有薪火相传的阅读基因,正是因为我们拥有孜孜不倦的阅读精神,才使我们民族一路伴着书香从无知走向成熟,从野蛮走向文明,从积弱走向富强。

华夏是一本书,值得我们每个人去终生阅读。值得我们每个人、每个家庭、每个城市,乃至整个民族进一步夯实高贵的阅读信仰,以梦想不打烊,阅读不停止的精神,共同建设"书香社会",让氤氲书香遍布华夏,让朗朗之声萦绕神州。

大河之东是故乡

华夏是一杯酒

  自盘古开天辟地始，在那华夏寂寥深远的天空，酒旗之星便熠熠辉映于天岳；自三皇五帝时，在那鲸吸飞觞痛饮处，酒泉之液便汩汩涌流于夏商。于是，当我们透过云卷云舒，日月旋转的当口，抬头仰望悬挂于历史上空的那一把长满绿锈的铜壶，俯首凭吊于恣意汪洋在神州大地上那一杯沧海横流，我一下子就醉倒在华夏母亲的怀抱……

  若说岁月是一杯老酒。那么让我们采一把巍巍昆仑之冰雪，舀一瓢澎湃长江之清冽，敛一朵滔滔黄河之浪花，接一滴青藏屋脊之天露，撷一轮雄伟泰山之日出，抓一把灿灿晋南之小米，让仪狄勾兑，让杜康酿造，发酵五千年沧桑作酒醪，酝酿九州之五谷为秫酒。

  若说历史是一条河流，那么她昼夜不息，浩浩东逝，大浪淘沙，鱼跃鸢飞，"惊涛拍岸，卷起千堆雪"的不仅有浊浪排空，还有那醉倒乾坤，氤氲着历史传承的浓烈芬芳，翻飞着华夏文明的美丽酒花。

  若说历史是条壮汉，那么他仰脖一饮，吸进的不仅是三山五岳之玉露；饮尽的还有五湖四海之甘霖。这一醉便是上下五千年，他醉意微醺地扶着时光之墙角，懵懵懂懂地穿过史前文明之野径，跟跟跄跄地跨过三皇五帝之门槛，跌跌撞撞地踩过殷商废墟之瓦砾，刀光剑影地越过春秋战国之狼烟，逶迤曲折地走过秦砖汉瓦之恢宏，血脉偾张地泅过唐诗宋词之长河，吼着京剧，喊着秦腔，抵达明清至今的不朽绝唱……

  华夏酒坛一旦开封，地无分东西南北，人无分贫富贵贱，中国便是酒的故乡，浓的烈的都已渗透到历史经纬纵横交错的各个神经末梢，犹如生命之密码,悄悄锁定在炎黄子孙的民族基因里。觥筹交错中,无论是帝王将相笙歌欢宴,还是才子佳人聚散离合;无论是侠客壮士仗剑天涯,还是文人墨客浅唱低吟;无论是江湖恩怨爱恨情仇,还是贩夫走卒婚丧嫁娶,莫不藉酒登场。哭之笑之,爱之恨之,毁之誉之,却从未弃之。纵使夏禹禁酒,商出《酒诰》,也无法阻止天下人"三杯通大道,一斗合自然"的豪饮气势。于是"饮必祭,祭必酒","百礼之会,非酒不行"引领着我们华夏同宗,以天为幕,地为席,一醉五千年:或皇帝祭天以宗庙,或百姓祭祖以草堂,或将帅出征以祭旗,或英雄歃血以为盟,或寻酒肆于杏花村,或把盏于岳阳楼,或举杯于古赤壁,或醉里挑灯看剑,或摔杯于菜市口……于是,这杯酒便以波涛汹涌之势,不可阻挡地书写着华夏民族一路跌宕起伏的历史风情画卷,勾兑了的、发酵了的,裹挟着猎猎酒风的华夏文明由此芬芳四溢!

"杯小乾坤大,壶中日月长。"说她柔和,因为她入口绵软,飞扬奔放,激情四射;说她刚烈,因为她是舌尖上的精灵,火爆风行,雷霆万钧;说她智慧,因为她在喉间逗留,感性灵敏,张弛有度;说她直白,因为她绕肠三匝,是腹中的舞蹈,上劲过瘾,解味知醉。一杯酒,凝聚着天地岁月、沧海桑田,或荡漾着春色无限、万种风情;或涌动着波诡云谲、凶险无边;或埋伏着甲兵百万、玄机暗藏;或激荡着义薄云天、忠贯日月;或昭示着权谋智慧,颠覆乾坤;或折射出万邦来朝、大国气韵;或吐露着凡夫俗子的酸甜苦辣……无论是庙堂之上,还是草野之间,无论是羽扇纶巾,还是荷锄扶犁,无论是啸聚山林,还是披甲执锐,一旦举起这一杯清圣浊贤,可使沉迷者,坠其志,毁其身,夺其命;可使无畏者,淬其胆,坚其心,敢赴死;可使忠诚者,彰其节,明其操,忠其志;可使统筹者,起甲兵,夺城池,谋万世……

酒是贪欲的火,荒淫无度间,一杯酒足以焚毁一个王朝。当我们因循着悠悠远古飘来的一缕酒香,久久徘徊在殷墟的废址,仿佛仍能听到浩浩酒池里放浪形骸的嬉闹,似乎仍能看到广阔肉林间男女全裸的表演……这一杯酒腐化了纣王思想,堕落了纣王精神,终使其纵身火中一跃,大商王朝也随之顿成瓦砾。当我们世俗的目光穿越骊山秀岭之上,当我们内心的好奇诠释在烽火台之间,当我们唏嘘万千,就着远古缥缈的狼烟、褒姒媚人的娇笑、周幽王悔恨的泪水下酒,酒未入口,我们的思绪便已出发,三千年的过往已经抵达。当周幽王醉意微醺,为了博得美人一笑,一把烽火,不仅戏弄了天下诸侯,也使西周的数百年基业化为一缕青烟随风飘逝。

　　酒是战争的媒介,言语不和间,一杯酒足以引来一场战乱。酒是兴国的良药,卧薪尝胆间,一壶酒足以颠覆春秋时局的瞬息万变。春秋伊始,华夏纷争,旧的秩序被打破,新的秩序未建立,天下大乱,乱得精彩纷呈,乱得波澜壮阔。正是在这个宗族公社开始消解、中华民族雏形形成的关键时期,正是在中华民族精神凤凰涅槃、浴火重生的伟大时刻,我们的"战国七雄、春秋五霸"正是在这兵戎相见、和睦与争斗、团结与分裂、兴盛与衰亡的一幕幕震撼人心的历史活剧中竞相登台,纷纷亮相。而他们的理想与信念,智谋与胆略,生死与荣辱,决裂与联盟,攻伐与征战,铁血与柔情,又怎能离开一觞美酒去点燃,去鼓舞,去叙说,去歌唱,去激荡,去壮怀……且不说楚宣王因不满鲁恭公无礼傲慢而联齐制造的"鲁酒薄而邯郸围"的事件。单说"壶酒兴国"就足以成为春秋之传奇。越王勾践卧薪尝胆的故事可谓是青史流传,但在他雪耻复国中还有一件"神兵利器"至关重要,那就是酒。他为了把增加人口当作兴国方略第一要务,曾史无前例地出台了以酒奖励促进生育的国策:女子十七不嫁,父母有罪。男子二十不娶,父母有罪。只要生孩子,公费医疗全包,不用任何保险。生男孩,奖二壶酒,一犬;生女子,奖二壶酒,一豚。经过十年休养生息,越国在美酒的滋润熏陶下人丁兴旺,粮库丰盈,兵精马壮,上下同心,上演了一出"壶酒兴国"的千古绝唱……

　　酒是谋略家设局的诱饵,推杯换盏间,一场酒局足以改变历史的走向。秦之末期,万里长城摇摇欲坠,江山社稷日薄西山。在天下各路英雄纷纷讨伐秦国的时代洪流中,项羽横空出世,曾以破釜沉舟之壮举在各路诸侯中赢得了反秦霸主无可撼动的地位。然而,仅仅因为一场"鸿门宴"失算的酒局,而使当时比较弱势的刘邦得以成功脱险,实现了华丽转身,不仅开创了历史上第一位布衣天子走上当时中国璀璨夺目的政治舞台中心,而且铺启了大汉王朝四百年的史诗画卷。相对于人人看好的项羽,给他留下的不仅仅是华丽丽的摔倒,乌江滚滚泪水的悲伤,"垓下歌"的凄凄惨惨;还有"霸王别姬"——东方《哈姆雷特》式的舞台演绎……

酒是英雄手中的剑，举杯放箸间，一杯薄酒就可动山川，定乾坤。酒在古时只因"能解愁，亦能克敌"，古称"酒兵"。因此，只要岁月不回头，只要杀伐不停止，旌旗招展中，刀光剑影里，"酒兵"又怎能缺席？故而，在历史滚滚红尘中，帝王的手、将军的手、谋士的手，纷纷举杯，酒是一杯接着一杯干，酒局是一场接着一场摆。随着觥筹交错，酒热正酣：曹刘"青梅煮酒论英雄"，天下风云尽在举筷下箸间；赵匡胤"杯酒释兵权"，中央集权只在杯中见底时；朱元璋"以酒试群臣"，整治吏治只在"四菜一汤"庆生时。还有刘章监酒斩吕党、关羽温酒斩华雄、周瑜醉酒骗蒋干、张飞诈醉诱张郃、张飞酒醉笞曹豹、淳于琼醉酒丢乌巢、诸葛亮挥泪斩马谡、武松三碗不过冈、鲁智深倒拔垂杨柳……

"大雅文章拼命酒，坎坷人生断肠诗。"酒是文人手中的笔，酒是笔尖流淌的墨，举杯豪饮时，一个个"圣人""诗仙"瞬间即至；墨汁四溅时，一座座文脉巍峨而起，一首首遥远的绝响交替传来……泛舟浩如烟海的古籍典本、苦攀史诗长卷的艺术高峰，非酒无以致高远，无醉怎能达圣境。随手翻阅一部泛黄的《诗经》，短短三百余篇文章，其中有酒的就占了三十篇。特别是四大名著，更是无酒不成书。《红楼梦》中，写到饮酒，极为雅致，盏盏风花雪月，杯杯吟诗作对；《三国演义》里，酒表现为一种"谋"的形态。书中以酒谋事的情节多达28次，酒在"三国"中，竟然成了政治家、军事家、官僚政客手里的一种另类武器。在《水浒传》中，则表现为一种"勇"的形态，众兄弟相见时要喝接风酒，送行时则饮饯别酒，出征时需吃壮行酒，胜利后更得喝庆功酒，就连谨小慎微的宋江，几杯酒下肚，竟也敢在望江楼上题写反诗，……在酒香四溢中，屈原喝出了《楚辞》，李白喝出了"诗仙"，杜甫饮出了"诗圣"，"举家食粥酒常赊"的曹雪芹喝出了《红楼梦》；曲水流觞中，王羲之喝出了传世经典的《兰亭序》，欧阳修喝出了《醉翁亭记》，草圣张旭喝出了《古诗四帖》；文君当垆喝出了《凤求凰》，郭暧"醉打金枝"喝出了夫妻恩爱，奉旨填词的柳永不仅喝出了"慢词""白衣卿相"，而且喝出了死后"乐游原上妓如云，尽上风流柳七坟"的千古悲壮……

借用苏轼酒后的一句醉话："大江东去，浪淘尽，千古风流人物。"然而，酒可承前，亦可启后。五千年的酒河从未断流，又怎能淘尽天下英雄，醉倒真正风流！仰望当代文坛,郁达夫:"曾因酒醉鞭名马,生怕情多累美人";梁实秋:"花看半开,酒饮微醺";林语堂:"饮酒有助于人类的创作力";回望长征路上,吴起镇红军"茅台洗脚疗伤"成佳话;刘伯承与彝族领袖小叶丹在海子里歃血为盟闹革命……

悠悠酒风,煌煌神州！沧海横流,方显华夏本色。让我们擎一杯沧海,祭奠五千年沧桑;让我们斟一杯祝福,致意遥远的未来！

一碗滚水泡馍岁月长

滚滚长江东逝水,一碗滚水泡,淘尽多少农村父辈。狼吞虎咽卷席空,粗碗依旧在,不见桌边人。青葱顽小田埂上,惯看春播秋收。一碗滚水泡,落入英雄肚。多少桑田事,都付笑谈中。

滚水泡馍,用晋南话就是开水泡馍,几乎和我们现在城里的方便面等同,甚至比方便面更为方便。为了抢时间,赶进度,不误农活,刚从广袤无垠田地间下来的父兄们,来不及拍土,等不及洗手和擦汗,便梁山好汉般地坐在"低桌"旁,大喝一声:"娃他妈,端饭来"。同样因忙于田间事务而无暇顾及灶头的母亲们,便"店小二"一般,很豪迈地起(取)出一只只粗糙大碗来,摆出一碟或者几碟小咸菜,端出几个或黄或黑或白的大馒头再加几暖水瓶的开水伺候着!父兄们便迫不及待地用粗糙的大手掰开粗糙的馒头,放入粗糙的大碗中,连同家的责任吸吸溜溜地吃入粗糙朴素的胃中……

凡是在农村长大的孩子,几乎没有没吃过"滚水泡馍"的。在吃的同时,难免耳畔响起"革命教育伴奏曲":看看某某某家的娃,因为在城里工作,吃得开,混得好,天天吃香的,喝辣的,油水多,看看人家那方脸大耳还有将军肚,走到哪里都气派!你不好好学习,将来考不上大学,端不上国家铁饭碗,吃一辈子牛屁股,吃一辈子滚水泡馍……

于是,在爷爷、奶奶、爸爸、妈妈的"泡馍"生涯中,我的青葱岁月也是被

"泡"大的！从小学、初中，直到高中。妈妈用蓝绿相间格格粗棉布拉成的大袋子始终伴我左右，不离不弃，那袋子很大，足足装得下12个大馒头，一只大青洋瓷碗，一罐头瓶内很瓷实的"芥菜、红薯干、辣子炒葱或酱豆"。那布袋经常垂在我的屁股上，与我一起摇摇摆摆地和同村孩子，三个一群、五个一伙地嬉笑着，打闹着，沿着乡间小路奔向儿时的学堂。取来的馍馍是要放在寝室里，那时的寝室中间是一个过道，两个大通铺南北相对，一个通铺可容纳20人，一字排开，各人在自己铺盖的墙上面钉个大铁钉，挂好自家的馍袋。那时一袋馍一瓶菜要完成3天的光荣使命，不能吃得太快，太快了容易闹"饥荒"，剩下一两天的日子清水寡汤不太好熬；吃得太慢又容易发馊浪费。所以，一瓶菜和七八个馍得巧妙安排，科学布局。每逢星期一或星期三便是取馍的日子，一旦放学铃响，同学们便潮水般地涌出教室，跑向寝室，拿着空瘪的袋子回家取馍。等到下午上学的时候，莘莘学子便从附近四面八方的村庄又背着馍袋潮水般地涌来，蔚为壮观……

那个年月，真如路遥《平凡的世界》里孙少平的生活再现：每月开水灶7分钱，食堂免费"溜馍"，除了偶尔喝些灶上的米汤，吃些灶上的面食外，大多时间都是开水泡馍。都是农村孩子，谁也不笑话谁，从食堂领回自家馍，把洋瓷碗或罐头瓶一字排开摆放在炕沿上，场面盛大犹如农家母亲爱心展览会，从馍的黑白程度，菜的油水多少，荤素成分的比例，条件好的差的立判分明。大家或站在炕下，或蹲在掀开铺盖的炕上，端着"青水白玉汤"，把馍掰开揉碎放进去，夹几根芥菜或腌的韭菜放进去，美其名曰：青龙过江；或放几勺鲜艳的葱花进去，戏称：牡丹花开或雪中腊梅。不管怎样，只要看着飘在上面油花的星星点点，我们便异常开心！你夹我一筷子菜，我吃你一块馍，谈论着女生，评价着老师，议论着考题，就着"xyz"、勾股定理、唐诗宋词、物理定律、化学方程式，连带清贫的青春岁月，一碗碗开水泡把一个个农家子弟送进了一个个高等学府。如果不信，你可以闻一下，无论他们当多大的官，混得再好，吃得再开，一个饱嗝，满嘴都是咸菜开水泡馍味儿……

水煮春秋，农村的岁月更是用"滚水泡馍"泡出来的。无论春夏秋冬，无论田间地头，无论堂前屋后，只要有劳动的场面，只要有汗水的流淌，便

有"滚水泡馍"的市场。春季,百花盛开,破土开犁,一个鞭花炸响,一幅春耕图便徐徐展开！新土一旦如浪花般在田间翻卷开来,一个老农的梦想便笑靥如花,闻着大地的气息,即使过了饭晌,又怎么舍得离开。于是,老牛在田间吃草,老农在地头就餐。一碗滚水泡馍,一碟油辣子过后,如神力倍增,老牛步伐轻快,老农干劲更足！夏季,五黄六月,绣女下床,为了抢收三夏,确保小麦颗粒归仓,"滚水泡馍"成为夏收战斗中最受欢迎的"军粮",解渴充饥,简便食用,树荫下,麦垄中,晒场上,农人们站如松,坐如钟,蹲如钉,一碗"滚水泡",多少田园中。秋季,瓜果飘香,五谷丰登,蛙声一片农家忙,粮棉地里说丰年！农人们恨不得把一天掰两天用,晨起风霜重露忙收割,晚归夕阳西下赶播种。星星点灯,回家用膳,常常是几个大小伙子,甩开臂膀,鼓着腮帮,大葱大蒜就着开水泡馍"愣松"吃！常言说得好:能吃就能干！当村里传开了,某某某昨晚喝了几暖壶水,咥了五碗馍,都能引来一片啧啧赞叹声。冬季,莫笑农家腊酒浑,丰年留客足鸡豚！春耕夏耘秋收冬藏,"滚水泡馍"过后尽开颜。一碗"滚水泡",多少辛酸味,装进了峥嵘岁月,吃尽了个中苦辣,四季风光各不同！

农闲下来,"打胡基",砌土墙,盖屋厦,傅说版筑,又怎能少得了"泡馍"片段？后经演绎,由滚水泡馍到了西红柿泡馍,麻辣豆腐泡馍,羊肉泡馍……应有尽有！

说实话,滚水泡馍没一点营养,把我少年的胃也吃坏了,身材长得跟豆芽菜似的,面黄肌瘦,没一点男子汉气魄,怎么看都像解放前的人！直接影响我找对象谈恋爱干事业！但是一碗滚水泡馍却让我吃出了劳动人民汗水中的盐碱味,父辈们的朴素品质！虽然现在在城里,油水重了,肉类多了,害得每天都在减肥,每天都在找"大嫂面汤煮馍馆"！我就不由得异常怀念父辈们滚水泡馍波澜壮阔的大时代！每次面对滚水泡馍,那清水那油花都能折射出父辈沧桑的脸来,都能听到他们集体劳动时雄壮的号子声……

云长兄:别来无恙

第一章:一次说走就走的旅行

1800多年前的今天。

十常侍乱政,董卓专权,成为压垮风雨飘摇中东汉江山的最后一根稻草。

岁值甲子的深夜:漆黑、冷峻、肃杀……

一个身长九尺,面沉似水,髯飘四野,凤目喷火的孤旅者:疾步行走在令人窒息的充满着死亡和腐朽气息的河东大地上。

偌大的一个神州,竟放不下一把平民的锄头;偏安一隅的河东解梁竟容不下一介布衣"十亩地、一头牛、老婆孩子热炕头"的最初梦想。

起来!

不愿做奴隶的人们!

把我们的血肉,筑成我们新的长城……

东汉末年,到了最危险的时候。

一个河东男人,一个叫关云长的汉子,被迫着,发出了最后的吼声!

在被压榨和受辱中,这个平和朴实的汉子放下了沾满泥巴的锄头,推开了吱吱呀呀的柴门,愤而举起三尺青锋,在一个伸手不见五指的夜晚,他以敢于直面淋漓鲜血的现实挽起了一朵正义耀眼的剑花,洞穿了一个豪强阶级肮脏丑陋的灵魂,那刀尖上流动的光芒如惊鸿一瞥映亮了这个明枪密布、暗箭如蝗,礼崩乐坏、弱肉强食的时代;而这个时代终使他在最美的年

华,以刀为笔在其59年荡气回肠壮丽如歌的人生履历表上,书写了走出河东最初的英雄一笔。而这一笔就书写镌刻在巍巍条山之上,激荡汇聚于鱼跃鸢飞的黄河奔涌之中……

江山被倾覆,谁家不遭殃?在这个黄钟毁弃而喑哑,瓦釜雷鸣而高涨的暗弱时期,在这个黄巾乱党趁势而起,各地军阀借机扩张,万里山河被切割,华夏神州被肢解,百姓们流离失所,政治家们阴谋、阳谋交错使用的大战乱时期,谁的人生不迷茫,谁的青春不流血?关云长,他终究为此付出了惨痛的代价,付出了别妻离子、亡命天涯的代价。也许是理想的召唤,也许是使命的驱使,黄河留不住,条山挡不住,虎目热泪滚烫中,他走了,挥手揖别生他养他二十多年的晋南大地,挥手揖别高堂之上为其投井的爹娘,挥一挥手,不带走条山的一缕墨韵,不带走长河的一片浪花。

他走了,来一场说走就走的旅行,仅仅留给河东人民一个永不消失的背影,便怀揣一部《春秋》,追风赶月地走了。越过皑皑盐池的流光,翻过巍巍条山的险峻,蹚过滔滔黄河的激流,跨过哀鸿遍野的白骨,走向远方和诗,走向了涿郡和兄弟,走向了桃花盛开的地方,走向了香案缭绕梦想开始的地方,走向了"杀伐与征战,阴谋与暗算,忠贞与背叛,江山与红颜,卑鄙与高尚,辉煌与落寞"的烽烟之所,走向了三国历史舞台的纵深之处,走向了罗贯中墨汁流淌的千年芬芳……

第二章:一园桃花英雄梦

当历史的车轮迂回曲折地碾过公元185年的漫漫风尘,这个"受命于天,既寿且昌"的汉家王朝早已羸弱不堪地走进了风雨飘摇的死巷子。而等在这个巷口的,没有油纸伞,也没有那个丁香姑娘。有的只是黑白无常为这个大汉江山送来了死亡的最后通知书……

谁若抛弃人民,人民必将把他抛弃!

这是亘古不变的真理,也是历史这位老人通过无数血泪事实证明了的最庄严的宣告。

在河北涿郡,就有这样三位"人民"在践行着这条颠扑不破的真理。

我们的云长兄就是这三位"人民"的三分之一。他以最卑微的姿势隐于涿郡闹市之口，在最合适的时间，最合适的地点，等着最合适的人出现。谁又能想到：一个倒卖红枣的、一个杀猪屠狗的、一个织席贩履的，三个最底层的人，三双最粗糙的大手紧紧握在一起，就能四海起风波，九州荡风雷，一下子擎住了天下苍生的三分之一。为了实现人生未来的美好期许，为了践行大丈夫振兴汉室的共同理想，我们的云长兄在人生创业的最紧要关头慧眼独具，在那个以暴制暴、弱肉强食的时代，与刘备、张飞抱团取暖，手拉手，肩并肩成了志同道合的事业联盟，成了革命道路上生死与共的同志加兄弟。从而促成了蜀汉高层最初的结构缔造，并在生机盎然的阳春三月、璀璨绽放的桃园奠定了蜀汉革命事业的重要基石。尽管在那个世风低迷，视诚信为草芥，把信诺当屁放的时代，他们却没有把使命与金钱利益挂钩，更无须合同来保证忠诚。他们以香案条几为信笺，让一生的忠义誓言、随着袅袅飘荡的香烟书写在历史的天空，让一生的革命抱负燃烧成三月桃花辉映于红霞流云之上。就因为这一拜，刘氏革命集团的雏形初具，三国历史的走向被改写；就因为这一跪，祖国的山河重划分，蜀汉的壮丽画卷徐徐打开……

第三章：一个人独舞 赢得了千万人狂欢

当战乱烽火把大汉河山烤成一片焦土，当大汉皇权被乱臣贼子切割蒸煮成一锅滚烫的"粥"时，十八路诸侯无不眼冒绿光饥渴而来，各路英雄无不垂涎三尺"闻香而动"。就在天下豪杰排座分羹之际，我们的刘备大哥在哪里呢？一个穷困潦倒裸奔于江湖籍籍无名的人，一个没有资格被邀请，连门卫都不屑多看一眼的人，在极不自信的情况下，捧着皇室后裔"刘皇叔"这一"金饭碗"四处哭穷化缘，到处政治乞讨……当刘备遭遇白眼，惶惶无立锥之地时，云长来了。他不惜以热血为刘备蹚路，他不惜以脑袋为刘备垫底。只要有战机，他就会"拼将一死酬知己"，目的只有一个，扶持刘备上位。当萧萧西风卷战旗，当冷冷冰霜落泗水，当各路英雄的首级在敌将华雄的刀下如砍瓜切菜般秋叶飘零，滚落一地时，山河颤抖，天下俱惊，帐内万将寒蝉噤……此时,作为弓马手,毫无战斗经验的关羽为了刘氏集团的利益,为了刘备的尊严,不惜冒险挺身而出:上演了一场"提刀跃马秋风凛,酒温华雄人头拎"的传奇绝唱。凯歌声中,一个人的独舞赢得了千万人的狂欢。云长兄的青龙出水,锋芒初试,不仅为"十八路诸侯"组成的讨董联军赢得了第一个重大胜利,彻底打击了董卓集团的嚣张气焰,而且为讨董联军进入汜水关、大破虎牢关洞开了胜利之门;同时,更是为刘氏革命集团在天下诸侯之中赢得一份尊严,讨要一席之地,赢得政治地位做出了重大贡献。于是,兴汉之路在这血的喷薄中壮烈而坚定地开始了。血雨腥风中,刘备逐鹿中原问鼎天下的猎猎战旗便迎风激荡在历史的上空;而在这面大纛经纬交织的扶汉宣言中,布满了关云长的忠贞和奉献……

第四章:一场大考 我不交白卷

春暖花开,草长莺飞,正是一切隐藏在黑暗中的种子开始在温床萌动,急于发芽的时候。曹操内心成就帝王梦想的"种子"也就开始无限膨胀。对于这一疯狂构想能否冲破保皇派这一势力"胚胎"的束缚,作为政治家、军事家、文学家的曹操便开始精心设计一场"历史表演秀",或者说是"政治围猎"行动,行动代号就是"许田打围"。其目的就是以此判别敌我力量的强弱,作为下一步实现帝王梦想的基本参考。于是一场震惊天下的许田围猎活动开始上演,这次表演阵容之强大,可谓是空前绝后,一号演员由天下至尊汉献帝担纲出演,二号演员由文武百官凑数,群众演员十万精壮士卒,军士们排开围场,周围舞台达二百余里,场面壮阔,气势宏大。于是在东汉建安四年、公元199年的黄金档期,票房爆棚的历史大剧《许田打围》按照剧本的设计,精彩上演。其表演内容步步惊心,其表演情节跌宕起伏:刘皇叔射兔,汉献帝射鹿,曹操再射鹿。在一射二射三射中,掌声、唏嘘声、山呼万岁声的声声呐喊中……作为天才导演家的曹操不失时机地僭越,在天子面前接受群臣祝贺,以观围猎文武百官的瞬间反应。在山呼海啸过后,剩下的是死一般的寂静,因为围猎的不仅是"兔,是鹿,还有文武群臣"。在杀戮弥漫中,山中的走兽都闭嘴无语,林间的飞鸟更是喑哑无声。素以国之栋梁自居的文武百官们个个如泥塑木雕，素以忠义标榜自身的士大夫们人人呆若木鸡。这场精彩的"围猎"不能不说是一块"试金石"：旗帜鲜明地界别着各级领导干部的忠诚度；不能不说这是一面哈哈镜，通过这些峨冠博带们或惊惧，或愤怒，或谄媚，但俱不敢表态发声的真实写照：不难看出当时社会政治形态的丑陋暗弱。在这场历史大考中，大多数王公贵族不及格，或者是交了白卷。唯独一人，位列榜首，他就是我们的关二哥云长兄。作为草根出身的他是光明磊落的，是没有被所谓的官场酱缸文化所污染的，是没有被那些官宦子弟们的患得患失权谋和算计所干扰的。因为他是被河东数千年英雄辈出的尧舜禹文化所熏陶的，他是被晋南大地后稷稼穑、嫘祖养蚕等一代代古圣先贤抚慰天下苍生的精神所鼓舞的，因此说，他草根的血管里，流淌的是英雄的血，他布衣的胸怀里闪耀着扶汉室大厦之将倾的理想光芒。所以说，他就是他，特立独行，从来不会被死亡所恐吓，也从来不会为权杖而背书。因为他要对匡复汉室的梦想负责，因为他要对大哥刘备的事业负责。于是，他删繁就简，剔起卧蚕眉，睁开丹凤眼，提刀拍马，欲斩曹操……然而，就在惊天巨变的时候，一个极为暧昧的历史眼神，

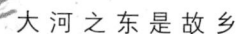
大 河 之 东 是 故 乡

就那么轻轻一瞥,再一次改变了本要改变的历史走向。可惜,历史没有如果,只有过程和结果。结果就是:许田打围的演出圆满成功,三国风云故事的精彩演绎也由着罗贯中老先生的情节铺排传唱千年……

第五章:一座屯土山站成了晋南风骨

高山仰止,景行行止,虽不能至,但心向往之!时间虽过了1800多年,我们还是向往那座已被历史风化了的云长兄曾经战斗过的屯土山……

当我们站在这座曾被称为"死亡高地"的屯土山上,我们看到了什么?看到的是大哥刘备调转马头,骑着"的卢"慌不择路投靠河北袁绍去了;看到的是有万夫不当之勇的三弟张翼德倒拖长矛,极其狼狈毫无风度地逃上了隐秘的芒砀山去了。他们走了,很客气地什么也没带;很仗义地留下了桃园结盟的誓言,留下了百十余名士兵和两位娇滴滴的皇嫂。除了这些,剩下的就是一地鸡毛,等着我们的云长兄收拾残局。

而此时,我们的云长兄又在哪里?不仅我们在寻找,即使是敌军统帅曹操也在寻找。曹操高坐于战车之上,望眼欲穿地眺望着这个令他"高山仰止,景行行止,虽不能至,心向往之"的忠义将军。无数次的希冀,千万次的追问,多么渴望关云长能投到他的麾下,为他效力:"得一云长,胜似十万雄兵"。以至于,他从内心深处向正在激战的千军万马发出了深情的呼喊:切勿伤着云长。

黄沙掠过冷冷山岗,云长兄,依旧如天神般傲然屹立于土山之巅,把晋南风骨站成一面旗帜,浑然天成地撑起了三国历史的高度;疾风飞扬起鲜血染红战袍的一角,是一部美髯飘舞的悲壮史诗。惊芒四射的偃月刀倒插身旁,那闪烁的冷艳锯依旧令天下英雄眩晕恐慌,那杆风雨飘摇中的大纛在那孤傲的肩上噬风歌唱,诉说着扶汉的信念何曾偏离分毫。狼烟弥漫于卧蚕眉,迷茫装进丹凤眼,历史的命题再一次把关云长陷入进退维谷:是降是亡?浴血奋战易,思想斗争难啊。于是,便有了"降汉不降曹"屯土山与曹约三事的佳话流传。

第六章：一场没有硝烟的战争

"宁教我负天下人，休教天下人负我"，曾以狠毒杀死其父结义兄弟兼恩人吕伯奢全家而轰轰然出场的曹操终于有了特殊的例外，那就是以十倍百倍于刘备的恩典去贿赂云长：豪宅府邸相赠，关羽收了，却恭请两位皇嫂享用，自己秉烛阅《春秋》立于户外，自夜达旦，风雨与共，毫无倦色。继而，曹操复送天下绝色美女数十，云长照纳，但是却不自给，仍然献给嫂嫂为婢。一日，操见关公所穿绿锦战袍已旧，即度其身品，取异锦作战袍一领相赠。关公受之，穿于衣底，上仍用旧袍罩之。操以为云长节俭。关羽却解释："某非俭也。旧袍乃皇叔所赐，某穿之如见兄面，不敢以丞相之新赐而忘兄长之旧赐，故穿于上。"操口虽称羡，心实不悦。操见云长马瘦，遂送赤兔马并鞍辔与之。云长再拜称谢。操不悦："吾累送美女金帛，公未尝下拜；今吾赠马，乃喜而再拜：何贱人而贵畜耶？"关公曰："吾知此马日行千里，今幸得之，若知兄长下落，可一日见面矣。"操愕然而悔……"三天一小宴，五天一大宴。上马一提金，下马一提银，高官厚禄，香车美女"……人生若此，夫复何求啊？千军万马拼杀易，温柔乡里走出难。面对三国时期的最大绩优股曹操，面对曹操开出的所有人生梦想皆可实现的天价筹码。我们云长兄的丹凤眼也许炫目过，那颗沧桑漂泊的心也许挣扎过。但为了兑现桃园结盟的铮铮誓言，为了践行刘氏集团最初的革命路线和政治纲领，他始终"夜观春秋，日省自身，不忘初心"，以非同常人的政治免疫力抵御着曹操糖衣炮弹的猛烈攻击。不为金银遮望眼，不为美色动凡心。面对曹操集团的腐蚀拉拢，不卑不屈，始终以"身在曹营心在汉"的方式，向曹操以及帐内所有英雄做出执着的告白。试问一下，降则万千繁华唾手可得，出则颠沛流离希望渺茫。让我们去选择，我们会选择什么？而我们的云长兄却没有做出过多的思考，而是毅然决然地选择了封金挂印，带着一颗初心，朝着梦想前行……

大 河 之 东 是 故 乡

第七章:灞陵桥柳 拂不走英雄千年梦

灞陵桥,自从关云长走过,那就不单单是一座桥,而是关云长千里走单骑迤逦画卷轰然打开的历史见证者。而且,见证的不仅仅只有这座桥,还有站在桥另一端的曹操。作为三国鼎立两大政治集团的关键人物,本应是"仇人相见,分外眼红"你死我活的惨烈斗争,灞陵桥本也应该成为嗜血夺命的古战场。然而,历史在这重要一刻,剧情突然逆转,一副折柳赠袍,长亭惜别温情脉脉的画面一下子逆流成河……当战争片一下子转化为言情剧的时候,顿时错愕了三国群雄,震惊了国际风云。在这个黄钟毁弃,瓦釜雷鸣的暗弱时期;在这个军阀混战,礼崩乐坏的时代;在这个政治家们阴谋、阳谋交错使用战争频仍的风云三国。为何"宁教我负天下人,休教天下人负我"的一代枭雄曹操竟折服于云长一人。由此不难看出,在"屯土山与曹约三事"的期间,与其说曹操劝降于云长,倒不如说是云长收服了曹操。战国时有说齐王曰:"凡伐国之道,攻心为上,攻城为下;心胜为上,兵胜为下。是故,圣人伐国攻敌也,务在先服其心。"而关云长在曹操糖衣炮弹的左冲右突中,终以其孤傲不群"忠勇礼智信"的闪耀人格打动和折服了曹操。故曹操明知云长辞去,犹如放虎归山。但仍力排众议,斥退左右,谓张辽曰:"云长封金挂印,财贿不以动其心,爵禄不以移其志,此等人吾深敬之。想他去此不远,我一发结识他做个人情。汝可先去请住他,待我与他送行,更以路费征袍赠之,以为后日纪念。"

让一人敬服并不可怕,而是让众人敬服才可怕,特别是让敌人和对手敬服才更为可怕。这一点,云长做到了。望三国,亿万人中唯云长耳!曹操与云长这种"始能坦诚相见,终能信义为先"的情谊,又该是怎样的一种情谊?这种情谊可以说是一种纯粹、伟大的情谊,是一种抛弃了个人恩怨、超脱于阶级斗争之上的情谊。这种情谊绝不弱于伯牙和钟子期"高山流水"的跌宕起伏,绝不逊于李白"桃花潭水深千尺,不及汪伦送我情"的片言只语。这种情谊如长虹贯日熠熠生辉在暗无天日尔虞我诈的三国上空,成为三国时期一道最温情最美的另类风景线。

于是,云长因灞陵桥而传奇久远,灞陵桥因云长而享誉千载!

第八章:一个人的长征

北风烈,马蹄声碎霜晨月;千里遥,长空雁鸣情更切。

云长走了,带着两位皇嫂、二十余随从,再一次裸奔于江湖……

"我不去想是否一无所有,既然选择了涿郡三结义,便只顾拍马而往;我不去想《隆中对》的战略蓝图能否风卷红旗如画,既然答应于桃花树下,便时刻不忘初心的召唤;我不去想身后会不会暗箭齐发,既然目标是刘皇叔,留给血雨腥风的只能是背影、背影"……

赢,我陪你君临天下;输,我陪你东山再起!

为了满腔的扶汉抱负,为了寻找兄长和革命组织。关云长独自一人开启了从许昌抵达河北波澜壮阔的长征岁月。一路陷阱遍布,波诡云谲;一路滚石如雨,暗箭如蝗;一路巧笑嫣然,毒酒如蜜……东岭、洛阳,重重山隘困;沂水、荥阳和黄河,道道险关阻。关云长不惜抛头颅,洒热血,"五次反围剿,勇斩六悍将。"在蜀汉政权遭遇最低谷的霜冷期时,苦撑危局,终在迷雾重重中杀开一条血路,这条路一直通往蜀汉政权的光明之所在。正是这次千里走单骑的奋斗之旅,才有了蜀汉政权的曙光初现,才有了"刘关张"的"古城会师",才有了常山赵子龙的英才加盟,才有了刘氏革命集团基本力量的重新整合,才有了蜀汉政权东山再起的勃勃生机。

第九章:一座城池失守 一万座庙宇耸立

"南和孙权,北拒曹操",是诸葛亮提出的既定战略方针。而《隆中对》提出的"若跨有荆、益,保其岩阻,西和诸戎,南抚夷越,外结好孙权,内修政理;天下有变,则命一上将将荆州之军以向宛、洛,将军身率益州之众出于秦川,百姓孰敢不箪食壶浆以迎将军者乎?"的政治纲领更是诸葛亮引以为傲的传世之作,刘备奉若神明的立国之本。然,这只能说是诸葛亮的一厢情愿,也可以说是诸葛亮的自作多情。南边的孙权不会看着你刘备独自坐大，灭了曹操，等着你吞并东吴，反之亦然。所以说，"南和孙权，北拒曹操"，只是此一时，彼一时。如做长久大计，无疑是与虎谋皮。特别是，千里之遥而二分兵力，把本就疲弱的蜀国力量大打折扣后直取中原，焉能不被历史所淘汰？

而这固有一败，又该谁来为之牺牲，又该谁来为历史买单？

当《隆中对》被诸葛亮在卧龙岗吟唱得声动四海，韵压环宇，把刘备感动得涕零交加，广而告之之后，更是把"北据汉、沔，利尽南海，东连吴会，西通巴、蜀"的荆州作为王者霸业之地的神奇作用无限放大。瞬间引得四海窥伺，八方觊觎。俗话说得好，"不怕贼偷，就怕贼惦记"！面对南有东吴虎视眈眈，北有曹操鹰视狼顾，作为守城之将的关云长瞬间成为"我不下地狱，谁下地狱"的天下众矢之的。

为了坚守荆州，保其岩阻，誓死捍卫蜀汉政权的立国之本，关云长对内依附民心，勤修军政，还要提防糜芳、傅士仁等皇亲贵族掣肘内耗之行径；对外伐谋伐交，斡旋于东吴，还要为了蜀国利益，寸土必争，甚至不惜以性命相博弈……关云长在内忧外患的情况下，既要守城池之固，又要北伐破曹，攻城拔寨；既要防范内奸作乱，还要警惕"东吴联盟"背后放枪。

所有这些，都不是一群人在博弈，而是一个人同两大军事集团在战斗。

当历史的舟楫划过岁月的河流，那单刀赴会、孤傲冷峻的身影依然能够掀起大江东去的千年浪花；当东吴使者携带吴王一纸婚约，怀揣"离间关刘"之计踏波而来，那一口颇具政治智慧和敢于担当的晋南方言回绝得荡气回肠，令山河变色；当华佗的利刃切开云长的臂膀，那刮骨疗毒汩汩涌动着鲜血的伤臂，依然能够把北伐前行的旗帜挥舞得猎猎作响；当关云长单兵独骑率荆州之众孤军深入依然能够擒于禁，斩庞德，水淹七军，威震华夏，吓得曹操胆肝欲裂，急于迁都，以避锋芒……

当兄长和兄弟，军师和战友们在千里之外的益州把酒言欢，遥相祝贺北伐战争取得节节胜利之际。曹操和孙权迅速媾和在一起，一致的利益达成新的江湖联盟。这一切，都是在成都聚众狂欢之后次第发生的：白衣渡江偷袭荆州；糜芳、傅士仁弃城投降；刘封、孟达面对云长危亡，龟缩不出，见死不救……

这背后一枪又一枪的"持续走火",最终击倒了百万军中取上将首级如观花赏鱼的关云长……

第十章:一滴千年泪 汹涌河东万古情

建安二十四年,也就是公元219年,在败退麦城的路上,随着关云长的轰然倒下,还有三国时局的重组和洗牌:吕蒙暴病而亡,刘封事后被斩首,张飞酗酒被暗害,曹操头痛而离世,刘备白帝城托孤……在这一个历史分水岭之上,只因为一个关云长,一个伟大时代的传奇就戛然而止,从此进入了黯然失色的后三国时代。

云长走了,他挥一挥手,告别了亲爱的兄弟和患难与共的战友,告别了颠沛流离、随他征战一生的千军万马,化作清风,再一次启程。

从此,他再无牵挂。他还发肤于父母,他留热血于江河,他垒骨肉于青山,他辞人间于天上,站在高高的云端,回望滚滚红尘。

他不仅把"对人以仁,对国以忠,作战以勇,交友以义,处事以智"践行在59年的人生旅程中,他更是用庄严的生命捍卫了它,用一腔热血把它写在阡陌纵横的辽阔大地之上。从此,他幻化成天上的北斗,在灿若星河的历史天空上被众星拱之;从此,他的人格魅力在庙堂之上熠熠生辉,堂而皇之地走进了封建统治阶级的神龛,被历代帝王所尊崇;从此,他走进了士农工商的心里,被世代的黎民百姓所崇拜;从此,他"管天地人三才之柄,掌儒释道三教之权,上司三十六天星辰云汉,下辖七十二地土叠幽丰,考察诸佛诸神,监制群仙群职"……

千年人事有代谢,沧海桑田成古今。回眸处,大河澎湃朝东歌,我站在条山之巅迎风孑立。眼前夕阳残照,斜影斑驳,三国烽烟灿若焰火,激荡在心胸,浮现在眼前,招摇在内心……

在这千百年来,任凭河东的桃花红了又谢,谢了又红;任凭解州祖庙的香火明了又灭,灭了又明;任凭常平家庙的四海来客聚了再散,散了再聚;任凭那条山回首,千百次凝眸;任凭那大河激荡,千百次怨念。云长兄走了,长髯一捋,就是千年;一个转身,就是永别。"某去便来",一句方言,再无

大河之东是故乡

归期……

　　这一走,就"头枕洛阳,身卧当阳,魂归故里"……

　　父老们啊,不在乎您的是非成败,只在乎您的归家日期。仰望流云,只希冀能听到那天宇间赤兔的一声嘶鸣;叩问大地,只祈愿梦中浮现云长兄那鲜活的面容。

　　然后,在内心深处静静地道声:云长兄,别来无恙!

胡基 曾盖起了一个河东

胡基，又叫土坯，是河东大地上一门古老的传统工艺，也是黄土高原就地取材的建筑材料。即在青石板上，用特制的木模框，填上湿黄黏土，用柱子捶实，制成四边棱角分明，两面光平的土块，晒干后，即可做盖房子的主体材料。

胡基始于何年，源于何人，我不得而知！但我想：数千年以来，自从大河之东的人类走出穴居，在迤逦漫卷的黄河两岸开始了田园牧歌的时候，便再也离不开胡基的遮风挡雨。为此，我还想：舜帝登基的时候，一步步走向蒲州大地那座神圣庄严的最高建筑，那气象万千的巍峨一定是用一块块胡基垒砌而成的；而把都城建在安邑的大禹，在打造华夏第一城的繁荣和梦想时，那垂衣裳而天下治的夏王朝政治经济中心，也一定是用一块块胡基构筑而成的。特别是春秋五霸，跑马圈地；战国七雄，划地而治，大兴土木，建庙宇宫殿，造大院高墙，又怎少得了一块块胡基的拔地而起……

自秦汉以降，在河东大地的黄土高原上千千万万的乡亲们，盖房、砌墙、盘炕、泥灶火，哪一家的住宅又能离得了这小小的胡基呢？于是，在华夏农耕文明时代的不断演进中，打胡基已成为河东人，甚至华夏民族安居文明的一道主风景。因此，悠悠数千年来，黄河边上，除了惊涛拍岸的日夜怒吼声，纤夫拉纤的阵阵号子声，还有河东汉子打胡基此起彼伏一锤紧过一锤的震天巨响：三锨、六脚、十二杵窝……

一抓三锨土堆山，六脚天涯都踏遍。

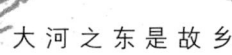

十二杵窝平天下，黄土如磐能补天……

在激流滚滚的大潮中，一个浪尖又一个浪尖淹没了多少王朝，倾覆了多少高楼。然而，倒了，又建起；建起，又倒了。在这岁月轮回中，面朝黄土背朝天的河东男人们"把打胡基，娶媳妇，盖房子"作为人生大事来做。

70年代的日子苦，凡见到的一砖到顶的墙，那都是公家盖的房屋。百姓若想盖房，没钱买烧制的砖块，盖房时只花少许的钱，用少量的砖块做地基，墙体基本上是用胡基砌成。

在我的印象中，我的爷爷、父亲、大哥、二哥个个都是打胡基好手。我家的牛房、灶房和我童年居住的小房都是靠着他们披星戴月打下的胡基盖起的，冬暖夏凉的土木房屋曾盛满了我整个童年、青年的星空和梦想。

打胡基既是个苦力活，又是个技巧活！在晋南农村，"打胡基"曾是农村小伙子的一门必修课。"打胡基"虽属力气活却暗藏学问，只有懂路数且能扑下身子吃苦的人才能打出让人服服帖帖的胡基来，否则，仅凭三脚猫功夫是难以完成这门苦差事的。那时村子里，对一个小伙子的最高评价，就是看会不会打胡基，打胡基的水平如何？在我们村，一般水平的每天能打300多个，水平好的能打500多个，顶级高手一天能打800多个……打胡基的高手们颇受乡亲们器重，社会地位很高，特别是找对象，娶媳妇颇受欢迎！

"一块胡基三锨土，连掼带打二十五"，若想摞成一排排一座座数千块，甚至数万块"秦长城"一样的胡基垛子，谈何容易？想想脊背都冒凉气，所以坊间留传的另一个版本："当农民千万不要打胡基，当干部千万不要爬格子。"尤为悲壮的是，这两样我都占得齐全！

记得刚从学校回来，看到父兄在后院、在村东，在崖下"咚咚咚咚"地打胡基。有时还帮父亲撒灰、帮兄长填土。看他们打胡基貌似表演，游刃有余，不由得羡慕不已，为了证明自己的社会价值和补贴家用，便自告奋勇要打胡基！

父亲尽管并不看好我的打胡基能力，还是耳提面命，谆谆告诫，理论上先培训一番：打胡基时，首要选好位置，取土方便，通风向阳，有摞胡基的场子。胡基摞子距离远近很讲究，要距石板恰到好处。远了，来回多跑路，费体力,费时间,影响速度;近了,摞不了几垛,又得平场子,搬石板,误工误时。特别是,打胡基的土要选净土、素土、纯黏土,任何含杂质的土都不宜用。土的湿度更要讲究,不能干,干了不粘,不结实;不能过湿,过湿太泥,打不好,摞不起。只有土的含水量适宜,打胡基不仅速度快,而且好看,结实耐用。尤其是平场子更要讲究,要选择水浸不到的地方,垫高一点,踏实拍平,两头略高一点,这样的摞子不易倒塌。

面对父亲的唠叨,一边哼着应着,一边把打胡基的工具三大件"模子、平底柱和青石板",连同母亲灶膛里积攒的草木灰一起放到平板车上,吱吱呀呀拉到村东的取土坑里,在那个广阔的天地间,一面平场子,一面给用于打胡基的黄土浀水,饧上个把钟头之后,用铁锨倒腾过的土有了黏合性,然后放稳青石板,并将锤子、铁锨、草木灰等一切所用的东西准备停当,开始一场"三锨、六脚、十二杵窝"循环往复的打胡基工序……

打胡基,是重头戏。"一抓"就是先抓一把草木灰,上下左右抖动均匀撒在打胡基的模子里,以防土和石板、模子粘连;"三锨"就是向模子里铲三锨足够的黄土,然后用锨拍实;"六脚"就是双脚跳上模子,先两侧再中间,由前向后跳动,各重踩两脚,在跳动中将土进一步踏平踏实;"十二杵"就是在六脚过后,从灰笼里提起杵子前后重复各打两杵,然后在两侧先左后右交替击打,由前向后移动共八杵,其节奏为四慢八快,四重八轻。打完后,杵子放入灰笼中,双手拄着杵把,双脚从两侧由后向前滑动,蹭掉粘在模具边沿上的土,然后用一只脚顺势蹬掉模具的挡桄,跳下模具,一块棱角饱满,双面平整,薄厚均匀,坚硬瓷实的胡基瞬间完成。

端胡基,是技术活。即打完后紧接着是把打好的胡基从模子中取出端在手中的过程。其步骤是双手拘紧蹬掉挡桄的模子,紧贴石面左右摆动,然后突然提起竖立于石上和人成垂直角度,光面朝左,涩面朝右,双手伸向胡基的底部,用手掌夹紧胡基向上提,在胡基与模子分离的瞬间,右手手指扣住胡基的底部,左手迅速滑向胡基上部压住挡板,然后顺势90度旋转,使胡基从竖向变为横向,这时紧移几步,将胡基快速而平稳地放在摞子上。这一动作,父亲和哥哥们能娴熟轻快地将胡基在手中旋转,举重若轻,如翻烙饼,行云流水一般;而像吾等之流者,就在这一旋转中往往会将胡基摔在

地上,摔得稀碎。

　　摞胡基,是艺术活。有的人会打,不会摞,往往摞起便倒塌。人们便取笑:"会打不会摞,不如静静坐。"摞胡基既具技术,又有艺术,可分为花摞和实摞。花摞就是胡基之间留一定的空间,以便通风,优点是干得快,缺点是不稳固;实摞是贴紧摞不留空,优点是稳固,缺点是干得慢。不管花摞还是实摞,压茬是摞胡基的重心、中心和核心,即一正一斜,第一层摞正,第二层摞斜,压住茬,这样摞四到五层就形成一摞,非常稳固。可惜,我既不会花摞,也不会实摞。打得稀松平常,摞得歪歪扭扭,一个趴下,全排皆倒,俗称"狗撵兔"。

　　打胡基,最让人享受的是,偌大的取土坑里,三五一伙同龄人一起打胡基。安静时,各自裸着上身,亮着隆起的腱子肉,石柱子上下翻飞,各自暗暗较劲;闲时,大家围在一起,抽根纸烟,谝谝村史,华山论剑,切磋着打胡基的技巧,评定着村里打胡基的前三名英雄好汉;忙时,来一场"大比武""打胡基表演秀",引来了半村人,若是人群中有自己的心仪姑娘,更是热血沸腾,英姿勃发,三锨土气贯长虹,十二锤气吞山河,展示的是速度和激情,比拼的是数量和质量!可以说,从跳上模具到跳下模具这一段是打胡基最养眼最具观赏性的一段:当看到一个粗壮汉子,在那不大的四方模子上,撒灰、填土、脚踩、下杵,左右逢源,上下连贯,辗转腾挪,一气呵成,脚不走空步子,手不做空动作,一招一式,准确轻巧,打得快,撂得好,干净利落,如土上芭蕾,石上舞蹈,不时引来一阵满堂彩!

回到家里,苛刻的父亲终给一副经年不多见的笑脸,慈祥的母亲偷偷给碗里卧一个平素难得一见的荷包蛋。那种流汗水,拼力气,脱了衣服争第一的豪气;那种天酬勤,地罚懒,敢换日月变新天的硬气;那种一盆面、两碗汤,吃过不够馍来补的霸气,又怎不让人荡气回肠?

打胡基,成为我一生不可磨灭的记忆。为此,我也常以打过胡基而自豪,曾对那些有出息的老同学自嘲地说:"自从学会了打胡基,再没下过重苦。"

岁月没有赢家,时光不相信眼泪。无论是安葬我那尊敬的祖父,还是我那亲爱的父亲,黄土滚滚中,胡基是祖祖辈辈用来挡墓窑口的最佳选择,垒到最后,留一块胡基的空隙,用白酒浸些烧纸,点着用铁锨倒进墓窑,叫暖房或烘窑子。火倒进去了,窑口垒严了,于是开始了卷墓坑,大家七手八脚卷土填墓。墓堆卷起来,还要用胡基垒一个供桌,放烧纸的盆子和供品……

月落乌啼,总是千年的风霜;涛声依旧,不见当初打胡基的夜晚。眨眼工夫,我们踏上了高速发展的时代列车,一下进入了一片魔幻的空间、科幻的维度,数千年农耕文明瞬时被吞没于岁月长河之中,一个个房地产开发商的机声隆隆代替了以往中国农人打胡基的石柱声声,一座座摩天高楼拔地而起,直入云天,什么"黄金水岸、梧桐名邸、晋府一号"等等楼盘小区,让现下背着房贷,按着电梯四处奔走于现代城市繁华之中的90后、00后的青年们又如何能够记起曾经辉煌了数千年房屋的主要建筑材料——胡基!

　　胡基,曾盖起了一个河东,曾盖起了一个故乡,庇护过一个民族的风雨,贮存过一个民族的记忆!

河东腊月

一年十二月，腊月是年尾！妈说，进入腊月便是年！于是，河东腊月犹如待嫁的"新娘"，在年关这头一天开始梳妆打扮，焦急地等待着春天这位"准新郎"的明媒正娶。身处河东大地，我们在腊月中仿佛听到了黄河冰裂的声音，我们似乎看到了盐池解冻的涟漪！无论乡村，还是城镇，在腊月热情的感召下，整个天空都开始聚集年的味道，空气中到处弥漫着醇厚的浓香。

腊月，带着河东汉子豪爽急迫的性格，三脚两脚便来到了乡村城市，犹如一幅水墨长卷舒展开来，铺陈至13个县市，横亘到500万河东人民的心里！开始唤醒人们沉积心底的年关乡思，逐渐升腾起河东大地一种薪火相传的年关信念。

腊月来了，从尧舜禹的传承中走来，带着南风的歌律、带着远古的香风！腊月来了，从中华民族不变的风俗中走来，带着美好的期待、带着千年的期盼！腊月来了，从万千人忙碌的身影中走来，走进了城市，走进了乡村，走进了火红的月份，走进了人们万家团圆的祝福里！在祝福里，腊月就像一坛54度二十年的老白汾，酝酿着浓浓的年关思绪，调动着年关的万般激情，点燃着来年的美好希望，慰藉着沉浮一年的心灵得失，体会着365天一路艰辛走过的绵醇和芳香。

腊月来了，村东的鸡长鸣，村西的狗撒欢，山那头赶集的人挤破了头，山这头围看杀猪的人围成了堆，屋檐下挂的红辣椒，正等着油煎烹炸就馍吃，在柜中贮藏了一年的五谷，此时被拿出，芬芳四溢都下锅，该蒸的蒸，该煮的煮,蒸煮烧烤、油炸煎炒、祭祀打扫,剪纸裁花,无论是黄发小儿,还是耄耋老人;无论是大家闺秀,还是粗老爷们,一切都忙起来了,动起来了,在忙碌中,一声声叩响着春的门环。

腊月来了,每天都是好日子,河东大地炮声震天,放歌幸福,收获爱情,俊男靓女,走进殿堂,牵手一生,寄情腊月,喜事连连,请柬不断,盛宴一场又一场,吃不完的喜糖,喝不完的喜酒,有时一天赶几场。

走进腊月,游子思乡的念头犹如青藤一样爬满心头,那一抹眷恋的情怀,如水草一般在心湖里蔓延,日夜招摇。无论是在潮涌的人群中,还是在灯红酒绿处;无论是在推杯换盏间,还是在幽幽独处时,游子的耳边总有腊月深情的呼唤。当缆绳轻解,荡舟离岸时,游子身后留下的又何止是一串串涟漪?当汽笛长鸣,车轮滚动时,游子身后留下的又何止是一声声呼喊?或许,当游子的强颜欢笑在转身后化成热泪暗涌时,思念便已成灾。于是,为了那喜庆对联的张贴,为了那大红灯笼的高挂,为了那熊熊火炉的围坐,"有钱没钱回家过年",这是对腊月的呼唤作出的深情呼应!只有进入腊月,才能感知母亲的唠叨里全是温暖的情愫,父亲的沉默里尽是无声的挚爱。只有进入腊月,游子才明白,原来,哪怕全世界把自己抛弃,故乡依然会以一种等待的姿态盼望自己的归来。

走进腊月,整个河东大地就像刚出锅的一笼蒸馍。一山山,一峁峁,一线线,一片片,一村村,一乡乡……到处都冒着腾腾的热气。有解州羊肉馍的浓香,有芮城东娃卤肉的酱香,有永济扯面的馨香,有万荣疙瘩汤的清香……该吃吃,该喝喝,男人们,女人们,大人们,小孩们都激动着,忙碌着,把一年的收获搬出来,把一年的劳累搬出来,开始想开了,开始放纵了,开始享受了。一家人燃起一家人的喜悦,一村人燃起一村人的热情,一乡人燃起一乡人的富足,一城人燃起一城人的兴旺。

走进腊月,那消失的村庄,寂寞的乡村,凋敝的景象开始"复活",老人们开始在村口,手搭凉棚向远眺望,等待着一年未见亲人的回归!不管是迂回曲折拥有108道弯的惊险山路解陌线,还是运三高速、闻垣高速、运风高速……一条条道路的车流物流蔚为壮观,冬让河东大地褪去了缤纷色彩,年又让河东城乡换上了春的盛装。

  过了腊八节,便走进了腊月的深巷,喝了腊八粥,便能清楚地看到年的"五官"了。到了腊月二十前后,运城人都上街了,河东人都出动了!寄寓着幸福的大红对联高调地挂在门楣;浓缩着喜庆的大红灯笼遍布在南风、河东各个广场,大街小巷,人声鼎沸,呼朋唤友,结伴而行,无论是芮城平陆,还是垣曲新绛;无论是河津万荣,还是永济夏县,街道两旁卖春联年画的、卖瓜子柿饼的、卖阳城卤肉的、卖芮城麻片的、卖闻喜煮饼的、卖北垣花馍的、卖河津芝麻糖的、卖新绛牛肉绛县山楂的、卖锅碗瓢盆的,琳琅满目,应有尽有,揽客叫卖声,讨价还价声,一个个眉开眼笑,一个个激情飞扬,孩子们穿梭其中,脸虽冻得通红,也阻挡不住快乐的心情。即使平时极心疼钱的老头老太太们也一个个像换了个人似的,出手便是千贯钱,哪能管得"腊月水土贵三分"了。盐湖市区,更是热闹非凡,南风百货、水晶服饰、购物中心、百货大楼……买衣购物,掏钱刷卡,置办年货,精挑细选,衣服鞋袜一样不能少,胭脂口红一样不能缺,鞭炮玩具烟和酒,大人小孩照顾到,一遍遍,一回回,跑细了腿,走坏了脚,女人采购,男人运输,真是忙坏了女人,累坏了男人!

腊月二十三,小年已来到。相传灶神专管人间厨房烟火,每年腊月二十三上天向玉皇大帝汇报人间的生活情况。在这一天晚上,我们帮着母亲把厨房里的锅台、灶膛打扫洗涮得干干净净,然后在灶头上点起"青龙过江"的灯,祖母捧出早已备好的糖瓜等食品,父亲写好"上天言好事,回宫降吉祥"的黄表焚香祭拜,恭送灶王爷上天。

过了腊月二十三,此起彼伏的爆竹声,由稀疏逐渐密集,让河东大地的城乡更加安宁祥和。腊月底,无论城乡都开始响起噼里啪啦的鞭炮声,双响炮、闪光雷、大地红、烟花,孩子们你追我赶地放着、叫着、跳着、笑着,炮声、叫声、笑声汇成一片,炸响了萧条的寒冬,缤纷了寂静的夜空,空气中到处弥漫着硝烟味。随着这硝烟味越来越浓,年也越来越近了。于是一副副春联,把朴实的幸福,高挂在门楣上。一个个游子回家了,一台台电视打开了,一台台晚会演开了,一瓶瓶美酒开启了,一句句家常唠开了……

进入腊月便是年,腊月真是一首吟不完的诗,填不完的词,谱不完的曲,唱不完的歌……

人到中年好好活

在慢时光里，我们抹着残留在嘴角最后一口大锅饭的余香，目送着十年"文化大革命"的最后一步离场……懵懵懂懂地走进1978年改革开放的春天，朝着老师描绘的奔向2000年的景象撒着丫子猛跑，极力想象着"楼上楼下、电灯电话"和实现"四个现代化"的未来模样。

在牛铃摇摆的春光中，我们嫌日子太长，怨路程太远；在人是铁，饭是钢，公家人吃香，农村人吃土的年代，我们在煤油灯下看书，中条山下割草，赶着国家最后一拨包分配的机遇，上中专，考大学，跳龙门，一步三摇地霍霍着70后的懵懂时光！

在青春飘动的长发中，我们地里偷过西瓜，翻墙看过电影，房顶调过天线，头上留过长发，街头跳过霹雳，校园打过群架，单位当过劳模……随着时光镜头的转换，走过壶口瀑布激流湍急、桀骜不驯的青年，来到了风陵渡口相对开阔、从容清澈的中年。岁月的大河浩浩荡荡，时光的流水一路向东，浪花翻飞多少身边人物？亲朋故友，或大或小，一路遇见，又一路散去。我们在人生舞台上由配角成为主角的时候，祖辈们也一个个成为供桌上袅袅香火的祭拜，父辈们也一个个成为高挂在墙上深情的怀念，我们也被80后的子侄们、00后的儿女们不由分说地簇拥着来到了仓促的中年。

当穿过我的黑发岁月的手，一把薅走我青春的所有，少年傲娇的发型开始在风中零乱，青年乌黑的茂密也开始在岁月蹉跎中逐渐稀疏。当老婆的焗油膏再也遮不住那刺眼的白，当那一缕缕失去青春色素的白再也抵挡不住岁月这把"杀猪刀"的锋利剃度，开始一根根中途退场，以谢顶的悲壮地向青春致意,以具有中年人最鲜明地缘特征的"地中海"发型开始在脑门顶端夸张地呈现。于是,"农村包围城市"日趋激烈,"地方支持中央"捉襟见肘,远看"琉璃瓦"日夜招摇,近看"雷峰塔"惨不忍睹……

于是,流光随便把人抛,肥了肚腩,胖了身材。于是,有弹性的脸开始松弛,挺拔的背开始弯曲,矫健的腿开始打弯,"三高"也不失时机地开始拜访。于是,镜子里照出来的不再是一曲曲玉树临风的青春赞歌,而是一首首劝君惜时的唐诗宋词;不再是天上地下人人着迷的唐僧,而是地下天上个个嫌弃的天蓬。于是,我不再迷恋镜子中昔日的我,不再与镜子中的我谈一场不离不弃的青春恋爱。

青春走尽,英雄无觅孙仲谋处。舞榭歌台,风流总被雨打风吹去。

快时光里,忽到中年,前不见"老子",后不见"孙子",先母亲身体忧而忧,后孩子前途乐而乐……念事事之琐碎,唯挥汗如雨下,感岁月之悠悠,独怆然而涕下。

月落乌啼,总是千年的风霜;时光荏苒,总有中年人的感慨!

姜文诅咒着,咬牙切齿地谩骂着狗日的中年。

汪国真唏嘘着,感慨万千地诠释着仓促的中年。

大家也喟叹着:人到中年,就是一部西游记。悟空的压力,八戒的身材,老沙的发型,还有唐僧的絮叨。

若说,青春的抛物线一脚天上,一脚地下,毫无章法,跌宕起伏;那么,中年的抛物线则是迤逦绵长,平稳舒展,坚定向前。

若说,青春就是一场"大闹天宫";那么,中年则是历经"事业、健康、家庭婚姻"等"九九八十一难"后各种关卡和危机后的涅槃笃定。

若说,青春是一场"远方和诗"轰轰烈烈的旅行;那么,中年则是走过千山万水后的自然回归!

人到中年,走过了幼稚天真,经历了朝气烂漫,跨越了激进狂热,迈进了淡然平静。站在了岁月巅峰,蓦然回首,尚见来时路,峰顶望归途。坚硬的内心开始变软,男人的泪腺开始崩溃。

人到中年,不再站在中条山的峰端指点江山,不再遨游黄河的中间浪遏飞舟,不再囿于名利场内迷失方向,不再放纵自己无所顾忌,不再与亲人吵架争长短,不再与朋友喝酒论输赢。人到中年,开始把锋芒毕露悄悄隐藏,开始把谦虚谨慎发扬光大,开始把欣赏世界作为常态……

人到中年,与力拔山兮气盖世的儿子狭路相逢不再父亲胜,开始勾肩搭背"割地赔款"讨"贵国之欢心";与年过八十的母亲每次会见不再听母亲唠叨,而是把母亲当作小孩,把自己当家长,"报复性"地把母亲几十年的唠叨又还回了她!为了守得一城一池一家,不再为自己难酬的壮志努力,而是为儿女们的前途买单,为老人的健康付费!不再战鼓催征,攻城拔寨,不再金戈铁马气吞万里如虎,不再一寸河山一腔血地打拼;而是鸣金收兵,城墙看风景,临窗啜香茗,书房写大字,公园遛大圈。

人到中年,听杜甫的吟唱,苏轼的感慨,李煜的泣伤,岳飞的悲切,姜文的骂娘,汪国真的唏嘘……我们这一族人又怎能不惆怅?

其实,中年远没有我们想象得那么糟糕,它白天如正当午时的太阳,炽热、辉煌、灿烂,处在人生的正中央;它夜晚如十五的满月,寂寥高远,深邃

空旷,凝重大美,照亮了人间的模样!

越王勾践,23岁登基,不到30岁被俘,卧薪尝胆,47岁吞吴国,成大事!

刘邦,47岁起事,55岁即帝,仅用8年时间就完成了"从亭长到皇帝"的"跨栏式"跳跃。

吴承恩,50岁写《西游记》,80岁始完成。

齐白石,27岁画画,56岁成名。

毛泽东,青年时三起三落,42岁在遵义会议上才确定了党内和中央的领导地位,中年得志,才洞开了缔造中华人民共和国新的伟大征程……

鲁迅说过:真的猛士,敢于直面惨淡的人生,敢于正视淋漓的鲜血。

而我想说:真的男人,敢于直面仓促的中年,敢于收拾残局,扫好一地鸡毛。

所以,在这里,我为中年人祈福,我为中年人歌唱!

愿每个人的中年,平淡富足,一杯清茶,两本闲书,三五知己,七八朋友,就着金秋霞光,活成自己心中喜欢的模样。

愿每个人的中年,热情似火,童心可爱,把日常的无趣活成愉悦,把平凡的琐碎看成静好,把人生的风雨书写成诗。

愿每个人的中年,加油站加好油,服务区歇口气,保养身材,康健体魄,自律安好,修复内心,不以物喜,不以己悲,接纳万物,心态向好!

人到中年好好过,为了孩子,为了老人,为了社会,也为了自己,整装再出发,续梦再前行。

父亲的江湖

父亲,只是一介老农。

没有仗剑走天涯的际遇,亦没有把酒西风下的豪迈,更没有江湖大碗喝酒,大块吃肉称兄道弟的门派交结。他的江湖很小,小到一头牛、十亩田、老婆孩子热炕头!

作为一家的"武林盟主",他的属下不多,得力的只有母亲一个,拖累他的永远是三儿一女;上面还有制约管辖他的"两位长老"——爷爷和奶奶。在这种江湖氛围下,他没有远方和诗,甚至没有翻越过村北那座中条山,没有到达过大城市——运城,更不用说省城太原府,以及近在咫尺的大西安!父亲比较木讷,没有一般"武林盟主"的狡黠聪明,更没有一统天下的野心!他的江湖总是以家为圆心,亲情为半径,辐射全家老少的生活。偶尔也上上街,赶赶集,到县城农贸市场买一把少林扫地僧一样的笤帚,或者割麦用的"倚天剑"和"屠龙刀",置一套犁耙耕种的十八般兵器!他的江湖领域就是村北村南那几亩薄田,他的"武林宗旨"就是苦干实干,多收他个三五斗;他的江湖道义就是让父母安享晚年,让后辈们尽快地长大。正如刘欢唱的"心若在,梦就在",我再加一句,田若在,牛若在,父亲的江湖就在。父亲不懂黑白两道,只知道土路、泥路,还有田埂间的那条小路。父亲振臂一呼,唤不来四方云集、八方响应的江湖儿女,只有他那头老黄牛忠贞不渝地哞哞应答。

有江湖必有流血流汗。父亲的流血流汗就在他那几亩土地上,春耕夏种秋收冬藏,父亲挥血流汗,与天斗,与地斗,与自然灾害斗,与累世贫穷斗。扬鞭朝天歌,挥鞭对牛说。在他几亩田地的广阔领域里,常能看到个子并不高大的他——鞭笞六合,犁吞八荒的英雄霸气;特别是那幅"遍地英雄下夕阳,脚下黄土翻巨浪,伏在犁上,叱咤风云;踩在耙上,改变乾坤"的壮美图景,总是让我痴迷。

父亲信奉的《九阳真经》是"天道酬勤",他总认为"锄头有水",旱田缺水多锄几遍,庄稼保墒易活;他自信"杈头有火",打麦场里,趁着阳光正好多翻几遍,被晒的麦子会干得更快。他就是这样,不辞辛苦,不畏艰险,白天背着日头走,晚上驮着月亮回。然,任凭父亲使出浑身解数,用尽十八般武艺,都无济于事。山还是那座山,屋还是那座屋,窝头还是那样的硬,墙上的裂缝还是那样的宽,西北风还是那样呼呼地刮……

在全村的这个大江湖上,贫富成分若按"少林、武当、峨眉、昆仑"各大门派论资排辈,我家连个末流的点苍、雪山都算不上。我便不由得恨起父亲的愚来,总认为父亲过于迂腐。更让人愤愤不平的是,在他憨厚笨拙的外表下,竟然藏着金庸笔下倚天屠龙记胡青牛、飞狐外传程灵素、雪山飞狐药王谷神医等一颗医治天下的心。他曾毕业于郑州医学院,中医造诣颇深,针灸、推拿、脱臼的关节复位等等,特别是对于刚出生婴儿的"四六风"尤其专长。当别人在种果树,开诊所大把大把地捞金的时候,他总是义务出诊,分文不取,通常还要搭上自己配制的一些草药。他看病颇有神医之风,一般看病不用药,找准穴位,一针下去就差不多了,即使用药,开的药方也只是几毛钱,几乎是药到病除!特别是对病危的老人,一搭脉,便知哪天是大限,哪个时辰走,都明白无误告诉患者家属准备后事,相差也就一个钟点之内。为此,江湖告急是常有的事,半夜敲门也习以为常,就是马踩车,房着火,只要十里八村的各路患者有要求,父亲总会扔下一切,风风火火,赴汤蹈火!

常言说得好,不为良相宁为良医。然,父亲看了一辈子的病,为十里八乡从死神手里夺回的生命不少,却没有凭着他的手艺给家里带来一丁点的收入。仍然是孑然一身,只是在四周方圆的江湖上混了一个"海叔"的侠义好名声。海叔还是那个海叔。他想悬壶济世,拯救这个世界,可整个世界也救不了他。我们五元的学费都要靠母亲四处筹借。

有江湖必有争斗,木讷老实的父亲,他的江湖也不是一味地风平浪静。

他没有金庸大侠笔下那些男主人公们的桃花运,他一辈子就两个女人。一个是我的奶奶,另一个就是我的母亲。他却常常夹杂在两个女人的斗争之中。往往两端战火一开,他不会调停,他忠于他的母亲甚于忠于我的母亲,为了亲情而殴打爱情,母亲孤立无援,被她喂养大的几个白眼狼也从没有为了正义,站在母亲的一边,也从未声讨过可憎的父亲……

可憎的父亲其实也有着令人敬重的另一面。父亲穷是穷,却不曾穷过二两硬骨头。那一年,他曾是梁庄生产队的政治队长,全村光景烂包的只剩下了红薯。而公社里派来的工作组吃派饭,却提出了馍馍和鸡蛋。为了解除全村的后顾之忧,父亲硬是冒天下之大不韪,把派饭安到了我家,母亲硬是做了一顿蒸红薯、煮红薯、炒红薯的"红薯宴"。父亲为此挨了一顿批斗,被扣上了"红薯队长"的帽子。但就是这个"红薯队长",却又一次冒着一身风险,免了当年梁庄小学所有学生的学费,让当年的孩子们没有一个因为学费而失学……

一入江湖催,岁月让人老。父亲年龄大了,于2006年的一天终于倒在他那战斗了一生的黄土地上,硬生生地把他的江湖站成了阴阳两隔,我们两岸相望,再也无法互怨。

父亲走了,江湖上仍有他的传说:村里面还有好多和我一样同龄的人,常常唏嘘不已地提起他:唉,要不是当年咱"海叔",那场病早让我见了马克思……

唉,万般故事,不过情伤! 易水人去,明月如霜。

大 河 之 东 是 故 乡

"装蒜"的人生

"装蒜"是门技术活,有的"装蒜"是为了江山,有的"装蒜"是为了红颜,还有的"装蒜"是为了事业。比如刘邦通过斩白蛇起义而"装蒜"是为了表白自己是"顺天应命"替代秦朝的第一人,这"蒜"装得可谓空前绝后。唐明皇李隆基通过"爱江山更爱美人"地"装蒜",柔情万种只为倾城倾国杨玉环,这"蒜"装得缠缠绵绵,成了千古绝唱;三国蜀相诸葛亮"装蒜",硬是通过刘备的三顾茅庐,一请二请三请,拿捏分寸,恰到好处,多一点余地都不留,从而抬高自身身价,为出山壮行,为事业奠基,如此种种,不一而足,今古皆然,概莫能外。

从布衣到天子,从士卒到将军,从官吏到百姓,从草野到庙堂……装蒜,这一套人生哲学,呵呵,大家都懂的。

皇帝装蒜,那是龙威;将军装蒜,那是虎威;官吏装蒜,那是官威。那么,老百姓装蒜,又是什么?那当然是"装大头"了。

作为芸芸众生中的一个寻常百姓,也许是人生历程太过艰辛,也许是梦中的希冀过于缥缈,在没有底气、自信不足的情况下,我常把这颗"蒜"种植于我那贫薄的人生之中,在特别不自信的时候拿出来"装一装",把本就"土灰"的岁月点缀一抹人生的"绿意"。

记得很小的时候,村中同龄的孩子都在欢呼雀跃着"打拐、踢瓦、捉特务",把童年的那些"土把式"快乐进行到底的时候……而我由于羸弱的身体,加之总感觉玩技差、底子虚而不受同伴欢迎,为了表示我的与众不同,于是我便开启了数十年波澜壮阔的"装蒜"生涯,手捧一本破破烂烂的书籍,犹如抱着一本《九阳真经》蹲在一个墙角旮旯,一边用艳羡的余光瞟向那热闹的场所,一边装作一副高深莫测嗜书如命的样子,读着自己根本不认识的繁体字,坦然地接受过往乡亲们的淳朴礼赞:"啧啧,看看村东老梁家的孩子,这么小就知道读书,哎呀,不得了。"

初出茅庐,装蒜成功,尽管技巧笨拙生疏,但也获得了左邻右舍的极大鼓励。从此,"装蒜"人生正式开始。

初中少年,也许是营养不良,发育不好,瘦得就像金庸笔下《侠客行》中给江湖各位大侠发放"赏善罚恶令"牌子的李四,身形消瘦,状若竹竿,一条裤子总是找不到他的主人腰,常常是垂到半拉子屁股下面以示窘迫。每每面对同学们或同情或讥讽我"清风徐来,花自盛开"的目光,内心虽波澜起伏、隐隐作痛,但表面却风平浪静,装作一副"穿长衫"的样子,背负双手,迈着李白或杜甫一样"高冷傲"的步子,以"吾身虽瘦必肥天下"的风姿一摇三晃地绽放于校园,常常令路人侧目,同学们咋舌……正当"装蒜成功,自鸣得意"的时候,冷不防被一位老师在屁股后面抬起就是一脚:"能不能像其他同学们一样,走路把脚抬起来,像个年轻人的样子,有点朝气"……当跟跄来临,笑声四起,一屁股土还来不及拍,便狼狈逃窜的时候,才深刻地悟到:"装蒜有风险,时刻要谨慎。"

考到县中,进了城里,望着高楼大厦心虚,看着同学们穿红戴绿心虚,听着语文老师的一口京腔心里更虚……一想到父亲还在老牛拉着的犁耙上左右摇摆,母亲还在为了多收"三五斗"锄禾日当午,我便在极度自卑心理的作祟下,只有把高傲的头颅深深地埋进"数理化、语数外"的课本里,装作一副"学霸"的样子,在学校的绿荫里、操场上、麦秸堆里到处都表演着苦读特读的模样;回到家里,也时刻不忘"装蒜",想学学古人"头悬梁,锥刺股"的苦逼,结果房梁太高,头发太短,没有古人的先决条件;找到母亲纳鞋底的锥子,看看锋利得让人心慌的锥尖,以及瘦骨嶙峋的大腿,想着那即将汩汩涌流的鲜血,便不由得心惊肉跳起来,面对"装蒜"要付出血的代价的时候,我便没有志气地鸣锣收兵,向"装蒜"缴械。

青春的路不平坦,"装蒜"的热情挡不住。那些年,一罐头瓶的咸菜都能吃出当今奢华的鲍鱼味道来;一件别人赠送的橄榄绿也能穿出三年高中的青春风采来;一辆老爸的破飞鸽自行车,也能上中条山,敢下黄河滩,骑出万里长征来;一次青涩,不懂爱情,却能谈一场"山无棱,江水竭,冬雷震震,夏雨雪,天地合,乃敢与君绝"的恋爱来。常常是开着自编的玩笑,吹着自由的口哨,作业不多却装着很努力,快乐不少却硬是"少年不识愁滋味,为赋新词强说愁"。至今想来,仍有那种:老夫聊发少年狂,左捧书,右擎笔,烂衣破帽,单骑走芮中。为报父母登学堂,学匡衡,效车胤。青灯枯卷攀高峰,人憔悴,又何妨?仰望星空,不日主沉浮?那时节,我和同学刘占伟、刘伟江、张立鹏等等,三五好友聚在一起,好像整个世界都是我们的。牛逼随便吹,大头随便装,弹指烟灰,碰着酒盅,指点江山,激扬文字,望风会吟唱,对月能当歌,"敢上九天揽月,敢下五洋捉鳖"……

走出学校的大门,才知道"牛逼"吹破了,"装蒜"失败了,常常以"农村是一个广阔的天地,在那里都是可以大有作为的"安慰自己。可是到了"男大当婚"的年龄,看着村中一个个连初中都没毕业的同龄人,该嫁的嫁,该娶的娶,人人出双入对,携妻抱子,而自诩不凡的我,却因家中四壁空空,而被天下所有的姑娘所鄙视。试想一下,又有谁能够看上一个连牛郎都不如的人(牛郎至少还有一头牛啊)。然后,我就理所当然地成为村中最后一个"孤男",被拒之于熙熙攘攘的"围城"之外。每当此时,四邻右舍、亲戚朋友泛滥如灾的同情目光像刀像剑一样刺向我,我仍能忍受内心的万般尴尬,大言不惭、振振有词地说"我是先立业,再成家"。于是村口的黄昏,我"孤独帝"一样把傍晚站成了一道凄美的风景,遥望西天的云彩,或者瞩目中条山上通向外边的蜿蜒小径,想着临行毕业同学们的赠言"人品才华皆风流,爱情事业双丰收"的美好祝愿,自己不由得万分感慨"理想很丰满,现实很骨感"。

当上帝对我人生所有希望进行打压"封闭"之时,也许是一不小心遗漏了"一扇小窗",一位貌美的姑娘把一橄榄枝投了进来。初见我现在的妻子,内心不由得感动和惊喜。感谢上帝让所有的姑娘拒绝了我,唯独留下了最美、最善良的她。我猜测着：也许她当时被猪油蒙了心，错嫁了我；或者是本真善良的她同情着我，然后以一种"我不下地狱谁下地狱"的悲壮拯救着我。大旱逢甘霖呀，面对即将荒芜的爱之土壤，我丝毫不敢怠慢。为了捍卫这来之不易，也许昙花一现的爱情。我三天两头到丈母娘家跑，表忠心，绘蓝图，花言巧语、雄心壮语为妻描绘一幅"海市蜃楼"般的美好前景。并通过论今说古，列举出诸如"黄忠六十跟刘备、姜子牙八十为丞相、佘太君百岁才挂帅"等等。无非是想证明：她的眼光独到，看到的我必将是一个大器晚成的人。通过我充分发挥"装蒜"天资，挖掘"装蒜"的能源，尽其"装蒜"之能事的不懈努力，终获得芳心，跟上我一辈子受贫受苦。

成了家，才算成了一个地地道道的农家大哥。为了完全融于这个几百口人家的大集体，为了推进现代化农业的更大发展。更是把"装蒜"弄得炉火纯青，一改往日文雅的做派，也装出一副彪悍的样子，赤裸着脊背，伏在犁上，踩在耙上，举着鞭子，吆五喝六地赶着老黄牛，在天地间叱咤风云；也学会了蹲在田间地头，以娴熟的姿势卷着纸烟，抽着旱烟，开着粗野的玩笑，和邻里们说着家长里短，展望着来年的丰收景象。当了农民，才感做个农民不易，做个成功的农民更是难上加难。任我如何装，都逃脱不了邻家地块农民大哥雪亮的眼睛，总是讥笑着我："你这个洋学生，哪是干农活的料"！听到这话，我很不服气，施肥上粪，喷药打叉，驾辕套车，犁耙碾打，春播夏耘秋收冬藏，十八般武艺我样样不通，样样都在装。然而，最终在我们家乡流传着这样一句话：想找某某的地块，你挨个看，哪块地里野草最高，禾苗最稀长势最不好的便是。

当我连一个农民也做不好的时候，便不能不羞愧地逃离了我的村庄，忘恩负义地背叛了生我养我的那块黄土地，走村串巷卖冰棍，建筑工地打小工，狼狈得像乞丐，却装作像"傅说"；浑身很疲惫，却装作很坚强！终有一天，天可怜见，自己打工之余写的一篇散文在陕西人民广播电台播出后，竟骚动了十里八方，被某乡党委看中，终从"泥腿子"走进乡机关。爬着格子，匍匐前行，终从乡里爬到城里，直至来到了这个不大不小的盐运之城，开始以笔为锄的清苦文字生涯。到了机关，依然改变不了"装蒜"的脾性和本质。原本逃离了农村，却也虚伪地不时眼噙泪水，抑扬顿挫地背背艾青的诗:"为什么我的眼里常含泪水,因为我对这片土地爱得深沉";也常常喊着"城市套路深,我要回农村"。喊归喊,终究没有回去,也许为了更好地融进这个小城,也许是想为了证明自己的实力,每每面对领导布置的诸如"市长调研、全省现场会召开,年终电视汇报专题片撰写、年初工作报告起草"等"急难险重"写作任务,当人人唯恐避之不及的时候,自己总是第一个冲上去"我能、我行,保证完成"。"装蒜"过后,自是一番别样的艰辛。当得到单位领导的表彰,周围同事的肯定,内心自是洋洋得意!正因为"装蒜",压力过后是动力,从"装"的我可以,到"真的"我可以! 于是,从乡政府开始出发,带着一支秃笔,仗"剑"走天涯,凭"装"创人生,终从乡间羊肠小路走到县城柏油马路,再从柏油马路沿着中条山逶迤曲折的"108"拐到运城市区,一路"装蒜",一路搏杀,一路出击,"装蒜"途中风光无限。当我被省城一家重要机关借调的时候,当我背着简单的行李,乘着大巴,沿着大运高速来到龙城,站在某某机关的巍峨大门前,处于"车如流水马如龙"的极度繁华中,我真的犹如梦中,处于海市蜃楼中……"装蒜",其实也给我的人生历练带来了许多好处。

此后,在我寂寞漫长的人生旅途中,自己经常是孤独的拼杀,经常是屡战屡败,屡败屡战,在不断成功地失败着,"装蒜"便成了我人生不可或缺的一部分。职场拼杀,江湖算计,朋友背离,都成为"装蒜"的动力。

每当高朋满座的时候,自己抑制不住地得意,常常是为了朋友义气十足,装得像宋江;当喧嚣过后,一个个朋友,甚至自以为很铁的朋友也离我而去,望着他渐行渐远的背影,我装得像苏轼。没有人碰杯,自己就独酌,远离喧哗,学会独处,常常以"举杯邀明月,对影成三人"作为自己的人生最高境界。再苦再累,即使内心在流血,回到家里照样装得云淡风轻,只不想给妻儿增添些许的烦恼。每逢节假日回到村里,探望母亲,依旧把头型梳得水光溜滑,衣服穿得体面高大,"装"出一副衣锦还乡的样子,忍痛买一些平时根本舍不得抽的"好烟",土豪般地见人就散,只为了赢得那么一种羡慕尊崇的眼神,只为了平息母亲对儿子时常牵挂的担忧之心。

装来装去,其实也很累。别人装不装,怎样装,我不知道!而我"装蒜",也许只是为了弥补"底气不足,信心不够";也许只是为了给妻子一个天塌下来有我顶着的安慰;也许只是为了给儿子一个"父爱如山"的感觉……正如郑智化《水手》里唱的那样:总是幻想,海洋的尽头,有另一个世界。总是以为,勇敢的水手,是真正的男儿,总是一副弱不禁风,孬种的样子。在受人欺负的时候,总是听见水手说。他说,风雨中,这点痛算什么。擦干泪,不要怕,至少我们还有梦……

然而,对我来说,还有什么:至少,还有"蒜"可装!

大河之东是故乡

天地间:母亲坑我

"有过多少不眠的夜晚,抬头就看见满天星辰……"每当我手机特为母亲设置的铃声响起,我便知道阎维文又在替母亲用深情的歌声把我呼唤!

对于母亲的电话,我很纠结:总不希望母亲打来电话,是因为害怕电话里传来我不希望听到的情况;另一方面又特别渴望听到母亲的电话,总想知道她时时刻刻健康平安。然而,就在纠结和矛盾中,母亲寂寞无聊时,却总是喜欢拨弄她那部老年手机,用一双干枯树枝的手拨弄着电话簿里仅有的四个名字:大姐、大哥、二哥和我。她就像在山间拾柴,一枝、两枝、三枝、四枝,蹲在炕头点兵点将。最后,总是我"不幸"被点中,进行莫名其妙的袭击。

母亲老了,电话也好像"老"了。不知是中条山险峻阻隔,还是农家院落幽深,母亲那"衰老"的信号总是到不了我这里,有时刚接通,电话就断了,断了再打,打了再断,经久不息,持之以恒,不是愚公,胜似愚公,如此往复,终不觉累;或者是电话通了,她的听力又不好,声音大的能震破我的耳膜,可我说的话,她却一点也听不清楚。总是在万般无奈之际,迫使我不得不一改往日假斯文的模样,扯破了驴嗓子和她喊话,那音量常常是惊得过路人撒丫子就跑。前天又是一通电话打来,终通过不懈的努力,断断续续弄清了她的主题:说她近一段时间吃不下饭了,血压又增高了……听到这个消息,我的大脑瞬时缺氧,嗡嗡的,让我两眼发黑,心里发慌。于是,两腿发飘着,赶忙扔下手头的工作,冒着被单位领导炒鱿鱼的"炮火",一路翻着筋斗云狂奔回家。同时在车上赶紧调动一切资源,联系医院、主治大夫、病房……就在我一边做着战前准备,一边快马加鞭,火速回家,等我战战兢兢推开大门,眼前一景让我如遭电击:母亲正精神抖擞地和邻家几个老太太打着麻将,为了一毛两毛钱,纠缠不清,吵得不亦乐乎。如此场景,不由得让我头生烟,眼冒火:"妈,你这是干啥哩,故意坑你儿吗"?面对我的突然责难,她总是尴尬无趣地下了桌子,小声嘟囔着争辩:我哪想打呀,实在没人支腿啊。都是你的叔叔婶婶,不能不给面子啊。面对母亲这种有困难克服困难,有病痛克服病痛也要"支腿"的大局观和奉献精神,特别是无理还要犟三分的劲儿,我经常和她吵得天翻地覆。每当母亲理屈词穷、恼羞成怒,她总能拿出唐僧的"紧箍咒"来:不是躺在床上开始发病呻吟,没黑没明,直"坑"得我"头疼欲裂";就是声泪俱下,痛陈我的种种不孝,怨起来如窦娥"六月飞雪",怒起来如"三娘教子",庄重起来恰似"岳母刺字",搞得你只能认错认输。

也许是含辛茹苦,也许是天道酬勤,我的母亲终在晚年荣膺了她一生唯一的一个光荣称号"病号专家"。她为了无愧于"病号专家"这个光荣的称号,于是千辛万苦终集大成于一身:高血压、冠心病、左胳膊残疾、两只脚伤痛。常常是"感冒三六九,咳嗽天天有",成了祖母之后,又一个"药罐子"的传承着。母亲老了、病了,就成了一个浑身是病的"老小孩"。只要是"小孩",不管是"老小孩",还是"小小孩",本质就要撒娇,就要发脾气,就要"坑"人。母亲"坑"我很具智慧,颇有心计:"语言丰富、表情生动,加之肢体动作相结合,常常是自由发挥,效果极佳"。她"坑"我时间把握得好、节点掌握得好、步骤安排得好,火候掌握得好。比如母亲从不关心国家大事,但她却明察秋毫什么时候是礼拜天,什么时候是法定小长假,在她心里,远比国务院放假办明白。每到礼拜天或小长假前夕,母亲便从山那头分秒不误地打电话。母亲"坑"我,总是掐着日子,很是精确,没事的时候总是一副无辜可怜的模样,说她好久没上街了,脚麻木地也需要到县医院检查一下,南街上老张的豆腐摊的油茶、油条好久也没吃了,味道不知变了没,那种希冀的表情总是让人无法拒绝。总之,非得把我的假期消耗殆尽,她方才作罢。我们之间的"战争"与"和平"总在伯仲之间。我也有抓住契机,"反戈一击"的时候。比如,一起进餐的时候,当我一个大小伙子温文尔雅刚刚端起碗筷,五谷粗粮还在筷头踌躇之间,母亲满满一碗面条已经风卷残云,消灭殆尽,开始准备扫荡第二碗。面对母亲这种"廉颇老矣,尚能饭否"的雄伟气概,我不失时机,总是对她进行无情"打击":"妈耶,你可真是越老越不中用了,什么都干不了,就是越来越能吃了。瞧你一个人的饭量,足足顶你儿子两个,谁能养活得起。"对此,母亲毫无生气之色,总是眨巴着她那昏花的老眼,笑眯眯地告诉我:人老了,全凭一碗饭,只有吃饱了,有劲了,才能好好地"坑"你们姊妹几个"欠债鬼"。

　　母亲"坑"我,渐渐地"坑"成了一种习惯。若一段日子,母亲突然平静了,没有电话了。我心里反而急急的,惶惶的,惴惴不安的。于是,开着车,翻山越岭,急急忙忙朝家里赶。推开家门,看到院子里一片黎明静悄悄,不由得着急起来,大声嚷着:"妈、妈……"随着院内树上鸟儿惊得四散,一个苍白头发从后院的门缝里探了出来:多大人了,瞎叫啥呢,叫魂哩!

　　听到了母亲的嗔怪,我才放下心来。到了后院才知道,母亲最近养了两只大白鹅,有了新的战略合作伙伴,她才把她的儿子忘到了九霄云外。看着两只大鹅神乎其神地踱着方步,抻脖引颈对天长歌,把初唐诗人骆宾王的诗情画意铺满一院的时候,我不由得也醉了。母亲告诉我,她这两只鹅一天一个蛋,真正纯绿色的,已经为我攒了好多,让我走的时候都带上,送给城里的朋友。于是,朋友圈便有了我美拍的炫耀,引得圈内朋友点赞不止,口水喷喷涌流不止。

　　每当晚上和母亲同住一炕的时候,母亲又是祥林嫂般地喋喋不休诉苦,说她整夜整夜的失眠,如何如何的痛苦。说得月上九霄,说得星辉烂漫,说得我睡意全无。然而,话音未落,她便鼾声四起,此起彼伏,回旋满屋,常常是丢给我满屋的月色,一帘的清辉,她却睡得不管不顾、气壮山河。借着月色,不经意间,看到了酣睡母亲的容颜:近乎八十个春秋的风霜侵占了她的发梢,无情地攻占了她的生命之春,原有的两条乌黑油亮的粗辫子早已被岁月之剪收拾殆尽,一抹触目惊心的残雪抽丝剥茧地啃噬着她发髻少得可怜的一些色素;沉重的岁月磨盘似的把她原有窈窕的身姿压榨得越来越矮驼;原有俊美的面庞被时光榨汁机榨尽了所有的青春之水,岁月之河近乎干涸,生命之床以沟壑纵横、交错相间的沧桑向儿子画像。看到如此老的母亲，内心不禁一阵酸楚：我经常埋怨母亲"坑我"，可是又是谁把母亲"坑"成这个样子呢？

从我出生起，因我排行老四，祖母稀罕够了长孙，便不待见我。母亲无奈，常常是把襁褓之中的我绑在她的脊背上，餐风饮露日出而作，披星戴月荷锄而归，终日行进在田间，常年照料着我们兄妹四人和四季庄稼。

白天，她要到地里挣工分，锄草、割麦、打场，样样都干，到了晚上或雨天，也不得闲暇，不是用纺车纺线，就是织棉布，纳鞋底，缝补浆洗，从不知歇。昏暗的油灯影下，母亲嗡嗡的纺线声成了我安然入眠的摇篮曲；黎明时分，母亲左手浑然忘我地摇动着纺车，右手有张有弛地拉花抽线，成为我童年记忆最深的黑白剪影。

到了现在，我始终也想不明白，那时的母亲是如何的左手锄头，右手幺儿，"锄禾日当午，汗滴禾下土"的？那时懵懂无知的我，看不到田园风光的旖旎，闻不到稼穑荷香的美味，感受不到饥饿母亲的劳累，只知道伏在她那温暖的脊背上嗷嗷待哺，只知道索取她的甘甜而又不多的乳汁，只知道大哭大闹去"坑"她，临了还要尿她一脊背。那时"坑"她，"坑"得义无反顾，"坑"得理直气壮。

慢慢长大了，就变着样儿去"坑"她。不是上房揭瓦掏鸟摸蛋，就是钻过篱笆打枣偷瓜，不是互搭人梯翻墙进园，偷梨子，摘苹果；就是白天用弹弓打一块玻璃，晚上到房顶堵一座烟筒。甚至，时不时还与邻村孩子轰轰烈烈地约上几场架，撕脸扯皮地干上几场，不是抓破了人家的脸，撕碎了人家的衣，就是毁了自己的容，坏了自家的裤。于是，本就捉襟见肘的母亲还得拽着我，挥霍着自家仅剩的一点尊严，东家赔礼，西家道歉，临了还得搭配一些物质赔偿安抚平息。

也许和母亲有仇，也许母亲上辈子真的欠我很多账，无论岁月怎样地恩赐我长大，我还是无时无刻不在追着她无尽地讨债，无尽地"坑"她。上小学了，便无师自通地学会了装病。小病装大病，大病装重病。因为装病，一则可以逃课，不做作业；二则还可享受家人的特殊待遇，混个好吃好喝好脸色。为此，我总是在哼哼唧唧地痛苦呻吟中，装得神乎其神，装得以假乱真，逼着母亲帮我请假。母亲也从不辨别真伪，总是急急慌慌中把我打造成了学校中的"装病专业户"。然而,一到期末,轮到我在全班考试中坐最后一把交椅的时候,老师第一个找的不是我,而是母亲;老师最严厉的批评也不是我,还是母亲,看着没有文化的母亲唯唯诺诺的样子,我那时竟没有半点羞愧之心。"坑"她,也许成了一种习惯。上中学了,随着个子的渐渐抽条,跑路多了,千层底越来越不耐用了,便天天催促着母亲"捎谷子,纳鞋底"为我飞针走线。

上芮中了,费用加大了,便每个星期三和星期天回来取馍的时候,理所应当地向母亲摊出双手,雷打不动地索要生活费和学杂费。坑得母亲又是东家借三元,西家凑五元,说尽了好话,磨破了脸皮。学校里,看到同学们都有一把漂亮的上海牌口琴,时不时地吹出优美的青春旋律,我流着哈喇子魂萦梦绕在百货大楼的柜台上。二十元的金额让母亲为难了好几天,西房织棉布机梭子来回"啪啪"的激荡的声音,恰似母亲内心的激战。为了儿子,哪怕她的儿子怎样地"坑"她,她即使卖血也要满足他。过了若干年,我不知道自己的母亲是如何瞒过父亲拿出这笔巨款,满足我这个奢侈的愿望。为了家里吃的、用的和学费,即使生活再苦再累,再穷再紧,为了帮我完成学业,母亲总是全力以赴地劳动再劳动,节俭再节俭,借钱再借钱。她总是可着家里最后的一块棉布给我做衣裳,她总是滴尽家里最后一滴香油拌在我上学装菜的罐头瓶里,她总是把家里最后一块干粮装在我启程的行囊里,她总是把家里最后的一分钱用在我的学费上。

"坑"她,也许就是一生的母子缘分。无论我的角色如何转变,"坑"我的母亲成为贯穿我一生的主题。记得那年考上了太原一所学校,由于家里仍没有半分钱,为了所谓的青春理想,跳出农门的远大志向,我竟然厚颜无耻地要求母亲和我一起去河对岸她的娘家灵宝去借钱。那次,数十年没有出过远门的母亲连半点犹豫都没有,以"风萧萧兮易水寒,壮士一去不复返"的姿态,带着我和大姐一起迎风破浪,泛舟壮歌。

到了她那开金矿的妹妹家,除了开阔了洋楼大院的眼界,欣赏到了院中霓虹舞姿的斑斓,晚上混了一餐简饭,一无所获,反而赔了几十元路费。对此,我常常耿耿于怀。经常不顾母亲的内心灼伤,说一些愤愤不平的话。随着年龄越来越大,家里穷,说媳妇成了一个老大难,在那没有梦想和希望的日子里,我又一次力拔头筹地成了全村仅有的两个光棍之一。作为大龄青年的我,少有媒人问津,偶尔有人牵线搭桥,便也被女方家中的明察暗访最终"古德拜"。为此,我又少不了埋怨母亲,"坑"着母亲。母亲一方面忍受着内心的熬煎,一方面积极努力,动员各方力量,倾尽家中之资,洗尽囊中之物,托人说媒,求人牵线;成家了,我又毫不犹豫地把孩子不管不顾地丢给了母亲,洗洗涮涮让母亲去做,头疼脑热让母亲照看。

就这样,我如一个讨债者,没有半分怜悯地穷追猛打,穷凶极恶地"坑"着母亲。从母亲的青春韶华"坑"她到日薄西山,啃噬着她的青春,消费着她的健康,损耗着她的生命,"坑"得母亲愁白了头,"坑"得母亲昏花了眼,"坑"得母亲病缠了身。现如今,母亲病了,我无法再"坑"她了。母亲开始小孩一般学着"坑"我了。

特别是近来,母亲白内障越来越严重了,便提出了想做手术。去年,母亲在市急救中心,左眼白内障做得很成功。母亲尝到了甜头,便提出了要把右眼再做一下,她要拥抱整个春天。我便带着她又到市急救中心检查了一下,由于母亲年龄较大,眼皮松弛,眼睫毛长倒了。尚大夫建议先到眼科医院做个电解质,消炎静养好再来。母亲回家后耐不住性子,三天两头打电话给我,那种急迫,那种焦虑让人心急火燎。有时正在开会,母亲一个电话打断了我的思路,有时正在午睡,母亲一阵督促惊扰了我的酣梦,有时午夜,一阵刺耳的铃声弄得我心惊肉跳。一个星期,12道金牌,那种执拗,那种执着"坑"得我心烦意乱。有时心里竟然冒出了不该有的念头:母亲"坑"我哟!

前天,为了母亲不再"坑"我,又把母亲接到了市急救中心,令人感动的是大夫们待患者如亲人,让母亲感受到了春天般的关怀和温暖。特别是专家贾大夫面对母亲眼皮松弛、眼角膜极薄的复杂情况下,为了患者重见光明,他医者仁心般地答应了母亲:再难也要帮她做好。昨天下午的手术,按照去年的经验,用母亲的话说,只是挥挥手的事。却没有想到坐在手术室外足足等了一个下午,始终不见母亲的身影出来。直到太阳落下盐池,直到盐湖大道华灯初上,母亲才在护士的搀扶下,走了出来。一见面,母亲就嚷着说:活了八十岁,头一次让人嚷。不过一会,她又不好意思地解释:"这

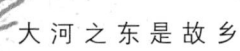

次可为难了人家贾大夫,人家老头说他做了一辈子白内障,还没有遇到过这样难做的。看到大夫那么辛苦,母亲竟然在手术台上和贾大夫商量,要不别做了,让我出去吧。对此,我哭笑不得:我的老娘哟,你"坑"了儿子,还把人家大夫"坑"苦了。你以为手术台是菜园子呀,上台下台还搞价还价的。事后,才听那个年轻的医生助理说,别人做手术,都很宁静,她却乱说话,加之她的眼角膜极薄,听力又不好,主治大夫让她下巴朝下,她偏偏朝上,让她朝上,她又偏偏朝下,左右不分和"组织"极不配合,导致贾大夫狠狠地嚷了她,她才听话了一些,费了九牛二虎之力才把她的白内障做成功。

看到了母亲再一次恢复光明,我不能不感激市急救中心眼科的全体医生护士们,感激他们尽心尽责,以高尚的医德,精湛的医术成全了一个耄耋老人的心愿,使她能够欣赏到这个美丽的春天。同时,我也羞愧于母亲

"坑"我的一些念头。因为我"坑"母亲于一万,母亲"坑"我以万一;我"坑"母亲是一生,母亲"坑"我只一时;我"坑"母亲在朝露,母亲"坑"我在黄昏。正如一则寓言如是说:婴儿降临人世前,佛与婴儿道别。婴儿一直在哭:"我害怕,我这么小,什么也不会,多么无助。"佛安慰他:我早已安排好一位菩萨引领你去到人间,她会保护你,照顾你,爱你,等你长大以后,菩萨也就完成了使命,才能回到我的身边。婴儿停止哭泣,问:"菩萨叫什么名字呢?"佛微笑说:她的名字叫"妈妈"。

母亲啊,原来你就是佛派来守护我一生的那尊菩萨啊。然而,我也明白,随着时间的推移,菩萨也有回到佛身边的时候。母亲已经八十了,我不知道她还能保护我多久,还能"坑"我有多长?但我更清楚,她"坑"我是我的福分,我被她"坑",是菩萨的照应。所以,在日益苍老的岁月前,我只是祈祷着,母亲能够持续坚强,那羸弱的身体能够突围出百般病魔的围攻。从而"坑"我久些,再久些吧……

大河之东是故乡

挥手2016 不带走你的分分秒秒

认识"2016",是在"2015"之后,这是上天的安排,也是岁月老人的馈赠,更是人生旅途必经的时光驿站。所以说,邂逅2016,绝非偶然,而是必然。

说起"2016",他与"2015""2014""2013"……没有什么不同?相似的"面孔",雷同的"样子",老套的"脾性",熟悉的内容!每天24小时不增不减,每月30天不胖不瘦,每年12个月不长不短……在相同的时间,相同的地点,拥抱"黑白"的轮流,握手"昼夜"的交替,守望四季的更换!在花开迎春日,我曾在逶迤壮美的凤凰谷内,携家带口踏春踩青,捧一地金灿灿的油菜花向你做最深情的告白;在烈日酷暑时,我曾在波澜壮阔的盐池岸畔,呼朋唤友避暑烧烤,执一盏消夏的雪花冰啤向你发出最热烈的邀请;在秋果飘香的时节,我曾在后稷稼穑、广袤无垠的原野之上,肩挑背驮五谷的芳香与乡亲们一起向你表达最诚挚的敬意;在朔风送冬时,我曾在跌宕起伏的条山之上,万里凝波的黄河拐弯处向你吐露着最炽烈的热爱……

然而,站在四季的最后一个站台,你我执手相看泪眼,竟无语凝噎。任我如何地苦苦挽留,凭我怎样地"真诚表白",你却从无一分半秒的犹豫,一旦到了钟点,你依然决绝离开,踏上2017的列车,轰轰隆隆绝尘而去……

这一离开,我双目噙泪,这一转身,即为永别!为此,我徘徊在一年12个月的时光最顶峰,回望从前,在迂回曲折的高端云路里,试图寻觅到什么,企图用喜悦或悲伤的文字表述一些什么。在寻寻觅觅中,我心里一直明白:2016不知你对别人做怎样的青睐?反正在这一年365个日日夜夜里对我从不假以颜色,始终铁青着一张"欠你几吊钱"的冰冷面庞。

回味我们相处日子里,其实就是一锅日子的"乱炖",酸甜苦辣皆有,喜怒哀乐共存。在这一年里,母亲看着看着就老了,儿子看着看着就大了,亲人聚着聚着就走了,喜宴吃着吃着就散了,酒喝着喝着就醉了,兄弟处着处着就分了,存折花着花着就没了,车开着开着就撞红灯了……

在2016这365里路的一路囧途中,一路跌倒,一路爬起,在质疑中,在指责中,在热讽中,在否定与被否定中屡战屡败,屡败屡战……

到了年底一结算:得到了一斗谷,却丢了一袋子米。这一路啊,我驾照的满满12分就扣掉了11分。在唏嘘千万中,不由地感慨万千:狗日的中年啊,薄情的2016。

身心疲惫中,摸着自己又该焗油的渐生华发:一抬头,天际流云瞬息变;一俯首,地上沧海成桑田……听着"山无棱,天地合。冬雷震震,夏雨雪,乃敢与君绝。"文艺范十足的铿锵誓言,不由得从内心发出惊呼:永远到底有多远,永久到底有多久?这一切,又怎敌得过四季的轮回和生命的流转。

然而,一年四季总有寒暑,人生一世总有悲喜,哭哭笑笑就像一场生活情景剧。父母的老去不正是我们将来的样子,儿子的长大不正是督促着我们更加坚强,一些亲人们的离去不正是昭示着我们生命的沧海之一粟,兄弟的分道扬镳不正说明着我们的某些方面做得还不够好,还需反躬自省,好好修炼吗?这一年的磨砺,不都让我们在喧嚣的人间骨头更硬,内心更柔,怀揣善意,笑对人生……

困窘地望着2016最后落寞的身影,在风吹日晒雨淋中,我渐渐地明白:岁月不饶人,我何曾饶过岁月!你施我以薄凉,我还你以深情,你夺我父母老去,我还你儿女以青春,你赐我物质贫瘠,我求索精神富源,你淋我寒风冷雨,我却在寻觅美丽彩虹……2016终让我明白了:生活中,没人欠你的。有人对你好,你应该感谢,人家对你不好,你也不应该去埋怨。没有谁会陪你到永远,也没有谁有义务陪你到永远!包括父母,包括亲人,包括爱人和子女,更不用说兄弟和姐妹了。有些人,见或不见都在心间;念或不念都在眼前。 风雨交织中,只要有人愿意陪你走一程,那就足够了!少了一群人的狂欢,多了一个人的寂寥又何尝不是"白天不懂夜的黑"的另一种美!失败了,说明努力不到,继续努力,曙光就在前头;丢了的,说明我们不该得到,放弃该放弃的,寻找该得到的;走了的说明缘分已尽。

挥一挥手,远方依旧可期,"莫愁前路无知已,天下谁人不识君"?

2016走了,带走了疑虑和彷徨,带走了沮丧和阴霾;留下了一年中的诸多文字供我品鉴,留下了一群"在河之东"的文友供我珍惜!老前辈的深情叮咛依旧回荡在我的耳旁,众多朋友文字江湖上的一路扶持依旧支撑在艰辛的跋涉中,"目光取暖"融冰消雪的向善情怀依然温暖在俺的心头,"大姐大"的芹菜饺子依然香飘在肠胃间,明心斋的书赠条幅依然招摇在案头,尚芹堂的一纸兰花依然盛开在河东,范氏石翁煮的一杯香茗依然流淌在舌尖,先锋兄弟、西燕大姐的"河之东好声音"依然传唱在家乡,黄杰兄长的一杯老酒依旧发酵在岁月里,本土画家关晓霞的《黄河澎湃万里流》依然气势磅礴在潮头,薛涛老师的工笔鸟儿依然雀跃鸣唱在枝头……还有稷山朋友的枣儿,新绛朋友的核桃,点滴情谊在心头!

挥手2016,我不带走你的分分秒秒!时光短暂,文字不朽!只要有文字,生活的亏欠又算得了什么;只要有文友,世界的薄凉又算得了什么?只是我们要明白:一天真的很短,不要等明天;一年真的很短,不要等来年;一生真的很短,不要等永远。活在当下,做好自己,在这有限的时间内,放下计较的名和利、人和事!磨好自己的"文字"长剑,背负自己的"倚天屠龙",打好自己的"故事草稿"……因为,2017,一个更为辽阔、更具传奇的"文字江湖"——《我在河之东》正待传奇的我们去打造永远的传奇……

酸枣吟

酸枣,居于山之顶,崖之畔,塬之上!

酸枣,根植乱石之间,生于荒野之中,长于寂寥之远!

酸枣,没有伟岸的树冠,没有窈窕的身姿,没有"理发师"为他修枝剪杈,只是以野草形状般的发型自由地生长;酸枣,没有优越的生长环境,没有更好地成长条件,没有营养师为他施肥添料,只是以晨风夜露坚强地活着。他在枣的族类中渺小得算不得枣,但又确确实实地以枣的形式卑微而高傲地存在。

听听,听听他的名字:酸枣!听起来穷酸,看起来寒酸,吃起来牙酸,想起来心酸。土气、小气、呆气,总之,一个"酸"字贯穿他的一生,一个"土"字足以表述他的一切!

他没有稷山板枣的贵胄血统,没有保德油枣的名贵身份,没有运城相枣的口口相传,没有交城骏枣的声名鹊起,没有柳林大枣的历史悠长,没有太谷壶枣的肉肥甜腻,更没有临汾尧枣的美味甘甜!他没有各大名枣的华丽包装,没有被搁置在华联、沃尔玛等各大超市的柜台上待价而沽的风光时刻,他更没有各大名枣昂昂然出入皇宫相府,陶陶然穿梭于世界各国的奢华旅行!

世界这么大!然而,酸枣什么都没有!没有掌声、没有赞誉、没有关注,没有人为他泼墨,没有人为他吟唱。甚至,在枣族中没有籍贯,没有名分,总是被人所遗忘,被枣类所割裂,被岁月所忽略……

尽管上帝不公正,但酸枣从未低下头!名利可以不计,得失可以忽略,但成长从来未停止！枝叶永远向上，向风向雾又向雨；弱根永远向下，向贫瘠，向乱石，向腐土！左拥风霜雪雨，右抱雷电火石！历经春夏秋冬，该发芽时一定就发芽，该绽叶时就绽叶，该结果时一定要结果，该落下的自然要落下。对于酸枣来说，只要与生命有约，就一定要把奋斗的梦想挂在枝头，只要生命历经贫瘠而奢华的成长！无关赢弱，无关荣辱，无关丰硕，痛过，笑过，成长过就好！

假若相逢在河东

假若相逢在河东，我一定在黄河岸畔等你，借用母亲最温柔的臂膀把你拥抱，然后，俯下身去，与你一起掬一捧苍黄的浪花，通过指缝，看潮起潮落；假若相逢在河东，我一定在条山之上等你，洞开风陵最古老的渡口把你迎接，然后，抬起身来，与你一起采一块女娲补天的五色炼石，透过日月旋转今古交汇的光阴间隙，看一河文明的锦鲤越过龙门，浩浩荡荡向东游去。

假若相逢在河东，我会慷慨地拿出嫘祖养蚕织就的家乡衣衫为你御寒，也会毫不吝啬地劈柴做饭，燃起西侯度遗址人类第一把圣火，用舜耕历山、后稷稼穑播种出来的谷子，烹煮一锅"五千年文明"的饭，招待来自远方的贵客；如若还嫌味道不足，那皑皑盐池，随便一把，便把我们泱泱华夏"好厨子一把盐"的世间味道调理得淋漓尽致。

假若相逢在河东，那该是多么美好的事情啊！朝登九龙山，晚宿凤凰谷；面朝盐湖，春暖花开，灿烂如金的油菜花儿漫天遍野无穷尽，灼灼其华的层层桃林芬芳溢满大河东。置身其中，可以拥一怀南风、闻千年之薰香；可以枕一梦涛声、听舜帝之抚琴。抑或泛舟汾水，载一船素波、沐千古秋风，听一耳皇家丝竹，慨一肚子汉帝唏嘘。抑或乘车蒲州，揣一怀仰慕，睹大唐女儿风姿，惊玉环绝代风华，叹昔日皇妃已随风。管他庙堂之上、管他草野之远、管他侯王将相、管他红颜佳人，只要在河东，便是踏上了上古之土；只要相遇在河东，便是到了热情的故乡。

假若相逢在河东，无须憧憬，无须寻找，到处都是诗意栖居的地方。河东先贤傅说发明的"版筑"技术，足以让你在鸟语花香的河东置一处小院、开一扇柴门、盖几间瓦房,陪着爱人房前栽树、屋后种花,闻鸡鸣起床、听犬吠迎客,过着"结庐在人境,而无车马喧"陶渊明式的生活。春夏秋冬,读书喝茶,只闻花香,不谈喜悲,闲暇时光,可以永乐宫里赏壁画,穿越唐风宋雨,走过宋元明清;也可关帝庙中上一炷香,读一部无字春秋,习一篇忠义文章。抑或兴起,闲散"王官谷"内,寻韩愈吟唱,听宗元歌赋,觅司空图踪迹。如有可能,再邀上三五好友,五老峰上与神仙把盏,鹳雀楼顶和王之涣吟诗,西厢月下与爱侣谈情。

"欲知世上观台上,不识今人看古人。"假若相逢在河东,可去盐湖会堂,亦可到河东影院,充分享受"台上笑台下笑台上台下笑惹笑,看古人道古人看古到今人比人"的幸福时刻。看一场蒲剧,听一曲眉户,或为关汉卿的《窦娥冤》流几把泪,或为王实甫的《西厢记》喊几声好。

假若相逢在河东,我们可以一起去平陆虞坂古道看那车辚辚、马萧萧,千年沧桑盐运梦的历史留痕,一起倾听那来自云水深处的马蹄声声、良驹嘶鸣致伯乐的历史回响;我们可以一起去芮城的大禹渡口,站在千年古柏下,仰望那根植于民族沃土盘根错节的生命律动,瞻仰那枝叶向天遮阴为民的大禹精神;可以一起去解州的蚩尤村,走进扑朔迷离的历史传说,探寻炎黄文明的源头;可以一起去夏县的瑶台之上,从夏桀的亡国之路上得到些启示,可以一起去造访司马光的长眠之地,透过残石断碑研读《资治通鉴》以外的历史密码;可以一起去河津龙门寻找王勃那"落霞与孤鹜齐飞,秋水共长天一色"的永恒绝唱;可以一起去绛县晋文公之陵园,在那层林尽染、山楂红遍的韵律流动中,一起感受春秋五霸的历史传奇。

假若相逢在河东,那是你的幸运,因为大河之东,人杰地灵;因为魅力运城,山河形胜。行之所至,处处闪耀着"天行健,君子以自强不息"的精神光芒,遍地流淌着"地势坤,君子以厚德载物"的人文气息。这里的人们讲礼仪,以文明为基;这里的人们热情好客,以诚信为首;这里的人们德孝并举,以忠孝为本。

来吧,亲爱的朋友。纵然是五湖四海,也可驾祥云而至,我们在关公机场翘首以待;纵然是天涯海角,也可乘动车而来,我们在高铁站口鲜花以待。

运城 终归是英雄的故乡

走进四月的运城,处处花团锦簇!

走进运城的四月,到处鸟语花香!

一个城市,若没有英雄拱卫,这座城市就是一堆没有灵魂的废墟;一个英雄在一座城市若没有栖息安眠之地,那么这个时代就称不上是个伟大的时代……

今天,我有幸在这个城市的黄昏,一脚跨进了这个城市刚刚收拾一新的"英雄公园"!这不能不说是我的荣幸,也不能不说这是运城530万人民大众的荣幸,更不能不说这是我们这座具有5000年文明履历城市的荣幸!因为这个时代让英雄概念与城市精神高度契合。

作为山西省的爱国主义教育基地,原来的"运城市烈士陵园"如今命名为"英雄公园",这不能不说是一种社会的进步,不能不说是我们这座大运城的胸襟和气度,也不能不说是我们当下运城人的自信和笃定!

谁无英雄种,谁又无英雄梦?我正是带了这样一种家乡情怀走进了"英雄公园"的北大门,抬眼一望,便看见一座"运城攻坚战英雄群雕"正在徐徐打开一个壮歌留传,史诗永续的时代画卷,正在讲述和还原当年运城攻坚战中,军民并肩,浴血奋战,舍生忘死,三打运城的壮丽图景。

以"英雄群雕"这条中轴线自北向南,踩着七十一载的历史云烟,用脚丈量着"三打运城"的历史刻度,徐徐来到了运城解放纪念碑前,细察"解放运城碑记""人民群众支前""坑道攻坚大爆破"等碑文,不能不为解放和建设运城在各个革命历史时期无畏献身的7764位烈士而肃然起敬,不能不为在这里长眠着1500余位为解放运城而英勇牺牲的革命英雄而内心感动……

当我抬头目测着这碑顶接近蓝天的高度,当我侧耳倾听着那穿越万丈云霄的鸽哨声声!我在想:不正是这7764位烈士用"马革裹尸还"的情怀才堆积起了中条山的巍巍风姿,才托起了这座英雄纪念碑的伟岸庄严;不正是这长眠在英雄公园的1500余位革命烈士用汩汩热血浇灌着黄河两岸的五谷丰登,染红了这座古老城市的千里沃土!

当我带着思绪从这条中轴线往返回折,"人民英雄公园"犹如一本皇皇巨著,西边被打造成风景怡人的园林区,东边建成红色文化区。徜徉园内,绿草如茵,目光所及,鲜花怒放,苍松翠柏蔚然成林,亭台楼阁相映成趣,石桌长凳散布其中,先烈三大坟茔品字排列,英烈墙、碑长廊,迤丽绵延,曲径通幽……

七十年,若放在宇宙苍穹的时空里,仅仅是弹指一挥间;七十年,若放在五千年浩瀚人类历史长河中,也仅仅是浪花一朵;七十年,若放进中华民族百年史里,却是一个苦难民族与人民在黑暗中流血流泪、挣扎反抗的漫漫岁月。

漫步在四月的傍晚,行走在这片英雄的土地上,倾听鸟语,醉闻花香,孩童在嬉戏,恋人在私语,一大群人忙着在自拍。也许当下的人们已经习惯了草长莺飞的季节、花开花落的日子、歌舞升平的时光,而又谁会记得起长眠在条山脚下、黄河岸畔、盐池旁边的他们:嘉康杰、王光、周巧莲、吕有明……我想,这些英雄的名字,足以壮山河,撼天地,留百世!是他们用忠肝义胆托起了河东一片美丽的艳阳天,是他们用血肉之躯铸就了运城这座5000年城市亘古不衰的风骨和灵魂。

何谓英雄?英雄,当常人。英雄也重生死,英雄也恋亲旧,英雄也爱风和日丽。然,爱一人之生命,而推及于千万人之生命;重一家之感情,推及于千万家之感情;念一人之享受,推及于千万人之享受。故,生死关头,危难时刻,总能挺身而出,托泰山之将崩,扶大厦之欲倾,沧海横流,方显英雄本色。

我不敢想象,没有英雄的世界,人间会变成什么模样?那一定是万山磅礴没有了主峰,龙衮九章挚不起一领;那一定是茫茫大海没有了引航的灯塔,漫漫长夜没有了启明的星斗。所以说,我们要感谢这座城市,让已故的英雄们有了长眠之地,让活着的人们有了心灵寄托之所,让崇拜英雄、争当英雄成为当下人们的集体认知,让运城终归成为英雄的故乡,让每个人在这个时代、在这个城市安居乐业中当好每一块"砖",做好每一片"瓦",真正让人人都是英雄,个个都有用武之地成为时代主流,从而续写女娲补天的壮举,后羿逐日的篇章。

大河之东是故乡

王之涣：河东真爷们

一千三百二十九年的今天，也就是武后垂拱四年（公元688年），天降祥瑞，文星闪耀，从条山之巅、黄河岸畔的绛州大地传来一声兼具大唐气韵的嘹亮啼哭，向长安帝都、盛唐诗坛庄严宣告着一位天纵神才的诗人——王之涣的诞生！

——王之涣，字季凌，祖籍晋中，家居绛州，一个真正的沐条山风，饮黄河水，食后稷米，穿嫘祖衣的河东爷们。

作为唐朝帝国"一级作家"，他比王昌龄大10岁，比李白、王维大13岁，更比杜甫大24岁，在灿若星河的大唐作家诗协群里，他以河东人卓尔不群的风姿被诗界称为老大中的老大，大咖中的大咖。

在这个山河形胜、英雄云集、史诗永续的河东大地，王之涣作为一个"官二代"，从小就敬仰三皇五帝，尧舜禹皇，特别的偶像是解县关云长的忠义风骨。青少年起就追逐古圣，仿效先贤，习武练功，击剑悲歌。最喜仗义疏财，热衷扶贫济弱！虽五陵少游，牵狗架鹰，朋友圈中，非富即贵，尽其豪侠。但煮酒论道，鲸吸海饮中，却也心系百姓，胸怀天下，是一个有梦想、有担当的河东爷们！

家中排行老四的王之涣，自幼好学，诵读于涑水河畔，致学于紫家峪中，不及弱冠便能精研文章，未至壮年，便已穷尽经典之奥妙！其天性豪迈，无意科举，加之性直平实，虽身负绝学，却因不会拍马经营，在衡水县衙的机关里混得极其艰难，更不愿为了主簿这一秘书之职而折腰攀贵，加上小人妒贤忌能，穿小鞋，打报告，致使清高孤傲、书生意气的王之涣愤然留下了"此处不留爷,自有留爷处。处处不留爷,爷去游名川"的辞职信。

当长安上空吹落最后一片枯叶,当开元年间的第一片雪花落在仕途失意王之涣的发髻,一次说走就走的黄河边塞采风活动就此启程!

东方欲晓,莫道君行早。踏遍青山人未老,风景这边独好。王之涣这一走就是十五年,沿黄河的山西、陕西、甘肃等数省北地一路迤逦出发,赴河陇,出玉门,漫游西北边地,行一路孤寂,走千里草原;涉一身艰险,穿茫茫大漠,凭吊前人,寻名访胜,览大唐山河之壮美,发边关塞外之情思。一曲"羌笛何须怨杨柳,春风不度玉门关。"如投枪、如匕首,上诘皇室之寡恩,下恤三关儿郎之疾苦,人气指数爆棚,赢得四海点赞。正是这十五年的自驾游和风雨砥砺,才使王之涣西傍长安之风,东临洛阳之气,笔浸黄河水,墨染天际云,掀滔天之巨浪,拢宇宙之笔端……用一口晋南方言唱出了一首"白日依山尽,黄河入海流。欲穷千里目,更上一层楼。"饱含着中华民族那种历经苦难之后,心胸更壮阔,态度更积极、回肠荡气的"命运交响曲",把对人生的思考和"天行健,君子自强不息"的追求,化作了磅礴汹涌的黄河水,引得无数英雄竞折腰,黄发垂髫皆能诵!

唐诗因王之涣而生命拉长,王之涣因唐诗而生命骤减!

也许北漂得太久,也许流浪得过远,也或许是受伤得过多,天宝元年,也就是公元742年,一颗流星划过长安的天际,宣告着这位仕途失意,诗场得意的大咖诗神——王之涣55年的壮丽人生轰然结束。

王之涣走了,尽管不在体制之内,新旧《唐才人传》没有一星半点的流传。但我想,辉煌灿烂的唐朝诗坛因为王之涣的缺席一定寂寞了许久,黯淡了许久。就是不知道他的好友高适哭了没有,也不知他的兄弟王昌龄流泪了没有。回首苍茫处,不见片言只字的挽留,也不见一丁点儿哀伤的相送。作为老乡,在内心隐隐作痛之际,还是想感谢一下唐朝靳能在其墓志铭中给予了一个伟大的失意者王之涣的高度评价:"孝闻于家,义闻于友,慷慨有大略,倜傥有异才"!

青山遮不住,毕竟东流去!

当云卷云舒,历史进入了公元2017年,我们在霓虹闪烁、人流如织的现代化城市的拥挤中,肮脏的交易中,狡诈的算计中,失去重心一切向钱看的

大河之东是故乡

滚滚红尘中,一袭青衫、衣袂飘飘的王之涣仅凭余生剩下的6首诗歌,历经千年风霜,毅然迎风站立于高高的鹳雀楼之上,接受众生的朝圣,那河东风骨,千年英姿,您能不大加赞叹一声:王之涣,河东真爷们!

今宵无月与谁酌

去岁无月,今又无月!

年年岁岁饼相似,岁岁年年月无影。

今宵无月,中秋又如何?让拜月的叩首何方,让祭月的香燃何处?

普天仰首,如何看得见寂寞嫦娥舒广袖的美丽倩影,如何看得见吴刚伐桂斧不歇的心急迫切?如何听得见玉兔捣药广寒宫的声声紧催,如何闻得见桂树婆娑香玉宇的万古芬芳?

今夜无月,如何舒展"秦时明月汉时关"的雄美画卷,如何展一袭银辉,示万代风华?无月,夜苍茫,秋风劲,马蹄声碎,如何寻得见韩信挥鞭的方向?纵使萧何,又如何给大汉一个策马交代?无月,历史便湮没在无边的夜色之中!

今夜无月,貂蝉又拜谁?哪来的月色撩人,哪来的倾国倾城,哪来的王司徒连环计"谍中谍"三国大片精彩上演?

今夜无月,如何演绎"爱美人不爱江山"的旷世爱情,即使是皇帝李隆基又该把海誓山盟的诺言在哪里安放?无月,便看不到长生殿;无月,便吃不到鲜荔枝;无月,便不会在清冷的月光下,让马嵬坡成为爱情的墓地。假若无月,杨玉环一定会在条山脚下洗盐,蒲州城里逛街,黄昏关好篱笆,一年四季农家!

今夜无月,如何窥探南唐后主的风月泪痕、破碎江山。如何解读一代废帝、千古词圣的"问君能有几多愁,恰似一江春水向东流"的家国情怀、爱恨情仇?

今夜无月,如何邂逅唐诗,偶遇宋词?如何凭借融融月色徜徉于抑扬顿挫的瑰丽诗行,陶醉于平平仄仄的绝美华章?无月,谁又为唐诗加韵,谁能为宋词添香?谁又能在那熠熠生辉的古籍典本里翻阅传奇,拜谒圣贤。

诗词因月辉而诞生,月辉因诗词而永恒!

今夜无月,纵使李白抬头又如何?俯首又何如?无月便无故乡,纵使把头仰成45度的角,那一滴热泪也无法溢出游子的深情!纵使把酒杯斟满又如何,即使醉在花丛间又何如?一杯酒载不动一世乡愁,一丛花邀不来一轮明月!

今夜无月,杜甫又如何?情动又何如?若无白露润笔,无月光照耀,纵使诗圣又奈何?少了些许月光,空有一杆秃笔,铺排不出好文章,白卷交给故乡,愧疚负给后人!

今夜无月,张九龄又如何,滚滚秋思又何如?无月,海上暗无边,天涯暮色沉。情人皆昏睡,何谈起相思?

今夜无月,纵使苏轼又如何,祝愿又何如?无月,哪来的"但愿人长久,千里共婵娟"?

今夜无月,纵使柳永又如何,伤别离又何如?无月,柳三变的笔端落何方?青楼女子万千衷肠向谁诉?"不愿君王召,愿得柳七叫;不愿千黄金,愿得柳七心;不愿神仙见,愿识柳七面。"无月,白衣卿相不再现,两宋词坛多寂寞。朋友圈内,李白有才气;朋友圈内,苏轼也风流。若要把才气与风流玩到最高境界,李白却步,苏轼退让,且看"凡有井水处,即能歌柳词"的柳七郎!然今宵无月,柳永又是谁,谁又来填词,谁又来谱曲?

今夜无月,纵使张生又如何,莺莺又如何?若没有似水月光,哪有千般妩媚,万种风情,那"爱之高墙"又如何去翻越,莺莺高塔又如何去攀登,爱情圣地又如何去诞生……

今夜无月,哪来的表里山河美如画,哪来的在河之东家乡地?

今夜无月,哪来的"望星空""月亮走,我也走""十五的月亮十六圆"……"一曲曲歌吟声声唱";"一声声方言深情诉"?月若是一首歌,我愿是歌中音符一个;月若是一杯酒,我愿是酩酊大醉后的踉跄一个;月若是一首诗,我愿是她字里行间的标点一个;月若是一个饼,我愿是她五仁里面的花生豆一个,青红丝一根……

然而,终究无月,没有了"一轮新月出湖心,碧波万顷如熔金"的美景,也没有了"心潮起伏逐浪高,我为月儿赋新词"的激情冲动……

无月,故乡的情结如何打包?无月,就无法照亮回家的路,就无法抵达爹和娘的地方!

唉,去岁无月,今宵又无月,我与谁同酌,又与谁共醉?

大河之东是故乡

仰望历史的星空

拨开历史的云烟,走向人类远祖的故乡。

在一片混沌中,我竟然看到了:龙首蛇身的盘古正在挥着斧头开天辟地;顺着那茫茫荒原,我竟然看到了,天裂地崩中的女娲正在炼五色石以补苍天!

顺着不是路的路,在茹毛饮血中,我们践草为径,匍匐爬行;沿着不是夜的夜,在洪水猛兽中,我们借着电光雷火寻找着黑暗前的黎明……

当我们一不小心行走于垣曲寨里村,凝目于那散落一地的世纪曙猿遗骸,想象着那4500万年前人猿相揖别的动人场景,又该是让我们怎样的内心震撼;当我们一不留神驻足于风陵西侯度,仰望着那华夏苍穹上空熊熊燃烧的一把文明圣火,感受着那180万年前的历史温度,又该是让我们怎样的心潮澎湃;当我们无所顾忌仰躺在后稷稼穑纵横辽阔的大地上,俯嗅着原始农业五谷的芳香,倾听着那4500年前的"稻花香里说丰年"的蛙声一片,又该是让我们怎样的胸怀激荡;当我们头枕条山,侧卧于皑皑千里大盐池旁,那炎黄战蚩尤,鼓角争鸣,梦里几回闻,又该是让我们怎样的血脉偾张;当我们足抵黄河,酣睡于幽幽凤凰谷中,那舜帝抚古琴,南风送涛声,三皇五帝的遗风又该是让我们怎样的虔诚膜拜……

在我们华夏民族的这一摇篮里,谁在治水,谁在开荒,谁又在教人织衣?

仰望历史的星空,那一颗颗耀眼的星辰无不震颤着我们的心灵:有巢氏构木为巢,燧人氏钻木取火,神农氏教人稼穑,仓颉撰文造字,嫘祖养蚕织衣……

三皇是谁,五帝又是谁?夏桀商纣是谁?尧舜禹汤又是谁的谁?

晋文公是谁?从一个春秋时期的流浪儿,政治流亡十九年,风雨飘摇中,于公元前636年逆袭上位,强晋富民,联秦和齐,伐曹攻卫,勤周平乱,成春秋之霸主,开晋国之先河。

孙子是谁?百世兵家之师、东方兵学的鼻祖!一部《孙子兵法》流传于世。波及英法德日,成为人类战火绵延不绝中须臾不可分离的绝世神器!

孔子是谁?春秋末期的失意者,穷困潦倒,饥寒交迫,颠沛流离,吱吱呀呀的那架老车,托着他的儒家思想,带着他的坚定信念,走过多少风尘,碾过多少风霜。讲学布道,门生三千,贤者七十二,一部《论语》治天下,虽说输了当代,但却赢了后世。

屈原是谁?才华覆盖战国末期,悲剧跨越今古千年!独领"风骚",冠绝古今:一部《楚辞》惊天人,凡人哪得几回读?

秦始皇是谁?长生不老犹可笑,万世基业已随风。万里长城今安在,焚书坑儒仍流传;大漠秦月照边关,一代霸主却不见!统一文字,统一度量衡,开启了中华民族的封建社会之先河。

汉武帝是谁?"罢黜百家,独尊儒术"开创中国传统主流文化之正统!唐宗宋祖是谁?一代天骄成吉思汗又是谁?

解县关云长是谁?苍天不遂扶汉志,五湖四海祭英魂。一缕美髯惊艳了整个东汉,一部《春秋》点燃了民族信念,一面"忠勇仁义信"的民族精神旗帜猎猎飘扬在河东关帝庙的上空。

王维是谁?官居右丞,因诗盛名开元,冠名诗佛;精通音律,工于山水,与天才李白、地才杜甫齐名,以"人才"著称,稳坐盛唐画坛第一把交椅。

王之涣是谁?着一袭青衫,抬脚一步便站在鹳雀楼的最高处,随口一吟便登上了唐诗宋词的最顶端。余生六首绝句,黄发垂髫皆能诵。

杨玉环是谁?小家碧玉,邻家小妹,以蒲州之姿,闭天下颜色,羽服霓裳,风华绝代倾尽江山,眼波流转,便俘获了整个长安盛唐。

司马光是谁?历经四朝,折服"四宗",涑水岸畔称先生,庙堂之上温国公,洛阳纸贵写长卷,圆木警枕唱大风,把华夏一千三百年的风云沧桑从容

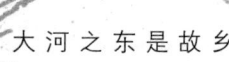

打包,让一部《资治通鉴》的线装书去叙说,去歌唱。

猗顿是谁,荀况是谁,柳宗元是谁,王勃、王维、王绩又是谁?廉颇、吕洞宾、关汉卿、戊戌六君子之一杨深秀又是谁?西施、王昭君、貂蝉又是谁的谁?酷吏来俊臣是谁,阉竖魏忠贤是谁,贪不完的和珅是谁,跳梁小丑袁世凯是谁,虎头蛇尾汪精卫是谁?岳飞是谁,文天祥是谁,戚继光是谁,林则徐是谁,康有为是谁,梁启超是谁,孙中山又是谁……

毛泽东是谁?东方渐晓的一轮红日,56个民族老百姓的大救星!中国共产党的领路人,中华人民共和国的缔造者,开启了人民当家做主的新时代,开创了中华民族伟大复兴的新纪元,引领中国走上社会主义道路的第一人。雷锋是谁,孔繁森是谁,焦裕禄又是谁……

无论云卷云舒,潮起潮落,岁月如何的过往,瞩目中华民族浩瀚无际的历史星空:有的永恒闪耀,有的黯然隐匿,有的瞬间陨落。念天地之悠悠,独怆然而涕下!遥望历史的星空,我又是哪一颗?是在太白金星的左邻,还是在嫦娥奔月的右舍?是枕着秦皇的金戈,还是伴着李白的笔墨?还是,有一群红色的将军,唱着《东方红》从门前走过?

仰望历史的星空,我原来就是那一颗:行走在钢筋水泥的高楼间,流落在都市街头的繁华下,徘徊在五斗米的十字路口,彷徨在今天和明天之间,憧憬着工资能够再涨涨。我知道,我就是全国人民十三亿分之一;我就是历史天空中尘埃的一分子。

位卑不敢忘忧国,小星亦要映碧空!

故乡 就是一场露天电影

　　故乡，其实就是一场露天电影，幕天席地被拷贝在祖国九百六十万平方公里乡村大地上。导演是流金岁月，背景是阡陌山水，人物是父老乡亲，片长是半个世纪！其情节虽简单，却意味隽永。

　　儿时的夜晚，印象当中村里人也没有什么娱乐活动，乡亲们大多都是互相串门，待在昏黄的油灯下聊天。母亲们边聊天边抓紧时间纳纳鞋底，缝缝衣服，摇摇纺车；父亲们则围在一起抽着烟，续着水，侃大山，那可真是"村中多少扯淡事，全都泡在一壶中"。我们小孩子则在巷子里外疯跑，上麦垛，钻桥洞，或者躲迷藏，或者玩打仗，不到玩累的时候不回家。因此，看电影对村里人来说，就是人生中不可或缺的一场精神大餐，犹如过节一样隆重而被渴望。

　　那时候，每个公社都有一支电影放映队，定期在各个大队轮流放映。若在本村，自不必说乡亲们全体参与，盛况空前；若在外村，虽不敢说会倾巢出动，但凡能脱身的男女老幼，都会结伴前往，三五里路是家常便饭，十里八里也不在话下。每当夕阳西下，晚霞的余晖洒满乡村小路，牵牲口，赶马车，拖犁耙，扛锄头的众乡亲得知有电影的消息后，都提前结束农活，纷纷从地里赶回来，呼朋唤友，相邀为伴，三个一群，五个一伙，提着马扎，扛着座椅，说笑着，打闹着，如赶集一般，你追我赶往村外走。一路上急匆匆兴冲冲赶去看电影的人不断地从四面八方涌来，越来越多聚集蜿蜒成一条长长河流，在逐渐暮色四合此起彼伏的嬉闹声中焦急快速地向目的地流动……有的人去塬上或田地里干活回来晚了，回到家连饭也顾不得吃，扔下犁耙、锄头、扁担等等，或是从田地里挑回来的粮食、马草等等，也顾不得干了一整天活计饭都没得吃，就转身出门撵着跑着追逐着前面的人流队伍。等到晚些出门的人以比别人快几倍的加速度，紧赶慢赶赶到时，电影已经开演甚至放了一截了，不由得惋惜加心疼，好像丢了三五斗麦子一样失魂落魄。在村里人看来，吃饭事小，看电影才是大事。饭可以天天吃，电影可不是天天能看的。因此，人们宁愿饿着肚子，也不愿放过看电影的机会。

　　轮到本村放电影，中午就得有小队干部派专人到公社去取片子，我们小孩就急不可耐地半道伏击，四处打听，一旦知道了内幕，掌握先机的我们往往神秘兮兮地把消息传给家人和朋友，说今天放的是"爱情片"，抑或是"反特片"。得到"内部消息"的人同样以神秘的姿态再迅速散发出去，于是一传十，十传百，一转眼工夫，全村男女老少全都知道了。整个村庄的人都像打了鸡血，过年过节似的兴奋起来。我们小孩子更是急不可耐，顾不得吃饭便去抢占最佳位置。

　　那时放电影，一般是在学校操场上，在教室的后山墙上钉上四颗木钉，用绳子将银幕固定在墙上。有时也在村东的枣园宽阔的地方上栽两根木桩，将银幕悬挂在两根木桩中间。每当听说要在操场上或枣园里放电影，我们这些小孩便从家里拿出尽可能多的小板凳，赶到银幕前抢占最佳位置；不方便回家的孩子，匆忙中从路边捡起瓦片石头，在银幕前圈定一块地方，里面写上自己名字，也算是占有一席之地了。去晚了的，板凳就只能前后左右靠边放，这些方向都不是最佳位置，太靠前，看电影时头老抬着，时间一久，脖子就抬得酸疼。太朝后又看不清银幕上的人影和字幕，还会被前面的人遮拦了看不见。左右两边又太偏，银幕上的人影也会变形，视觉享受就会大打折扣。所以大家都要早早在放映机周围挤占中心地带，把"逐鹿中原"演绎得淋漓尽致，去晚了就只能向四周散开。傍晚前，整个操场就摆满了板凳，人们吃过晚饭，等不及天黑，就跑去操场上找自己的板凳坐好，等着电影开映。电影没开映前，千人汇聚，场面壮观。银幕下热闹非凡，婆娘们你来我往、家长里短；大老爷们旱烟锅子打着火，吞云吐雾开着粗野的玩笑；我们则大声谈论着今天的电影，或在银幕四周开始"加演打仗"。放映员忙着调试电影机，对光。放映前几分钟最是度日如年，大家都瞪圆眼睛、烦躁不安。当放映机打出一束光照在银幕上时,所有人都无比兴奋,期盼已久的时刻终于到了,离放映机比较近的人,还伸手在光柱中比划起来,顿时在银幕上就出现猪鸡鹅鸭的模样,不时地引来场内的哄堂大笑。最令人激动的时刻是八一电影制片厂那颗鲜艳无比的红五角星在银幕上闪闪发光,放射出万丈光芒时,演出才算正式开始。

看电影的过程中,最让我们揪心的事情,就是当电影放到正起劲儿的时候,却突然停电,或是放映机出故障,或是电影胶片烧了,以及当一个拷贝放完,换上下一个拷贝时会拖延很长时间。这期间,整个场内开始骚动,不是口哨声,尖叫声,就是谩骂声。在那个纯真的年代,最受我们欢迎的电影当然是战斗片,如《南征北战》《智取华山》《三进山城》《地道战》《地雷战》《小兵张嘎》《红色娘子军》等等。一场电影看过之后,要热议好多天,那兴奋劲儿才会消退。每放一回电影,不管是摘棉花,还是收玉米的田间地头,不管是驾车送粪,施肥打药的路上,都能放下筐子、撂下车子、停下犁耙,随时随地三两个人就可召开一次"乡村电影研讨会"。一讲起哪部电影来,人们总是手舞足蹈,绘声绘色:"张军长,看在党国的份上拉兄弟一把吧;我代表人民判处你死刑! 别看你今天闹得欢,就怕将来拉清单! 为了胜利向我开炮……"当这些台词飘荡在田间地头,回响在村野之间,就令那些干活如命、惜时如金的农人们也情不自禁地忘却了地里的那些活计,直到饭点过了也浑然不觉,当各自的婆娘埋怨着,呼唤着吃饭时,才不好意思讪讪地笑着,各自恋恋不舍地拍拍屁股上的土,作鸟兽散。

露天电影的高潮时期当属武打片,武打片不仅沸腾了一个乡村,而且兴奋了一个时代。那时候看一部武打片着实不易,因为看一次要一毛钱的票钱,而没钱又想看电影的我们,可就绞尽脑汁,发挥各种聪明才智:有的偷偷翻墙而入,有的从场子后面的树林里冒着被刺扎虫咬的危险匍匐着潜进来,有的装着说进去找个人马上出来而久不见其踪影等等……特别是看了《少林寺》《武当》《武林志》《岳家小将》等影片后,村里的年轻人们一夜之间突然勤奋起来:人人成为武者,个个成为大侠,头悬梁,锥刺股,习练拳脚,闻鸡起"武"。模仿着电影里的动作,有的踩石头、踢砖头,练"铁脚功",有的滚在地上练"鲤鱼打挺",有的趴在地上练所谓的"地躺拳",有的把沙

大河之东是故乡

袋绑在腿上练"飞毛腿",有的把自家木门、柱子、桐树、墙壁打得呼呼作响练"铁砂掌",还有的还爬到树上、土墙上、土坎上,从树枝上、墙头上、土坎上跳下来练轻功……这些"大虾"们不惜踢坏了鞋子,磨破了裤子,把一双嫩手摔打得皮开肉绽,就是摔伤了腿也苦练不辍。那可真是村东梅花桩噼啪作响,村西八卦阵喊声震天;那些"霍元甲、觉远、张三丰"们不是在打麦场"比武打擂",就是在屋顶、墙头上练轻功,抑或在院中吊沙袋,插铁砂,舞枪弄棒……

露天电影的岁月回放,已成为我们这一代人一生无法谢幕的记忆。

煮壶端午念屈原

　　行走在五月初五的迤逦思念中,我拿麦黄当引料,用骄阳来喂火,添上屈子的泪水,再加上一点儿雄黄酒,五色线,桃红杏黄、绿艾香粽,慢慢熬出端午节的味道。

　　于是,我左手挎着一篮子对故人的思念,右手轻轻地推开端午的大门,一步便来到了等候屈原的地方!

　　隔着历史的河流——汨罗江两千多年奔腾不止的澎湃浪花,我站在公元2016年的这头,陶醉于北方河东大地的麦黄;他站在公元前340年的那一头,戚戚于江南汨罗江畔的稻香。当我把五月深情的眸子投向历史的彼岸,在那被时光迅速放大的瞳仁里:我仿佛看见了在公元前的今天,在愁云密布、惨雾弥漫的汨罗江畔,腰系博带,佩带陆离长剑,头戴切云高冠,身着雪白罗服形容枯槁的屈原,怀抱巨石,纵身一跃,以"天问"的悲愤在汨罗江上空画出一道历史的弧线,在湖水中央激溅起滔天的巨浪……还有那随着浪花散落一江熠熠生辉的诗句,或浪漫、悲壮,或忧患、哀痛的情感在激流大浪的簇拥下,跌宕起伏成一面爱国的精神旗帜,猎猎激荡在五月端午的历史上空……

　　从此,汨罗江的河流只为一个人流;五月初五这个日子只为一个人绽放。

　　"年年端午风兼雨,似为屈原陈昔冤"!两千多年呵,汨罗江水依旧奔流不息,屈子的泪水呵,依旧流淌不止,那一缕魂魄呵,到底是凝聚在笔端流淌成民族的墨香,还是藏身在鱼腹唯恐染得俗世尘埃……

"楚人悲屈原,千载意未歇。精魂飘何在,父老空哽咽。至今沧江上,投饭救饥渴。遗风成竞渡,哀叫楚山裂"……这不仅是苏轼的悲唱,这也是一个民族的共鸣!

当《离骚》成绝章,《九歌》成绝唱,《天问》成绝响,那发黄的《诗经》便横亘成了民族历史文化进程中不可攀越的高峰。而那"离骚""楚辞"便成了高山之巅可望而不可即的皇冠明珠。屈原所表现出来的文人风骨和诗人气质,就一同点燃在艾草的烈焰之上,一同飘香在粽子之中,一同呐喊于龙舟竞渡之时。以五月汩汩流淌的文化血脉滋润供养着中华民族的传统文化、民族性格和民族心态。

昨日战国时期的忧伤已被风干,今天幸福的生活越来越美好!

看大江南北,青青艾草插门户;看长城内外,粽子飘香上案台。香包绕脖颈,五彩缠手脚,雄黄抹耳朵,端午在今朝!

这世间,幸有屈原,才有了端午!

粽入口中,香留齿间,七分化作民族诗魂,剩下的三分,传承给中华儿孙。

故乡中秋味最长

年年中秋今又是,岁岁月圆是故乡!上午开完会,下午就该回家了,因为母亲早早地就在乡下的老院子等着我。

故乡就像寂寥的天空,母亲就像依附在浩渺空中的月亮,从一牙新月就开始等,盼她的星星回归,直等到月满中秋,若再不回去,母亲的牵挂恐怕又将瘦成一弯新月了。

喜欢故乡的中秋,是因为城里的奢华、喧闹和风月与我无关。我只知道,我的月亮在故乡,我的中秋在故乡,我的母亲在故乡,我少年中秋的记忆在故乡。

立体的中秋

故乡的中秋厚重立体,又不失色彩。一脚踏进小村庄,犹如走进了一幅幅色彩斑斓的中秋画卷。一座座果园手牵手,一块块梯田紧相连。红艳艳的苹果灿若朝霞,黄澄澄的香梨流金淌玉,裂了嘴的石榴一个劲地朝你笑,千年枣树红透了故乡的半边天,黄豆、绿豆你拥我挤在风中招摇。还有那碧绿的玉米青纱帐,雪白的棉花故乡的云……这不是诗,却胜过唐诗宋词的任何一首;这不是画,却惊艳过中外名画的任何一幅!于是,故乡中秋的色彩便被涂抹在红的火,绿的翠,黄的金之中……于是,故乡中秋的味道便被挂在枝头,长在田间!这画中一切的色彩都是大自然的神奇之笔,这画中一切的生灵万物都在为这幅画的主人准备着一场活色生香的中秋晚

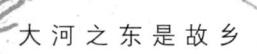

宴,行走其中的人们,随手一抬便可尝到中秋的味道。

奔跑的中秋

乡下的中秋,不像城里的中秋那样阔绰、高冷、休闲和浪漫。记得少年时期,乡下中秋是奔跑的中秋,人喊马嘶的中秋,汗流浃背的中秋。

一到中秋,便是农人们"种瓜得瓜,种豆得豆"沙场秋点兵的时候,收玉米,摘棉花,下苹果,割豆子,打枣儿……紧接着,除玉米秆,拔棉花根,犁地,耙地,运粪,施肥,播种……

作为十五六岁的少年自然成为父母调兵遣将的先锋官,大战在即,并不因为是中秋节而停歇半步。学校一放假,便从早到晚猫在牛圈猪圈里,充分享受着牛粪猪粪和人体臭汗的混合味,一镢镢、一锨锨把积攒多日的粪从圈里起出,然后用架子车把粪一车又一车从家里奔跑着拉到村北数里之外的田地里!刚刚用耙磨过的土地平展如新,浮土绵软,一脚下去就不见了鞋子。故而,最初的几车异常艰难,一进地里,两手扶辕,身子前倾,一张汗津津的脸几乎贴到了地面,拉辕的绳子勒进肩上的肉里,一步一步往前挪动,慢慢靠500米之遥的地东头。就这样,如此往复,直到七八车之后,肩膀的疼痛已经麻木,车辙碾得也差不多了,从地东头到地西头便越拉越近,越拉越轻松,沿着趟好的路,慢慢地由挪到走,由走到跑,瞅着快到目的地二三十米的时候,掉转辕杆,推着车子开始加速,由慢跑到快跑,由快跑到"飞跑",在助力作用下,辕杆猛地一丢,车子顺势一个漂亮的前翻,上前几步趁势接住即将落下的车子,抓住辕杆再前颠抖动几下,满满一车粪便倾倒无遗!

看着一车车、一排排、一片片粪堆在广阔天地间蔚为壮观,我似乎闻到了麦香的味道,龙行虎步,"巡视"其中,犹如阅兵的将军,把父母多收三五斗的寄托,连同中秋的祝福一锨又一锨地把粪撒开摊平,汗透衣背地策划着一场秋风中的播种……

少年的中秋

故乡的人,似乎不大会风花雪月,更谈不上对月抒怀。大部分时间,不是一家老小围在一起月下剥玉米,就是兄弟姊妹争争吵吵借月摘棉花。赏月好像是城里人的事,乡下人都是被月光赏的。

故乡的中秋,是从烟囱里被柴火烟熏火燎出来的,小时候没吃过传说中的那种"青红丝、冰糖、芝麻、花生、核桃仁"等真正的月饼,我们自小吃的都是母亲从锅里蒸出来的,垫着花椒叶,圆圆的像一个锅盖,一把菜刀切成若干份,狼吞虎咽地吃着,尝不出一丝甜甜的味道,只是咸咸的香。

故乡的中秋,是从左邻右舍,村前村后溜溜达达过来的,大嫂大婶们借着溶溶月色推开大门,喊着我们的乳名,端着一盘盘自家蒸的热气腾腾的包子、油饼、芝卷、麦饭,猪肉粉条馅的、韭菜地软馅的、白菜萝卜馅的……足不出户,便能参加整个乡村中秋的盛宴品尝会……

故乡的中秋,其实是被长在田野里,挂在树梢上,装满粮仓里;是被母亲蒸在锅里,摆在案上;是被父亲挂在墙上,堆满院子;是被我们兄妹四人把一块饼切成四份,一人一角咬在嘴里……

大河之东是故乡

挥手揖别故乡的绝唱

　　故乡是什么？故乡是一轮明月，是天际那轮圆了又缺、缺了又圆的明月，无论我走到哪里，始终都走不出那淡淡的月晕；故乡是什么？故乡是一座大山，是那座迂回曲折、千回百转的中条山，无论我怎样攀登向上，都免不了峰回路转，张望留恋；故乡是什么？故乡是一条河流，是条被国人千百年来称之为"母亲河"的黄河水，无论我迁徙奔波到哪里，始终都能感受到她那万顷波涛的叮咛和陪伴……其实，故乡就是一幅余晖中父亲扶犁踩耙永不褪色的油画，一根母亲手中儿子身上千丝万缕缠绵不绝的丝线，一曲春夏秋冬唱不完的"春播秋收、玉米苞谷"……

　　遥望家乡幽蓝天空上那一弯亘古未变的月亮，只一眼，便能看见后稷教民稼穑的依稀身姿；凝目我家低矮土墙上那一挂锈迹斑斑的犁铧，只一眼，便能看见舜耕历山的农人模样。借光于180万年前西侯度人高举起第一把文明之火的光焰；膜拜在残垣断壁尚能辨别出舜都蒲坂、禹都安邑、夏国王朝的历史遗存；陶醉于尧帝《击壤歌》的历史流转，舜帝《南风歌》的抚琴传唱；震撼于尧舜禹农耕社会发明创造的"审时相物的二十四节气、巧夺天工的农耕工具、择精取华的育种技术"……我们不能不承认：人类进化发端于劳动，华夏文明肇始于农耕，中华民族历史经纬的纵横脉络和沧海桑田的清晰变更,都从这里出发。因而,无论我们华夏民族九百六十万平方公里的版图如何辽阔深远、万里河山如何绚丽多彩,那遍布大江南北如同漫天繁星的农村就是这广袤版图的底色。这种底色无可辩驳地告诉世人,中华民族五千年以来,就是以农耕文明为主基调,踏着如歌的行板,伴随一代又一代广大农村春播秋收的四季绝唱,一路迂回曲折、跌宕起伏走到了今天……

我的故乡就在巍巍条山之南,滔滔黄河之北,可以群山为屏,可以黄河濯足。传说中国历史上关于爱情的第一首情诗,便发轫于我们的家乡:

兼葭苍苍,白露为霜。

所谓伊人,在水一方。

溯洄从之,道阻且长。

溯游从之,宛在水中央。

"芮"有水草丰美、处于水中央的意思,故而我的家乡被《诗经》命名为"芮"。那时的农村极具"繁华"的景象。每家每户兄弟姐妹众多,一家三代甚至四世同堂,都算得上"大户"人家,一般有十几口人,即使较小的家庭也有七八口人,爷奶爹娘、姑伯叔姨聚在一起,那可真是人丁兴旺,济济一堂。每次村中集会,都是妇幼毕至,老少咸集。那时的农村没有"防盗门"之说,基本上是路不拾遗,夜不闭户!人们"来往有胸襟,互动有信任"!左邻进门喊一声:"有人吗,用下你家的拉拉车!"右舍亦是喊一声:"有人吗,用下你家的饭桌子。"主家若在屋内应一声拿走,若没人,照样拿走,用完后原地放好。晚上不到十点门不上拴。用父母的话说:"晚点关门,省得来人还得敲。"因为经常过了十点还有人串门,不是手里提瓶老酒,就是端一盘刚蒸好的包子……

那时的农村没有"老龄村"一说,极具"年轻"的朝气。村中百分之九十以上都是青壮年,人人热爱劳动,个个崇勤尚朴,大姑娘们泼辣能干,绣得了花,下得了田;小伙子们"能文善武",吃得了苦,受得了累,扶犁踩耙"十八般武艺"样样精通。盖房建厦,一身腱子肉的男爷们在"傅说版筑"夯实土墙的活动中抢得动大如牛头的石杵子,站在数丈高的屋檐上架得起桶粗般的房梁,在往粮仓运粮时扛得动三百斤大麻袋。特别是在农村送葬时,管事的一声令下,村中所有壮小伙自动排成梯队,在一声震天响的呐喊中,扛起起灵的棺椁,在全村男女老少的簇拥下,棺椁不下肩,双脚不停留,号子声声,黄尘滚滚,一拨换下来,另一拨冲上去,生死轮回,青黄接力,气壮乡里,势吞山河……

这样的乡村,除了淳朴、力量、坚忍和热情,还有的就是池塘水底蛙声高亢,麦浪地里布谷声脆,田间地头牛声哞哞,高原土崖马铃叮当,更令人陶醉的自然少不了春播秋收,秋收冬藏四季循环的农人乐章。

人勤春来早,二月累死牛!经常是春节点过炮仗的纸屑还没打扫,亲戚还没走完,燕子还没露头,正月刚过一半,父亲、叔伯们便在时令的催促下,开始驾辕套车往地里送粪。站在二月的尽头,朔风刺骨,灌满裤管,广袤无垠的田间地头满是人牛合一、扶犁踩耙穿梭过往的身影,闪亮的犁铧刺破坚硬的土地,翻卷出泥土的浪花,一条条直线素描着早春的印象。作为"农二代"或是"农三代"的自己,亦步亦趋地跟在牛屁股后,脚沾泥,脸挂尘,挥动锄头敲着土坷垃……蓝天白云下,褐色土地上,男人们高亢地挥舞出长长的鞭哨,中气十足地大声吆喝的"驾驾、嘘嘘、喔喔、呔呔"等吆牛赶马声,此起彼伏,声震天地,成为农村广袤天地唱响"四季乐章"的春天序曲。

田家少闲月,五月人倍忙!夏日天不亮,鸡叫两遍,躺在炕上的农人们便针扎似的跳了起来,开始起床出工。狗狂吠,鸡打鸣,马蹄清脆,驴铃叮当,村东村西一片沸腾,一曲夏收交响乐由此唱响。在我的家中,爷爷总是第一个起来,大声嚷着"早起三光,晚起三慌",催促着全家人摸黑上工。每当此时,我心里总是愤愤地想:"这不是当代'周扒皮'吗!"想归想,气归气,我们兄妹几人还得跟着父母,踩着星星,顶着月亮,带着干粮、水壶,拿着镰刀、绳子,扛着扁担,拉着车子,似睡似醒地夹杂在夏季抢收的队伍洪流中,赶往自家田间地头。麦收,被称为"龙口夺食",说明了收麦子的紧急、紧张。还有一句话叫"男人割麦子,女人坐月子",足见男人收麦子之苦、之累、之难,犹如女人生孩子。那时的地头真长,一眼望不到边;那时的日头真毒,晒得人眼冒金星;那时的麦芒真扎,一下子扎到血管里;那时的腰子真不管用,不一会儿便酸乏困疼;那时的夏日真长,有了开头,却没有结束。尽管如此,人们都亮着膀子,甩着腰子,扭着胯子,挥着镰刀,拼命地从地这头朝地那头赶,驾辕拉车地驮着小山头般的麦垛飞也似的往场子里赶。场子里灯火不熄,昼夜通明,骡马拉着碌碡,拼着命儿,撒开蹄子,转着圈儿;扬麦子的大汉,借着风向,循着角度,挥着木锨,拼命地把麦粒往天上撂;摇扇车的小伙子,撅着屁股,弯着身子,左右开弓,相互替换,手心起了水泡也不撒手,真是黑黝黝的铁脊梁,汗珠子滚太阳……

金秋十月是农家最美的日子。一地地雪白的棉花往棉站里送,一桶桶自己轧的棉籽油往家里拉,一树树苹果往果贩手里卖,一把把钞票往自家兜里装……傍晚,夕阳西下,忙碌了一天的人们收工回家。无论是田间地头,还是乡间小路,随时都能听到一嗓子《信天游》,或一耳朵《乌苏里船歌》。不等玉兔东升,村东老陈家的唢呐刚响起,村西老刘家的板胡又传来……擦把汗,洗把脸,一屁股蹲在院落里,听着院子里鸡鸭鹅的咕咕交谈声,弟弟妹妹们的嬉笑打闹声,娘为了慰劳一天辛勤劳动的家人,在厨房拉动风箱的节律声,响彻灶膛柴火的噼啪声,煮油馍的滋啦声,隔墙人们吃着酸汤面的吸溜声,喝着小酒咂嘴的吧嗒声,谁人听了能不醉?

冬季是农人们悠闲的日子,天籁俱寂,万物收藏,忙碌了一年的人们,也开始享受"十亩土地一头牛,老婆孩子热炕头"的理想日月。那时候不怕没房住,没有"车贷""房贷"等一系列压力;也没有为孩子寻工作、找出路的极度烦恼,实在不行,农村这块广阔天地不会嫌弃他的子孙后代……乡亲们不受金钱利益困扰,思想简单,心里没有一点压力,人与人之间关系淳朴,一家有事,百家相帮。村民的幸福极为简单,一根大葱,能吃出豪气干云,一碟辣子也能嚼出人生况味。一家炉火围着烤,一杯烧酒抢着喝,一顿好饭众人尝。往往炉火未熄,杯酒未干,一场雪下过,不知不觉就进入了腊月。娘说,过了腊月便是年。于是赶集人流汹涌如潮水,迎亲队伍气势恢宏,大红灯笼红光耀眼,喇叭声、鞭炮声、摇滚声组成了冬季的乐章。除了这些,一年四季的乐章还少不了母亲棉花纺车婉转悠扬,浆洗布匹棒槌声声,织布机梭子声回绕耳旁……还有我们村中间的梁庄小学校,书声琅琅,响彻云霄,小伙伴们用"芮普话"把父母们望子成龙的希望诵读得"字正腔圆"……

时光如水,水煮故乡的童年;岁月似歌,歌唱童年的故乡!当我们乘坐

大河之东是故乡

在"中国梦"时代发展的列车上,依依挥手揖别故乡的四季绝唱时,那车头朝向的地方,一定是旭日东升下建设中国新乡村的另一幅壮美画卷。

一场感冒引发的战争

春天来了,冰河解冻,万物复苏,一切都欢欣鼓舞、兴高采烈地来了。当然,在迎接百花盛开的时候,我似乎听到了久未谋面的感冒君已经奔跑在路上的脚步声……对此,我时刻准备着与之会晤。

当夜,北风呼啸着、尖叫着,踢打着我的门窗,向我下达着"应战书"。于是,趁着昏天黑地,我根据自己四肢酸痛,头皮发麻,喉头发紧,脸皮灼热,青涕长流等迹象,结合《易经》,以孔明般的睿智,在自己的微信朋友圈里为自己占卜了一卦。进行数百次推演,竟极为精准地算出鄙人:明日必有一难——感冒必犯!如此先知先觉让我后怕过后,不由得惊出一阵冷汗,天机不可泄露,还是洗洗睡吧!

第二天,果不其然,风在吼,马在叫,大雪在狂飙,感冒君趁机挟兵带将扣关而至,攻城略地,直取中枢……顿时,我的心头如一万只蚂蚁在奔跑。头胀如斗,身虚似草,汗淋淋,泪涔涔。在感冒君来袭,万般痛苦的时候,我仍然忘不了在微信朋友圈发出一封道歉信:对不起了,河东人民,缘因一场小小的感冒,竟引起普降瑞雪,惹得交通管制,高速封闭……哄笑过后,有朋友关心的,这是一种温暖;有朋友支招的,这是一种鼓励。于是,我明白了:这不是我一个人在战斗,而是一群人在支持着我去战斗。哼,感冒君,我要让你知道:钢铁是怎样炼成的!

于是,我不再考虑家人劝说赶紧找医生配几副药去的想法。而是一个信念在心头升起:生命就在于战斗,与天斗,与地斗,与疾病斗,其乐无穷。然而,另一种羞愧瞬间占了上风:如果人人都如你一样的"葛朗台"不去药

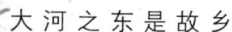

店买药,那谁为医疗事业创收,谁又为国家GDP做贡献?羞愧归羞愧,既然要战斗,就将战斗进行到底。至于为GDP做贡献,只能交给后来人了。

第三天,感冒持续加重,提前进入80后模式:喷嚏声声,军号一样高亢嘹亮;鼻涕纵横,长河一样汹涌澎湃;咳嗽加剧,上了发条一样持续不止……尽管如此,我依旧稳坐"中军帐",根据朋友圈众多谋士的建议:或白开水,或煮蒜水,或红糖生姜水……让家人准备了满满一锅,我要开始排兵布阵,调兵遣将,用水淹,用水攻,打一场人民战争,让"感冒君"们陷入人民战争的汪洋大海里。眼冒金星,耳中鼓鸣,在头疼沉闷中,在昏昏欲睡中,在苦苦挣扎中,在几乎缴械投降高挂免战牌之际,朋友圈的"友军"再一次鼓励,再一次支持,让我再次信心满满。于是,一杯杯喝,一盏盏饮,驴牛一般地灌,"水淹七军",活捉"感冒君"。一天,两天,清水自流,感冒自去,慢慢熄灭着这场冬春之交的战争邪火……

直至第四天,"感冒君"竟不辞而别,悻悻而走。目送着"感冒君"渐行渐远的背影,不由得留给我更多的思考。为什么感冒来袭,我至死也不进医院,而且穷兵黩武,喜好战争?只因为曾经的农民父亲一辈子也不曾走进过医院半步,无论大病小病都是自己医治,自己抗争。基于此,也许父亲的基因在我的体内起了作用,以此次抗争聊以慰藉思念父亲的那份情感。故而,在战争过后留下的诸多创伤中,我依然不顾病体的孱弱,写下了如此《告全体同胞书》,旨在告诉朋友们:美丽的春天来了,我与感冒君有过一次战争。

此故事绝非虚构,可以对号入座。但,切勿模仿。否则,后果自负!

大河澎湃万里流
——写在"河之东"创建330天

2016年1月10日,在数九寒天,滴水成冰的日子,"我在河之东"作为本土第一个文学平台正式上线,这个新生事物踏着满天的雪花,迎着新年的钟声,在满怀憧憬和远方依旧可期中迎风成长,沐雨而生!

从《聆听新年的钟声》开篇,本平台的首发文章在运城电视台"心灵物语"栏目回荡启程;从《进入腊月便是年》《三月河东春满怀》《河东桃花正璀璨》试运营的渐行渐远……从我一个人在热爱,到一伙人,一群人,数十人,几百人,乃至几千人,直至现在的2016年11月13日将近一万人携手并肩,蔚然前行……"河之东"本着"大众阅读,人人写作"的目的,大力倡导"没有名家、没有大家、只有家人"的宗旨,希望更多的"有温度、有深度、有广度"的文字和作品通过网络、微信自媒体,把河东故事讲得更好,把河东声音传播得更远更久,从而让更多人听见看见,也希望给更多的父老乡亲们带来精神上的愉悦享受。

为此,我们用尽"洪荒之力",在这块贫芜的土地上,借后稷稼穑之灵光,撒播喜好文字的种子。在万千辛苦中,文字如水,浸润人心的干涸,文字如火,照耀精神的孤独,"河之东"由开始受人关注,慢慢地得到了大家的喜欢,吸引聚集了一批批文学爱好者。渐渐地,风起河之东,涵盖"晋陕豫",辐射全市13个县。其中,既有郑州、西安、太原的一些知名作家踊跃投稿支持参与,更有我们河东本地的一些文学前辈、作家名流、广大的文学爱好者参与进来。330天,我们一步一个脚印,蹀足而行,"河之东"先后精彩推出了238期,共计950篇"诗歌、小说、散文、戏剧、书评、美术、学生优秀作文"等一系列作品,在传播"真善美",鞭挞"伪丑恶",弘扬正能量等方面引起了广泛而深远的影响。在一定程度上也为《河东文学》《黄河晨报》《运城日报》和运城交通文艺广播电台官方媒体推荐了一系列作者和优秀作品。其中,某些作品被平台推广后,达到了裂变式转发,吸引来了广大受众和朋友的来电致意;还有平台上的《河东腊月》诵读文章,被山西省诵读大赛授予二等奖。特别是一些优秀文章相继引起了运中、康中等校报的注意,被引进学校。据不完全统计,平台文章的当天阅读量最好的超过了1万,一篇文章最大阅读量达到了6.5万人次,其余的1万、八千不等。当我们回头遥望将近一年的酸甜苦辣、峰回路转,不由得感慨万分:300天风雨无阻,950篇文章至诚至真,一万受众携手同心,一个宣扬河东文化,讲述美丽生活,以文字温润世界,以美好滋养心灵的河东文化综合平台雏形初具。

文学,最重要的一条,就是对时代潮流的敏感,就是在时代发展当中,我们站在何处?如何判断这个潮流?当风起青萍之末的时候,我们如何判断大的风暴的迅猛到来?当黄河两岸的潮水掀起最初的涟漪的时候,"在河之东"分明听到了惊涛拍岸的声响。曹丕在《典论论文》中"盖文章,经国之大业,不朽之盛事。"直到现在,网络的发展,微信的出现,文学朝着一个新的方向发展。"河之东"尽管还只是"一介寒儒",为广大文学者仅仅提供一个精神栖息之地,心灵回归之所,但我们必将承担起自己应有的责任和担当,坚持自己的平台目的和宗旨:倡导大众阅读和人人写作;这里没有名家、没有大家,只有家人。

今天,对于爱好文字的人来说,这是最坏的时代,也是最好的时代。在即将结束语的时候,我们"河之东"特别感谢以前支持"河之东",正在支持"河之东",以后还将支持"河之东"的朋友和家人,只要你想写,只要你想说,拿起笔来,散文、诗歌、小说、书法、美术、戏剧……尽管来敲门,"河之东"必会倒屣相迎,这扇柴门永远为你敞开,这盏油灯永远为你点亮!

结识新朋友,不忘老朋友,我们"河之东"将决不辜负1万家人的期待和重托,将对文学的爱以及文学的责任和担当进行到底。

来吧,朋友,"河之东"不离不弃等着你,风里雨里陪着你。

河东霾又来

当2016的日子剩余不多，人们忙碌着盘点一年的收获，准备行李，打好包裹，怀揣满满的期许迎接2017新春到来之际。雾霾君隔三岔五，频频光临。他以吞吐玉宇、席卷八荒之势从天而降。他以乖张暴戾之恶纠集直径小于2.5微米的数百种大气污染颗粒物，履足条山之巍巍，凝滞黄河之滔滔，遮蔽河东之天日，荼毒千万之生灵。霎时，天地玄黄，宇宙洪荒。我们仿佛又回到了盘古"开天辟地"的"远古"时代！"雾霾君"终以他恶毒之手撕裂着河东五千年的文明之脉！雾霾终让逐日的夸父跌足，让射日的后羿折弓，让吟唱南风的舜帝闭嘴，让斧凿龙门的大禹断臂，让千里走单骑的关二哥迷途，让西厢月下的爱情淹没，让月辉折射出来的唐诗断篇，让日月盈昃、辰宿列张的自然秩序乱码……

这一切，都不是"雾霾君"到来的目的，他远比当年侵华的日寇还凶狠几分，那时的小日本还是"悄悄地进村，打枪的不要"。再怎么嚣张，也还是叫嚣着"三个月统战全中国"。而"雾霾君"则不一样，却是在光天化日之下，以胜过昔日小日本"细菌战"千万倍的恐怖秒杀环宇，洗劫人类，以无孔不入的含有致癌性入肺颗粒物遍布运之城，弥漫河之东，以"杀猪屠羊"般的凶残举着屠刀刺向我们的肺部、心脏、血管、大脑和生殖泌尿系统……以"天空鸟飞绝，万径人踪灭"的"光光"政策把我们深囚于2016最后的牢笼之中，让我们艰于呼吸，让我们难于启齿，让我们无法突破死亡窒息的重围，让我们无法走向2017鲜红的太阳！

"雾霾君"来了，远比我们想象的厉害。他可使蓝天的银鹰折翼，大地的动车卧轨,千万人回家的路途被中断!雾霾中,游子找不到归途,父母望不到儿女,丈夫寻不到妻儿!于是,面对"雾霾君"的到来,面对空气指数严重爆表的情况之下,我们人类在生存的城堡之上高高地竖起了惨淡白旗,发出了天气重污染的红色预警:交通限行、学生调课、人人关门闭窗龟缩于房间之内!于是,满城尽戴防霾罩,到处都在抢购空气净化器……

于是有人调侃:"遛狗不见狗,狗绳提在手,见绳不见手,狗叫我才走。"特别是最近有一副调侃雾霾的对联在朋友圈广为流传。上联是:厚德载雾,自强不吸。下联是:霾头苦干,再创灰黄。还有人作诗:河东风光,千里灰暗,万里尘飘,望盐池内外,浓雾莽莽,条山上下,阴霾滔滔!车舞毒蛇,烟锁大道,欲上高架把车飙,须晴日,看黑衣包裹,分外惊心。天气如此糟糕,引无数美女戴口罩,惜一罩掩面,白化妆了!唯露双眼,难判风骚。一代天骄,关帝巨像,只见雾霾不见人。尘入肺,有不要命者,还做早操。

当"雾失楼台,月迷津渡,桃源望断无寻处"成为奢望;当"花非花,雾非雾。夜半来,天明去"成为回忆;当"月是故乡明,露从今夜白"成为绝唱……那么雾无影,霾相生,霾君莅河东,那种悄然骤至的静寂,犹如两军对垒决战前夕静寂之中散发出来的死亡腐朽气息,包裹着河东,包裹着渴望吐故纳新、享受大自然的我们。雾霾君来了,他一旦张开血盆大口,就会诱发高血压和脑溢血,催生"非典型"肺炎。他一旦伸出罪恶之手,就会笼罩天地,降低气压,减少空气含氧量,使人心肌缺血,心血管患者死亡率徒增。于是有人惊呼:雾霾比非典更可怕。

诚然,雾霾弑人类一视同仁,没有庙宇之上和草野之分,没有将相之别和布衣之分。都是同呼吸,共命运,有癌一起得,有难一起分!所以说,无论你是谁,你又怎能逃得过霾的厄运。1952年12月5日开始,伦敦,由于逆温层的作用,煤炭燃烧产生的二氧化碳、一氧化碳、二氧化硫、粉尘等气体与污染物在城市上空蓄积,引发了连续数日的雾霾天气,从12月5日到8日的4天里,伦敦市死亡人数达5000人。而在9日之后,由于天气变化,毒雾逐渐消散,但在此之后两个月内,有近8000人因为烟雾事件而死于呼吸系统疾病!这绝不是杜撰,更不是传说。看到这里,你还会气喘吁吁地把毒害当调侃吗,你还会上气不接下气地咳嗽着拿生命开玩笑吗?

我不是专家,也不是学者,更不是官员。没有资格去论证雾霾君的来龙去脉。但"天生物有时,地生财有限,而人之欲无极"。连我们古人白居易先生都明白的道理,我们岂能不知？我们岂能不怀疑:雾霾君其实就是片面追求经济发展的理念一路引领而来。站在河东的热土之上,我们的眼中为何热泪流淌,因为这里的雾霾熏得我们眼睛生疼。当我们的目光再也穿不透厚厚的雾霾,再也呼吸不到家乡的空气,再也看不到故乡的山水,再也见不到心中的乡愁,再也听不到妈妈喊我回家过年的晋南口音……那么,我们就是到了最危险的时候。

在这最危险的一刻,哪容得我们戴着口罩喘息一时,哪容得我们关闭门窗,龟缩一隅？唯一能做的就是向条山反省,向黄河忏悔,向蓝天致歉,真正行动起来,从基础做起,驱赶雾霾,为我们美丽河东赢得一片海晏河清。

大河之东是故乡

雪落花未央

今日小雪,还未起床,便有一片、两片、千万片的雪花……纷纷扬扬,赴枕而来,落入网上,掉进屏中。一场不差毫厘的季节之约按点而来;一场威武霸气的大雪顷刻之间便一统朋友圈、互联网。随着满屏的"惊叫声、喝彩声、叫好声"鼓荡耳膜,我便知道:这是一场季节之间的"权力交割",也是一次冬天来敲门的深情告白,更是一次寒冬隆重上任开始掌控自然,司幕寒流,"冰封河海,'一冻僵山'"的"施政宣言"……

今年的第一场雪,不像往年那样矜持:小雪请不来,大雪喊不到,装腔作势冷着脸,扭捏作态架子大,千呼万唤不出来,冬去春来影全无。今日小雪,老天爷貌似转变了作风,很谦虚,低调做"爷",高调下雪。为了这场雪,老天爷也许谋划了好久,从玉宇仙雾之气努力幻化成六角形状之后,便在高空云层统筹布局,依次绽放。专等今日之节气,才让一场"雪落花未央"的大戏盛大开幕,然后天女散花般地相互簇拥着从浩瀚苍穹舞动起程,在唐诗宋词的韵脚中,风助雪舞,雪借风势,平平仄仄,凌空而来,浩浩而降,徐徐而落。

雪落天地合,花开成一统!

当雪花飘落在人们的发际,融化在人们的眉梢,浸湿着人们的冬装,泥泞在人们的脚下,便覆盖了河山,拥抱了天地,一袭银装便素裹了整个世界,一座玉宇琼楼便漂白了流年岁月。

雪从天上来,要到地下去!

雪来,大河滞流,浪花不再;雪来,江海凝波,涛声不再!她增山峦之巍峨,她添珠峰之颜色!她凝聚天行健自强不息之凛冽,她滋润地势坤大地万物之精神。

大雪伴着冬天至,冬日随着小雪来。一雪一天地,一花一世界。雪,除了青睐于田间麦苗的青,墙角蜡梅的艳之外,便遥远了春的热闹,淡化了夏的张扬,疏离了秋的萧瑟,她让季节的颜色全部留白,她让季节的律动开始回归,她让有生命的万物倦地休憩。

在大雪飞舞中,她更是让敞开一年的柴门虚掩或紧闭,让最美的岁月盘腿坐在炕上,斗着地主,打着麻将,让昨天最快的日子慢下来,让今天最冷的日子热起来。

在"今日正小雪,热炉温一杯"的气氛中看着窗花舒展,听着屋檐冰柱掉落一地的叮当,以及孩子们堆雪人,打雪仗吵闹声、欢笑声叠加在一起,回旋在院中央的季节回响,这又该是怎样的陶醉呢!

该来的来了,该下的下了,这不正是天地人和的绝美画卷吗?雪落花未央,未央花儿开!"未央花",特指雪花,未央是形容美好的人和事物没有结束没有尽头的意思……未央从来不代表颓废与心碎,失落与无奈,其实,她真正要告诉我们的,是希望与未来,是光明与坦途。

未央时节,花开倾城;谁与河东,执手白头。当漫天的大雪,犹如醉了酒的北方汉子,不再讲究舞姿的优美,从早上到下午,播撒激越,酣畅淋漓,趔趔趄趄地匍匐一地!我们于俯仰之间看到的是朵朵"未央花",不染尘埃,精巧洁净,翩然而落,而每一片雪都在绽放着一种辽阔的心情,每一朵"未央花"都在寄托着一种深深的祝福。无论是"瑞雪兆丰年"还是"今日小雪雪正好,两菜三杯五魁首"……

一湖秋色映芮城

叶落,唐诗缤纷成歌;风起,宋词婉转成曲!

秋天,是四季轮回的约定;秋天是时序不可更改的坚守!

秋天,是文人扎堆的岁月节点;秋天,是墨客抒怀的流年渡口!

正如,你来与不来,秋天就在这里;正如,你走与不走,秋天依然仍在这里!

北方有佳人,绝世而独立。一顾倾人城,再顾倾人国……

她,也许在等一片落叶的赴约;她,也许在等一阵凉风的入怀;她,也许在等一轮清月的独照;她,也许在等一朵金菊的盛开;她,也许在等人字形大雁的云中歌吟;她,也许在等李白、杜甫的纵情泼墨;她,也许在等王勃、马致远的千古绝唱……

那么,当我们行走在八月的芮城,那秋天又在等着什么?

等大禹渡扬水站的放声高歌,等九峰山的千岩奇秀,等百梯山的峰回路转,等王山的柿叶红遍,等一树苹果的个大红艳,等一园桃子的芬芳入鼻,等一垅玉米的金黄入库,还是等一地一季棉花的流银淌玉?

当我抬起双脚,不敢下落!唯恐踩碎了丰收年景里的蛙声,唯恐驱散了蟋蟀秋季的独唱!

但我的脚还是落了下来,落在了芮城的北方,一湖秋色映古魏的地方!

推开芮城的北大门,早上不到七点,一轮红日便急不可待地从古魏的地平线上喷涌而出,从"门"而入。她以磅礴之势,点燃一城人们的信念;以灿烂之光燃烧着人们追求美好生活的万般激情,以一个嫁给早晨新娘的身份把偌大的一块红盖头羞涩地盖在水上公园!

抬眼北望,刚进入八月,中条山已脱下了夏日臃肿的盛装,一改往日的巍峨高大,变得纤细清瘦起来,如画屏般一字延展,拥抱着小城自西而来,一路向东,带着芮城人民对外面美好世界的向往,起起伏伏奔向远方……

醉心留恋于水上公园的亭台楼阁,徘徊游走于一花一草的秀色可餐,跳跃在耳畔湖边音乐的飞扬,特别是那一汪含情脉脉的秋波荡漾,又如何不令人心驰向往!自三月份水系建成以来,大禹渡的黄河水便受秋日盛邀,自告奋勇,聚圣贤之源,启祥瑞之波,以荡荡之势,汩汩而来,使一湖秋水充盈而丰满,一幅水墨长卷透迤舒展……那天上做客来的水鸟,不时掠起水面的一片浪花,"臭美"地自我留恋地以剪影的姿态让蓝天、水面来一个最美的自拍!那水中的鱼儿也不甘寂寞地四处游走,享受于人们投之于湖中的美食。不知是邻近哪一个村子哪一家养的鹅,一、二、三、四、五、六只……用那宽宽的红掌划动着镜子一般的水面,用那"芮城方言"嘎嘎而歌,发表着"白毛浮绿水,红掌拨清波"的诗篇,给本来静态的水面增添了动态的韵律美!

特别是那梦境一样的水草已开始在水底舞蹈,以古时的"兼葭",如今的"芦苇"发表着如今生活的"新常态"!悠悠"魏风"吹来,掀开《诗经·国风》的扉页,那"兼葭苍苍,白露为霜。所谓伊人,在水一方"……正在那醉人的湖面,让那平平仄仄发表着中国爱情第一首诗歌……

这些美,不足以用简单的文字铺排!这只是芮城北方秋日刚刚开始的铺垫和积蓄!这一切只是为了等那些人的到来!不到七点,甚至更早,芮城的早晨便开始醒来,兴奋晨练的人们便陆陆续续来到这里,走进诗意的画卷,走进热腾腾的生活。或踱步水边,只是为了那一口新鲜的空气;或迂回小桥长廊,只为了那一眼湖光秋色;或长跑一级路旁,只是为了减掉啤酒肚;或放歌于林间,只是为了歌喉再高亢……打羽毛球的、打太极拳的、自拍留影的、修剪花草的、卖买水果小吃的,真是应有尽有,热闹非凡……

湖水之畔的永乐宫更是掩映在秀丽的山水之间,我们古魏自家的神仙,芮城本土的保护神,一城的主事人,八仙之一的吕洞宾,也一定早早醒来,享受着老乡的一天香供!沐秋风,享秋色,在其位,受其禄,谋其政,担

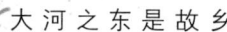
大 河 之 东 是 故 乡

其责！一定也同我们的"父母官"一起，践行"三严三实"精神，为我们这方土地的五谷丰登统筹布局，竭力奉献……

一年好景君须记，正是橙黄橘绿时！春种夏耘秋收冬藏！秋天有秋天的美，虽没有春的百花争艳，没有夏的热烈奔放，没有冬的冰霜玉洁！但她含蓄而淡雅，宁静而致远，开阔而明净，成熟而富有哲思！她无须百花添艳，无须烈阳助威。其素颜之美，意境之高，可以说"淡妆即可倾城，素颜也能倾国"。假如你不信，你听郁达夫先生是怎么说的：秋天无论在什么地方总是好的！要我说，特别是在芮城！

芮城的秋天从这湖秋水启程，一湖秋水溢满了芮城人们内心的幸福源泉！沿着这一湖美丽的秋水，我们可以看到这里的政通人和，物阜民安，沿着这一片美不胜收的秋意盛景，我们踩着丰收的节拍一路向"冬"！

桌子腿下的文学

　　故乡，曾赠予了李白诗端的无边浪漫；故乡曾送给了杜甫笔尖的韵律飞扬；故乡也曾赋予了鲁迅笔下活过来的"润土"。那么，故乡又给了我什么？一本书，一本桌子腿底下的文学书籍足以宽我心肺，慰我饥肠……

　　小时候家里很穷，从没穿过"洋布"制服，穿过的衣服，都是妈妈用纺棉花车一圈一圈摇出来，再用织棉机一梭子一梭子织出来的棉布对襟袄；从没吃过"白面馍"，嚼过的窝头，都是妈妈用玉米、高粱混杂而成一锅一锅蒸出来的混合物。那个时候都是把红薯、黄萝卜当"水果"吃，把高粱秆、玉米秆当"甘蔗"啃。家徒四壁，别无长物，除了锄头和犁耙，眼睛睁得再大，也找不出一星半点孩提时代的玩具。那年月物质困乏还可应付，精神贫瘠实在让人抓狂。大好童年真的无处安放，一半时间帮大人们干农活，另一半时间，便是"闲得学驴叫"，用过剩的精力带着一帮孩子不是翻墙钻洞，偷瓜摘枣，就是打架斗殴，无事生非。

　　直到有一天，在家里实在闲得无聊，偶然发现桌子腿底下有一个铺垫物，抬起桌子拿起一看，是本厚厚的小说《吕梁英雄传》。这一看，一不小心便走进了文学的世界。从此我不再寂寞，因为有了吕梁山康家寨雷石柱、康明理、孟二愣等一个个鲜活生动的故事人物与我相伴；从此我便一发不可收拾地爱上了文字阅读，不再感到贫瘠，因为一座富饶无比的文学矿藏正在向我开启。

　　无论是背着背篓割草，还是拉着牛车送粪，耳畔周围时常能够听到吕梁枪声，脑海深处随时都会浮现出一幅跌宕起伏、波澜壮阔的抗日画卷。

从此，我便挖地三尺翻遍了家里的角角落落，尤其是桌子腿、柜子腿，倒是偶尔也有收获。从妈妈剪鞋样的箩筐里，奶奶剪窗花的箱子底，也翻出了几本残缺不全的书籍，什么《西游记》《水浒传》有头无尾，或无头有尾。只要是书，也不管他是否完整，逮住就看。没书，就找书、寻书、借书。

幸好，我家的邻居——一个在"文化大革命"时期遭受不公正待遇，成了驼背的退休教师陈大伯藏书甚丰。由于陈大伯惜书如命，"极为吝啬"。为了赢得老伯的好感，能够借得书看，便主动找活，经常帮老伯挑水扫院，干一些力所能及的农活，可以说是为了看书，真正做到了"尽其谄媚之能事，量中华之物力，结老伯之欢心"。最终不负我愿，淘得一些宝藏来。有了陈老伯的资源，我那读书的疯狂痴迷，已经到了无以复加的地步。看书不分种类，故事、传奇、武侠、童话、线装书、古体书，抑或是《青年博览》《读者文摘》《山西青年》，只要是书，就像饿急了的蚊子闻到了血腥，都会不顾一切地扑上去大饱眼福。

那时候看书不分时间，走路捧着看，睡觉倒着看，有灯熬油看，无灯趁着月色看；阅读不分场合，牛圈里看，麦草堆里看，高粱地里看……像《林海雪原》《暴风骤雨》《创业史》《钢铁是怎样炼成的》这些小说全都看过……尧舜禹的传说、秦汉故事、唐宋传奇、明清小说，瓦岗寨里的英雄，水泊梁山的好汉，三国风云，西游神话……一个个文学巨匠走进了我的身边，一个个文学故事充盈和丰富着我干涸贫瘠的内心世界，涂抹着我那苍白单调的青春画板。

从此，我不再因衣衫破烂、捉襟见肘而卑微；从此，不再以碗里吃食难以下咽而痛苦。因为有了书看，有了文学的充饥，有了文学的滋养，我的内心不仅丰富，而且逐步自信。开始，有一群同龄的孩子逐渐围在了我的周围，慢慢地甚至有了一群可以称为长辈的老乡们也围在了我的周围。在农活间歇聚在田间地头，或荷锄归家的途中，或者散乱在村口小桥之上，趁着撩人月色，就着习习凉风，听我时不时给他们来一段《说岳全传》，抑或《杨六郎镇守三关》，在我口水四溅中，直到他们听得如痴如醉、目瞪口呆。我才志得意满，撂下一句"且听下回分解"，鸣锣收兵。

那时的读书，让我以后的成长岁月受益匪浅。从书中，使我拥有了爱国情感的凝聚,文化如水的浸润,文明之火的照耀……还有基础知识的积累,文学素养的栽植,古文功底的夯实,写作能力的提高……那时的读书,是一种从没有进过书店贫穷而奢侈的读书,是一种纯粹而过瘾的读书,是把一本书翻它一两个月,品读三五个回合,在静中思索,在慢中体会,甚至某些情节都烂熟于胸的极为彻底的读书。那种读书,我称之为:桌子腿底下的文学、牛圈里的文学、麦草堆上的文学,还有高粱地里的文学。这种我曾经历过的现象被我统称为"故乡的文学"!

　　故乡,仅凭上述几本文学书籍又如何概括其所有!但"故乡文学"的那种现象,在那时的乡村和大多数农村孩子的生活周围却俯拾皆是。那种困难中的抗争,枯燥中的寻觅,寂寞中的吟唱,饥饿中的墨香,简单中的纯粹,那种下里巴人对阳春白雪地火般燃烧的渴望,也许有一种土腥味、牛粪味、麦草味、高粱味……但这种味道,随着岁月的流逝,却挥之不去,历久弥香。

大河之东是故乡

稷山是一棵千年的枣树

也许,是稷王的一粒枣核!

一不小心,遗落在华夏民族寂寥荒芜、尚未开发的原野之上,凭借着农耕文明的光照孕育,依靠着淳风厚土的润泽滋养,胚胎发芽于上古,根须深扎于春秋,枝干繁茂于盛唐,盘曲多姿于明清。当今,亭亭华盖矗立于晋地南端,千年风姿摇曳于运城北望……

于是,这棵枣树,一半在历史的尘埃里安详,拿云攫石,把三千年的沧桑站成了一座山的"海拔";另一半在现实的风雨里飞扬,浓荫蔽日,流霞吐灿,把最美的"战国红"站成了一座山的最美基调。

而这座山就叫稷山,而这棵树就叫板枣树。

不知是千年枣树成就了稷山的巍峨挺拔,厚重坚韧;还是古老稷山赋予了板枣儿的"枣儿大,核儿小,又甜又脆又好咬"的极品属性。

这棵树千年守望,任乱云飞渡,凭桑田沧海,由它野火焚烧,管它风雨雷电,总能在孤寂坚守中,让一棵、两棵、千万棵的子子孙孙们在大山皱褶处携手抱肩,以一山枣花的绿色磅礴成诗。等不到七月十五烂眼儿,等不到八月十五下枣儿,我们一帮书生们便在稷山文联的盛情邀请下,急急地来到这里,呼吸着大山深处的新鲜空气,贪婪地嗅着枣花嫩芽初绽的芳香,陶醉游离于峡谷之中,奋力攀援于高岗之上,触目穹顶,在那云彩深处,似乎仍能听到稷王挥鞭叱牛、破荒播种的声响;极目四顾,在那稷山脚下,仿佛仍能看到那个叫"板儿"的青年劈柴移枣的美丽幻影……

稷山多枣,动辄成林,随意成"海",恣意汪洋,可谓之枣园、枣沟、枣山……如今的枣林呀,已远远超过了当年"板儿"依靠天兵天将移植来的枣树。风物入眼,驰骋入怀,那又该是何等的蔚为壮观!山野之间,林海苍茫,犹如一本《天工开物》的大书,巨幅画卷般迤逦展开:15万亩枣林,天地间相接,山色处相拥,风过而浪涌,势烈若奔马。且看那或汉唐、或宋元的一棵棵枣树,铁干铜枝,虬曲苍劲,根部外露,黑黑的皮肤闪烁着岁月的光芒,皲裂的纹路诉说着千年的沧桑,枯树新芽,岁月不老,枝繁叶茂、葱茏劲秀。或昂首云天,巍峨挺拔,或树冠叠加,枝柯交错……这一切不能不让人心生疑幻,进入梦中。

"日食三枚枣,百岁不显老。"鉴于稷山人民的深情厚谊,我们被作为尊贵的客人引领到观枣亭之上,一张小方几,一盘板儿枣,一壶枣儿蜜,五六文友环桌而坐,这一颗颗枣儿呀,上窄下宽,个大核小,紫红油亮,皮薄肉厚,轻轻掰开后糖丝金黄,棉甜爽口;加之那一口口醉人的枣蜜沁肺,更是令人心旷神怡,自不待言。

面对着"中国十大名枣"之首的板枣,一个个文友不再矜持,不再斯文,反而摆出"忽必烈、朱元璋、乾隆……"等一副高大上的样子,享受着皇亲国戚的待遇,品尝着宫廷佳品,探讨着板枣的历史文化,凭栏远望,把枣临风,沐浴山野之气,且听稷山风语。那万亩绿色的波浪,漫山遍野的涛声,让我们分明听到了《诗经》发出的"八月剥枣,十月获稻"的遥远吟诵;让我们分明看到了"行过大山过小山,房上地下红一片"的壮美图景;让我们分明望见了"春分一过是秋分,打枣声喧隔陇闻,三两人家十万树,田头房脊晒红云"的喜人画面……

"江南桔绿日,塞北枣红天。"千百年以来,贩夫走卒自四海涌来,商贾云集从三江而至。聚集稷山,热闹枣市,讨价还价,车装人抬,枣香惠及宫廷,美名播撒九州,成为历代皇宫之佳品,百姓之稀珍。

而如今,稷山板枣更是海陆空齐头并进,打入国际市场,远销日本、北美和东南亚各国,成为稷山人民致富奔小康的摇钱树。因而,历史的板枣氤氲着稷山人的情怀,如今的板枣正香甜着稷山人祖祖辈辈风吹日晒的日子,板枣文化已植根在稷山人们子子孙孙的思想与血液中……

当我虔诚膜拜着一株株穿越唐风宋雨,被命名为"县树"的千年枣树时,热泪盈眶中,我仿佛看到了:我们的先祖们攀爬上树,摘枣充饥的艰辛;我仿佛看到了,我们的先祖们结绳记事,以枣树皮作记号,以枣树冠作巢住,谋求自保的智慧;我仿佛看到了先祖们以树枝为工具猎食御敌,与天斗、与地斗、与自然灾害斗的大无畏精神,他们凭树取火,吃熟食,驱野兽,借着微弱的光亮践草为径,征服自然,亦步亦趋地走向辉煌……

当我挥手揖别这一株株静默无语的"千年老人",不由得心潮澎湃:这些枣树啊,它们从野蛮走向文明,从远古走向今天,从战争走向和平,从荒芜走向富庶。在叶落花开之间,姜嫄在树下休憩;花谢结果之间,稷王在树下开垦;枣儿飘香之间,唐诗挂上树梢,宋词吟唱坡地,元曲回旋山间……这些枣树啊,它们不是人类,却胜似人类。它们无意永恒,却生命之树常青;它们从不炫耀自身,却声名远播于九州。它们不是母亲,却犹如母亲,居于贫瘠辽远而不悔,遭受冰霜袭击而不惧,面临盛夏酷暑而无畏,历经千年生死而不衰,穿梭于春华秋实而不骄,拼尽老树一身血,也要化作颗颗鲜红的板枣儿,将自己的凝敛厚重、朴实无华展现给乡亲,默默地支撑起绿荫华盖荫护树下的子民,庇护着它的一方儿女。

听呵,昔日著名歌唱家郭兰英一曲"稷山枣儿红又甜"醉美了大江南北;今日一曲《枣儿谣》的蒲剧传唱又从稷山峰顶响彻海内外。看呵,那漫山遍野枣花的璀璨怒放,不正在抒发着35万稷山人民追求幸福生活的美好诗篇?

千年守望,千年相恋,板枣树依附于稷王山,稷王山不弃于板枣树,"树山如一",始终挺拔着厚重坚韧的脊梁,舒张着宽广博大的胸怀护佑着他的子民们从苦难走向辉煌,让幸福的生活正如稷山那样巍峨厚重不可撼动,恰似板枣那样鲜红脆甜,绵香久远。

稷山呵,是一棵千年的枣树;板枣树呀,就是一座厚重的稷王山。

河东桃花正怒放

不知是哪位画家，一不小心打翻了三月的颜料！顷刻间，铺天盖地的万紫千红就占领了河东，把"春天的花市"研墨到河东大地的各个角落。

当一袭花香席卷着滔滔黄河的晶莹浪花，当一抹桃红氤氲着条山深处的无限风光，当一缕春风解读着皑皑盐池的千古情思。于是，河东便怒放在春天的枝头，怒放在三月桃花的深处。当我们拾步于三月的陇上，当我们踏青于草野之间，当我们漫步于凤凰谷畔，当我们徜徉在南山脚下，我们却无暇顾及风中摇曳的碧绿麦苗，我们来不及欣赏流光溢彩的金色油菜……因为，辛曹的桃花岭、解州的桃花洞、平陆的部官乡、夏县的温泉路……都在向我们发出了热烈而隆重的三月邀请。

桃之夭夭，灼灼其华。一朵两朵三四朵，朵朵桃花灼其艳。五树六树七八树，树树桃花映山红。自历史上最早的一朵桃花盛开于《诗经》，便芬芳扑鼻，再无花谢，穿越千年，烂漫至今。一朵惊艳了时光，一朵温柔了岁月，还有一朵，挂在了河东枝头，以其盛开的姿态诉说着夸父累死化身桃林的前尘往事。置身于桃林之中，那一朵朵桃花常常是以芮城人"爱样"的性格，永济人"争先"的脾气，万荣人"不服输"的豪情，竞相怒放，争芳斗妍，灿如流火，美似朝霞，纵横舒展，绵延百里。

桃之怒放，开得招摇，开得灿烂，开得理直气壮，一朵朵，一簇簇，一片片，一团团地在枝头发表着春天的宣言：有的蓓蕾初成，静若处子，以"花千骨"的形式蓄势待开；有的含苞渐放，含蓄内敛，以初恋少女之姿欲语还休；有的迎风吐蕊，恣意展开，如成熟少妇之态热烈奔放。桃李不言，下自成蹊。这一切,引得无数彩蝶竞徘徊,逗得万千蜜蜂舞其间。赏着桃花,闻着花香,听着私语,不能不让人有一种"桃花春色暖先开,明媚谁人不看来"的诗意涌上心头。一不小心,我便落入了三月桃花的陷阱,一时冲动,我便发出了内心深处的誓言:我愿意化身为河东大地万千枝条上的一朵桃花,与春风共舞,与绿叶攀谈,与春光争艳,把理想怒放,把果实酝酿……

然"一花一世界,一叶一如来"。此花非彼花,每一朵花都有她的三月故事,每一个三月都有她万千花儿的心事。她不管炎炎烈日暴风骤雨的洗礼;她不顾萧萧秋意凛冽寒霜的封杀,她不惧数九寒天冰霜雪雨的袭击,只为奔赴一场三月花事的盛开。

为了这场花事的盛开,透过历史的纵深,一朵又一朵桃花在寂寥深处渐次开放,惊艳着人间岁月,诉说着三月往事:有桃花的三月,是创业梦想相互激荡的三月。在这一月,我们似乎闻到了刘关张"桃园三结义"的那一杯浊酒传来的清香,我们似乎看到了香火祭台上生死相托的千金一诺,我们似乎听到了"共扶汉室"壮志凌云的创业梦想。而这一壮志凌云的历史声音早已被我们现如今河东大地上"大众创新、万众创业"的澎湃潮流所淹没。

有桃花的三月,是文人墨客遍访精神家园的三月。自陶渊明以来,文人墨客一直苦苦搜寻着"问今是何世,乃不知有汉,无论魏晋"的"桃花源"。而这一"乌托邦"式的理想家园,截至今天,行走在我们的河东大地上,无论是辛曹的桃花岭、解州的桃花洞;还是平陆的部官乡、夏具的温泉路……可以说是俯拾皆是,到处都是欣欣向荣、莺歌燕舞的桃花源。

有桃花的三月,也是开启一次爱的旅途,谈一场惊天动地、刻骨铭心爱恋的三月。如果崔护生在今天,一定能够循着蒋大为那曲《在那桃花盛开的地方》的优美旋律,来到我们这草长莺飞、桃红柳绿的河东,真正地邂逅他的那位梦中情人,一定能够凭他的"才情"和我们河东姑娘的"美丽"成其好事,终成眷属,不再会有那"人面不知何处去,桃花依旧笑春风"的千古一叹。有桃花的三月,也是摇桃花扇,唱桃花词,写桃花诗的三月。假如,海子还活着,他一定不会辜负三月河东的桃色,一定能够写出比"面朝大海,春暖花开"更加精美的诗句来……

走过唐诗宋词,越过海子华章,当我们呼朋唤友一路迤逦地来到了三月河东。我们不能不惊叹于那一朵朵瑶池仙子下凡河东的楚楚动人,不能不沉醉于飘荡在河东上空那一树树簇拥流动、织锦成段、氤氲成云的壮美仙境。攀爬在三月桃树的肩头,依偎在河东大地的桃林深处,我们每一个人都会幻化成为万千醉人中的一朵;我们每个人都会融汇成为那波澜壮阔花海中的一点一滴,从而沉浸其中,感受春天的脉动,聆听春天的花语,沿着桃花的路径,向着春天出发,走向自由的、和平的、富庶的、美好的、悠闲的、温馨的、果实飘香的幸福之所。

大河之东是故乡

父槐

我家有一棵老槐树,他不似洪洞老槐树那样历史悠久而著名,他只是豆科槐属极为普通的一棵,而我又把他加了一个别名叫"父槐"。因为他是同我家祖父从河南灵宝举家迁回老家芮城,由父亲一手栽植而生根落户的。

多年来,槐树丝毫不嫌弃农家院落的贫瘠土地,日夜矗立在院子西北角,斜倚墙根,根系全院,沐雷电,浴骄阳,饮风霜,饱雪雨,与日头一起出落,与月亮一起升降,与天上的云儿共卷同舒,不离不弃地与我家已相守八十一载。他身躯伟岸,高耸入云,傲然挺立;他枝叶蔓延,亭亭如盖,风姿威严,几丈之外隐约可见埋在地下四起的伏根。他从院子西墙角延伸到我家东厢房,犹如一只巨大的手掌,用那绿荫呵护着整个院落;他黝黑粗老的皮层上,那根根隆起的树筋和纵横裂开的纹理,生铁硬钢铸就的模样,恰如父亲劳动时那裸露的皮肤,既让人伤感于怀,又让人敬畏于心。这就是我家的老槐树,也是我心中的"父槐"。他曾在风中摇摆过我家旧日的时光,也曾在雨中呵护过我家过往的日子。

小时候,我家的老槐树犹如母亲的手一样扶着我们兄妹四人学着走路;犹如父亲的肩膀一样托着我们兄妹四人健康成长。家中子女众多,幼时母亲忙于农活。常常把哥哥、姐姐乃至最小的我丢到槐树旁,任由我们扶着槐树的躯干循环转圈,蹒跚行走。在不断的跌倒起来,起来跌倒的往复摔打中,是老槐树让我们渐渐地学会了走路。再大些,仰视树冠时,总感觉高不可攀,总怀疑那枝丫是否一直通到天上,踩着他的肩膀,就能到达广寒宫找嫦娥姐姐玩耍。十来岁的时候,在哥哥姐姐的带领下,终于开始学会了攀爬。

除了在树上掏鸟蛋,折树枝,也可以通过硕大粗壮的树枝爬到西厢房房顶堵烟筒,抑或迂回曲折到东厢房房顶捉迷藏。在登高望远中,整个村庄炊烟一览无余。一切的淘气,终因踩碎了房顶的瓦片,毁坏了槐树枝叶,隔三岔四地挨着父亲的胖揍……

小时候,我家的老槐树就是家中所有成员精神上须臾不可分离的风景线。春季,叶片绽放,密不透风,绿得醉人;五月,槐花飘香,银白如玉,一串又一串,一嘟噜又一嘟噜,层层叠加,相互簇拥,白得耀眼,美得心跳。

燕子偶尔在上面跳舞,不时在枝头掠起一道道美丽的剪影;喜鹊在上面叽叽喳喳筑巢安居,拉扯着一代又一代的小雀儿,经常给你绘制一幅抬头见喜,喜上眉梢的情景剧;不甘寂寞的蝉儿也在上面扯开喉咙,不停地嘶鸣放歌。七月、八月,北方的骄阳毒辣似火,他为整个院落撑起巨大的绿伞,释放一季的阴凉。

母亲在树下搭起一个小灶,什么野菜团子、玉米棒子、槐花拌饭、手工面、绿豆汤应有尽有,为全家供应一日三餐。父亲在树下垒起一张石桌,既是我们回家写作业的平台,也是全家围在一起用餐的饭桌。夜晚,月亮爬上树梢,星星闪烁其间,银辉洒满一地。下面摆放两张躺椅,铺着一张竹席,坐的坐,躺的躺,祖父说往事,奶奶讲传说,什么孙猴子、猛张飞;什么红脸关公、黑脸包公、白脸奸贼,还有吴刚桂花酒……一个个美丽的传说,一个个神秘的人物,丰富在脑海,激荡在心胸,遐想爬上高高的树梢,梦想飘向无际的天边。九月、十月秋天的画笔把老槐树涂满金黄,树叶开始飘零,一不小心,把一季生命的辉煌洒满一院,被母亲扫起来作为烧饭用的引料。进入冬季,大雪纷飞,满树银装素裹,欺雪赛霜,犹如挂满白胡子的祝福老人,告诉着我们:"冬天到了,春天也就不远了。"

小时候,在物质极为贫乏的年代,这棵老槐树就又成为全家人在特殊时期物质上的一定依赖。说他是一棵树,他更像家中的每一位成员一样,默默地付出,竭尽所能地奉献。偌大的树冠,结满了槐米,作为有用的药材,可以换回一些钱来。每到这个时候,听着巷子里面由远而近不时飘来货郎收槐米的南腔北调。大家也都满怀心事地仰望着一树的槐米,打着小九九:父亲盘算着化肥农药,母亲考虑着油盐酱醋,哥哥思谋着学杂费用,姐姐算计着发卡衣裳,我则朝思暮想着玩具枪、小人书……多是在争吵中,哭闹中,由全家的最高领导人祖父拍板定夺。

老槐树,在我家有着特殊的地位。喝茶聊天大多聚集在老槐树下,家长里短,一年的规划,来年的打算,都是在这棵树下通过家庭会议完成。中秋祭月,节日祭祖,过年祭神,都是由我们端着母亲煮好的馄饨,摆放在槐树下面,三叩九拜。姐姐出嫁,哥哥结婚都是在这里完成重大仪式……

随着时光的逐渐流逝,曾经坐在槐树下面的躺椅上喝茶聊天的祖父、祖母已经远游;十年前的一个夏天,父亲也骤然去世。姐姐早已远嫁他乡,哥哥们也先后出院另起炉灶,我也辗转于运城开始谋求生活。家中原来的土坯房早已不复存在,高门楼子、现浇混凝土房拔地而起。整个院落一分为二,地板铺砖,前院种花,后院种菜。整个院落更显宽大,空荡荡的,除了母亲,还有那棵唯一的老槐树仍然郁郁葱葱,默默地陪伴着母亲,无言地守护着这个院落。昔日树下乘凉的一大家子的身姿已经散去,过去充盈满院,飞向树梢的欢声笑语也久矣远矣!唯独这棵树依然在这里,见证着这座院落的起起伏伏,感悟着这座院落的生命轮回,分享着这座院落的欢乐悲伤。他如我的父亲一样,始终爱惜这片土地,为了眷顾这里的人们,并不向往外面的天空,一生扎根于此;他如我的父亲一样,无怨土地的贫瘠,条件的恶劣,无惧风雨雷电的洗礼,只要有阳光和空气,就一样倔强地生长;他如我的父亲一样,留下阴凉给后人,奉献一切给子女。

鉴于此,我尊之为"父槐",爱他一生,许他一世!

话说运城枣叶茶

作为一介粗人,每逢腹内干渴,从小就养成了趴在田间地头的水渠边,常常是探头入水,如追日的夸父鲸吸海吞般地以浇灭心头干旱之火。最文雅状亦是捧着硕大的马瓢,舀一瓢缸内的凉水,仰起脖来,雄壮若牛,豪放似驴,咕咕咚咚猛过一把梁山好汉之瘾!

因此,若说茶,我是外行!总觉得茶与我有天地之遥,隔世之远,好似十万八千里。

所以说,"茶"这般神物哪是咱这手扶耕犁、脚踩铁耙的俗人喝的?特别是听到某些人云云:什么"茶道精神,纯雅礼和。纯为其本,雅为其韵,礼为其德,和为其道",让人更感陌生。

什么"龙井、毛尖、铁观音","润深山,滋太虚;承玉露,受丰壤;什么吮朝曦,汲月华。点深山之黛,吐灵牙之绿,韧风雨之狂,傲霜雪之寒。什么沐日月兮以茁长,浴雨露兮以涤身。嗟乎其悬于紫砂有莲花之洁,饮于内腑有灵药之功,闻于鼻翼却似天籁之音……"这一切的"高大上"都把我拒之于千里之外。

所以,总觉得"茶"那东西都是一些城里人喝的,也都是那些"琴棋书画诗酒茶"温文尔雅,谦谦君子品的。可一旦混入城中,不知不觉,也装模作样,附庸风雅。可是无论怎样地喝,如何地饮,总是啜在口中,却喝不到心里,喝不出痛快,喝不出亲近。总是感觉,茶这东西,都出生在江南,空濛山水,云蒸霞蔚,除了"白墙黛瓦,石板拱桥,茶楼酒肆,无名的乌篷船,随意的摇进摇出……还有就是小雨巷、戴望舒,还有那油纸伞下丁香一样的姑

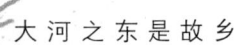

娘"。品咂之间,总觉得缺少了我们北方人内心渴盼的一点什么?

然而,想不到的是。五月的早晨,总有惊喜来袭:张建群主任的爱人郑总突然莅临我的办公室,赠送一茶一书。书是《话说运城》,茶是"枣叶茶"。

我不由得甚是惊喜:我们北方也能产茶?

而且是生于斯长于斯本土河东"茜茜庄园"的"枣叶茶"。细细端详枣叶茶之容貌,朴实无华,让人有一种黄土高坡血脉里的亲近之感。

与枣叶茶握手,方有地域之亲;与枣叶茶相亲,才知家人之味。枣树不像泛于江南烟雨的碧螺春,不像承灵山秀水之气的毛尖,更不像生于苍山洱海、云雾之巅的普洱。它就肆意生长于河东大地的各个角落,它就蜗居于运城山水的每家每户。

房前屋后、院里院外、田间地头、道路两侧无不栽满了枣树。枣树犹如我们河东人一样实在而坚韧,栽植的成活率极高。家乡人说:"桃三、杏四、梨五年,枣树当年就还钱"。一点儿不错,枣树栽下的当年就可结果。哪怕是只有三尺高也会挂满鲜红甜脆的枣儿。

可是,我怎么也想不到,枣叶也能入茶,也能登上大雅之堂,也能润人脾胃,美其肝脏。对此,我赶紧查阅一下资料:枣因在安神、失眠领域有其独到的地方,且疗效显著,被西方医生及患者美称"东方睡果",枣叶就是"东方睡果"的叶子,因同样具有安神、促眠等功效,可谓:"东方睡叶"。

郑总走后,我迫不及待地将数片缱绻干枯的枣叶放在了桌上那只透明的玻璃杯里,开始注入沸水,随着沸水热情地介入,那些缱绻干枯的枣叶犹如睡美人一般开始苏醒,在茶杯里翻腾摇曳,上下起舞。待到杯中水静,一叶叶,宛如贵妃醉酒的婀娜身姿,在蒸腾的热气中袅袅而出,若一羽衣仙子,悠悠青衣渡江而来……

一股淡淡的清香萦绕于鼻翼发梢之间,继而升腾,晕染于满室生香,柔软了陌上时光。轻轻将茶杯拢于掌心,于十指捧护,看着那片片绽放盛开在水面上的绿色精灵,仿佛看到了长于山之顶,崖之畔栉风沐雨中的虬枝古干,似乎闻到了河东鲜美的枣香,似乎听到了那一句句蒲剧铿锵……

想她小小的体内定是吸吮了条山精华与黄河灵气的,不然怎么会如此陶冶心智?练就脾性?把盏轻饮,那股清香在唇齿间浸香片刻,便顺喉而滑落肺腑,顿觉心旷、神怡、气爽……逐渐地氤氲成一缕轻风,一絮白云,一帘细雨,在心间柔柔地吹着,悠悠地浮着,细软地飘洒着。悠悠冉冉,荡荡漾漾。一切于释然中。

岁月若能烹煮,我愿取五月的枣叶入杯,放一杯河东之水,将人生沏成一杯淡淡的枣叶茶,细品轻拨,清韵悠然,滤掉尘世的纷扰,拂去尘俗杂念,在自己的守望里云卷云舒,在自己的故事里花开花落。

大河之东是故乡

我爱你 我那修理地球的父亲
——仅用一堆苍白无力的文字祭奠我至爱的亲人

"父亲"这个词汇延伸出来的涵义,无疑是"高大伟岸、博大宽容、严厉无私、遮风挡雨"的。天下所有的儿子一旦想到自己的父亲,心里一定是暖洋洋、亮堂堂、美滋滋的。而对于我来说,"父亲"这个让我念叨了30余年的亲情称谓却在2006年那个秋天的晚上,戛然而止。从此,在风雨飘摇踯躅行走的人生旅途中,"父亲"这一词汇便被岁月风干成了当下的忧伤;从此,"父亲"这一称谓便成了我生活中内心最深处永远不可触摸的伤痛!每当我竭尽全力试图把"他"忘却时,父亲的背影却在我的脑海中顽强地出现,始终让我挥之不去那昔日的情景。荒草覆盖了父亲的坟头,却掩盖不了历史的沧桑和对父亲百般的思念。于是,一无所有的我只能码起一堆堆文字用来祭奠我的父亲;于是如父亲一样清贫如洗的我,只能拿起了那只仅有的秃笔,饱蘸热泪,写下我心中激情澎湃的呼唤:我爱你,我那修理地球的父亲。

父亲的简描

我无法用文学的修辞手法去描写我的父亲,因为父亲很普通;我羞愧于用华丽的辞藻去修饰我的父亲,因为他是那么简单朴实。他不具备"高富帅"的一切,父亲仅有不到1米7的个子,没有让人一看便肃然起敬伟岸高大的男子汉身姿;父亲,一生贫穷,未曾给我们留下什么。几亩田地,一座庭院,五间瓦房,贫穷成为我以及全家人对他一生追念,始终绕不开、避不过的尴尬话题;父亲不帅,长相一般,我对他的素描,无非是短发圆脸,皮肤黝黑,也许生活的重压让面部表情永远无法生动和丰富起来,只有一双眼睛闪烁的永远是和善与平静。他不善言辞,不喜交结,不会对外人花言巧语,不会对家人甜言蜜语,通体透露出一副木讷老实的样子,一辈子穿着四个兜的蓝色中山装,黑色棉布裤,千层布底鞋。他如同中国千百万老农民的形象一样,混迹于人群中,纵使爱他亲他熟悉他的儿子,擦亮双眼也找寻不见!因此,我实在无法用溢美之词赞扬我的父亲,因为他只是一个挥着锄头刨日头,扶着铁犁耕岁月修理地球的老农民。但站在黄土高原的田垄上,穿越岁月的时空,遥望父亲那挥鞭叱牛的身影,我敢说我依然爱他,爱我这个修理地球的父亲,不仅爱得深沉,爱得永远,而且爱得痛彻骨髓!

遗忘在角落的那根扁担

父亲走了好几年,而靠在院墙角的那根扁担尽管已被人遗忘。但它依然不管不顾风吹雨淋日晒,挺拔如旧地等待着他的主人召唤。那根扁担有了年头,似乎是上等梨木做的,却被父亲的双肩磨得光滑如镜,黑而油亮。它正如父亲一样,负重如山,荷重不止;他正如父亲一样,韧而不折,坚而不摧。父亲用那根扁担,一头挑着太阳,一头挑着月亮,中间就是那黑黝黝的铁脊梁。从我儿时记忆起,父亲便与那根扁担如影随形,他那颤巍巍的身姿走过通往村口那口老井的石径小路,走过那离村五里之遥的自家果园,爬过那沟坡陡峭的层层梯田,翻越过砍柴求薪的条山荒岭……他那副担子永远是沉甸甸的,挑过水,担过石,送过粪,运过柴,收过五谷杂粮众庄稼……他一年年挑过春夏秋冬,他一路路挑过春华秋实。他为了家里水缸的满溢,他为了家里粮仓有米,他为了一家老小的吃穿,他为了我们兄弟姊妹四个学费有着落。在那贫穷艰难的日子,在那风雨飘摇的途中,他一个老实巴交的农民,因为胸中有信念,肩上担不卸。从此,山不再高,路不再远,坡不再陡,水不再深,他虽然气喘不止,却永不停歇。

大河之东是故乡

那架已经长满了青苔岁月的架子车

在我家的后院里,有一只散了架的架子车,没了车帮,少了车轮。由于风雨的侵蚀,木制车厢里已经长出了绿绿的青苔,或者小小的蘑菇,犹如一位风烛残年的老者,忧伤地斜倚在后院的墙角诉说着以前的故事。有了这辆架子车,父亲基本结束了肩挑手提时代,架子车的年月成了我们家生产工具发生质变的伟大时代。它既是我家的交通工具,又是日常农耕生产不可或缺的运输工具。这辆架子车盛满了我童年的欢乐,也装载着父亲的艰辛生活。小时候无论是赶集或者是上会,总是父亲驾辕拉着他最疼爱的小儿子,还有他那至亲至爱的父亲和母亲。在日常修理地球中,无论是往田间送粪,生产施肥,还是秋季收割,它更是发挥着不可替代的重要作用。在这期间,身材单薄的父亲显得力大无比,老实木讷的父亲显得手巧而智慧。无论是玉米秆、麦秸秆、棉花秆,还是豆类作物,无论有多少,他都能把这些农作物放在架子车上高出一个人的数倍,码堆如山,从而用车子上的粗绳捆个活结,平平稳稳拉回家里的麦场上。我和哥哥们试了好几次,无论如何堆放,不是倾斜,就是坍塌,绳子打的结也是死结。父亲拉车子的身姿是我记忆最深刻的,那堆积如山的农作物几乎掩盖了他那瘦小的身影,前腿弓,后腿绷,身体前倾,脖子前伸,肩膀上搭的绳子深陷入肉里,双眼瞪圆,满脸通红,向后退两步,朝前挪一步,亦步亦趋,奋力向前……父亲就是坚守着"小车不倒一直推"的信条,硬是用这辆架子车拉着全家的幸福安康,硬是用这辆架子车拉回了全家丰收好年景,硬是用这辆架子车拉着"十一届三中全会"后打下的第一车粮食,去公社交公粮。

那牛那爹那岁月

父亲一生有三件宝:扁担、架子车、老黄牛。老黄牛是他的至爱。那年月,牛是一个农家富裕的象征,是一家农户在村子实力轻重的存在。八十年代初,祖父举全家之力从集市上淘换回来一头老黄牛,父亲爱之若宝,惜之如亲。每天精心伺候,悉心照料,特别是夜间起身好几回,到牛棚里添水喂料,驱蚊赶虫。不知是父亲的至诚感动了上苍,还是父亲的亲和感染了老牛。让全家都没想到的是,这头老牛时隔半年,枯木逢春,竟然怀孕,为全家添了一头生龙活虎的小牛犊。从此,我家的地位在全村陡然提升,我在小孩中的形象也进一步改观。因为这头牛不同于其他的牛。刚生下来,便体格庞大,毛皮发亮,牛首高昂,铜眼圆睁,牛气冲天。长到一岁,个子高出母牛两倍有余,性格暴烈,狂放不羁,村中三五个强壮小伙也控不住。无论是耕田耙地,还是运输拉货,它总是力大无比;无论是犁铧插入多深,还是车上的重量有多么得令人咋舌,它从来都是狂奔如飞,让扶犁踩耙以及驾驭的人心惊肉跳、跟之不及。它为此拉断的缰绳、拉断的车辕杆,拉翻麦场上的石碾子不可计数。那可真是"姚明的高度""刘翔的速度"。这头牛的勇猛既让人羡慕,却又让人望而生畏。因为无人敢于接近,无法驾驭。唯有父亲,轻吆慢喝下,那牛在蓝天白云下,时而气定神闲,时而健步如飞,那质量,那效率,那天地自然、人牛和谐的画面让人多么陶醉!那年那月,在那牛大步向前的奋力耕耘中,我们农村迈进了一个中国改革转折的伟大时代,迎来了十一届三中全会以后全新生活的神奇画卷。

父亲的汇集

缘于父亲的"土气",我无论走到哪里,都带着农村人的"五官"和乡下人的印痕;缘于父亲的"呆气",我混迹在机关里几番挣扎,几番奋斗,至今依然一无所是;缘于父亲的"坚韧",才使我走出大山,来到市区争得了"一张书桌"。

但我父亲的"精气神"远不止于此。他外表木讷,却外拙内秀。他能双手如飞打算盘;他能挥刀切菜如发丝;他能力透纸背,笔走龙蛇,写得一手好字;他一生唯一的爱好是研究医学,能够配置秘方,自制药丸,为乡亲义务施药;一把针灸出神入化,为乡亲们祛病除疾从不言累,也不表功。父亲最令人称道的是,他一生干一行爱一行精一行,即使修理地球,他也无愧于这个伟大的称号。他喜好学习,勤于思考,善于总结。他会观察天气,预知旱涝;他能抓住农时,适当下种。他不是测绘家,却能仅用两根小树枝把田垄修正得平直如线;他不是诗人,却能在黄土高原上播种下春的诗行和秋的收获;他不是画家,却能以锄头为笔,以汗水为墨,描绘着麦苗的青、玉米的黄、高粱的红、棉花的白,穷尽一生在广袤无垠的黑土地上书写着农家四季丰收水墨画。

我的父亲是一个彻彻底底的无产者,除了他的四个子女,他一无所有;我的父亲是一个实实在在的奉献者,他一生无争无欲,只知劳作,不会享受,仅仅满足于有衣遮体,有食果腹,正如他喜爱的老黄牛一样的活着,宽厚、坚韧和包容,他一辈子吃的是粗粮,咽下的是艰辛,反刍的是痛苦。但他从来都是那么平静。父亲暮年的时候,由于身体渐渐发福,加之积劳成疾,双腿呈现一长一短严重残疾,走路都很困难,但他仍然一边坚持农田操作,一边给自己配药治病。每到夏天的时节,总看到他光着膀子,一边给自己从头上、肩上、腿上到处扎满银针;一边用田间采来的艾草烟熏烤灸。想着我们只扎一根银针的时候,就鬼哭狼嚎,哭爹叫娘。而他又遭受了多少痛苦从不言说,永不表白。

父亲一生安分守己,老实本分。那一年秋天,也许他太过劳累,也许他感觉到已为儿女们偿还了所有的债务,他便不再按常理出牌,不辞而别。殊不知,我们却感到了天地坍塌,生活路途瞬间断裂,亲属情感突然断流。在巨大的痛苦中和无比的忏悔中,我们深知:我们永远失去了一个好父亲!

在泪眼蒙胧中,文字祭奠中,情感焚烧中,我从父亲黑黝黝的铁脊梁,汗珠子滚太阳挑担低矮的身影中,仰望他的高大伟岸;我从父亲狼吞虎咽,风卷残云的就餐中,拉车前倾趔趄狼狈的身姿中感知一个男子汉的立体形象;我从父亲扶犁踩耙驰骋于黑土地上永不疲倦的画面,以及那土里淘金一生执着的精神中,去解读父亲的精神世界;我从父亲蹲在田间地头,眉头紧锁的表情里,那忽明忽暗的旱烟袋里星星之火感知父亲的聪明智慧。我的父亲,是千百万中国老农民修理地球的其中一员,正是他们挥起了锄头锄出了三中全会以来分田到户的第一缕春墒;正是他们,在十一届三中全会春雷响过,他们扬起了手中的牛鞭,破土解冻了第一块改革开放的土地,用勤劳和智慧让中国的大江南北春色满园,让《春天的故事》动听的旋律响彻四方。

因此我爱我的父亲,尽管他只是一个修理地球的,我却要把他归列为我心灵深处最伟大的行列。我要说,我爱你,爱你这个今生爱不够、来世还再爱的修理地球的父亲!

大河之东是故乡

谁能耐住我笛子的噪音

前几天,儿子放学回来,突然心血来潮地对我和妻子说,他想学吹笛子!于是,我陪妻子购物逛街之际,到百大精挑细选了一支。看到根本不懂乐理常识的儿子,捧着笛子,抓耳挠腮,憋气急促,灌气狼狈,吐气虚无,气急败坏的样子,我不由得哑然失笑!随便指点了一下儿子握笛子的正确姿势,以及1234567的各个位置!看到儿子如痴如醉的神态,听着那极其摧残人的耳膜,能招来狼、杀死人的尖锐噪音,同样不懂乐理常识的妻子,竟然微笑着与儿子沉醉其间,不断地鼓励着儿子:进步不小,吹得棒极了!

看到这温馨的一幕,我不由得穿越到了我以前的岁月,那时候我正如儿子一般大!也正是"少年不识愁滋味,为赋新词强说愁"的初中时代!曾记得在学张中学临近中考那一年的语文课堂上,风趣幽默的赵中学老师就在全班上质问调侃:昨天半夜谁又在操场上吹笛子,学狼叫,制造噪音,让人精神崩溃,整夜失眠?赵老师的痛苦愤怒和歇斯底里的质问,让我在哄堂大笑中明白了:跌宕起伏有韵律的笛声能让人陶醉得上了天堂,支离破碎不成音的分贝也能让你疯狂得下了地狱!

中考后去了关系很铁的同学刘占伟家玩。没想到那家伙竟能吹得一手好笛,把西游记里面的《女儿情》吹得如泣如诉,如怨如痴!在刘占伟的指点下,我回到了家里,也开始了一段不管不顾,疯狂迷恋的时光。不分时间场合,不管黑夜白昼,无论刮风下雨,俨然大师派头,非凡间的人物。吹出的声音自己都感觉异常难听,有时似放屁,但还没有放屁声音响;有时像驴叫,但比驴叫的声音更尖锐!四邻右舍的大娘叔伯们也许忍到了极限,也许被我发愤向上的精神所感动,有意无意极为委婉地告诉我一些前人励志的故事:比如村东的某某为了学吹唢呐,就钻到猪圈里面练;村西的某某为了学唱歌,就下到红薯窑里学,你看你是不是……

乡亲们的苦口婆心让我着实尴尬难堪了一阵子,一段时间,小小的竹笛也颇感沉重,拿不起手,张不起口!每当此时,奶奶、妈妈总是提醒我,这段时间怎么不吹了?听你吹笛上瘾呢,给我们来一段!于是,兴奋的我,就在我家后院的月光下,鼓着腮帮,憋足气力,惨绝人寰地乱吹一气,直吹得星月无光,大地失色,消夏的全村老小逃离入屋!奶奶、妈妈却气定神闲,如听仙乐!

如今好多年,已放下了笛子,奶奶也远行好久了,妈妈婀娜多姿的身子亦驼背多时了,眼睛看不见了,耳朵听不见了!任风云变幻,凭岁月流淌,儿时的笛声时时在耳,尽管实在难听,杀伤力巨大!我却骄傲,我却自豪,人生漫长的岁月中,咫尺之遥,仍有仨俩亲人耐得住我笛子的噪音!

大 河 之 东 是 故 乡

远志 我的白球鞋

"走,山上鐝草去!"

每当礼拜六,同村的卫红、三军、波波、亚州等人便扎堆地来到我家,吆喝着一起上山鐝草。为了猪的"供应粮"和牛的"三餐饭",我们这些早早就被父母任命为"粮需官"的七零后,便自觉地拿起镰刀,背起背篓,一脚踏上如歌的行板,一头扎进故乡的田野,浩浩荡荡,天南地北地寻找着牛的最爱,猪的喜欢……

鐝草,我们总是要问神仙的,一边极为虔诚地口里念念有词,一边果断地把镰刀或者鞋帮,高高抛向空中,看镰刀和鞋子落地,镰把和鞋尖指定的方位便是神仙要求我们进军的方向。

那时的故乡是贫瘠的,也是富有的,不打农药是最干净的,尤其是那蓝天白云下的道道圪梁、块块梯田就像乡下人一样的大气,毫不吝啬,倾一地所有:什么毛毛草、弯弯花、爬地龙、狼尾巴、猪耳朵、芦苇子、甜絮苗……应有尽有,只要你力气足够有,只要你筐子足够大,任你去鐝,凭你去装!这还不算,还有田间的"小蒜苗、山韭菜、枸杞子、小奶瓜、黑葡萄、甜甜根"等零食随采随吃,酸甜麻辣足足让你过一把饥渴的嘴瘾!运气好的话,逮一只兔子,捉一只鸟儿,一不小心被卧在草丛深处一条蛇吓得半死。其实,这都不算什么,真正让我难以忘怀的是在鐝草期间,竟发现了远志!远志,家乡较不常见的一种中草药,用李时珍的话说是"益智强志"——这便是远志得名由来,药性微温,味辛苦,具有安神益智,祛痰消肿的作用。

当我第一次在村北的高塄上看到了传说中的一丛丛叶若细柳的远志,

斜生或直立地长在峭壁上,向我招手,似乎在风中吟唱着一首动听的诗歌:
"白日不到处,青春恰自来。苔花如米小,也学牡丹开。"

霎时,我两眼放光,心跳加快,就像沙漠的行者望到了清泉,饥饿的乞丐看到了面包。望着那淡紫色、细碎、繁密、醒目的花儿,像蓝色的勿忘我,又像一闪一闪的亮星星,我就不可名状地沉醉和激动起来,脑海里能够迅速生成一大堆的画面来:母亲的盐巴、我的作业本、小人书,甚至还有我那六一儿童节前梦寐以求的一双白球鞋……想想每年的六一儿童节,村里的小伙伴们都是一律的白衬衫、蓝裤子、白球鞋,加上鲜艳的红领巾,一副地地道道的中国少年先锋队员的标配,叮叮咣咣,敲锣打鼓表演节目。而我,一双黑"驴脸鞋"便打败了我与生俱来的硬汉气质,夹杂其中,五味杂陈,头便低矮了几分。多次向父母提出强烈申请,可连续过了几个儿童节了,资金报告迟迟不能批复,这叫年少轻狂的我情何以堪? 真是造化弄人,当我白球鞋的梦想连同筐子里的草即将被一起扔到猪槽牛栏的时刻;而远志、眼前的远志却又再一次点燃了我那青春的熊熊小火苗。那可是传说中剥下根部的皮晒干,然后送到县里收购站便能换回我想要的所有东西的呀。

于是,村南、村北的沟坡上,地堰边,圪塄上,到处都留下过我寻远志、挖远志的兴奋身影。近的挖完了,便到远处找,为了一棵远志,敢翻沟过涧,能攀高爬低,坟地旁,土崖边,或伏或跪,激动着,战栗着,用镰刀的尖儿选准远志生长的角度,剥茧抽丝般地挖开周边的硬土,小心翼翼地握着远志颈部以上的叶子一点一点地拽出它的根部来,最大的有手指粗,最小的也有筷子状。

当我雄赳赳,气昂昂,挎着大草筐,气壮山河地回到老院子里,以财大气粗的坐姿享受着母亲的炊烟,感受着父亲一脸倦容的笑意,借着一缕月光,在院子中央的捶布石上,开始一棵一棵地剥离远志的皮。剥远志远没有挖远志那么辛苦,犹如做柳笛,简单而诗意,把数棵远志并排放在平整如镜的捶布石上,然后用擀面杖轻轻地来回碾压几下。碾压时远志会发出细微清脆的声响,悦耳动听。晶莹的夜色里,还有一种苦中带甜的草腥味儿氤氲其中,让人心醉。碾压完毕,我就一棵一棵地往下剥。左手抓住枝叶,右手用大拇指和二拇指夹住根,然后就一下子从头捋到根部,皮就从雪白的根茎上完整脱落下来了。剥下的根茎扔到一边,皮就放到铺好旧报纸的小筐子里摊匀,等第二天太阳出来后放到窗台上或是房顶上晾晒。最好是一天晒干,这样的远志质量特好,能卖上好价钱。晒干后就放到小布袋子里,等着攒多了时到收购站上卖掉。

那一年,不知道我挖了多少远志,也不知道我卖了多少远志,更不知道我的远志卖了多少钱,但是那一双雪白耀眼的球鞋终被父亲从县城里很阔气地请了回来,而且是比同龄人的白球鞋还要高一个档次的弹力球鞋。那一年六一,装备标配的我走在盛大的表演队伍中间,我明显感觉到个子突然高了许多,力气大了许多,身子也轻盈灵动了许多……

清明遥寄介子推

是谁,让一季桃花绽放,惊艳了一个时令,映红了一座城池!

是谁,让一种情愫凝结,弥漫了整个河东,搅动着一湖盐池!

是谁,让春天邂逅清明,让清明升华春天,让香火闪烁约定俗成了我们整个民族泪腺的迸溅!

是谁,让一叶新绿,一笺桃红,用水墨丹青涂写着流年的曾经?!让清明这个普通的日子,固化成一个令人追忆,让人念恩,使人感怀,花瓣遗香,薪火相传的传统节日。是谁让这个传统节日绵延千年,春秋大义仍不绝;历尽沧桑,良风民俗而不灭!

又是谁,在这个隆重的节日拨动了历史的琴弦,唤醒了民族记忆,发酵着人们的情绪,催生着全中国人的情感,让心灵的波动,民族的情怀堆积在巍巍昆仑之巅,澎湃汹涌在黄河惊涛之上,肆意激荡在浩浩天宇之上,广泛铺陈在辽阔大地之上,宣泄释放于城乡阡陌之间……

当我们漫步在桃红柳绿的画卷之中,当我们踏青在草长莺飞的诗意之上,当我们扬帆远航不远万里海外归来,当我们汽笛鸣响不辞风尘穿梭城乡之间,无论是庙堂之上的峨冠博带,还是草野之间的布衣烂履,一切一切的困难都不是困难,一切一切的问题都不是问题,一切的一切都抑制不住我们激情澎湃的清明情感,一切的一切都阻挡不住我们集会于清明当口的急迫步伐,当我们跪拜于宗庙之上,祭奠于长者坟前,焚香祷告于香案长几,追思列祖,告慰列宗,感怀故友,痛悼亲人,让纸钱化蝶而飞,让情绪尽情流淌的时刻。我们更不应该忘记我们的介子推老先生,这一个与清明节

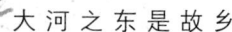

的历史坐标始终绕不开、避不开的话题;这一个与清明节的来历掰不开揉不碎,口口相传,世代相颂的公众人物!

　　斜倚河畔之垂柳,行走清明之垄上,轻拂春秋之云烟,俯拾历史之记忆,我们似乎看到了春秋战国被绵延战火染红了的历史天空,仿佛看到了在金戈铁马刀光剑影中流离逃亡的重耳被饥饿折磨得奄奄一息;仿佛看到了忠实的仆人介子推,为了主子餐食果腹,毅然举刀割向自己瘦骨嶙峋的大腿……那在荒野小径上流淌的汩汩鲜血,瞬间凝固成了清明节的色彩基调;那荒野鼎镬之中翻滚着飘荡着的丝丝肉香,瞬间煮沸了这个清明节情绪的燃点!这一历史传奇瞬间奠定了一代春秋霸主,瞬间扶正了风雨飘摇的三晋江山。"割股奉君"这一撼天动地的传奇壮举既成就了介子推的忠义威名,也为我们中华民族迎来一个良俗永续的节日而埋下伏笔。一把熊熊烈火,终止了我们山西伟大的悲情人物介子推和其母亲的生命,却锻造出了一个中华民族生生不息,永不磨灭的节日符号。这一文化符号就牢牢镌刻在我们山西的绵山之上,也流淌和融化进我们每个人的血管之中。倾听我们血液脉动的声音,那是介子推灵魂的呼唤,也是我们民族情感的不断扩张和传承。

　　良俗需传承,文化可载道!

　　清明当壮歌,遥祭介子推!

　　来吧,让我们在"清明时节雨纷纷,路上行人欲断魂"的浅唱低吟中,怀揣一份天地敬畏,心存一份立世信仰,秉持一份春秋大义,寄托一种悠远哀思,听一曲牧童笛音,举一杯汾酒之液,鞠一抔河东之土,舀一瓢盐湖之水,捧一束晋南之花,酹酒一觞拜伏条山脚下,燃香三炷遥望绵山之巅,为我们清明节的主人公介子推老先生燃亮那摇曳在历史风中绵山深处,我们永不该泯灭的历史烛光!

　　呜呼,长泪向天祭英灵!

　　哀哉,俯身大地思前贤!

　　归来兮,介子推老先生!

三月河东春满怀

捻一朵杏花于心上,做一支柳笛含口中,剪一段条山的春韵在三月,潋一抹盐湖的春水在河东,绘一幅麦苗返青的画,吟一首春燕嗡泥的诗,让三月河东扑怀来,让迎春花香粘满衣。

不经意间,三月纤细的小手一下子就推开了河东这扇五彩斑斓的春之门,隔着"春分"的门缝便能感受到一股股初春的暖流裹挟着泥土的芬芳扑面而来。迈开双脚,一只脚刚刚跨出门槛,便发现了青青的小草从门槛出发,沿着通往春天的小径,扎堆似的涌向河东大地山水之间。

吹面不寒杨柳风。走在早春的河东,风儿轻柔地吹来,送来阵阵花香,犹如母亲手的抚摸,让人倍感温暖;犹如恋人手的牵绊,让人几多心跳!那久违的阳光,不吝啬半点颜色,碎金子一般从瓦蓝的天上洒向人间,遇见行人,便遣送入怀,燃烧着人们沉寂一冬的心扉;遇见河柳,便爬上枝头,添绿加彩,为其涂抹一袭醉人的鹅柳黄!新年刚过,春的气息便在三月的催促下滚滚而来。

西花园、东花园、航天公园、北郊公园……游园的人渐渐多了起来,老者弄儿孙,情人相依偎,孩童骑竹马,少年溜旱冰,多人放风筝……还有买卖小吃的,牵狗遛弯的,划船嬉水的,真是络绎不绝。每个人都舒怀盈盈,每个人都开心满足,真是幸福装满心间,笑意写在脸上,尽情地享受这个

大河之东是故乡

三月。

　　三月的清晨让人格外沉醉,就连火车站一贯威严沉默的关二哥也手抚长髯,深情地注视着他守卫一城乡党们忙碌的身影,微眯丹凤眼目送着他们提着大包小包、拖着拉杆箱装满初春的祝福,踏上驶向"北上广"的列车,随着汽笛声响开启新春一段梦想的旅途……

　　三月的黄昏也同样让人着迷,黄河岸畔:人流往返,熙熙攘攘。西边的太阳妩媚妖娆,为出发远行的人儿涂脂抹粉,平静的河面波光粼粼,晚霞似火燃烧了整条河流,在缆绳轻解,船儿扬帆中,远行的游子们怀揣几多希冀,驶向希望的彼岸……最让人沉醉最让人着迷的地方,应该属于盐池下面了。那里不仅有湖水,而且有南山。不仅山绿了,而且水也活了。

　　沿着第一大道往南直行,便能找到河东春天的所在。大道两旁去年新栽的树木已经开始泛绿,周围的花草也开始绿肥红瘦在风中摇曳,蝴蝶盘旋其间,蜜蜂飞舞其上。喜欢踏青的人们开始往盐池拥挤,尤其是郭沫若题字"盐池"的中心广场,拍照取景的更是人满为患,道路两旁的汽车一字排开直追凤凰谷……

"条山无墨千年画,黄河无弦万古琴"。河东三月的春天不只属于城市,而另一半的春天还在乡村。走进乡村的三月,那麦苗的碧绿、桃花的红艳、油菜花的金黄、苹果花的雪白,如诗如画舒展千里;无论是条山脚下,还是黄河岸边。无论是平原还是沟壑,只要有村的地方,便是有炊烟的地方。有炊烟的地方便是有庄稼的地方,有庄稼的地方便是有水渠的地方。乡村三月,正是村村开闸放水的最好机会,无论是机井水还是黄河水,那流向希望田野的一渠渠春水都在山野田间,蜿蜒盘旋成一条条泛着浪花流动着的春天的诗行,浇灌着干渴了一冬的麦苗,滋润着、孕育着农人们五谷芬芳的畅想。

站在初春的陌上,仰望着盘旋飞翔于云端高空中的燕子,感受着三月种子悄然破土于生命的律动,憧憬着"一年之计在于春"鸡年美好蓝图的规划,频频刷屏于党中央两会的隆重召开中……"一寸光阴一寸金,寸金难买寸光阴"!让我们在这最美好的时节,珍惜眼前的光景,开启春花之旅,撒播秋实之种,让我们踏着诗歌的节奏,让三月让春天为我们的理想饯行!

大河之东是故乡

月上柳梢头　故乡何处是

元宵佳节。

悄悄别了故乡。

辞行了母亲,挥一挥手,不带走半缕月色回到了为了生存而奋斗的小城。

侧耳倾听着此起彼伏的鞭炮声声,抬头仰望着绽放在夜空五彩斑斓的焰火,置身于灯火辉煌的街市,节日仍在,唐诗仍在,柳树仍在,心中那缕梦萦魂绕的"月上柳梢头,人约黄昏后"的诗意又在哪里?极目张望,独独寻而不见那柳梢上的千年等待,唐宋诗词中那轮辉映天宇的明月就这样被一栋栋突兀的高楼所屏蔽,所遮挡。

如此这般,不由得让我想到了曾经的故乡,曾经的炊烟袅袅、鸡犬相闻的祥和,曾经的三五小伙伴打着父母用纸糊着的里面搁着煤油灯的简易灯笼,从村东晃到村西,从李家游到张家,听着大人们的不住夸赞。圆月犹如一盏天灯,不吝半点颜色,让那无限银辉,透过屋顶、树梢、窗户、门缝,挤进你的家门,上了你的炕桌,爬上了你的肩头,抚摸着你的发梢,惬意地躺在你的床上,家人们相拥而坐,村民们邀朋呼友,把酒饮明月,对酌话桑梓,让月色与佳节同在,让那醉意与欢乐齐飞。

"灭烛怜光满,披衣觉露滋。"这样的月色,这样的夜晚,漫步在故乡迤逦成诗的乡村小道,柳树依依,银辉铺地,月光入怀,心如水润。"月上柳梢头,人约黄昏后"曾经诗一般的年龄里描摹的温馨便情不自禁地让你重温那份陶醉。穿行在故乡带霜带露的阡陌上,细捻着田垄里摇曳在柔美月色中的每一株麦苗,泥土的芳香中,新年收获的梦想将熟透在丰腴的今宵。这样的夜晚,月光注定是元宵的主题,这样的节日,注定是念念不忘的回响。

今夜,元宵节依然不管不顾地来了;今夜,朱淑真、欧阳修的那轮明月依然不忘远古的承诺,准时准点地挂在那高高的柳梢上。可是,在钢筋水泥的丛林中,在机器轰鸣啮咬的合唱中,我踮起了时代的脚尖依然视力不及。看不见故乡屋顶的月光,听不到故乡春虫呢喃今宵的鸣唱。

大河之东是故乡

回望当年那本书

路遥,我并不熟悉,只是前些年看过他的一部作品《平凡的世界》,才知道有这么一个人。那时刚刚参加完高考,考中了某城市一座学府,但因家中清贫,无法凑够当时的费用,未能像其他同窗哥们一样,跨入梦寐以求的伊甸园。

极度失落地回到了农村,计划勤工俭学,开始揽活计,什么都干,在果园给人挖地沟,在砖窑给人打小工,在建筑队搬砖撂瓦……在那没有墨香的日子,在那没有同伴互相鼓励的日子,在那手中布满血泡疼得要命的日子,在那饥饿让人失去尊严的日子,在那劳累让人忘却理想的日子,在那汗水浸泡,离梦想越来越远的日子,在那风雨交织的日子,疼我爱我,一直牵挂我,放心不下我的奶奶孤独远行的日子……自己青春的火苗在一点一点熄灭,无情的生活在一点一点地吞噬着我的进取之心,就在我快被同化为"十亩田,一头牛,老婆孩子热炕头"的时候,正在武汉电力大学求学的我的一个同学张立鹏,给我寄来了一本《平凡的世界》。

当我打开这本书的时候,这本书同样打开了我的心扉。在那温馨的小土屋里,在那昏暗的灯光下,在那漫漫长夜里,我和书中的人物开始了心灵拥抱,激情对话,路遥以其恢宏的气势和史诗般的品格,全景式地表现了改革时代中国城乡的社会生活和人们思想情感的巨大变迁,博大深邃的思想让人回味,宏大全景式的时代背景让人深思,农村乡土真实生活的细腻描写让人感同身受,故事主人公与自己惊人相似的命运让人共鸣,饥饿中不迷失,贫穷中不自贱,屈辱中不沉沦,更是让人奋起。在阅读中沉醉,在沉醉中流泪，我整整看了一夜，并一气呵成，挥笔而就完成了一篇3000余字的读后感，寄给了我的同学，以表谢意。结果，一时的感想竟然在武汉电力大学的校园掀起一股小小的风暴，引发了众多同龄人的交往。从此，我生活不再孤独，有了"孙少平"和远方众多朋友的时刻陪伴；从此，黑夜不再漫长，有了曙光即将到来的期盼和希冀；从此，身份不再卑微，有了暴风雨来临我也要展翅飞翔的自信和坚韧。

　　正如某些人说过，这是一部拿得起就放不下的时代作品，这部书在我人生最灰暗的时候，成了我青春之火即将熄灭又被燃烧的一根引线，它给人以感动，它给人以力量，它给人以启迪。农村的孩子读了它，会更加了解农村，在贫穷、卑微中才会更加坚强和自信；城市的孩子读了它，也会慢慢认知农村，会更加珍惜自己优越的环境，奋发有为。

　　亲爱的朋友们，无论是贫穷的，还是富有的；无论是农村的，还是城市的；无论是卑微的，还是高贵的，读一读，开卷有益，《平凡的世界》会让你不平凡！

大河之东是故乡

河东年味滚滚来

年是有味道的,她如村落上空的一缕轻烟,犹如条山深处的依稀晴岚,更像黄河落日圆的一抹余晖。我们把不住,也握不着,但当她走过365天的日子,拂过一年四季的风霜辛苦,撕得剩下最后几页薄薄的日历,我们就知道:年来了。

人靠衣装马靠鞍,当人们拥挤着去商场购置衣物,添加鞋帽的时候。雪,也就纷纷扬扬,从天上落到人间,为大地披锦被,为腊月穿盛装,为节日描眉画眼施薄粉。北风挽着年味,年味拥着雪花,雪花攒着幸福。于是,一地的雪花,一地的梦想,麦苗枕雪,大地孕育了丰收的梦想;孩童卧雪,时令赐给了童年的祥瑞;农人赏雪,从地这头,到地那头,从年这头,到年那头,都在一场纷纷扰扰的雪花中,满是希冀地寻找着幸福的年味……

年的味道,除了舌尖上的腊八粥,小年二十三的糖瓜粘,年夜饭的饺子香;还有的就是喇叭声催,汽笛长鸣,城乡往返,乡愁舒展,岁月流连,母亲的召唤……

当小寒来临时,年味便随着飘飞的雪花翻过条山之巅,蹑手蹑脚地来到城乡13个县市的各个角落;当大寒迫近时,年味便随着黄河岸畔刮过来的凛冽北风,一阵紧似一阵地叩响了大河之东山山寨寨的每一家门环,兴奋地一脚踩进年的门槛……

年味,上了树梢,她惊醒了村头梧桐树上的喜鹊;年味贴上了窗棂,她鲜艳激活了一纸鸟兽鱼虫的窗花;年味爬到了房檐,她熏红了墙上挂的一串串辣椒;年味挂到了门庭,她点燃了两盏火红喜庆的灯笼;年味下到地窖,她浓烈了母亲酿造的一坛岁月老酒;年味钻进母亲的灶膛,她拉响了噼里啪啦的风箱;年味跳进煮肉的锅台,她吹出咕嘟嘟的满屋子肉香;年味溜进了煎炒鲤鱼的油锅,她唱响了滋滋啦啦新年的乐章;年味,一扭身来到隔壁二婶家,掀开了她刚刚蒸好的一笼包子,把喜悦撩拨得满村都是,惹得左邻右舍都端着碗或盆闻香而来。年味一到邻居二妈的门口就不走了,她是方圆几十里的月下老,走到哪里,红绳就牵到哪里。她说到哪儿,腊月的乡村爱情就演到哪里。年味走走停停,她落在回乡途中儿女的眼里,便成了眼眶打旋的泪珠;她落在壮汉子炕桌上的酒盅里,便嘹亮了划拳行令"五魁首、六六六"河东方言的粗大嗓门。年味爬到了小孩子的肩头,她便成了扔在空中的炸炮,绽放在天上的焰火,满世界疯跑的笑声。年味来到村头新婚燕尔的小李家,便急匆匆地跳上了他们今年刚买的小轿车上,一溜烟似的过条山,钻隧道,风驰电掣去到运城置办年货去了。"腊八祭灶,新年来到。闺女要花,儿子要炮。"年味,正在唤醒着一道道山梁,督促着一座座山峁,检点着、燃烧着一村村,一户户幸福人家来往于集市的频率,购置着年货的热情……

年味,不仅沸腾了山洼人家,也在攻陷着一座座城池。链接十三县市的"运三、运风、闻垣、芮灵"等高速公路开始川流不息,中心汽车站人山人海开始水泄不通,城中火车站的售票厅开始排开一字长蛇阵,演绎着龙的传人的壮观年景;城北高铁站通往西安的里程不到一个钟头,打一个盹的光景,眨眼即到;到达太原的旅途,两个半钟头,瞬间即至;关公机场航班增加,千万里思念只在一个"筋斗云"。那一声声汽笛,一个个拥抱,一遍遍道别,更是慌乱了多少归心似箭的期盼。年味让运城各条街道开始拥堵,年味让羊肉泡、扯面馆大小饭店爆棚无座,年味让出租车司机生意好得不得了,面对马路上、站牌边招手致意的顾客来不及搭讪,呼啸而去。年味让南风广场、河东广场开始人挤人,车挤车,满大街都是广告,什么超市有活动啦,房子又降价啦,新春旅游攻略啦,年夜团圆饭该预定啦;年味让百货大楼、购物中心、东星商场、水晶服饰、农贸批发市场各色货物琳琅满目,13县市的人们,兜里装满钞票,开着自家小车,带着家人朋友蜂拥而来,里面人山人海,拥挤不堪,到处充斥着喊儿呼女声,呼朋唤友声,讨价还价声,掀起了一浪又一浪置办年货的高潮。单位总结,新年瞭望,上级检查,年底考核;春节慰问,文化下乡,节目彩排,晚会抒怀;书法家义写春联进山庄,文艺家甜美歌喉荡田野,戏剧家戏台搭到村里头。年味,犹如打开的一坛陈年老酒,一天比一天浓;年味,犹如赶集的汉子,步伐一天比一天近!身处河东的客人们都打好了行李包,紧赶慢赶开始了回家的旅程;身在外地的游子们也都坐上了回家的动车,朝着家的方向,向着小年奔来。在热闹的年俗里,远远地我们看到一幅热气腾腾的河东新春图正在徐徐打开:芮城的高抬走起来了,河津的"雄狮闹春"舞起来了,绛州大地的锣鼓敲起来了,万荣李家大院的风俗活动火起来了,关帝庙的祈福迎春活动热起来了,永济鹳雀楼登高赏新春灯会靓起来了……

小年来了,大年还会远吗?

赛妈 走好

下午,在办公室加工文字的时候!突然,桌上的手机铃声响起……拾起一看,是大姐打的,心头一跳:又有什么事?

果不出所料,太安村的赛妈走了!如此噩耗让人心情陡然加重,犹如窗外的凛冽寒风刺骨挖髓!赛妈得的是白血病,前段时间她儿子亚宾兄一直在运城陪护,尽心竭力地延长和维护着一个母亲微弱生命的最后弥留!我知道她要走,没想到走得那么快,来不及为她老人家做最后的送行,她终究还是在年关来临前夕悄悄地走了!

隆冬、深夜和寒风,我不能不想她,一个和母亲同龄的老人;一个童年留给我最深记忆的人!

那年那月那日,爷爷、奶奶还健在,爸爸、妈妈还年轻,我们兄妹年纪尚幼。那时的衣服是补丁,那时的质地是土布,那时的馍馍是高粱,那时的常菜是芥菜,那时的主饭是蔓菁汤!总之,那时很穷也很苦。除了这些,剩下的就是苦中作乐。那时过年,物质贫穷,精神富有,初一刚过,家家户户便开始倾巢出动,男女老少盛装示人,人人打扮一新,个个精神焕发,白面馍馍、油炸麻花等等大包小包肩扛手提,由于那时的通讯基本靠吼,交通基本靠走,于是便都携儿抱女,一簇簇,一队队,一团团,一伙伙,奔走在追亲访友的各条乡间田野大小路上!放眼望去,南来北往的,东奔西走的,川流不息,煞是壮观。大人们谈笑着,我们这些小孩子则雀跃着,追逐着,嬉闹着,不知疲倦地奔跑着,偶尔掏出一个甩炮扔到行人脚下,不时引来一阵惊叫和叱骂……

大河之东是故乡

那时的冬天很冷,每年春节走访亲戚,我们兄妹四人在爸妈带领下,里面穿着被鼻涕油光了破棉花袄,外面套着新布衫,头被围巾帽子裹得严实,手袖在棉套袖里,大步流星往各家亲戚家赶。背几个馍,走几户人家,早上在谁家吃饭,中午在谁家用餐,提前都安排好!我家那时的主要亲戚家在城关太安村,每次走亲戚,都要经过好多村庄,走过好多路程!直到来到太安村的坡门前,看见一线黄河的时候,我们便兴奋起来了,知道亲戚家快到了,下一个大坡,转九曲十八弯,跌跌撞撞,一步并做三步走,越过好多迎面爬坡的行人,穿过好多前面下坡的行人,踩着尘土,下到坡底,看到黄河越来越宽,才真正到了黄河人家!赛妈的家就在坡边村头,一进门,不等喊叫,就看见她笑容可掬热情地把我们迎进温暖的窑洞,让我们脱鞋上炕,立刻端上茶水、爪子、麻花之类的美食等等!由于勤学叔在县委工作,条件尚好,家里早早有了台黑白电视,在尽情享用的时候,听着爸妈和勤学叔、赛妈等一起寒暄问暖,聊一年的生计!我们则贪婪地欣赏着80年代的春节晚会!

那时走亲戚,让我们小孩颇感隆重的是:一个是玩,一个是吃,再一个就是讨得压岁钱!在赛妈家,最好玩的莫过于看会联欢晚会,看看陈佩斯、朱时茂的小品,听听李谷一的《难忘今宵》,过一把瘾,积攒一些回村后和同龄显耀的资本!最好吃的莫过于当时赛妈餐桌上的一盘莲菜,当我不顾体面地扒在盘子里一边风卷残云,一边好奇地问:妈,赛妈的萝卜和咱家的怎不一样,他们家的萝卜怎么有眼眼呀?我的无知引来了大家的哄堂大笑,从此把莲菜当萝卜成了我一生不可磨灭的记忆!当宴欢客散,我们便眼巴巴地盯着赛妈从衣袋里掏出一毛一毛的压岁钱来,送到我们手里,尽管心里早已长出了草,我们还是装作拒不受领大义凛然的君子模样,推辞三五个回合,方做"无奈"地领受……

从此以后,每年春节,每年走访仿佛都有这样的欢乐和幸福!直到我们慢慢地长大,爷爷奶奶早已辞世,爸妈、赛妈都已衰老,这样的美好画面便消失殆尽!

如今,赛妈走了!

今晚,寒风来了!

叫我如何不想她,叫我如何不祭她?

聆听新年的钟声

2015，犹如老妈做的一碗河东刀削面，筋道绵长，味道正好，但来不及举筷，等不及吸溜，便见碗朝天；2015，仿佛刚刚打开的一瓶老白汾，醇厚清香，甘洌爽口，但还未沾唇，尚未仰脖，杯中已告罄；2015，恰似早晨枝叶上的一滴露珠，珠圆玉润，晶莹剔透，但来不及俯拾，等不到入手，已被风吹干；2015，更像一篇酝酿已久的小说，精彩曲折，跌宕起伏，但等不到构思，来不及铺排，刚刚开了个好头，便已匆匆结尾；2015还像巍巍中条山上的一缕季风，滔滔黄河的一朵浪花，等不及捕捉，来不及欣赏，便已悠然而去……

当我与2015或贫穷或富有深情地相拥着经过寒暑更替、走过风霜四季；当我与2015或忙或闲，或得意或失意，胼手胝足地度过刻骨铭心的一年12个月；当我与2015不离不弃地或哭或笑，或成功或失败地走过365个日日夜夜。在这一年里，感谢母亲的高血压没有再犯，感谢妻子的容颜依旧青春，感谢儿子的学习尚且刻苦，感谢自己的身体还算健康，感谢工作中同事们的风雨担当，感谢国家给我们的薪水一加再加，感谢文学圈里的师长、朋友们的一再鼓励和指导……

感谢尚未完毕，2015就这样一个着急而华丽转身，退隐到了岁月的长河之中。当我遥望着它渐行渐远的模糊背影，我又该怎样地寻找一处诗意栖居的地方，把2015的履历，连同陈旧的心情和作古的日子一并珍藏，为远走的岁月做最美的打烊？为此，我在等待着、聆听着新年钟声的即将敲响。等待着、聆听着那浑厚悠扬、穿透云层的钟声做最后的告白和最热烈的畅

大河之东是故乡

想!

新年的钟声,如襁褓中的婴儿,嘹亮而高昂,激情而渴望,怀新生之憧憬,带着明日之梦想,突破生命之桎梏,冲出母腹之黑暗,走向辉煌与光明。新年的钟声,如地平线上冉冉升腾起的一轮红日,是东方渐欲晓的第一缕璀璨的阳光,是新年伊始奏响的第一曲壮美交响,是一日之计在于晨的最热烈最隆重的盛典。新年的钟声,如一盆盆蓄满温度的炭火,是一支支绽放天际的烟花,是一碗碗热气腾腾的饺子,是一杯杯美味醉人的老酒,可以温暖亲情,点燃希望,喂饱梦想,抒怀激情……

钟声敲响的时刻,那悠扬的声音,必将穿透万里云层,叩响惊蛰的土地,唤醒复苏的心灵,融化江河的坚冰,一切含苞待放的花蕾必将绽放于枝头,一切带有梦想的小草必将冲出僵硬的冻土,到那时巍巍中条又必将壮丽几分,滔滔黄河又必将雄浑几分。河东儿女又必将自信几分,古老而年轻的运城必将又掀开了一页新的篇章。

站在这辞旧迎新的时刻,我犹如伫立在江海交汇,抑或泾渭河边,时间的河流虽也同为一源,嘹亮的钟声却让它今昔分明。聆听新年的钟声,必将让我读到日月轮回,也让我听到了岁月律动!只要银河系中的地球、太阳和月亮三大星体的运行规律永恒不变,相信时空的延展定然无穷无尽!纵然花谢花还开,草枯草亦荣,大雁去还归,但所有动植物的生命相对于浩浩岁月长河,都只不过是沧海一粟!

新的一年,我们又站在了起承转合新的交汇点上,我们每个人要总结经验、汲取教训、朝着新的目标冲刺。以新的思路,重新规划人生蓝图,用辛勤的汗水培植希望的禾苗,用诚实的劳动去收获丰硕的果实,用向善之心去描绘新一年的美好画卷。

新年的钟声,犹如时间的漏斗,在轻摇慢摆,左右回旋中,我们一切浮躁的心绪,一切世俗的扰攘,一切名利和欲望,于漏斗中被涤荡,被过滤。新年的钟声,犹如战斗的号角,激越高亢,绵延悠长,既是祝福,又是警示,更是启迪;它提醒我们,催促我们,整理行装,重新上路。

朋友们,让我们伴着新年的钟声,出发吧!揣一把泥土和种子,踩着春天的韵脚,朝着我们的梦想一起启程……

等你 大约在冬季

我在这里,你在哪里?

等你,大约在冬季的路口!

从入冬开始,我便在季节的巷口等你,一直等到"三九四九,冻破石头"。

不仅我在等你,连同我衣柜里的棉衣、羽绒服、风雪衣都在等你。真的再想切身感受一下我们北方西北风的粗野、狂放、呼啸和尖叫,真的还想再真实体验一把儿时冬天冷彻入骨的味道!

然而,等来等去,我的棉衣、羽绒服、风雪衣依旧孤寂地挂在衣柜里,根本派不上用场,完全失意于这个除了雾霾,便是艳阳,温柔得如江南三月般的冬天!

不仅我在等你,连同我家中储备了一年的钢碳炉火。母亲找人把炉子套了又套,把柴火备了又备,真的再想切身感受一下屋外冰天雪地,室内春意盎然,家人齐聚炉火旁,喝茶把酒话桑麻的深冬感觉!

然而,规律巡回似乎有点怠慢,2014的冬天比往年来得好像更晚了一些,在这个了无痕迹的虽腊月但不严寒的日子里,母亲的火炉终未烧起来,那只倍受人宠的钢炭炉只能尴尬地倦息于墙角,被冬遗忘!

不仅我在等你,连同扫雪的家什,堆雪的铁锨,孩子的雪橇,溜冰的鞋子一起都在等你! 真的再想切身感受一把"发际间结冰,眉宇间凝霜,呼口气成雾"的北方严冬的感觉!

真的还想再领略一回"走在路上雪没深膝,踩在雪上吱吱作响,窗棂冰花美丽绽放,屋檐冰柱一溜迷人!走出村口,一眼瞅去,千里沃野银装素裹,万顷麦苗醉眠河东,条山起伏,原驰蜡象,黄河冰封,顿失滔滔"流银淌玉的世界,让孩子们的童年在真正的白雪公主的世界里烙上北方的印痕!

然而,不知是环境污染,还是臭氧层破坏,是谁伤了冬天的肺,还是谁坏了冬天的肝!我在这里,你在哪里,一直在冬季等你,你却始终寻而不见?

即使走在深冬的尽头,也没有我们希望的影子出现!黄河激流依然汹涌澎湃,盐湖风光依然波光潋滟,西花园之水依然泛舟横渡,条山雄姿依然裸露于外,可怜的孩子们只能去万荣或永济山寨版的"滑雪场""雪花山"玩一把"人造雪"……

没有了雪,没有了冰,冬天还有什么?

在这个失去"魂魄"的冬天,我在这里,你在哪里?

我在冬季的港口等你,你不来,我不走!

霜染河东柿子红

柿树,是晋南农村最常见的一种树,尤其是巍巍条山脚下,滔滔黄河岸畔,可以说是家家有柿树,村村有柿林。就像辛勤的村民们,柿树耐贫瘠、受干旱,多生长在山地、丘陵等苦寒的地方,虽生长缓慢,但易活好管,稍有一些土壤水分,就能迎风而长,并结出通红鲜亮的柿子来。

然而,在运城待久了,就和故乡梁庄村疏远了!在城里吃食各种水果惯了,就忘记了村东口那十几棵老柿树的模样了!

家乡的柿子树,不用说她春天的娇羞嫩绿!无须描绘她的黄里透绿,绿里透黄,光影流动的叶片舒展开来,层层叠叠,错落有致的无尽诗意!

单单说那一片老柿树林,每棵树身都有成年人的几抱粗,枝叶向天,高耸入云,树冠如伞,遮天蔽日,成为我们儿时的乐园。特别是春夏之间,草长莺飞,蝶飞蜂舞。村民们歇晌回来,跑到树下,众多人围坐地下,用树枝画个方格,用石子、土块当棋子,下起土棋来,你输我赢,互不相让,脸红耳赤,争吵不休。特别是本村小学放学回来的孩子们都在这里集结!玩游戏,捉迷藏,攀高爬低,大孩子站在枝头撒尿,尿到树下人一身,引得下面人一阵怒骂!还有的家长为了训斥自己顽劣的孩子,拿着鞭杆围着柿树转圈!于是嬉笑声,打闹声,爹娘喊儿吃饭声挤在一起,吵红了日子和柿子!

家乡的柿子树,不用说她夏天的热烈豪放!无须描绘她那沟前坡后,窑顶院落,碧光翠影,绿意荡漾,随风起浪,果满枝头,浩浩荡荡的壮阔美!

单单说那夏夜酷热难耐,村民们会经常跑到村东柿树林里,把竹席、编织袋一铺,往地下四仰八叉一躺,或拿块破砖头往脖子下一垫,睡在星光里,躺在月色下,享受着阵阵凉风,听着头顶上柿树叶的沙沙作响和蝉儿吱吱鸣叫,或吼两声蒲剧,或讲几个万荣笑话,谝一回三国,说一回西游……

　　家乡的柿子树,无须说她狂风暴雨下的无比从容,更不用说她电光火石后的淡定故我!单说她不同于其他的果树,生长在良田水地里。如父辈一样深扎在贫瘠的沟渠、山崖的峭壁,头顶羊毛巾一样的树冠,伸展出农夫一样"握锄握犁"青筋暴起的手臂来,怀抱满树的青柿幼果接受风雨雷电。

　　家乡的柿子树,到了秋天就不得不说柿子走向成熟期的青黄、橙黄和火红,一天一个颜色,急急地催促着!赶集一样开始奢华高调起来,热烈隆重起来。特别是到了中秋月圆,种麦时节,银霜千里裹,万棵柿树红,田间地头、村前巷后都披上了红艳艳的大盖头。蓝天白云下,红艳艳的柿子,一颗颗、一枝枝,一树树,一行行,红艳艳的柿子俏立枝头,或簇拥着,或拥抱着,一嘟嘟的垂到地上,树树如礼花焰火,璀璨绽放,云蒸霞蔚,美不胜收!再陪衬以红砖青瓦,袅袅炊烟,金黄玉米,雪白棉花,蓝天上呼啸而过的鸟群,不能不让人随着柿树的风吹摆动,心神摇曳。

　　柿子们熟了,有性子急的,等不及了,先涨红了脸,把自个先变软了,诱使馋嘴的孩子和路人停下脚步,使出攀爬之功摘它下来。用手掌蹭蹭,掰开,入口,甜透一个季节。

　　就像姑娘出嫁,儿子迎娶,终于等到了下柿子的日子,乡亲们不约而同,挽筐背篓,引车挑担,呼儿唤女,招哥喊弟,浩浩荡荡走向原野……身手敏捷的男孩们爬上高高的树梢,负责高处的柿子,个子矮的、胆子小的,就在树下或者低处用手摘,太远的、实在够不着的,用长钩子绞着扭下。女孩们则站在地面拽起床单四角,接好摘扔下来的柿子,不让落地摔破。摘柿子时,父母一再叮嘱,不要踩伤拽伤了树枝……

　　柿子的品类很多,我仅记得大约有水柿、旱柿、竹柿子之类。由于树种不同,果子成熟期和果味也大不相同。水柿硕大,未成熟时,浑身呈青绿色,熟后水晶粉红,食之清甜,水气大,没有籽粒。竹柿子更小,小巧妩媚,异常好吃。没熟的时候常常连枝折下,插在门洞里,或挂在房梁上,成为一道最美的乡村风景。家乡的柿子因得天独厚的土壤、气候等自然条件,个大汁稠,味道甜美,吃一口韵味悠长。光吃法就有好几种,将柿子摘下来,被妈放进温水锅中,保持水温浸泡两三天,即可脱涩鲜食;亦可放在室外,让柿子饱经风霜雪雨,在冬天吃冻柿子……

摘下来的柿子流光溢彩似的涌向农家房前屋后、场上院中、房上房下,所有空闲处都成了热闹的柿子加工场地,乡亲们忙碌在金灿灿、红艳艳的柿子堆里。挥舞的旋柿刀,飞流旋落的鲜亮柿皮跳着黄绸缎带般的舞蹈,抛落在箔、席、帘、苫上透黄的柿球闪着诱人的光泽。于是,那酿醇的柿酒、泡下的柿醋、香甜柿饼、雪白的霜糖、绵软的柿脯……怎不甜透了心灵和日子!

大河之东是故乡

牵着母亲的手散步

八月流火,铄石流金的那一天,一个偶然的问候电话,让我驱车直奔一直传说在我耳畔的圣寿寺。县委通讯组张学晋组长告诉我,他在舍利塔前等我,说他忙完了,邀我晚上喝一瓶老酒,吃一碗羊汤,唠几句家常。我满腹疑惑:今天星期天,难道他还在陪记者朋友吗?带着一点小小的疑问,行走在寺庙里的曲径通幽处,摸索到了掩映于松柏之间高耸入云的舍利塔。首先映入我眼帘的是:一个满头银发、慈眉善目、年近八旬的老太太正在舍利塔的香炉前焚香叩拜,伴随着袅袅紫烟,那眉梢间的无限笑意,富态脸庞上的一抹柔和仿佛在诉说着自己晚年的安康幸福⋯⋯而在她的背后,席地而坐着一位衣着朴素,身材魁梧,年过四旬的男子,正在用一种几乎虔诚,顶礼膜拜的目光幸福而热切地望着那位老人。这是一幅怎样的和谐画卷啊:几棵松树,一座古塔,两个香炉,三四行人,几声蝉鸣,一个母亲,一个儿子⋯⋯

面对着这幅令人心灵有所触动的画面,我先前的疑问顿时烟消云散。和学晋兄席地而坐,他随手甩给了我一支紫云,随着吞云吐雾,他告诉我,母亲1953年来到芮城,眨眼间60一甲子。母亲老了,成了弱势群体,有了诸多的无奈和寂寞。为此,无论多忙,他每天早上坚持带着老人去东茂广场那边吃张某某的豆腐脑,雷打不动;中午就在家给老人煮几个她喜欢吃的猪肉饺子;下午都会坚持来这里,陪着母亲来散步。看到他,搀扶着步履蹒跚的老人,我责怪他为何不给老人准备一副拐杖。他说,拐杖只能让老人精神更衰老,而儿子的手随时就是老人的拐杖。他的观点瞬间把我击溃,我一直认为正确的观点也突然被颠覆。深思之余,我感到了心灵的救赎。学晋兄不仅是县委通讯组组长,同时还身兼芮城报总编,一担挑两头,可谓是责任重大,使命光荣。可以说是在疲于工作和忙于应酬的夹缝之中求生存。然而,在物欲横流,人心浮躁,功利至上的今天,他却超脱俗人之外,无案牍之劳形,无丝竹之乱耳,无觥筹交错之困扰,牵着母亲的老手,散步谈心在喧嚣城市的那份宁静之中。他那份"心静自然凉,心远地自偏"朴实简单大气的幸福,令我眼红和向往……为什么我们有那么多的借口,陪不了乡下的母亲。为什么我们为了房子、票子、位子,蝇营狗苟,整天投机钻营,大把地挥霍时间,忠心表白给单位的上司,友情表白给单位的同事,心中的悄悄话海誓山盟般的表白给了老婆,心中的挚爱毫无保留地给了我儿子。剩下的,拿什么给生我养我的乡下老母亲。平时抽不出一点点时间回到乡下看老妈? 在日益浮躁中,"妈,我们这两天要开会,就不回去了";"妈,我们这两天要检查,没时间了";"妈,最近要陪儿子补课呢,有时间回去看你"……一天一个理由,三天一个新花样,编的心安理得,母亲总是那么善解人意般的在各种理由的搪塞中,等待和期许着。

有一个诗人说过这样一句话:"想到了母亲,我的笔跪着爬行"。今天看到了学晋兄牵着母亲的老手,顺其自然地想到了自己的妈妈,心灵盛满了愧疚和悔意。天下的母亲是一样的,无论何种身份,无论高低贵贱,她在儿子面前,永远都是一个高尚的人,纯粹的人,一个脱离了低级趣味的人。母亲是一个"隐忍者",也是一个"坚守者",更是一个"守望者"。年轻的时候,她隐忍负重,背井离乡,从河南来到山西,扎根芮城,用她美丽的青春不离不弃地坚守着那一个穷家;中年时期,她坚守着三儿一女,从怀胎分娩到咿呀学语,从匍匐爬行到牵手走路;从三岁断奶到十八成人,从求学结婚成家立业,她含辛茹苦,无怨无悔;老年时,父亲走了,留下一间老屋,留下了一院子的回忆和寂寞,给母亲留下了一身子疾病和痛苦,她依然在坚守。她就像麦田的守望者,站在村口,或依坐于门前的石头上,在儿女们各种不回家搪塞的理由中,等待着儿子的电话,期盼着儿子的身影。一袭粗布衣,几双千层底,七碟八碗的五谷杂粮,那一缕缕袅袅炊烟,那一声声唤儿回家吃饭的声音,那村口老槐树下面一次又一次送儿远行,等待儿归,手搭凉棚,望穿秋水的身姿便是母亲的全部。而我们给了母亲什么呢?一杯水,一粒药,一声问候,一把搀扶,都做不到吗?

　　母亲是什么?母亲就是我们跌宕起伏、波澜壮阔人生画卷的原色,没有了她,人生就失去了色彩;母亲就是我们珍贵短暂而壮美生命旋律的音符,没有了她,我们的生命不会激起任何浪花和激情。让我们少些搪塞,多些行动,牵着母亲的老手去散步。

秋色壮河东

十月的云朵洁白柔美,犹如妈妈的白手帕,把蔚蓝的天空,擦拭得干干净净,干干净净的天空,犹如一页页稿纸,把一排排大雁,书写成秋天的诗行!

十月的农夫巧夺天工,犹如妈妈的手中线,把肥沃的黑土地,刺绣得丰富多彩,广袤的黄土地,恰似一块块画板,把赤橙黄绿青蓝紫,绘画成秋天深邃的主题!让五颜六色,在秋天里尽情渲染。

秋天是有颜色的,不信,您看看:乡村公路的两旁,到处铺陈着高粱的红,随处燃烧着苹果的艳,遍地堆积着玉米的黄,处处流动着毛豆的绿,满眼闪耀着棉花的白……

秋天是有味道的,不信,您品尝:鲜艳的葡萄架上,垂手就能摘下秋的酸甜;谷子地里,随处可以闻见秋的芬芳;沸腾滚开的锅里,不小心就闻见了玉米棒子的香甜;农家院落盛满各色小菜的盘子里,油泼辣椒的辣,油炸花生的香,南瓜面片儿的浓,都醉了河东……

秋天是有情感的,不信,您感觉:小孩子砸核桃时的兴奋,即使染绿了双手;农夫碾场扬谷子时的喜悦,即使灰尘迷了双眼;姑娘摘酸枣儿时的陶醉,即使枣刺扎疼了嫩手;更不用说那割谷子、收豆子、摘柿子、下苹果、刨洋芋、挖红薯的,即使很劳累,也要把"种瓜得瓜,种豆得豆"的喜悦进行到底!

秋天是有攀比的,不信,你看嘛:凤凰谷的红叶似流云,夏县的葡萄似珍珠,临猗的冬枣甜又脆,王过的酥梨流一手,新绛的番茄馋煞人,闻喜的花椒最珍贵,永济的柿子赛蜜糖,垣曲的猕猴桃爱死个人,芮城的辣椒"辣妹子辣"……

要说秋天哪里美?最美秋色壮河东。

最爱河东柳

北方有别于南方。

如果说,北方是一个横亘在黄土高坡上土里土气的粗犷汉子;那么,南方则是一个摇曳在小桥流水间千娇百媚的多情女子。

以此类推,北方的树木自然也与南方不同。北方冬季严寒,夏天酷热,风沙干旱,四季明显,这些原因都导致在北方生存下来的树木都是"铁甲战士",如钻天杨、梧桐树、枣树、柿树等等。所以,北方的树木最具男人的阳刚之气,伟岸高大,铁干虬枝,沐浴雷电,渴饮风霜;而南方则四季如春,气候宜人,雨水充足,光照性强,这些先天条件决定了南方的树木多出名贵,如桂花树、黄花梨、榕树、酸枝等等。故而,南方的树木最具女人的阴柔之美,明净秀丽,依山附水,娇贵妩媚,风情万种。

然而,偏偏有一种树却能横跨长城内外,遮荫大江南北,世上万木间,独树一帜,兼具南北阴阳之美。她,就是我最喜爱的柳树。

柳树一旦落户河东,她的纤细柔美便与周围树木的粗犷冷硬形成了鲜明对比,就有了阳春白雪和下里巴人之分,由不得你不喜欢她。

喜欢柳树,除了她外形俊秀之外,更在于她扎根乡土的强大的生命力和无处不在的亲和之美。俗话说:"有心栽花花不开,无心插柳柳成荫"。在我的记忆深处,我们村子正中央有一个大泊池,周遭环聚的都是几人才能合抱的巨大的柳树,有的近似百年,枝干沧桑,吐故纳绿,高可参天,低可手牵。有的风华正茂,玉树临风,亭亭华盖,遮天蔽日。这一大泊池的柳树林不仅扮靓了我们灰土贫瘠的村庄,更丰盈了我童年时期的单调生活。

春天,走进泊池对面的梁庄小学,上的第一节课,翻开的第一页书,看到的第一幅插图就是"燕啄春泥柳树新"的动人景象;在摇头晃脑中,一口一口地道的芮城童音清脆嘎嘣儿响,如滚滚春雷把"沾衣欲湿杏花雨,吹面不寒杨柳风""红酥手,黄縢酒,满城春色宫墙柳"等诗句扔上房顶,唤醒着沉睡了一冬的村庄……放学铃响,我们一窝蜂似的涌出了校门,奔向了泊池,去寻找柳树返青的芽点。等到"碧玉妆成一树高,万条垂下绿丝绦"的时候,我们便爬高沿低,折几枝嫩嫩的柳条来,撸掉柳叶,左手捏紧柳枝的上端,右手握住柳枝的中下部,均匀地用力拧转,等皮干分离,用牙咬紧,双手握住柳枝用力下拉,然后用小刀削皮做成柳哨,让小鸟在唇间鸣唱,让老牛在嘴角哞哞,让少年情怀在最美人间四月天的上空激越回旋。

夏天,柳树的遮天蔽日,让大泊池成为全村男女老少平时聚集联欢的中心。特别是暴雨过后,天一放晴,泊池的水一下子满了起来。男人们抽烟谝闲的,妇女们拿盆浆洗的,孩子们更是脱光了衣服,跳进泊池打水仗的,胆大的,平躺在水面上显耀技艺浮水的;顽皮的,钻到水下面捏着鼻子卖弄本领潜水的;再不济的也是装模作样"狗爬的""蛙泳的"……最让人忍俊不禁的是火暴脾气的梁家大哥提着鞭子,硬是撵着光屁股儿子满泊池追打的场景;最为热闹的是孩子们用柳枝编成军帽戴在头上,就像电影《渡江侦察记》里的英雄,往水下一潜,慢慢移动,手拿柳树枝扮成的长枪短炮,你在这边"嘟、嘟、嘟……"扫射,我在那边"叭、叭、叭……"还击!

秋天,种瓜得瓜,种豆得豆,稻花香里说丰年。农忙时节,暂时让人们忘记了泊池柳树底下的喧哗热闹。男女老少都出动,田间地头齐忙活,不是抢着锄头挖番薯,腰系包袱摘棉花,就是驾辕拉车下苹果,摇橹赶驴种小麦……一秋下来,粮囤满了,腰包鼓了,底气十足的年轻人们便跨着二八洋车子从村中间晃着铃儿,快速骑过,粗喉咙大嗓门地朝着巷道两旁的人群嚷:"走,到柳树街下馆子去"。声音响亮,中气十足,说者得意洋洋,唾星飞溅,听者眼中放光,羡慕不已。那年月,上柳树街是每一个村民值得显耀的一件政治大事,下馆子更是一个村民最有成就感的面子问题。柳树街,当年芮城县城最宽阔的一条主街道,全县的政治经济文化中心,一城最繁华的核心,两边柳树依依,蔚然成行,芮城县政府、公检法司等全县最高权力机关都被掩映在一城柳色之中,大街两旁商店林立,饭馆拥挤,一棵棵巨大的柳树下面摆摊的、叫卖的、耍杂的让人目不暇接,徜徉在春风拂面的柳树街上,一幅新时代"清明上河图"让人至今回味无穷。

冬天,北风呼呼地刮,雪花飘飘洒洒,泊池边,柳树下,再次成为我们童年的乐园。寒假期间,同伴们穿着母亲做的粗笨冷硬脏的棉衣棉裤,围在一起滑雪、滑冰、打雪仗、踢瓦、打拐(用十来公分指头般粗细的树枝两头削尖,用木棒将其击离地面,迅速打飞出去的一种玩法)、丢沙包……天气很冷,时光很慢,每个人的脸都冻得裂了口子,手肿得像发酵的馒头,脚也冻疮发痒,在难熬的冬日里,我们扳着僵硬的手指盼望着新年,唱着"数九歌"渴望着春天:一九二九不出手,三九四九冻破石头,五九六九沿河看柳……河东没有腊梅报春,从小到大,我们想的是泊池看柳,望眼欲穿的便是期待着柳树发芽,桃杏花开,燕子归来。像朱自清一样,盼望着,盼望着……

爱柳树,更爱我们的河东柳,尤爱河东柳下的人和物!河东柳,对教民稼穑的后稷来说,就是插在屋檐下或门梁上的天气预报:"柳条青,雨蒙蒙;柳条干,晴了天",以此指导生产,推动农桑发展。河东柳,对于春秋时期的晋国名臣介子推来说,就是中华文人以死明志,焚身守节,被烈火活活烧死在介休绵山柳树下面的一把文人风骨。河东柳,对于解梁关云长来说,就是一曲云长辞别,曹操赠袍,折柳相送,"情深义重垂千秋,士民争拜汉云长"的"灞桥柳";河东柳,对于柳宗元来说,就是一部"诗歌恒久远,文章永流传"的《柳河东集》;河东柳,对于王实甫来说,就是张生与崔莺莺"长亭外,古道边,芳草碧连天,晚风拂柳笛声残"的爱情绝唱……

"楼外垂杨千万缕。欲系青春,少住春还去。犹自风前飘柳絮。随春且看归何处"。如今,随着新农村建设,老家的泊池早已划为他人的宅基地,泊池柳已不复存在;县城也在现代化城市的扩张建设中,柳树街早已成了遥远的回忆,我也远离了故土,来到了条山外,黄河边,千年盐湖雪,凤凰谷深处……成为河东大地上顽强生长的一株"柳",摇曳风情于东花园,婀娜多姿于西花园,满城傲娇于春光烂漫处……

大河之东是故乡

乡下母亲一小孩

过完年上班以来,因单位的一些大会、小会,这汇报、那述职的,将近四个周末没有停歇!

按照"国际惯例",周末应该是回乡探母的日子,结果被公文囚于室,被案牍劳于形,被务虚锁于身,在"改革创新,奋发有为"的大讨论中,窗外乃"不知有汉,更无论魏晋"……

然而,近似糊涂的母亲每到周五下班的时候便准时来电,分秒之精准,令人咋舌。母亲简单,不会寒暄,不会客套,打电话也犹如打开乡下那扇柴门,从不半虚半掩:孟华啊,你今天回来不……那声音几十年如一日,如母亲一贯地站在村口喊儿子回家吃饭的声音,由于村子里面的信号不好,母亲的声音从山那头翻过来,总让人有点力不从心的感觉,似乎从话筒里传过来的每一个字都能拧出汗水来,通话断断续续,几乎没有过完整的句子,经常是拾到前半句,便找不到后半句,甚至半天没声音,不是让人费劲去猜,便是让人用力去喊……和母亲打电话有种"喊山"的感觉!然而这几次"喊山",母亲的电话竟毫无阻涩之感,每每母亲问起,我便支支吾吾:妈,单位最近有会,我回不去……不等我说完,八十二岁的母亲便以二十八岁的速度挂断了电话!如此反复几次,母亲也许打得不好意思了,便开始高度智慧起来,不再问我回家的事,便问我单位忙啥,我一边键盘如飞地罗列着文字,一边尴尬地告诉母亲,我忙着"对标一流"……同时,又指天发誓地向母亲承诺,这周工作忙完了,就一定回家……当第一次誓言从春寒料峭的二月开始,到了N次誓言在桃花红、杏花白的阳春三月流产,多了,连我自己都不相信了!一段时间,山那头的电话开始沉默,我便惴惴不安起来。其间,因做手术,置换膝关节在家陪着老母的二哥来了一次电话,说母亲的血压异常的高,问我母亲平时吃什么高血压药,我便急着给大哥打电话,事情完毕,更加惴惴不安起来,同时也更加汗颜得紧,不过是一个烂写材料的,装什么"大禹",貌似干了多大的事情一样,给黄河改道,给长城加砖,地球离了你都不转了?

也许,母亲最懂儿子的心。没过几天,母亲又打来电话,中气充沛,让人省心。她告我想吃橘子罐头,回来再买些日常用的药品……

这周末终于放下了案头的工作,罐头上车,药品齐备,一路上花团锦簇的杏花惹人眼目,金灿灿的油菜花更是让人美不胜收!到了芮城街上,在

妻子的提醒下,按照惯例买了一碗母亲尤为喜欢吃的孙老二羊肉汤,进了家门,二哥去了邻村输液,母亲刚从对门闲聊回来,说已经和好了面,准备给你二哥做水圪塔。我一乐:咋了,我二哥给您下单了!母亲突然委屈起来,向我诉苦:你二哥总嫌我饭做得不好吃,我和他吵了几次架,哭了好几次,我做啥他吃啥就行,就知道谈嫌……望着母亲一副让我主持公道的样子,心里不由一酸:母亲真不如从前了,嗅觉、味觉都不行了,菜里下盐不知轻重,饭里加醋不知多少!有次晚上,我要吃滚水泡馍,母亲从冰箱拿出的冻馒头用刀切不开,竟用斧头剁……妻子看我无语,就劝着母亲,二哥在北京打工,你见不着总念叨,如今人家病了,您老就受累伺候几天……妻子话音尚未落地,二哥输液回家,一见我就问,你给妈买的药治不治高血压,妈在家总赖着不吃药……二哥的话,让母亲的势头彻底消失了,像一个做错事的孩子红着脸,低下头,不知所措!

又到了临行告别的时刻,"狡黠"的母亲又使用惯用的"伎俩",吩咐我把后院的韭菜浇一下。我知道,这是母亲想多留我一分钟的借口!每次出门,母亲不是指派我劈柴,就是指派我提水,而他这个懒汉儿子干的程度和效果如何,她从来不管!这不,站在旁边的她又在咧着嘴嘲笑水过地皮湿的我:大小伙子,就提半桶水啊……

看着八十二岁母亲的一头银发,注视着她鹤发童颜的面庞,一身红色碎花明艳干净的衣裳,听着她开涮儿子的嘲笑,我的心一下子雀跃起来,开心起来……

阴天儿里最少年

阴天儿,晋南农村特有的称谓,泛指阴天至少三五天的持续降雨!

过阴天儿,就是指滴滴嗒嗒的连阴雨下个不停,田间水深成河,门口黄泥挡道,庄稼地里进不去,"外事"活动被取消……牛马归圈,鸡鸭回窝,对于勤劳不辍的庄稼人来说,过阴天儿就是一次难得的休息;对于懒人的我来说,过阴天儿就是一场逃避劳动的"狂欢节"。这时候,"狠活"的爹娘对我也无可奈何,任由我不是家中呼呼扛大觉,就是出门一路去疯癫!

于是,在连天阴雨中,耐不住寂寞的一家家柴门被打开,窝不住的人们一个个走出来,开始戴着草帽,披着油布片,穿着高筒子雨鞋,深一脚浅一脚地在巷道泥窝里一寸寸往前挪行,或穿过绵绵春雨的细腻,滂沱夏雨的猛烈,潇潇秋雨的执着,推开要串门的院子,高声嚷着这场雨好啊,相互邀请着……

阴雨天的爷们儿,或仨俩围一群蹲在门口下象棋;或四五挤一堆,盘坐炕上打扑克;或五六凑一桌,整个硬菜,抽根纸烟,猜着老拳,喝着小酒,谈论着这场好雨又省得浇了一两回水,争论着雨水的墒情有多厚,估摸着停雨下犁播种的最佳时候……喝到尽兴处,脸红了,兴奋了,拼着酒量,比着嗓门,在"五魁首、六六顺、四喜来财"的行拳猜令中,让那吆牛喝马的驴高音在阴天儿的雨中得到尽情释放……

阴天儿的我们,那时没有作业的拖累,或待在家里帮大人们摘棉花,剥玉米;或赖在被窝里看武侠,读言情;或出得门去,与一群孩子缠着隔壁"反革命"老教员讲"古经";或纠集村东村西一帮同龄人冒雨打水仗,和泥"打

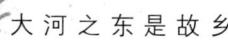

响炮"……

阴天儿的女人们,更是热闹非凡,三个婆娘一台戏,不用彩排,都是直播乡村剧:或炕上纺线线,缠穗子;或炕下纳鞋底,打毛衣。一针、一线、一车都是道具,在飞针走线中,针针纳进去的都是故事,圈圈纺出的都是乡情。屋外雨霏霏,房内乐融融,在东家长、李家短的"新闻直播"中,就把全村的喜怒哀乐演绎个遍……一到饭点,女人们的这台戏才暂告一段落,插科打诨中四散回家,点柴引火,埋锅造饭……阴天儿的拿手好戏才刚刚开始,拉风箱的声音此起彼伏,切葱花的案板也开始抒情欢唱,或大显身手摊煎馍,或高调奢华烙油饼,或和面擀面下面条……一缕缕炊烟从灶膛升腾,从屋顶的烟囱爬出,在薄凉的雨幕中四散开来,发表着女人们酸甜苦辣的生活宣言!

炊烟就像一道无声的命令,以阴天儿特有的芬芳召回串门的汉子,以妈妈的味道牵引着疯野的孩子回家吃饭。外头是哗哗的雨声,屋里是欢声笑语,灶上蒸腾着大片热气,氤氲着稀薄的饭香……母亲端上两三碟的乡间味道,舀上三五碗的汤汤面面,一拿起筷子,再清贫寡淡的日子,也变得温暖、富足、有滋有味。

回望南唐一千年

月落乌啼,总是千年的风霜;愁满西楼,才是江南最大的悲伤!

若干年后,我再上西楼,任凭昨夜的东风刮过三千里旧河山,凌乱我一头王者的发型;任凭后唐的月光辉映着梦中的四十载家园,亲吻我那一脸千年的沧桑。

凭栏远眺,一重山,两重山,山远天高烟水寒。沿着千年的思绪,一种痛,两行泪,逆流成河家国恨。

一眼南唐,总在时光河流的彼岸时隐时现;回首金陵,风华绝代的娥皇和女英依稀还在淮河两岸的桨声灯影中轻歌曼舞。

千年前,我本天星,逍遥上清,快哉天际,却耐不住寂寞,受不得空虚,一时贪念,流光一闪,划过五代十国的天际,穿过乌云密布的夜空,于公元937年的浪漫七夕坠入彭城,入住帝王家。

千年前,我本风流。生于深宫中,长于脂粉堆,丰额骈齿,一目重瞳,长身玉立,貌比舜禹。从祖父烈祖李昪开国以来,依文治世风行江南,我李家三代皆为文青,自幼受父熏陶,与佳人为伴,和丝竹为伍,拉不开弓,舞不动剑,拒绝兵法,不谙韬略,生性孱弱,敦厚孝悌,整日谈词曲,不屑问国事,学音律,工书画,喜填词,善赋诗,好丽人,爱霓裳,艳词丽句独步五代,吟风弄月冠绝十国。醉生梦死中,管他云梯横渡,管他滚木如雨,管他礌石在飞,管他暗箭如蝗,管他战火燃烧,管他风雨飘摇……

我只愿我的词唱遍大江南北,三千里河山;我只愿我的曲飘上金陵上空的云端,四十载家园。"笙箫吹断水云间,重按《霓裳》歌遍彻",风流快活

中,苟活于乱世,偏安一隅,不求做皇帝,但愿为词客:"浪花有意千重雪,桃李无言一队春。一壶酒,一竿纶,世上如侬有几人?"

千年前,我本为王。公元961年,也就是宋建隆二年,一卷波澜壮阔的血色红地毯在南唐王国的权力中心徐徐打开,我被历史绑架着,被命运簇拥着,一脚踏上不归路,迈着孱弱的步子,亦步亦趋地走向即将垮塌的皇权宝座。那一刻,我曾站在摇摇欲坠的南唐城门楼上,鸟瞰幅员35州的满目疮痍,细察拜伏朝野五百万臣民的哀恸疾苦,远眺长江以北倨傲无比的北宋鹰视狼顾……我也曾怒发冲冠过,我也曾热泪奔涌过。"我不下地狱,谁下地狱"?面对南唐这个经济崩溃、民心俱废的烂摊子,救民于水火,扶大厦于将倾的历史使命让我向世俗抬起了"说不"的头颅,一抹漫漶着委屈泪水的眸:我要改名,我要振作,我要以"李煜"的名义向我的子民承诺,我要做个真男人,我要做个真帝王,我要让我们的南唐人民站起来,强起来,给我的子民太阳一般的照耀和庇护……

然,理想很丰满,现实很骨感,胸中无甲兵,纵使哭喊亦枉然!在分崩离析、政权朝不保夕的日子里,文官贪财,武将怕死,人人追求现世快活,个个向往娱乐至死。北宋虎狼,跨山越河,鞭笞六合,席卷玉宇,华夏一统,不可逆转。可怜我李煜,无嬴政之血、无刘邦之谋、无项羽之勇,让我以南拒北,岂不螳臂当车。问浮屠,我以国之财力供养于你,为何要与我开如此荒谬的玩笑,要把拯救奄奄一息的南唐使命强加于我的孱弱之身?问苍天,既赐我绝世文采,又何苦用皇冠龙袍困住我的风流诗心?

多少恨,昨夜梦魂中,还似旧时游上苑,车如流水马如龙,花月正春风。多少泪,断脸复横颐。心事莫将和泪说,凤笙休向泪时吹,肠断更无疑。秋风萧萧,龙袍猎猎。无力叹息,且放歌后庭罢!做自己喜欢的事,负了天下又如何,只不愿负了红颜和诗词。

至今仍留恋画堂南畔,佳人"刬袜步香阶,手提金缕鞋"的倩影深情;至今怀念仍记得闺阁枕边,那"慢脸笑盈盈,想看无限情"的柔情蜜意。做一天王子且快活一天吧,何必费神去想什么战事和江山,得了天下又如何?能敌得我醉拍阑干,大周去后有小周,偎红倚翠且逍遥?这时候,我只想做一个词客,我只想要"一壶酒、一竿纶"的简单生活,饮酒作诗,斜倚阑干,闲吹笙箫才是我的至爱。

为了那一刻的岁月静好,我放下了所有的虚伪和尊严,让银子为我负重前行。我把父皇去帝号、割地求和的政策无限放大,我把跪求的姿态展示得更加淋漓尽致,为求自保,我一再自降身份,自贬国格,降低城楼,将"南唐国主"的称号改为"江南国主",该送版图送版图,该给银子给银子,愿做附庸国,甘当"儿皇帝"。然而,当秀才遇上刀兵,当绵羊碰到了虎狼,买来的平安只是虚幻,乞求来的和平也无非是一厢情愿。

当老虎打盹完毕,吃人是必然。

唉,无处可逃,帘帏飒飒秋声,上西楼去静静罢。静静又如何?冉冉秋光留不住,满阶红叶暮。一片愁心千万绪,人间没个安排处。公元975年的腊月,万里长江锁寒流,江南大地也已经千里冰霜。比天地更寒彻的则是北宋的百万雄师过大江,钢铁洪流滚滚而来,让整个江南大地为之颤抖,赵匡胤的长枪火炮犹如一架架绞肉机,兵锋所指,血染长空,铁蹄踏过,金陵沦陷。想我四十年来家国,三千里地山河,转眼即姓赵,先人苦心经营数十年的国家终于毁在我的手上,悔不曾识干戈啊!只是,识了干戈又奈何?南唐气数,已到尽头。

千年前,我终成笑话。

为什么,我的双眼含满泪水,因为我对江南这片土地爱得深沉!为什么,我要肉袒出降,因为我对我的子民爱得深沉!975年,命运之神终让我从一个逍遥词客、无奈王子活成了一个五代十国的笑话,以"违命侯"的名义把我彻头彻尾地钉在历史的耻辱柱上。

嗟乎!梦里不知身是客,一晌贪欢,沧海转眼成桑田。黯淡了朱墙,尘封了金锁,有风月没风骨的活成了奴才,不只是"垂泪对宫娥"的忏悔,不只是心系小周后的暗暗情牵,最侵肠入肺的,是家国破碎,江山易主的惨淡和悲凉!"小楼昨夜又东风,故国不堪回首月明中,雕栏玉砌应犹在,只是朱颜改"。昔日殿上王,今日阶下囚,冷暖谁相顾?保不住江山,我成了亡国之君;保不住老婆,我成了不是男人的烂人。

罢罢罢,管他什么禁忌和犯讳,堂堂血肉之躯,江南已灭,魂真的就死了吗?不,我要用这管无用之笔蘸上我体内流尽的最后一滴鲜血发出最悲愤的怒吼,向历史发问:"问君能有几多愁,恰似一江春水向东流"。

来吧,该来的都来吧,我不再恐惧死亡,我不再拒绝死亡,让死亡来得更猛更快一些吧!在这个浪漫的七夕之夜,我要用最后的一丝尊严去拥抱死神,吻别死神!不过一杯牵机药,无非一杯断肠酒!拿来吧,万古到头归一死,醉乡葬地有高原。仰脖一饮,毒酒入肠,我李煜遂成千古。一颗诗魂,化作流星,没入七夕成永恒。

此刻,我独站西楼之上,俯瞰人世的变换,斗转星移,物是人非,"萧瑟秋风今又是,换了人间。"回首金陵,淮水柔媚,长江东逝,浪花淘尽英雄,是非成败转头空;北望中原,赵家皇帝成枯骨,宋时汴梁化云烟,只是那一首首词曲已成绝唱,诉说着一个词人千年不灭的绝世风采,凭吊着一个薄命君王的绝代才情。

朋友圈的江湖

不知什么时候走进了朋友圈,踏入另一个江湖!

刚刚走进朋友圈,很是兴奋,一切都是新的,整个圈子很宁静,很纯净,很新鲜!这里的朋友彬彬有礼,男的很绅士,女的很优雅!走进圈子,仿佛走进三月的暖春,到处是阳光明媚,到处是莺歌燕舞,到处是柳岸花红……有青衣白剑的诗人负剑而行,有饱学之士的作家著书立说,有妙手丹青的艺人泼墨绘画,有无冕之王的记者传播焦点,有摄影精湛的大师留光聚影,还有桃李芬芳的教师谆谆教诲……方寸荧屏,偌大的江湖,没有买卖,亦没有杀害。没有血雨腥风,亦没有爱恨情仇!人人平等,个个自信,有的只是清新的小诗、励志的段子、心灵的鸡汤、捧腹的小品、自恋的自拍,相互的鼓励,主动地点赞,晚睡的"安眠药",早起的"叫明鸡"……

然而,江湖就是江湖!有人的地方就少不了江湖。尽管朋友圈不大,但他照样是一个全新的江湖!渐渐的人流如织,三教九流,贩夫走卒,拥挤不堪!卖房的,卖车的,卖衣服的,卖保险的,卖水果的,卖化妆品的,卖保健品的,卖土特产的……整个圈子犹如集市,吆喝声此起彼伏,货物琳琅满目,令人目不暇接……还有招贴寻人启事,寻狗启事,网上追逃,微信通缉,招工招商,推销自己,以求脱单……如此种种,不一而足!更不用说,还有流泪诉哭,寂寞惆怅,还有炫富斗酷,夺人眼球……更有甚者,明知我是大老爷们硬是让我减肥,又是让我美容,时不时地要求点赞……

热闹的圈子,喧嚣的江湖,在一片叫嚣声中,延长你枕上的时间,消解你工作的时间,掠走你一天的短长,瓜分你的青春,使你脑下垂,使你指磨

大河之东是故乡

短,看不见的"十面埋伏",防不胜防的"无影刀"……

如此江湖,岸在哪里?

晋南"打响盆"

作为一个70后,特别是作为一个晋南的乡下娃,有时候想想农村的童年时光,也有捂着嘴偷着乐的时候!且不说那广阔无垠的庄稼地里任我们打滚取闹,也不说那一棵棵挺拔的钻天杨、梧桐树任我们爬高就低,还不说那放学途中三五同龄人一路打着纸折的"面包"吵吵嚷嚷回家吃饭,更不用说那条山下、黄河边,割草的小伙伴们扔下筐子,立在黄土垒成的埝塄上站成一排,拿出少年凌云气势,朝着高空撒尿,比赛谁尿得高,撒得远……

单单说那晋南人,特别是芮城人和泥"打响盆""摔泥炮"便能让人忍俊不禁。

那时的农村娃,不像城里孩子富有,拥有各种奢华前卫的玩具。但,村里娃有村里娃的思维,没钱却有想法,更有做法,凡是周遭的东西皆能就地取材,为我所用,一草一木、一土一石、一水一泥,全能成就我们童年时期的"踢瓦"神功,抓"石子"技艺,还有什么飞叶摘花、折柳为剑、斫木为枪、踏雪无痕等诸多传说。特别是和泥"打响盆",因为随地可抓土,和尿便成泥,取才特方便,玩着太简单,而深受我们喜欢。

这个游戏的玩法是:几个小伙伴约好"打响盆",便各自找土、找水和成泥。有时找不到水或图省劲,便自己尿泡尿来和泥。为了公平,几个人和出的泥,多少得差不多。泥和好之后,分别开始做"打响盆"。

于是,"打响盆""摔泥炮"便成了我们门前、巷口、水渠边隔三岔五呼呼炸响的必玩神技!

说起和泥"打响盆""摔泥炮",必须有三个基本功!首先,要有"坐在地上不怕脏,一坐一晌不怕晚,磨破衣服不怕打"的三不怕精神;其次,要有"善于思考,苦练揉泥,总结经验"的学习精神;第三,要有"输了再打,打了再输,最后一定要赢"的厚脸皮精神!

三者俱备,大事成矣!

"打响盆""摔泥炮",并不神奇,就像农村母亲和面揉面一样,做成一个椭圆形窝头一样的东西,在下面掏一个洞,洞越大越好,几乎和窝头大小,洞要用唾沫抹得滑滑光光的,为的是好看养眼。做泥泡的核心技术是上面的盖,做得越薄越好,最好薄如纸张,既无裂缝,还能望得光。开摔之前,摔方抹着鼻涕,挽起袖子,把做好的泥泡高高举起,对着阳光,给"敌方"看得清清楚楚,真真切切,为的是让对方输得心服口服!最后,庄严大声地问其他孩子:"你们看好了,泥泡有没有眼?"对方都瞪着雷达一样的眼睛,很认真负责地一一扫过,认为确实没有窟窿,也就是没有眼儿,才神圣地回答:"没有眼,摔!"此话一出,打"响炮者"立刻把马步一蹲,别着劲儿,运足气儿,把泥泡举过头顶,朝地上"啪"地摔去。顿时,泥泡炸响,花开四溅,叫好声一片。

"打响盆""摔泥炮",也是需要技术的,不仅凭力气,还要靠智慧。假若,泥揉得不好,盖子做得不好,方向和力度把握得不好,任何一个环节没有做到,都会影响到"打响盆""摔泥炮"的效果。泥泡在向下摔的过程中,就可能歪斜变形,摔在地上闷声不响,变成一摊难看的"稀屎泥",叫人家不笑掉大牙才怪哩。

"打响盆",首先和泥要选好土,最好是黏土,黄土次之,砂土最差。再就是和泥要有门道,要像老娘和面,和得不软不硬,既有弹性,又有韧性;泥窝的大小要深浅适中,上面的盖要做得薄而轻透,线型流畅,整体协调,没有塌陷感。摔泥泡的时候,最关键的是要把握好摔的角度和力度,动作要上下协同,不能生硬;同时,选地也很重要,地面需坚硬平整,尤其在青石板上摔效果更佳!一旦开摔,用劲正好、角度适中,泥泡在接触地面的一瞬间,洞口内的空气强力冲破上面的薄泥层,发出一声"砰"的巨响,薄泥层被气流冲击而开,泥花飞溅,泥泡的顶端就留下一个窟窿。这个窟窿越大越好越成功,按照游戏的规定,窟窿多大,对方就要乖乖地用多少泥给窟窿填上，而填上的泥就是"打响盆"的战利品。尤其是当十几个人同时摔破泥炮，那种声音，犹如过年放鞭炮一般，此起彼伏，听起来很是过瘾。

时光犹如一河水，大浪滚滚向东流！随着时代的变迁、城市的扩张，新农村建设得如火如荼，即使是乡下，也是一色的柏油路，美化过的水泥巷，泥土也成了村子里的稀罕物了。那些曾经回荡在村子上空"打响盆"的童年嬉笑，已经淹没于这个电玩时代的浪潮之中，成为90后、00后的又一个江湖传说；而曾经"打响盆"的少年们，不也正成为推动当前社会向前发展的中坚力量？

大 河 之 东 是 故 乡

我是孔乙己

在我年华正好的时刻,也就是在学张中学读初三的时候,有幸邂逅了孔乙己。

那时青春整十六,年少正轻狂,犹如山坳里冒出来的一棵红高粱!

其实,红高粱并不被乡亲们所看好,因为它没有金黄色麦粒那样的高端奢华和贵气,也没有橙黄玉米那样的营养丰富和大气!那个时候,条件好的吃小麦,也就是白面馍馍;条件差的吃玉米,也就是黄金窝头!高粱嘛,一般是喂牛喂马喂驴的,人们平常并不多吃,饿急了,才万不得已,极为不屑地拿出来煮碗血红的高粱汤,很艰难地吞咽下去……至今想来,红高粱除了老妈拿来绑笤帚,张艺谋拿来赚票房,莫言拿来兜情怀,剩下的就是小气、草气、酸气和迂腐气!

即使是这样的高粱,我还是一棵被"众高粱"所蔑视的高粱,瘦弱干瘪,见风就倒……那时混迹在同学群中,也算"出类拔萃",言行惹火!一头"城春草木深"的乱发上永远扣着一只解放军帽,一张"国破山河在"的脸庞上永远架着一副忧国忧民的眼镜,一副弱不禁风的身材永远撑着一身四个兜的蓝色中山装,右上衣兜里永远别着一支廉价钢笔,一双细得无形的麻杆腿永远拖着貌似有高贵灵魂的皮囊用脚一步三晃地丈量着大地,不时地冒出一句"问苍茫大地,谁主沉浮"的气势来,或吟诵出一声"我身虽瘦必肥天下"的壮句来……

我从来没有想到:我的落拓外形竟然能够和素未谋面的孔乙己先生不谋而合;我生活中的精神气质竟然能够与文学大师作品中的虚拟人物惊人

相似!

　　这不能不感谢两位老师,一位是《孔乙己》的作者,早已作故的文学大家鲁迅先生;另一位是《孔乙己》的讲解者,我的初中语文老师赵力学先生。记得初识孔乙己,那是在1988年的一堂语文课上,窗外梧桐树上几只雀儿有的在跳华儿兹,有的叽叽喳喳在谈一场夏天的恋爱;窗内有的在给女生悄悄递纸条,有的钻在桌子下面偷偷看"琼瑶",有的肆无忌惮地睡觉打鼾,还有的在窃窃私语!这一切都没影响到力学老师讲"孔乙己分吃茴香豆"一节时的极大热情:他俯下身,弯下腰,左手紧紧拿捏住课本的最下端,右手五指叉开作罩住碟子状,细长脖子慢慢扭向身体的右前方,用极其夸张的眼神扫视全班同学后,口中扯着晋南调子:"不多了,不多了,我已经不多了。"然后,很快直起身子瞟一眼课文,再把头摇得像拨浪鼓似地说:"不多不多!多乎哉?不多也。"他那略显沙哑的芮普话拉得格外长,又配上一系列形神兼备的动作,孔乙己被他演绎得活灵活现,如在眼前。顿时,唏嘘声、喝彩声、拍桌子声、跺脚声、哄堂大笑声穿窗破屋,惊飞了梧桐树上的一对对小伙伴……

　　从此,同学之间,谁有本好看的文学书籍,好友们便不打招呼地"偷",明目张胆地抢,美其名曰:"窃书不算偷也""书,非抢不能读也"……还有,放学以后,大家圪蹴在寝室的炕上一起就餐时,当三五哥们拿着筷子扑向一个酸菜不多的罐头瓶子时,主家迅速拿起菜瓶子,捂住口儿就往炕下跑,边跑边嚷:多乎哉?不多也。后边的人骂着"狗日的"紧追,留下一串串年少轻狂的放肆笑声。因为孔乙己,让我们贫弱苍白的青春面孔上多了几份血丝和红晕,让我们单调的校园生活多了几份戏谑和欢乐!

　　爱上孔乙己,便是以后的一次作文课上。当时,赵先生让写两篇应用文,一篇是贺信,一篇是寻人启事。当别的同学抓耳挠腮,苦思冥想的时候,自己却欣喜若狂,总想着不出点风头都对不起自己四个兜的中山装!于是,贺信便想到了老师刚讲过的白毛女,想到了力学老师在课堂上凄凄惨惨地唱着"北风那个吹,雪花那个飘"的调调,便想为白毛女和喜儿"翻案"。于是,便以新中国的名义,在大春和喜儿的结婚庆典上予以热烈的祝贺。寻人启事,想到了咸亨酒店的孔乙己,很巧妙地借用鲁迅先生对孔乙己的肖像特征描写,很偷懒地套用寻人启事的模板,不费吹灰之力,一篇与众不同的应用文便应运而生。没想到的是,这两篇短文被赵老师作为范文贴堂以后,在那一届的学生中迅速走红,我也沾了孔乙己先生的光,成了一个"之乎者也"的名人,几年后的毕业留言簿上,同学们对此仍然津津乐道!

　　成为孔乙己,那是我走入社会讨生活以后!记得小时候,爸妈经常对我们说,你若不好好学习,将来会吆牛后半截子,也就是鞭打牛屁股,挥锹修地球!于此,我很不服气,我认为我将来是拯救地球的人,而绝不是修理地球的人。

　　殊不知,九十年代初的一次"科举",让爸妈对我小时候的预言一语成谶,在千军万马的高考独木桥上往过拥挤时,我一不小心被那个叫"孙山"的人一屁股挤下了悲伤逆流的河!当我以范进中举前的标准姿态,匍匐着

从河沟里爬出来,拖着湿淋淋的身子,从梦想回到现实,从学校回到了农村,成为梁家庄村唯一一个穿着四个兜学生装的农民!那时的我,"朝为田舍郎,暮登天子堂"的人生幻想彻底破灭,正如孔乙己一样:身材很瘦弱,脸色很青白,眉宇间常夹杂些迷茫和忧伤,一些野草一样的短胡子也不失时机地钻了出来,不讲秩序地爬满我本就尖尖的下巴。穿的虽然是四个兜的学生装,虽然上衣兜里依然别着一支装腔作势的钢笔,可是完全震慑不住昔日的乡亲们;引以傲娇的"四个兜"又脏又破,似乎十多年没洗一样……就这样,当我背着一个锄头完全置身于全村父老乡亲极为怪异的目光下,他们毫不迟疑地开始质疑一个脱下衣服没有膘,伸出手来没有茧,肩不能扛,手不能提的"洋学生"能否成为一个合格的农民!很快,在那吆牛喝马的喧嚣中,在那黄土飞扬,看不到理想,望不到前程,"锄禾日当午,汗滴禾下土"的生活岁月里,我以我真正稀松平常的势力完全证明了群众的眼睛是雪亮的:我很成功地做成了一个失败的农民!这不,一千多年前的陶渊明仅用"种豆南山下,草盛豆苗稀"10个字就把我揶揄得恨不得找个地缝钻进去!

当然,地缝是不能钻的!因为,生活还得继续!不能因为"丁举人"狠狠地掴了我左脸一耳巴子,我右脸也无私地伸出去吧?!我自知,比范进先生弱了那么一点点,没有范老师那若不中举一直考的坚韧;但,我自信,比孔乙己先生还强那么一点点,就是这里不留爷,自有留爷处!那时,我及时地审时度势,及时地调整方向,还是那一身学生装,到建筑工地抱砖撂瓦,到打果窑的工地拉沙铲灰,到十字街口摆摊叫卖……彻彻底底地为"十亩地一头牛,老婆孩子热炕头"的理想拼命。

在倾尽所有的尊严为青春买单的日子,那段售卖五毛钱的青春,在走向卖冰棍的路上尤其令人难忘。当时,我们梁庄村里的年轻人自发组织了一个二十几人卖冰棍的"便衣小分队"。一律的红背心、黑裤子、"驴脸鞋",外加一辆二八自行车的卖冰棍标配。唯独我,依然是四个兜的学生装,裂了口的革皮鞋,混迹其中。每天早上,天刚亮,巷道里的木门们吱吱呀呀便相继开启,二十几辆自行车不约而同串成一线,雄赳赳,气昂昂,叮叮当当朝县城出发……

说起我的第一次,不由得想到了关于孔乙己先生生活中的原型,有这样一种说法——相传当时绍兴城内有一个名叫"亦然先生"的,此人生活贫苦,为谋生计只得以卖烧饼油条度日,但不肯脱下长衫,又不愿大声叫卖。小贩们吆喝一声,他跟在后面低低叫一声"亦然",令人啼笑皆非。孩子们常围着哄笑,异口同声叫他"亦然先生"。从此亦然先生也就扬名绍兴了。对此,我不感到好笑,只感到心酸!头一次卖冰棍,恰逢芮城永乐宫庙会,当时永乐宫门口的偌大松树林还没圈占,那些唱戏的,耍杂的,买卖小吃的都在林子里面,热闹异常,我推着自行车带着一箱冰棍偷人一样穿梭其中,生怕同学、老师和熟人看见,垂着头,红着脸,别人叫一声"冰棍,西瓜冰棍"……我弱弱地跟一句,我也是冰棍……

最让人狼狈的一次是,当卖冰棍的业务越来越熟稔,叫卖之声终于能够脱口而出。于是,在一个烈日炙烤的大中午,我兴冲冲地推着车子穿行在大禹渡周青村的几个巷子内,大声叫卖着:冰——棍、冰——棍,西瓜——冰棍……冷不防,从一个高门大户走出一个彪形大汉,怒吼道:你找死咧,大中午的还让人睡觉不……当我"之乎者也"地和他争辩时,他不由分说,放出一条恶狗来,把我撵得跑了二里地,一箱子冰棍化得没了几根。当然,有狗血狼狈的剧情,也有可笑浪漫的段子。卖冰棍的日子,也是我周游乡村最艰辛最充实的日子,因为卖冰棍,几乎走遍了芮城的村村寨寨,沟沟壑壑……有意思的是,竟然有一段时间一直推着车子在我妻子的村子里转悠,不是学校大门前叫卖,就是村口打麦场旁兜售,遇到没钱又想吃,哈喇子甩一地的孩子们,自己总是很大方地挑一些快融化了的冰棍送给他们,一送二送,围了一大帮孩子,吓得我捂着冰棍箱子夺路而逃,边逃边嚷:多乎哉?不多也。此后,每每和妻子提起,她说曾记得村口有一个卖冰棍的,经常免费给她妹妹冰棍吃……

此后,幸而我写得一笔好字,做得一些拙文,便替公家抄抄书,写写字,爬爬文案,贩卖文字,换一碗饭吃。再加上一些善良、勤奋、努力,赢得业内人士的一致叫好。于是,这只破碗从乡里端到县里,又从县里端到市里,再从市里端到省城,确实因一身的高粱渣子味太重,最后又把这只破碗从省城拿回到运城,走进了所谓的市级机关,初进机关,心里很忐忑,恍若进了咸亨酒店:"掌柜"是一副凶脸孔,"主顾"也没有好声气,真真教人活泼不得……

下了班,为了彻底摆脱浑身的高粱渣子味,自己率领着家人和朋友,昂昂乎进商场,什么购物中心、百货大楼、东星、恒隆,眼睛眨都不眨,说进就进,尽管没有钱,但因全身充满"之乎者也"的文化底气,故而上千元的裤子敢试,上万元的皮衣敢穿,镜子跟前端详一番后,又是款式不行,样子老土的谈嫌一阵,在服务员的目瞪口呆中扬长而去,逛了一天,愣是买不下一件衣服,不是衣服不好,是兜里实在排不出几大文钱来。

如今,生活好了起来,每每和文学界的朋友相聚,敢于进大酒店了,敢于进雅间了,也敢于扯着喉咙喊着服务员点单了。但,也许是文化基因里的孔乙己作怪,总是直不起身子提不起腰来,拿着菜单总是指着花生豆一盘盘的点,总是点着酸辣土豆丝一盘盘的上。面对鸡鸭鱼肉……海鲜等物总是装作一番高深莫测的养生模样,肉食不喜欢,就素的吧。于是,混到今天,除了满身高粱渣子味,还充斥着一身的土豆味……

喜欢孔乙己先生,也许是同病相怜吧,也许他本身就是文学大师鲁迅先生的笔下之物,爱屋及乌也说得过去!在今天这个追梦的时代,文学也开始复苏,并逐渐活泼起来。喜欢写文章的人多了起来,有着有趣灵魂的人也多了起来,河东大地"之乎者也"的声音也多了起来!自从我创办了"我在河之东"文学公众平台以来,面对数万文学铁粉的支持,我时时迷恋其中很神经,常常陷入其中很精神。总有一群土豪大佬质问我:老梁,写文章能挣钱当饭吃吗?看着问我的人,我随机显出不屑置辩的神气!他们便接着追问,"你怎的连个一房半车也捞不到呢?"我会立刻显出颓唐不安的模样,脸上也立刻笼上了一层灰色,嘴里嘟囔一些"钱总有花完的时候,物质终究也会灰飞烟灭的,文章和思想却是不会死的"之类的话!

对这些人我不屑也不想和他争辩,但对一些认识或不认识喜欢文字的人,我总是跟屁股后面喋喋不休地追问,你会写散文吗,散文有N种写法你知道吗?

当去年腊八节,本土百位作家的优秀作品《河之东文集》问世以后,在社会上引起强烈反响,成为2019年新春佳节馈送亲朋好友的珍贵礼物,欣慰之际,不由想到:假若孔乙己活到现在,一定会投身河之东,与我们成为文友至交,一定会有关于茴香豆茴字四种写法的一篇美文问世,入驻《河之东文集》。

  如此,管他哄笑、白眼和鄙视,我邀老孔包间共桌,弄个七荤八素,茴香豆多要几盘,重新温热咸亨酒店那壶世态炎凉的老酒,抓一颗豆丢进嘴里,呷一口麻辣咽肚里……

七夕　二哥终于走上了幸福鹊桥

　　二哥是一个老实人、内秀人、勤快人和苦命人。
　　说他是个老实人,是因为他比较木讷,不善言谈,和人处事不会争,吃亏受气不唸喘。用农村的话说,就是被人卖了还当面数钱哩,一棍子也打不出个闷屁来。记得小时候,村东头有一大片柿树林,树干如腰粗,树冠遮天蔽日。一到秋天,这片火红的林海柿园便成了全村孩子最开心的乐园。我们小一些的孩子便或站或蹲在树的下面,眼巴巴地看着大一些的哥哥们爬到树的最高处摘那红得耀眼最软最甜的柿子。于是,这里每一棵柿树都变成了孩子们攀高爬低竞技表演的舞台。每一棵巨大柿树上的每一枝、每一层的枝丫从低到高都挂满了顽皮的孩子,场面非常壮观,总让我想起"猴子捞月"的情景来。当然,这群孩子中也包括大我四岁的二哥。二哥木讷不仅表现在面孔上,也表现在行动上,当他奋力攀爬到树冠的半腰,部分灵巧的孩子已经爬到了高高的树梢。然后其中一个站在树杈顶端的孩子,恶作剧地掏出鸡鸡对准二哥的脑袋就是一泡热尿。被尿浇过之后,二哥依然是二哥,没有和人吵架,也没有告诉过家人。还是因为在场的其他同伴告密,母亲才气得找到对方的家长大吵了一顿。这只是我那老实二哥其中的一个案例。还有就是:记得小时候,威严的祖父常常以嘲笑二哥为乐,总是说二哥"木木的,撞不响",问他话总是一个字一个字地往外蹦,声音很大,非常简洁,从不累赘。比如你问他:吃不吃?他回答:吃。你问他:喝不喝?他回答:喝。长大要不要媳妇?他说:要。祖父嘲笑他,我们也嘲笑他,总是当着全家人的面,甚至还有外人的面学着二哥说话,并哄堂大笑。而旁边的二哥从不据理力争,或红着脸一言不发,或极其尴尬讪讪离场而去。这,就是我那老实二哥的冰山一角。

说他是个内秀人,是因为他有着父亲的优秀基因,从小就很聪明,在我姊妹四个人当中,数他学习成绩最好,上学跳级,总和比他大几岁的孩子同窗求学。他的汉字写得最为方块,他的绘画最为逼真。记得小时候,父亲无意翻出了二哥完小时期的绘画本,那上面的谷穗、棉花、玉米、飞鸟和一些人物都栩栩如生,让我极为惊艳。我总认为他画的桃子能吃,画的鸟儿能飞,曾一度偷偷地拿他的绘画本做过一些临摹,最终以"鸟画成猫,麦穗画成玉米"画得一塌糊涂气急败坏而告终。然而,作为一个农民的儿子,尽管他很聪明。但,阶级的局限性、地域的局限性、思想的局限性、农村环境的局限性、父母世界观的局限性都让他无法在"鲤鱼跳龙门"的道路上走得更远。原因很简单,当时村里一大批孩子厌学回村务农,大多数家长也因减轻负担而慨然应允,他最终也没有跳出当时梁家庄那批孩子们"完小毕业即务农"的历史周期律。记得当时,村里能人都志哥做过最权威的统计:村东村西99%都是五年级完小毕业,而二哥还算是从初级中学的"高一级学府"弃笔从农……

说他是个勤快人,是因为他是一个闲不住的人。自从结婚成家以后,更是把勤劳朴实发挥到极致:在广阔天地间,"犁耙种碾收"十八般武艺样样精通;在盖屋建厦上,蹲下能放线,站起能砌墙,架上能挑梁;在房屋装修上,贴瓷砖,铺地板,无所不能。特别是生活闲余,在县城中心当锁匠,繁华地带做鞋匠,十字街口干修车匠……特别是在村南几亩地的主业上,更是费尽心机。一年四季和勤快的二嫂以"天酬勤,庄稼以精耕不息;地酬干,田地以厚养载物"为姿态,把几亩庄稼地、苹果园弄得花团锦簇。为了奔向好日子,可真是"丢了犁就踩耙,放下锄就拿锨,还有瓦刀、扳手一起抓"。白天夜里,风里雨里,不仅农活干得有模有样,而且瓦匠、锁匠、修车匠也干得顺顺当当。尽管人太老实,但由于做事细心,干事敬业,无论是砌砖墙,贴瓷砖,配钥匙,补鞋子;还是修车子,补轮胎,做什么都像雕花一样精工细作,价格被压不讨价,过分要求不谈嫌,有着一股子"工匠精神"。所以,尽管贴的瓷砖压价很低,盖得房子有的账要不回来,但终归是勤劳致富,成为我们姊妹四人当中第一个盖起新房的人,也是第一个走向富裕的人。

说他命苦,是因为他的命比牛郎还苦。二哥刚刚成家五六年,日子才有个盼头。殊不知,一场大病夺走了泼辣能干、勤劳贤惠二嫂28岁年轻的生命。出殡的那一天,天气很热,是我到街上给二嫂冰棺买的冰块,二哥已经虚脱得面如土色,全村男女老少都含着眼泪前来送葬,3岁和5岁两个懵懂无知的侄儿走在送葬队伍最前面,那一条哭泣的长龙一直延展到他们平日里操劳耕作的村南果园里面。至此,二哥的美满婚姻戛然而止,被天上的王母一只银簪划了一道时光之河。从此,二哥二嫂只能天人相隔,隔"河"相望。每年牛郎织女至少还能在七夕带着两个孩子在鹊桥上相会一次。而我那苦命的二哥二十多年来又何曾幸福过一次。因为两个儿子,二哥的婚姻一波三折,从没有半点亮光。记得多年前,一个叫王斌的陕西苹果经纪人来到了我们村子里,带来一个看似很乖巧柔顺的女人给二哥提亲,全村人都很高兴,我们全家也很满意,就这样实在善良的二哥被狠狠地欺骗了一把。幸福的爱情之花还没有开足一月,就因那对狗男女把二哥平日的积蓄席卷一空而凋谢。我记得那次二哥的心好像被掏空,当一道即将愈合的伤疤再次被揭起,那血淋淋的现实不次于二嫂辞世时给他的致命打击。再往后,或因二哥的条件和处境,又有几次的相亲都中途夭折或无疾而终。二十多年来,二哥心灰意冷只顾埋头干活。也许生活的亏欠,他喜欢上了抽烟和喝酒。一次因喝酒,从盖房子的脚手架上掉了下来,摔坏了腿,在家让老母亲整整伺候了几个月。还有一次因喝酒,骑摩托摔得鼻青脸肿。不管怎样,他始终坚强而善良地活着,在老母亲的帮助支持下,既当爹又当妈,把两个侄儿慢慢地养大。如今,两个侄儿在北京打工,一个开理发店,一个送快递,因为二哥吃苦耐劳的基因传承,两个孩子都干得很优秀。如今,二哥也去北京投奔了两个儿子,在首都大地当上了一名光荣的保安。

今年七夕,二哥的鹊桥终于"合拢"。刚五十出头的二哥在北京终于收获了自己的爱情,也就是今年七夕的前两天,他们回到芮城在街上的亚盛饭店摆上了喜宴,新嫂子朴实而稳重,是个过光景的人。全村人在将近30年之后再一次见证了这个老实人、内秀人、勤快人、苦命人的爱情长跑。喜宴很简朴,没有仪式,没有礼乐,但却让人感觉很踏实。从此,老母放心,老姐放心,老哥放心,老弟放心,一切放心。

今年七夕,我的二哥终于迈着他那积劳成疾的双腿抵达鹊桥之上,收获了生活的风雨,收获了岁月的忧伤,也收获了迟来的爱情。

在这里,我想告诉我的侄儿侄媳:你们一定要善待你们的老爸,还有你们的"新妈"。

人生苦短 不要等永远

人生，对每个人都是公平的！

无论你是出生于峨冠博带、王侯将相之家；还是落草于贩夫走卒、引车卖浆者之流；抑或是降生于朱门绣户、富商巨贾之后，每个人从呱呱坠地，蹒跚学步时，便开始了人生苦短的旅途！而这一旅程虽是"出发点"不同，虽是千山万水不同，但殊途同归，从生到死只是一次单程票！

人生苦短，永远到底有多远？当我们从亿万精细胞中冲将出来，哭喊着涅槃为人，不得不感谢爹娘把我们带到了这个世上，把我们送上了人生旅程呼啸而过的"列车"，为我们开启了或贫穷、或富贵、或伟大、或卑微，形形色色的生命旅程！在这趟生命列车上，有亲人伴护，有友人相随，有兄弟背叛，有恋人分手，也有陌生人擦肩……根据上帝的安排，握有不同驿站车票的人，不管你愿不愿意，一旦到站，必须下车，必须挥手，不带走车上的一尘一埃！人生，就是一路分手，而分手之后却不再见，剩下的只有你自己！

人生苦短，永远到底有多远？尧舜禹汤如何？秦皇汉武如何？唐宗宋祖如何？铁打的营盘流水的兵，长江黄河还在，长城长安还在，地球世界还在，而那些天之骄子已成尘埃，荣华富贵，过眼云烟，生老病死，不过百年！

人生苦短，永远到底有多远？为此，我想：珍惜现在好好过，过好眼前才本真，不要等明天，不要信永远，永远真的不太远！没有会陪你到老的人，包括父母；没有会等你到永远的人，包括恋人！爱我所爱，无怨无悔，在这转瞬即逝的人生路上，给年迈的父母一双孝敬的拐杖，给柔弱的妻子一副踏实的臂膀，给处于青春期还在叛逆的孩子一个友爱的拥抱，给自己周

围一些需要帮助的朋友,甚至陌生人"一支玫瑰"。而要做好这一切:就是让自己更快、更远、更强、更有力量……

人生苦短,永远到底有多远?晨昏滚滚水东流,今古悠悠日西坠!生活中,明明有许多花儿可赏,却在迟疑中,偏偏错过了花期,等得花儿也谢了;生活中,明明很多事有机会可做,却一天一天推迟,想做的时候,却发现机会错过了;生活中,明明有很多话要说,等要说的时候,发现已经没必要说了;生活中,明明有很多爱要爱,想爱的时候,已经来不及了……于是便有了一首世人熟知的《明日歌》:明日复明日,明日何其多。我生待明日,万事成蹉跎。

人生苦短,永远到底有多远?所谓的永远,只是自卑者的借口,只是不负责任人的托词。人生没有下辈子,强者永远不会等永远。若要等永远,越王勾践永远在吴王夫差的马圈里嗅着大粪的味道;若要等永远,爱哭的刘备永远在集市上叫喊着卖草鞋;若要等永远,孙中山和宋庆龄风华绝代的爱情必定扼杀于民国时代的封建礼制!

人生苦短,永远到底有多远?天际流云瞬息变,地上沧海成桑田,从牙牙学语到苍苍暮年也只有一步之遥,宛转蛾眉能几时,须臾鹤发一瞬间!昨日,我们还递着纸条,写着情书,把铿锵玫瑰折叠成千纸鹤,说着"山无棱,天地合。冬雷震震夏雨雪,乃敢与君绝。"之类的呓语;今天,一扭头才发现:儿子已经迈入了大学的门槛,到了该谈恋爱的年龄了!我们总爱放肆地大声地唱着《二十年后再相会》的满腔豪情,当我们豁风漏气的唇齿间再也唱不出那个调调的时候,才知道,二十年后远不是我们想见就能见的模样。

人生苦短,永远到底有多远?朝看水东流,暮看日西坠!其实,细想一下:所谓的永远就是眼前的一切,就是从我们跟前悄悄溜走的春夏秋冬,就是我们没有把握住的早晨黄昏,就是我们此时的一呼一吸之间,永远其实并不远,它其实只是一个瞬间,火车出站的瞬间,飞机离地的瞬间,指间划屏的瞬间,网购下单的瞬间……在这一瞬间中,它更是一个眼神、一个电话、一份牵挂、一个拥抱、一份孝敬、一份关爱、一种责任……

人生苦短,如过河的卒子,只能被时光推着前行,而不能随着岁月回头！所以,珍惜眼前。与其说着永远不忘记,不如时常联系。不要去等永远,你所做的一切,就是永远。珍惜贫弱,也珍惜富有;珍惜柔弱,也珍惜坚强;珍惜伟大,也珍惜卑微;珍惜健康,也珍惜善良;珍惜残缺,也珍惜完整;珍惜旭日,也珍惜落阳;珍惜少年轻狂,也珍惜老成持重。珍惜当下,别管永远! 孝敬要及时,恋爱要趁早,婚姻要经营,友情要珍惜,打拼要抓紧。

人生苦短,别再等永远。

大河之东是故乡

问道老子

有人说:要么读书,要么旅行,身体和灵魂总有一个在路上。

为了躲避运城的八月炉火,为了消解心中固有的燥热,为了使身体和灵魂真正地行走在路上。8月6日,我们约了黄杰兄和梁姐,一共五人从运城出发,途经三门峡,一路向东,满载着"高山仰止,景行行止"的心情问道洛川老君山。

从早晨开始,尽管只有270公里的路程,但道路多变:忽而高速,大道如砥;忽而国省,蜿蜒曲折;忽而山路,险象环生。也许是老子的考验:时有山石滚落,时有暴雨倾盆,时有太阳如斗……一路走走停停,当晚抵达洛川县城。

初见老子

翌日清晨,我们一行五人怀着朝拜的心情急不可耐地来到老君山下。一脚踏进圣境,便有春和景明之仪,竹茂林深之幽,百鸟争鸣之气,祥云护体之象。一种神秘,一种肃穆,一种庄严,一种圣洁裹遍全身。抬眼望去,千峰比肩,竞相争秀,上之清清者,几朵白云在飞,一位仙风道骨的老者正站在紫气升腾、古木参天的山峰顶端颔首示意,手指苍天,向天下问道的芸芸众生们指点出尘迷津:"道可道,非常道;名可名,非常名"……

这一指,就是悠悠2500年。

顺着老子所指的方向,我久已懒惰而麻木的灵魂再一次被"暴走":我仿佛听到了河南省鹿邑县太清宫镇那棵李子树下那声嘹亮的啼哭。我似乎看到了2500年以来各个历史角落关于老子传说的唾沫在飞：老子的母亲怀胎八十一载后，在河南省鹿邑县太清宫镇的一棵李子树下生下老子，故而姓李。老子初出生时，因为白发白须貌似老头，就被世人称为老子，加之老子大耳垂肩，又叫"李耳"，谥号老聃……

就是这位天生异象的圣人，做过周朝的"守藏室之官"，也就是今天的"国家图书馆馆长"之职，以其得天独厚的优势，天文、地理，无所不学，《诗》《书》《易》《乐》无所不览，文物、典章无所不习，终集天下之文，读天下之书，通礼乐之源，明道德之旨，以一部仅有五千字的《道德经》成了道家学说的创始人，拿到了得道成仙的"通行证"，架起了通往中国哲学发展史上的云中天梯。

顺着这架云梯，老子逆着春秋战国百家争鸣的飓风，把《道德经》这面代表着中华民族主题文化的旗帜高高地插在世界文明的主峰，而这面猎猎飘扬旗帜上经纬交织的道法自然，足以让还在爱琴海边散步，苦思冥想着神的力量的古希腊哲学家们汗颜和惶恐；足以让还在波光粼粼的恒河岸畔打坐，思考着天帝统治一切的印度哲学家们仰望和凝视……

老子，就这样走进世界；老子，就这样走近我们。然后，在世人的仰望和凝视中，扣关出发，放下一切的名利欲望，放下了五千个方块汉字的雄浑厚重，倒骑青牛，一路逍遥，踩着秦汉的瓦砾，走过唐宋明清的废墟，沿着2500年的方向，从有走向无，又从无走向有。

走近老子

为了最快地登上山顶，既不耽误饱览"一日有四季，十里不同天"的老君山美景，又不耽误我们以一颗虔诚之心朝拜老子的夙愿。我们一致议定先乘"中灵"索道直达中天门（海拔1860米），然后再拾级而上，登上老君山的最高处（海拔2227米）金顶。当我们乘坐着缆车，腾云驾雾一般地来到中天门。近看，老子骑牛相迎，万众伏地跪拜；远视，云蒸霞蔚，藏山匿峰。

沿着登山盘道，我们坚持以"正汝形，一汝视，摄汝知，正汝度"的老子点化,每人手执竹杖奋力向上;二千九百九十九级台阶周围蝶飞蜂舞,松鼠嬉戏,山风过处,听涛观景,凭高远眺,不能不醉在"天连五岳全雄晋,地接九州巍伏牛"之中。登老君山,从灵官殿出发,山路蜿蜒数十里,行进中随处可见悬崖峭壁,石径崎岖。当穿过洞天福地,行走在云景天路,遨游在十里画屏的高空栈道上,犹如走在空中,仰望云际,一线天开,俯视脚下,万丈幽谷。在如履薄冰,亦步亦趋中,感受着老子的千年气场,体会着"虚怀若谷、恬淡素朴、清净虚空、上善若水"的华夏襟怀;对白着散布在大山皱褶深处"道行天下、德润古今、尊道贵德、天人合一"中华精粹文化的不老灵魂。

  一个人终因一部《道德经》站成了2200米的海拔高度,一座山终因一个人而成了一座世界名山,一个道教文化的圣地。而我们,这些普普通通的凡人却站在历史巨人的肩上,来分享老子的智慧和思想,享受着"一览众山小"的民族瑰丽和文化奇异。当我们心对心地聆听这位老者、尊者、智者、长者、友者的肺腑之言"天道自然、人道守中、治道无为""道生一,一生二,二生三,三生万物。万物负阴而抱阳,冲气以为和"这些巨大的历史回响,这种恬淡又怎能不让我们喧嚣的内心宁静;这种智慧,又怎能不让我们本已迷失的心性变得澄明和强大。

  走近老子,我们才感觉圣人从来就没有走远,他就在我们身边。我至今还能记起初中课堂上"塞翁失马,焉知非福"的故事;至今还能背诵"祸兮,福之所倚。福兮,祸之所伏"的原文。所以说,老子不知所踪,但他又无处不在:如粗布暖身,如春风沐体,如清泉濯心。走近老子,才知五千言的《道德经》以简洁征服世界,以宏阔折服世人,以深邃达济天下,以休养生息的道德之力开启了西汉之初的文景之治;以轻徭薄赋的黄老之术打开了初唐时期贞观之治的盛世图景。

  走近老子,我才知道,他把宇宙万物的演变归纳为天地之间一个大写的中华汉字,那就是"道"。走近老子,我才知道:"人法地,地法天,天法道,道法自然",这恒久绵长的自然法则需要我们遵循执行。走近老子,我们才知道:"上善若水"唯有"守柔"制刚,居后不争,才能换得中华文明生生不息,源远流长。走近老子,我才知道,文圣孔子曾两次问礼老子,尽管两位巨人的对话声音很小、很小,可全世界的每一个角落,都已经清楚地听到。

走近老子,才知道《道德经》是一口永不枯竭的井泉,智慧涌流,满载宝藏,放下汲桶,唾手可得。而正是这口"井泉"才构建了我们中国人的精神家园。2500年一直滋润着浩瀚博大的中华文化,成了所有中国人身上汩汩流淌、无法割舍的文化基因。

一个人,活了2500年,他还很年轻。

一部书,读了2500年,它还在畅销。

他,就是老子。它,就是《道德经》。

握手老子

2500年来,当老子倒骑青牛,把"紫气东来"的美好祝愿贴在华夏民族每家每户新年喜庆的门楣上,但他的一腔热望却并没有走进素来好客的国人们的深深庭院,因为他的老乡们大多喜欢财神。倒是中国以外的地方对老子膜拜尊崇已久。16世纪始,老子的《道德经》被翻译成了法、德、英、日等多国语言。据联合国教科文组织统计,在世界文化名著中,译成外国文字出版发行量最大的是《圣经》,其次就是《道德经》,总发行量突破5亿册。美国《纽约时报》还将《道德经》列为世界十大名著之首。特别是当我们的国民教育市场化、商品化、效益化、高考化,早已不记得老子何人,《道德经》何物。而在德国,几乎每个家庭都有一本德文版的《道德经》;在英国,一些青年以学习《道德经》为时尚;在日本,《道德经》成为企业管理者案头藏书,美国前总统里根在其国情咨文中引用《道德经》一句:"治大国,若烹小鲜。"联合国前秘书长潘基文在其连任的发言中引用老子的话:"天之道,利而不害;圣人之道,为而不争"……

当历史走到了物质文明高度发达的今天,现代化工业的轰隆声早已淹没了历史尽头那头青牛极为温和的哞哞叫声。随着快节奏的时代到来,读书的越来越少,手机低头族越来越多,学习碎片化、实用化、功利化成为主流。私欲泛滥,崇钱守财,渐成风尚。经济空前繁荣,空气雾霾严重,限号限行已成常态。住房看病教育成为当前人的最大压力。社会大众津津乐道于明星八卦的阴阳合同,热切关注于这个富豪榜的马云排在第几位,那个富豪榜的马化腾又落后于第几名。懂礼节、知荣辱越来越少,路怒族、车怒族越来越多,一言不合,拔刀相向。因为钱,亲情反目;因为钱,妻离子散。多少腐败官员,置人民利益于不顾,以权谋私,侵吞国家资产,收受他人贿赂,多达数亿,包养情人,多达两位数。多少开发商上演"楼歪歪""桥脆脆";多少商人,重利轻德,让毒奶粉、假豆腐、假牛肉等食品安全层出不穷。特别是近期以来的"百白破"和"假狂犬疫苗"事件,直逼人类道德底线。

这一切都说明,不听老子言,吃亏在眼前。

老子道:"天地无人推而自行,日月无人燃而自明,星辰无人列而自序,禽兽无人造而自生,此乃自然为之也。顺自然之理而趋,遵自然之道而行,国则自治,人则自正。然而,作为本土文化的受益者,在我们中华民族高速发展的关键时刻却淡漠了老子,遗忘了《道德经》,致使当下道德滑坡,信仰缺失,岂不是吾辈的悲哀,岂不是时代的悲哀。

天生物有时,地生财有限,而人之欲无极。尊崇老子,走近老子,受教老子,握手老子,才是个人、家庭、社会和国家步入正"道",走进幸福和谐文明的必由之路。

走 到锁爱家吃饺子

饺子,自从东汉张仲景下锅煮沸以来,岁月余香飘过了中国餐桌1800多年,我却没有吃上几年几碗几口。

小时候吃得最多的是馄饨,自从进了城以后,才知道还有一种比馄饨更高级的东西叫饺子。

然而,慢慢喜欢上饺子,缘于刘锁爱大姐。

刘锁爱大姐人高马大,性格直爽,女人性别,男人胸怀,说起话来坦坦荡荡,走起路来风风火火,办起事来硬硬气气,作起文章来拿云锲石,写起歌词来豪气冲天,切起小菜来镂月裁云,捏起饺子来包天裹地,是运城乃至山西文学界一个人缘极好、多才多艺的老大姐。

而我,对于吃,从不讲究,也从无追求。作为一个很没出息的人,进了饭店就发怵,上了桌子就心怯,拿上菜单就手抖,看到菜价就心跳。作为一个心粗、口粗、胃粗"三粗"的人,最害怕的是交际应酬,最窘迫的是正襟危坐,最不喜欢的是觥筹交错,最得意的是捧着一只大碗,或站或蹲,吸吸溜溜,一碗滚水泡馍便被风卷残云,狼吞虎咽……

然而,滚水泡馍终有汤干馍净碗空的时候,总在饥肠辘辘,岁月寂寥的深处,一两声粗喉咙大嗓门的吆喝震荡耳膜:兄弟,来大姐家吃饺子……

家是吃饺子的最好地方,面对大姐的盛情相邀,又有什么理由去拒绝。于是,呼朋唤友,如此三番五次,大快朵颐,吃得齿颊生津,岁月留香。

这不,前几天在范兄的南山窑洞喝茶,故作严肃地对刘大姐说:最近,你不觉得兄弟们的感情有些生疏了吗?

大姐一脸茫然:怎么……

好久没吃到饺子了吧?

哎,可不是,大姐一拍大腿,当机立断,明天就到她家包饺子。什么茶叶馅的、韭菜大肉馅的、黄萝卜馅的,因人而异,因人而包,方案一设计好,朋友们便聚满刘府。

人分三六九等,有的能干,有的能吃,有的既能干又能吃,有的既不能干又不能吃。我就属于"吃东西不做事情,做事情又打烂东西"的人,或者是朋友嘴里的"干活就躁,吃饭就笑"的那种人。特别是先锋兄弟嘴里说的我的四句"名言":夏天怕热,冬天怕冷,刮风怕迷,下雨怕淋。说白了,我就是一个干啥啥不成,吃啥啥不香的主。然而,包饺子是一个集体活儿,最能体现兄弟姐们的温馨与亲昵的氛围,老范挥刀上下翻飞忙剁肉,老黄撸起袖子忙和面,其他择菜的、擀皮儿的、包饺子的,各有分工,人人都能帮上忙,个个都能露一手。唯有我,讪讪地坐在客厅,望着饭厅,这里捏一个枣,那里抓一片瓜,海吹吹、神聊聊,只等饭熟上桌桌。

若无闲事挂心头,便是吃饺好时节。

大姐家满满的书香、画香、字香,加之饺香总让人舒畅无比。作为一个热爱生活的人,总有细微之处,她会"看人下菜",也会因人包馅。不仅包出各种花样来,还要包出各种口味来。喜欢荤的去吃肉,喜欢素的去吃菜。饺子如她做人:个大、馅多、料足、有内容,味道长。饺子如她作文:文风质朴,主题鲜明,直抒胸臆,从不矫揉。特别是刘大姐自从十七年前爱人因车祸逝世后,看似坚强,实则软弱,硬生生地把一个"女汉子"变成了"祥林嫂",孤雁常鸣,念念不忘,盘旋回落,絮絮叨叨,每每下笔,纸短情长。唉,人生如饺,不下几回滚水锅,不赴汤蹈火几次人生路,又怎会成熟,又怎会坚强?尽管生活亏待了她,她却从不亏待这生活。她为大家创造聚会环境,她为大家包饺子,除了满满的友谊,还有的是对生活的态度。

在这种和谐的氛围之中,该吃吃,该喝喝,可就唐诗宋词下酒,可就坊间八卦下汤。没长幼之别,无礼仪之分,无座次之排,可蚕食细嚼,可鲸吞虎咽,可小口就酒,可大口吃饺。

大姐,来一壶醋

大姐,来两头蒜

大姐,来……

我们吃得满头大汗,直呼过瘾;她和她的闺蜜们在厨房却忙得不亦乐乎。每次都是从上桌举箸到下桌散席,大姐一直在厨房里坚守阵地,不离分毫。

吆喝一声闻香来,抹嘴散去余味长!

直至我们下到楼梯口还听到刘大姐在房间絮叨的声音:大家把包好的饺子分分各自拿回家吧,剩这么多我一个人怎么吃得完呢?

挥一挥手,不带走楼上的一饺一蒜。我们带走的唯有对大姐的深深祝福,岁月静好,饺子常香!

大河之东是故乡

昨夜走进风兼雨

傍晚。

我打着一把破伞一头走进雨中!

走进雨中不为别的,只是为了庆祝持续两天的一城酷热丢盔弃甲,弃城而逃;只是为了庆祝一场大雨攻乡掠县,铺天盖地,让一夜凉爽布满全城……

很惭愧,中午还在急速运转的空调下面咒骂着这运城的鬼天气,埋怨着老天爷不接地气,不察民情,嚷嚷着要高筑七星台,设坛施法借东风!也许老天爷听到了俺在民间的粗喉咙大嗓,逼得老天爷瞬间脸红脖子粗,顿时让星隐月藏,气喘云涌,声咳雷动,连借条都不让打一下,便慷慨大方地布风行云施大雨……

有人说,雨是大海的叹息,天空的泪水,田野的微笑。

而这一下,雨花四溅,花开满屏,成了所有人的尖叫,大雨滂沱湿透了朋友圈!新绛惊叫着看海,河津呐喊着划船,还有稷山也有人唱着,让我们荡起双桨……

运城的雨虽然姗姗来迟,但终归来了!

为了感谢祈雨的梦想被实现,为了驱赶心头久日的烦躁,为了浇灭思想深处的邪火,为了给早已布满污垢的灵魂洗个澡!借着车灯、路灯、霓虹灯……漫无目的地行走在无边无际的潇潇夜雨中!

尽管伞很破,鞋很破,但我的情绪不破!

冒着被淋湿的危险,我很土豪很开心地笑了:今晚,我的思想就要在这条空旷的街市上裸行;今晚,我的灵魂就要借这一城奢侈的夜雨挥霍!

风讨好般地摇曳着枝桠上的夏夜情怀,雨有意识地拍打着槐树上的七月风情,让一地槐花铺陈叙说着河东雨夜壮阔的心情!这些我都不管,我只管行走在雨中,听着雨打芭蕉一样打在我那只破伞上。那噼里啪啦的声响,豪迈而有力量,似千万雨滴的精灵同我对话。雨的急急切切,我听不懂,也许我的内心能听得懂,我内心的声音我听不到,也许这雨能听得到!

走在车如流水马如龙的街道上,穿插在急匆匆三三两两的人群中,听着时快时慢夜雨的曼妙欢唱,我终掩饰不住内心的喜悦,装作很忧郁的样子,把伞打成戴望舒的模样,把脚抬成杜甫《春夜喜雨》的高度,把步子迈出李清照"枕上诗书闲处好,门前风景雨来佳"的碎碎款款来!碎碎款款中,我竟然也想借着四溅的雨花踩出两三行诗歌来,结果一不小心,踩到了两三脚的污泥浊水来……

走在雨中,感受着清凉,独享着寂寥,晃过店铺霓虹灯闪烁发表着各自喧嚣的主题,我在伞下悄悄给老娘打个电话,试探一下耳背老娘的反应力!结果,一阵阵嘟嘟过后,仍是淅淅沥沥雨在下。也许老娘生气我礼拜天没有回家,还是早早已入了梦乡?

走在雨中,竟多了几份内疚!咦,向阳学校的大门洞开,一改往日家长接孩子水泄不通的样子。面对空无一人,不,还有一流浪汉坐在大门一角独享着晚间美食的样子,感到奇怪,经雨一淋清醒了许多,原来放了暑假。经过西花园对面的一个网吧,余光扫描中,里面场景很震撼,清一色十七八九的孩子们戴着耳机在里面疯狂,心不知怎得竟随脚下的泥泞沉重起来,不由得想起了最近"火山小视频"里那个火爆的络腮胡子大汉撕心裂肺地唱着"我的青春啊"……闻着十字路口煎蛋饼小摊飘来煎蛋哥几缕理想的香来,还是给了我一点小小的舒怀。

走在雨中,我就这样用双脚丈量着这一刻城市的心情,我就这样任无边的思绪狂奔在这一水泥钢筋的逼仄空间,我就这样任我打开禁锢的思想跃上建国饭店几十层高楼的顶端,不恐高地鸟瞰着西城街道的林林总总,然后叹息着随同千万雨滴一起跳落……

走在雨中,拖着一双湿透了的鞋,我在想:湿透衣服湿透身子的不算好雨,像浇透大地浇灌着干燥思想的雨,像给禾苗灌浆一样灌浆着灵魂的雨才是好雨!

如此好雨,岂能不蹈?

走进雨中,走不出深深的雨巷,走不出几分唐诗宋韵稼禾情怀来!

村头布谷又声声

六月,是一个收割的季节!

六月,是一个繁忙的时分!

为了儿子的高考,自己厚着脸皮向单位请了两天假,回到老家陪儿出征!

七日、八日鏖战过后,暂时马放南山,刀枪入库。响应母亲的召唤,回到村子里,躺在老娘炕上,把心安放,把鼾打响,把梦舒展……就在雨后的大觉中与周公亲密把谈时,忽闻枕前有鸟鸣,起初以为手机声,再听才知窗外布谷叫!

哦!

六月,其实是布谷鸟唤出来的!

"布谷布谷""快快割麦!""布谷布谷""快快播谷!"所以杜鹃鸟又俗称布谷鸟。宋代的蔡襄诗云:"布谷声中雨满犁,催耕不独野人知。荷锄莫道春耘早,正是披蓑化犊时。"陆游也有诗曰:"时令过清明,朝朝布谷鸣,但令春促驾,那为国催耕,红紫花枝尽,青黄麦穗成。从今可无谓,倾耳舜弦声。"

竖起耳朵,就能听到布谷鸟赶着老乡们奔跑在麦田间杂乱的足音;就能听到布谷鸟催着父亲把镰刀按在磨刀石上千遍万遍试刃锋芒的出征曲!

耸耸鼻子,就能闻到六月浸润在父辈身上的酸汗味,就能嗅到弥漫在母亲锅底的麦饼香……

布谷,犹如一位不老的歌唱家!只要六月的大幕一拉开,布谷鸟一登场,台风雄振,嗓音高亢,以风声、水声、鸟声三者天籁、地籁、人籁齐备的浑然天成的一首乡间小调悠扬散开,便能震山谷,荡川河,响云霄,唱遍大江南北!这一唱,从江南小镇的小桥流水到北国窑洞的黄土高坡,山润了,水阔了,天蓝了,风柔了,麦黄了……

布谷,犹如一位了不起的农时大管家!六月人倍忙,榴花照眼明。布谷鸟飞来了,振翅一响,不等老师通知,我们就知道要放麦假了!布谷鸟飞来了,温柔一唤,麦熟了,稻香了!"阿公阿婆,割麦插禾",划破长空,响彻田野。天下农人闻之,莫不景从!号角一响,赛过公社书记的粗喉咙,胜过大队干部的大嗓门,响过了村口叽哩哇啦的高音喇叭!布谷声催,绣女下床;布谷发令,全民皆兵;布谷一叫,全民皆忙,就连牛呀马呀驴呀都慌起来,乱起来,紧起来……"割、拉、摊、晒、辗"一场大规模的"收麦"战争全面打响!

布谷,犹如我党的一位"好干部"!在岗一分钟,敬业六十秒!她,从不偷懒,几千年勤劳的身影遍布大江南北;她,从不歇息,几千年的叫声响彻长城内外!每年夏收夏种大忙将至,她们就早早赶来。白天催收,晚上催种:"阿公阿婆,割麦插禾"!不遗余力,唤醒农人,莫误农时,抢收抢种。在布谷鸟催人奋进的号召下,太阳正红,小麦最亲,农人们迫不及待地挥镰抢收,步步为营克千行,镰刀如风卷万杆,心如焚,恨不得一镰收尽天下麦。在汗水蒸腾中,在腰酸背痛中……听着啦啦队布谷鸟"布谷布谷""快快割麦"的督促中,农人们腰也不疼了,腿也不酸了,如打了鸡血,吃了鸡子,扑向麦子,奔向地头……当麦子收割完毕,田地开始翻耕,准备数日后回茬播种。"阿公阿婆,割麦插禾",布谷鸟仍不给农民兄弟一丝偷懒的机会,犹如队长敲铃开会一样,一声紧一声从窗户飘进耳朵,农人便没了睡意,心里便有了规划,有了行动。当万亩青苗满山岗时,布谷鸟的中气似乎不如从前了,啼叫起来一声高一声低,一声紧一声缓,为了天下农人最终耗尽了体内最后一滴血!当乡村夏忙结束,禾绿大地之际,布谷鸟完成了光荣使命,销声匿迹,不知消失在哪个山头,不知躲在哪一片云彩?或许是藏在那首唐诗宋词里,演绎着万壑树参天,千山响杜鹃。

如今,时过境迁!农业机械化完全代替了农人肩扛手提,牛马耕种的农耕文明!但布谷鸟的叫声仍如一曲千年的乡村绝唱,不仅在乡下的六月响起,更是在我们这些农人儿子的心头响起!

母亲节的一笔"流水账"

一般除了"过年"和"八月十五"。其他的节日,我并不在意。母亲没有上过学堂,她连自己的生日都不知道,更别说属于自己的"母亲节"了。对于近年来时兴的"母亲节",作为传统守旧的我也不是很敏感,而今天偏偏又是"母亲节"顶着"高血压"的危险,不管不顾地拄着五月的拐杖颤颤巍巍而至。

"母亲节"来了?总感觉她是挟着算盘来的,今天这个节日应该是个"算账节",心中总有一种"噼里啪啦的珠算在响",岁月在和我迫切地核对着"母与子"的陈年旧账。对于算账,自感先天不足。从小数学不好,总被代课老师揪着耳朵站在讲台上,挂在"城楼上""枭首示众",所以对于"算账"颇感头疼。也许明知欠母亲的太多,这笔账这辈子也算不清,还不完,故而还是别告诉母亲的为好。就像一个资不抵债的"欠账者"到了还钱的日子,总是"老赖"一样装作若无其事的样子。但有个"母亲节"终归是好的,至少让那些"天下熙熙皆为利来,古今攘攘皆为利往"的天下儿女们送一束康乃馨,或者买几件衣服以示谢意。然而对于我来说,岂敢用一束花来惊动她,无奈至极,记记流水账总还是可以的,可作为若干年后的凭证以飨岁月。

然,不懂"母亲节"的母亲却一点也不糊涂,每个周五的早上就成了母亲的"早朝",上"早朝"的第一件事,也是唯一的一件事就是给我拨几通电话,不管我忙不忙,也不管我做什么,这几道招我"还巢"的"金牌"还是要下的。而且那电话打的总是让我心揪,让我冒烟,让我发火,总有一种要状告

"中国移动"的冲动,总觉得"中国移动"这个信号有点欺负老年人的感觉。电话每次接通,任凭我在这端声嘶力竭,而母亲那端则是"黎明的前夜静悄悄"。如此挂了重拨,拨了再挂,经过三番五次的较量,直到接通为止,确定回家的行程作罢!对于母亲的执着,我曾告她:一般电话打不通,你可从屋子里移动到院内;院内不行,可移动出大门口;实不在行,可移动到村口,那信号就会离儿子越来越近了……对于这种"移动式"打法,母亲或许无法领会,或者不屑执行!

不过,这个星期五对我还是比较客气,先令大哥电我,通知她的安眠药告罄告急,买药刻不容缓。我让大哥先去县医院找找肖大夫,结果肖大夫运城学习,找找急诊室的同学张亚宁,结果张亚宁下班了。母亲有点恼怒,用耄耋之年枯如树皮的手指亲下懿旨,再不及时买药就不活了……

星期六下午处理完一些乱七八糟的事,带着妻子钻山洞,过隧道,打马前行!到了县城,顺便看了一下即将高考的儿子,不知不觉延长到晚上九点。回到家中,母亲依然未眠,一脸的无药就不安寝的大义凛然。我只能哄着母亲,您老人家一定要"暂且坚强地活着",熬到天明儿给你弄药去。看着我一副信誓旦旦不破楼兰誓不还的样子,母亲终于勉强作睡。次日清晨,母亲一早便在厨房叮当当当忙个不停,我知道渐入老境的她只能在锅碗瓢盆中找回一点自信和骄傲,所以就任由她去。来到饭厅,告诉母亲想吃泡馍。母亲从冰箱拿出冷冻已久的馒头来,挥舞着菜刀,落在馒头上,蹦起许高,似乎要斫出火星子来,内心隐隐有点酸疼,看来母亲真的老了,做菜也失去味觉了,不是忘了放盐,就是重复放盐,不是淡而无味,就是咸得要命。举箸食汤之际,一边装着很享受的样子吃着"母亲节"的早餐,一边看着戏曲频道正在播出的"弃官寻母"。问母亲这是什么剧种,母亲告我是豫剧,问她看过么?母亲说来来往往就是这几处。妻子便嘲笑我见识不及母亲,讪讪之余问母亲还上街去不?母亲说由于睡眠不好,自己感冒好几天了,街上就不去了,还是南阳院村大队部去看病。我说去西垆村的表姐家,那里的路好。母亲说农村合作医疗本就在南阳院村,那里不掏现钱,况且邻村的水泥路修得那么好,不就费你一些油吗。面对母亲的执拗,我只能本着"下级服从上级,个人服从组织"的原则打道南阳院。驱车出了村口,迎面碰到下地回来的74岁竹婷老嫂子,顺便邀上一同瞧病。

车子行驶在阡陌纵横之中,途经一片片麦子泛黄,一座座果园茂盛,经过村南沟边的范家庄,绕过西南角的三甲咀,不长时间就到了大队诊所。门帘一掀开,大队部的"赤脚医生"师哥看到了"VIP"户老母亲,满脸堆笑问她怎么啦。母亲一脸无奈,说又感冒了,开点药,给打一针。医生庄重地告诉她先量体温,如果发烧就打针,不发烧,喝点药就好。母亲执意不从就是要打针。面对强烈反对的我,母亲用白眼狠狠地剜着我,一脸不屑地对我说你懂什么?看到医生一脸包公的样子,母亲抱着医生的胳膊,一再央求一定要打一针。结果,药还是抓了,针还是打了,到了返回的途中,母亲不无得意地告诉我:看看,针一打,病立马就好了……

病好得如此之快,令我匪夷所思。随着车子在乡村水泥路上的行驶,我的思路也慢慢在延展,母亲老了,专注于做着四件事:一是忙着生病,高血压、冠心病、腿疼感冒,大病三六九,小病天天有;第二件事忙着抓药吃药,冠心病的药,感冒之类的药,还有晚上睡不着的药;第三件事忙着催我回家给她抓药……

今年这个母亲节的这一些"流水账"我姑且把它记下来,也许还是治母亲病的"偏方"呢,留下来可以借鉴给我的同龄人、我的好朋友使用。

大 河 之 东 是 故 乡

谢你了 狗日的贼

面对新年的到来,清贫的我,曾狠抓过一把贫薄的文字,赞美过我的故乡,顺颂过我的河东,歌唱过我的良师诤友,祝福过我的姊妹亲朋,把所有的希望和期待连同新年的礼花一并赠予了他们……

唯有忘了感谢你们——新年狗日的贼!

但,你们终于还是来了!

你们来了,并不在伸手不见五指、月黑风高的夜晚!而是在一个绝妙的时间节点——正月十三,一个"人约黄昏后,月上柳梢头"的浪漫时间里,一改过去鬼鬼祟祟的"深夜魅影",以一个或几个资深职业贼的气定神闲,走过大运城霓虹璀璨、流光溢彩的街市,届时来到我的小店,破门而入……

尽管你们很粗鲁地破门而入,我还是要感谢你,因为你们的到来,还是有信息传递的。昨天晚上,妻子一夜难眠,总说她有不好的征兆。可是,我怎么也想不到会是你们的到来。对于你们光临寒店,不嫌贫爱富,我谢谢你们的有眼无珠——狗日的贼。

在感谢你们的同时,我首先向你们致敬!因为,年关已过,此时亦非做贼的"旺季"。想不到,你们还是如此的敬业爱岗,充分发挥不怕苦,不怕累,连续作战的贼精神,连我这个穷家小店也不放过。更让人敬佩的是你们竟然能够堂而皇之地穿过威武大运城的层层警力部署,竟能够巧妙成功地规避过满街忽忽闪闪的大小摄像头,然后在辉煌街灯的照耀下,以积极娴熟的手法撬开防盗门,不慌不忙地在小店里肆无忌惮地翻箱倒柜,就像拿自家东西一样,进行洗劫。

除了对你们的贼胆和过硬的心理素质致敬之外,更多的是对你们职业水准嗤之以鼻。真可惜了你们的踩点工作,除了破坏我的门窗,你们机关算尽又能得到什么,不过就几盒烟,两瓶酒而已,还有一个空茶盒……

岁月荏苒,与你们打交道已经好多年:刚开始是在2000年芮城—运城的客车上,面对一群持刀割包贼,当年愣头青的我在全车人熟视无睹的情况下,我曾愤然挺身而出,大声喝止,也许是我的无知无畏,竟以一副皮包骨头吓住了四五个小毛贼,当过一回众人眼中的"憨憨";还有一次在去往南风的8路公交车上,我出手抓过一个正伸向我妻子包里小偷的手。再者就是小店初开张,在一个半夜里安装在店外的空调主机被你们系统的人切割端走,报警以后,叫到派出所进行询问笔录,便无音讯;剩下的就是儿子上了初中,死活要买个山地自行车,就这样买了偷,偷了买,起起伏伏直到儿子上了高中,才与你们——这些狗日的贼告了一段落。

俗话说,不怕贼偷,就怕贼惦记!

想不到,新年未过,你们就像走亲戚一样又来了。可恶的是:你有气魄去偷贪官,也算是为反腐做贡献;有本事你去偷富豪,也算你为缩小贫富差距出了把力;有胆量你去偷黑社会,也算你为守卫一方平安尽了份心。你偷我一个穷书生,又是怎样的职业操守?

从对贼的愤怒到麻木,从对贼的无畏到无奈,我还能说什么呢?"贼们",你从哪里来?要到哪里去?无论如何,你在新春佳节,不惜冒着被捉的危险,依旧光临本店,顺走少许的财务,不间断地通过打击我的心灵提升我"得之不喜,失之不悲"的人生境界,增强我的防范意识。为了表达我的谢意,还是不报官了,就不打搅警察叔叔抓黄赌毒的大事了。因为报了,也无非是做做笔录而已。所以,借此机会,我想用单田芳老先生的一句话:一日为贼,终身为贼,上为贼父贼母,下为贼子贼孙,顶风臭着八百里。

我谢你了,新年狗日的贼!最后,再庄重地告诉尔等:天道酬勤方能致富,偷盗作恶怎会发财?"久走夜路必撞鬼","手莫伸,伸手必被捉"。

大河之东是故乡

雨水 新春最好的祝福

招摇喜庆的年尚未走远,休闲了一冬的太阳便早已按捺不住急脾气,三脚两脚便已到达黄经315度,"雨水"便从遥远的天空"坐着动车,乘着高铁",不差毫分地按照大自然节气的安排,于每年的二月十八至二十日,也就是今年新春的初四、初五应时而来……

当我酒足饭饱还在酣睡之中,被八十岁的老娘敲着窗户一顿"骂醒",睁眼一看,咦:庭院湿润,细雨绵绵,满天飘落的不仅有唐代诗人杜甫"好雨知时节"的惊喜,还有现代作家琼瑶"烟濛濛雨濛濛"的缠绵!随之抵达的,还有生生不息的蛰伏开始苏醒!与之不同的是,我是被老娘骂醒的,而万物蛰伏则是被"雨水"唤醒的。苏醒的每一个生命律动,只要你侧耳倾听,就像大年除夕辞旧迎新的炮仗,此起彼伏一直抵达你心灵欢呼的深处!

雨,据说是天地阴阳之气交和形成,科学说是云里的小水滴体积增大到不能悬浮在空中时,便从云层下降到地面的水。那么,"雨水"呢?是不是在新春佳节之际,正如我们一样的胡吃海喝,体重猛增,不堪重负,从高空坠落……

今人曰雨:小雨,雨滴清晰可辨,落到屋瓦和硬地上不四溅,雨声缓和淅沥。中雨,雨声沙沙,直落如线,雨滴不易分辨,落到屋瓦和硬地略有四溅,水洼形成较快。大雨,雨落如倾盆,雨滴落到屋瓦和硬地上四溅数寸,雨声如擂鼓,水潭形成极快。

古人称雨:暴雨为涷,疾雨曰骤,久雨曰淫;时雨曰澍,徐雨曰零,小雨曰霡霂,连下几天大雨曰霖;雨与雪杂下曰霰。

正月中,天一生水。春始属木,然生木者必水也,故立春后继之雨水。雨水的雨的古字,上面一横象征天,横下面是穹隆象征,象征云气升腾;说明"无云不成雨"。风流云散,别而为雨。由此,穹隆下有四行雨点,每行三点。这个象意,四是四方,四维;三是雨露滋润,天地气和而成甘霖,一生二,二生三,三生万物。

其实,雨水和谷雨、小雪、大雪一样,都是二十四节气中的姊妹篇,向人们反映着不同时分降水的现象。只是到了雨水节气,来自海洋的暖气流开始兴奋,向北推进;而大陆上空的干冷空气虽已减弱,但仍不愿"交权割让",退出主导地位,进行着最后一刻的负隅顽抗。所以说,雨水其实便是冷暖空气反复较量激战后,冬春季节交割分别时"执手相看泪眼,竟无语凝噎"的情人节泪水。

只不过,随着雨水的到来,那狂躁了一冬的风,被"补水"化妆之后,不再如粗犷的北方汉子一样咄咄逼人,犹如闺中少女一般羞羞答答,像极了戴望舒笔下的"雨巷",一个瘦了、弱了、柔了、纤细的江南女子打着油纸伞款款而来。那高跟鞋"嗒嗒嗒"清脆敲击青石板的声音,恰似到处发表着"沾衣欲湿杏花雨,吹面不寒杨柳风"的二月主题!

"雨水"有三候,古时以五日为一候,三候为一个节气。雨水三候:初候,獭祭鱼。此时鱼肥而出,故獭先祭而后食。二候,候雁北;自南而北也。三候,草木萌动。是为可耕之候。

每年冬去春来,从小寒到谷雨这八个节气共二十四候,每候都有某种花卉应时风信绽蕾开放,便有"二十四番花信风"。

一信菜花:篱落疏疏一径深,树头花落未成荫。儿童急走追黄蝶,飞入菜花无处寻。此"菜花"为油菜花,茎绿花黄无托叶,花冠四瓣纹精细。嫩茎及叶可当蔬菜食用,种子可榨油,还可制菜籽饼作为牛饲料。每年春天,鹅黄耀眼的油菜花次第染黄了河东大地、黄河两岸,一幅唯美的天然画卷舒展在盐池下面,凤凰谷畔。

二信杏花:"春色满园关不住,一枝红杏出墙来"。杏之花叶,与梅相似,二月着花,有单瓣重瓣两种,先红后白,杨万里咏杏诗:"道白非真白,言红不若红,请君红白外,别眼看天工"。杏树高大,但根生殊浅,须用石块压

大河之东是故乡

根才不致倾折。杏实青时特酸,及红熟始甘美,可制休闲食品杏脯。杏实之仁味苦,可入药。

三信李花:瓜田不纳履,李下不整冠。李花,又名玉梅,花洁白秀美,质朴清纯,气味芳香。果实黄色或深红,可生食,也可加工李干、李子酱。桃红李白争芬芳,桃以浓艳胜,李以淡雅著。相传李白七岁时还未取名,因做了一句"李花怒放一树白",父亲一听拍手叫好,忽然心想这句诗开头一字不正是自家的姓吗?最后白字用得极好,于是就给儿子起了李白的名字。

云中谁洒甘露来?雁字回时,春满大地……

七九河开,八九雁来,九九加一九,耕牛遍地走。随着现代化农业的深入推进,牛鞭的呼啸早已遥远,耕牛遍地走的宏大场面也早已被机械化时代所收场。

鸡司晨,犬守家,龙行云,虎生风,风催雨,雨湿大地。随着国务院放假的通知,全国各地上班族的时间一到,爱岗敬业的"雨水"也不甘落后,向大地洒甘霖,向二月播春雨,如母亲的初乳,大地吮,万物吸,小麦返青,油菜生长,如一丹青妙手,泼墨二月,寂寥的世界迅速热闹起来,星星点点的嫩绿,一丝一抹的鹅黄,所有的希望开始播种,所有的梦想开始成长。"雨水"也义不容辞地掀开了一幅"千帆竞发,百舸争流,鱼翔浅底,鹰击长空,紫燕迂回,大雁北归"的美丽画卷。

春节过后是雨水!新春,最好的祝福,莫过于,一场如油的春雨,酥松华夏厚土。有了雨水的滋润,草籽迅速膨胀,一些祝福,在泥土中发芽呢喃,伸手接纳一缕阳光,暖暖的气息,让我们陶醉。

大河之东是故乡

年近了 心慌了

年,像娘一样,挎着一篮子春花,提着一包袱夏雨,背着一轮秋月,抱着几场冬雪,手里还拖着一个年尾的腊月,迈着几千年的碎步步,走亲戚一样,向2月16日走来……

年,越来越近;心,越来越慌!

让我拿什么来迎接你啊,我的年?

是让我拿出舜抚盐湖的南风歌,还是让我捧出后稷稼穑的小麦香?是让我穿着嫘祖养蚕的锦绣光鲜,还是让我捕一尾禹凿龙门的中华金鲤……

年,越来越近;心,越来越慌。让我拿什么来迎接你啊,我们民族的图腾?

是让我以爷爷一纸神祇的膜拜,还是让我以奶奶一剪窗花的富贵?是让我以父亲的庄严续一炉香案,还是让我以母亲的虔诚蒸一锅花馍……

年,越来越近;心,越来越慌。让我拿什么来迎接你啊,我儿时心中的企盼?

是让我贴出农家门楣新桃换旧符的春联,还是让我拿出童年二踢脚噼里啪啦的响鞭?是让我端起千杯万盏的晋南老酒,还是让我捧出七碟八碗的河东味道……

年,越来越近;心,越来越慌。让我拿什么来迎接你啊,我人到中年的慌张?

一天又一天,时光从指尖悄悄流失;一年又一年,芳华从眉梢别离从前。

年啊,增长的是年龄,老去的是容颜。不知从何时起,过年,不再是掰着指头数日子的算计和渴盼,早已沦落成一种计算的负担和劳累。

年年大扫除,扫去了岁月尘埃,留下了人生疲倦。岁岁还在唱,难忘今宵,唱出了李谷一的曲调,却再也找不回儿时的那种心情。晚会年年看,却有几人闲,你在刷屏忙聊天,他在微信抢红包,又有谁人抬头看?

一天又一天,不变的是日出又日落!

一年又一年,重复的是春夏和秋冬!

变了的是爷奶远行,父亲离去,一辈辈的薪火相传……

年是一把无情的刀,在我们的心上,或多或少刻下了深深浅浅……

年,越来越近;心,越来越慌。让我拿什么来迎接你啊,我那沧海桑田的年啊?是让我对母亲的健康祝愿,还是让我对孩子的前途希冀,抑或是用一头白发染成的黑依然装得很青年……

日历翻薄了,日子走近了,仿佛不再那么着急了。

年若有情年已老,中华正道是春节:昨日留不住,青春不可回,笑对流年看眼前,珍惜当下看今年,我们应该释怀面对,珍惜眼前所有,好好守护亲人和朋友。微笑面对余年,热情迎接新年。

年,越来越近;心,越来越慌。时不待我,余生不长,珍惜应珍惜的,热爱该热爱的,让我们拥抱亲情、爱情、友情,以春打六九头的喜悦,让我们站在条山之巅,让我们立于黄河岸畔,拥十里浩浩春风,欢欢喜喜迎新年!

揖别2017 后会无期

再过三天……

2017的人生小店将如期打烊,12间客房将全面爆棚!

"客官",无论你是峨冠博带,还是贩夫走卒,无论你是"打尖,还是住店",恕本店概不留宿。请你赶往下一站:2018。

再过三天……

东方地平线上那轮喷薄而出的朝阳将不再辉映出2017年的阳刚之气,他将以2018年的磅礴之势燃烧出新一年的新渴望。

再过三天……

西边蔚蓝的天空上冉冉升腾的那轮清月辉影将不再照耀出2017年的阴柔之美,她将以2018年的婉约之姿表达出新一年的新期许。

再过三天……

也许一场风刮过,也许一场雨下过,也许一片雪落过,2017将消遁无形,整个世界都将贴上2018的标签,2017将后会无期!

再过三天……

行走在大地上东西南北中的我们,无论男女老少,无论赶往何方,那跋山涉水的匆匆脚步再也弹拨不出2017年一星半点的征尘,每一次抬脚,每一次迈步都是崭新的! 新到从头到脚,包括脚下的每一棵枯草。不用说新生婴儿的啼哭,芳华青年的歌声,即使是中老年的一声叹息,包括头上的每一根银丝,脸上的每一道皱纹,都将不含2017的半点色彩,都将折射出2018的灼灼光华来! 甚至,还有那天际的流云,烂漫的星光,奔腾的河流,包括无边田野上的那一堆拱卫庄稼的牛粪都将焕发出2018的生机来……

再过三天……

2017将从我身边呼啸而去,而冯小刚的《芳华》却还在热卖,电影还未散场,我的芳华却浑然不见……

在这三天内,我抬眼热望,趁着2017旅途尚未结束的间隙,我停下奔跑的步伐,拢一拢时光的刘海,蹲在告别的路口,折一枝杨柳岸边的晓风残月,执手2017年的故事或者事故向岁月招摇……

再过三天……

2017,逆流成河,左岸是去岁的青春过往,右岸是来年的前景可期,中间是奋勇争先——奔浪奔浪的我们。

2017,我曾没心没肺地笑过,撕心裂肺地哭过,不求回报地傻过,无可奈何地承受过,心静如水地经历过,心如小鹿地碰撞过……

2017,我火没少上,气没少生,活儿没少干,委屈没少受,朋友圈里没少删,亲人间的脾气没少发,一些装蒜的文章没少写……

2017,我一边领略青箬笠,绿蓑衣,斜风细雨不须归的惬意;一边感受人无影,鸟飞绝,独钓寒江雪的孤独。惬意也好,孤独也罢,总有一场往事可回首,总有一篇文章可感动,总有一次伤心可落泪,总有一段豪情要抒怀,总有一群文友要珍惜,一路走来,我们都承载了太多的辛酸。

2017,峰峦似聚,波涛如怒,我个人是小江湖,"河之东"是大江湖!从我一个人的战斗,到六个人的战斗团队形成,还有两万多粉丝的"众人划桨开大船"!

在"河之东",每个人都是大河澎湃中一朵美丽璀璨的浪花,一朵、两朵、千万朵,片片浪花汇聚成浩浩荡荡之势卷向长空,向东奔流;一篇、两篇、一千多篇美文佳作或浅唱低吟,或雄浑奔放,或江南细雨,或漠北烈风,或河东长韵,南风金律,皆跌宕起伏成鸢飞鱼跃的壮丽画卷,舒展着,诉说着,歌唱着"河之东"的2017……

一年来,我始终坚信:笑话多了,必将铸造成神话;事故多了,必将留传成故事……

当桅杆高悬,风帆并举,2017的那一盏渔火,依旧能够温暖我们2018

的双眼,让那一段段真情,停泊在"河之东"的枫桥边从头诉说!

再过三天……

2017,即将打烊,新年的钟声鼓荡我无眠的耳膜,月落乌啼只是千年的风霜,涛声依旧不见当初的夜晚!今天的你我,怎样重复2017的故事,手持这一张登上2018的"河之东"船票,出征远方……

大河之东是故乡

男人四十的江湖

　　一入江湖深！才知并不都是霁月光风,也并不都是侠风豪肠！

　　一入江湖远！才知被金庸、梁羽生、古龙等人骗得在地上打滚！

　　其实,江湖渺渺,茫茫人海,芸芸众生就是湍流飞急中的一尾鱼,不是被时光所蒸煮,就是被岁月所下酒！

　　想当年,"古魏少侠"的我,风华正茂,青春正好,尽管破衣烂衫,也掩饰不住我"到中流击水,唱大江东去"的热情;尽管是草鞋布履,也阻挡不住我"一骑绝尘天涯路,执箫抚琴黄河边"的坚定信念……

　　N年前,在举国上下那次波澜壮阔的"保持共产党员先进性教育"活动中,作为一个乡下泥腿子,竟然被上级部门所青睐,从县里抽调到市里,专门负责为一个市直部门的主要领导捉笔文案。为了改变拿锄头的命运,我怀揣"石破天"一样闯荡江湖的资质,抱着"找奇遇,做大侠"的热切渴望,背负着理想的"剑",告别了家乡的爹和娘,从县里一所基层单位出发,坐着16块钱的大巴,翻过巍巍条山,越过皑皑盐池,一路颠簸地来到这座大运之城！

　　很快,我便适应了这座城市的傲慢和喧嚣！开始学着在滚滚红尘的人流中拥挤,开始学着辨认霓虹灯下南风广场的方位,开始学着站在高耸入云的机关办公大楼的门前傻笑,开始装着很优雅地一小口一小口地喝茶,开始汗流满面地用蹩脚的"芮普"话通知机关人开会……

　　也许,逆风的方向,更适合练翅飞翔;因为,我不怕千万人阻挡,只怕我一人投降。

为了江湖传说中的和城里人平起平坐的那一杯热气腾腾的咖啡！我便肩负着光荣使命，蜷缩在斗室之内，怀揣着《上甘岭》一样艰苦奋斗的情怀，吃着方便面，喝着纯净水，开始了铺开千万沓稿纸，挥动一尺笔锋，在书案上舞蹈，书写讲话，起草报告……为了领导们能够在壮观的大会上博得雷鸣般、海啸般的掌声，从西方的玉兔东升，到东方的鱼肚白再现，穿着大裤头，圪蹴在藤椅上，蚊虫叮咬着，趴在桌子上，寻观点，找论据，查阅资料，收集数据，"操觚以率尔，含毫而邈然"，熬坏了头上的一盏盏灯，磨灭了窗外的一颗颗星，点豆成兵，闪转腾挪，打响着一场场无硝烟的文字战争，攻克着一座座难以企及的战斗堡垒……

攻城拔寨中，理想好似搭在城墙上的云梯，拉满弦的弓，青春仿佛一把上了镗的枪，一把出鞘的剑。

次年，全省保持共产党员教育活动的帷幕再次拉开，从市里到省里，过五关斩六将，一路披荆斩棘；从凤城到龙城，300里之遥，一路风雨兼程！当身形消瘦、风中凌乱的我，又一次肩扛行李站在更大的机关楼前，即将一脚踏进去的时刻，竟有些眩晕；当进到招待所洗手间，一双握笔的拙手触碰到水龙头热凉之间的转换，竟吃惊地愣怔了半天；当赤裸裸的身子仰躺在雪白的浴缸中，被氤氲的雾气所包裹，竟幸福得有吕洞宾天上人间的感觉……

当这些感觉没有持续多久，市级机关的铠甲刚刚卸妆，省级机关的又一场场"松骨峰"战斗却再一次打响。作为农家子弟，面对组织交办的任务，从来就没有过一丝半点的犹豫，越是急难险阻，越是豪气荡胸，不是黄继光，就是董存瑞，"狭路相逢勇者胜"总在心中激越地响起。在一次次更高要求、更大场面的会议中，自己又一次次赤膊上阵。除了"报告、讲话、总结、规划"等各种大型材料要写；还有"爹走了，娘去了，单位的老领导不在了；孩娶亲，女嫁人，娃娃正好过满月"，包括悼词、祭文、碑铭、贺词等等无一不是立刻要，马上要。在"刀、枪、剑、戟、斧"十八般武器折腾中，坚持以"召之即来，来之能战，战之能胜"的精神，以"天下武功，唯快不破"的气势，高质量、快要求地完成了一个又一个重大任务，迎来了一次又一次各级领导的赞许……在十年的江湖搏杀中，我以笔为剑，步步惊心，踩踏着文字堆

大河之东是故乡

砌的时光台阶,一步步走向了沧桑中年。

站在中年的渡口,徘徊在四十岁的岸边,回望来路,月落乌啼,涛声依旧,却再也找寻不见那个翩翩少年。

当岁月的风霜落满了发际,当时光的斑驳布满脸庞,当一肚子的委屈、误解、疲倦和失意堆成啤酒肚,一个说老不是很老、说年轻又不再年轻的尴尬年龄,就这样让人不能躲避突兀地到来。而那杯热气腾腾的咖啡,还在诱人的橱窗中傲慢地向我招摇……

人到四十,咀嚼了世情的冷暖,感怀了岁月的热凉,在经历过许多疑惑、彷徨、振奋、欣喜之后,才知道江湖不相信眼泪,也不一定相信汗水!于是,我总认为我通向成功的道路总在施工中,而我就是一个"成功的失败者"!

然而,何谓成功,何谓失败?人到四十,在成功和失败的抉择中,却是在沉重负担下的自我倒逼。对外,明白了社会,明白社会绝不会无缘无故地眷顾于我;对内,明白了自己,明白自己必须面对上有老,下有小,左手提着房贷车贷,右手托着医疗教育,如山似海的压力汹涌而至!

人到四十要明白,陶渊明也是个骗子,不为五斗米折腰,那是因为他有六斗、七斗;若他没有一斗还不把腰折弯了!作为家中的顶梁柱、单位的主心骨,在家在单位都是说了算数的"狠角色"。看多了花开花谢,习惯了迎来送往。居家则想着远方和诗,漂泊则念着娘亲和故乡。上顾高堂父母,下怜狂妄小儿!这个时候,为了那一斗米,不仅要取悦上司,还要取悦同事、朋友,甚至还得取悦那些能够帮你或者能够害你的人……

人到四十要懂得,生命的天空里,不止有风和日丽,还有云遮雾障。不是每轮艳阳都暖人,也不是每片乌云都下雨。日子的疲倦不在脚上,不在手上,也不在脸上,而是在心上。所以,修路一定要修心。凡事稳得住,是一种大气;想得通,是一种大度;放得下,是一种奔放;看得远,是一种睿智。

人到四十要做到,面对领导不低眉,面对大贾不谄媚,面对穷人不横眉。要揽沧桑入怀看不厌;携日子为伴有歌吟;握时光为笔蘸风雨,气象高旷不疏狂;心思缜密不琐屑,趣味恬淡不偏枯。

人到四十,要放下英雄志,回归田园情。独钓一方淡泊,紧握一泓明澈。择一处静室,找两闲人,说几句淡话,把功名撂远,把利禄放下,笑看书中的江湖,守住少年的江湖,铭记父母的江湖,气定神闲、如履薄冰地面对当下的江湖。

大河之东是故乡

母亲的江湖

  江湖的世界不是只有男人,在我眼中的江湖里,母亲虽没有父亲修理地球的霸气和魄力,但她也有她的江湖!

  母亲是个"独行侠",从小失去爹娘。自十七八岁嫁给父亲,便果敢地从河南泛舟向北,与一无所有的父亲"连袂渡黄河,萦回到芮城",把江湖移居,把爱情驻扎,把亲情拓展。

  从此,母亲的江湖便在灵宝与芮城之间划河而治:一半留在河的南岸,把童年时期母亲临终时的揪心画面和少女时期"躲避日本"战火、四处逃难的场景打包封存;另一半留在了河的北岸,开启了她生儿育女,相夫教子,敬老爱幼,与父亲风雨与共为爱情"筑巢",苦难相随为亲情打拼的迤逦人生。

  作为一个中国式的女人,除了原始社会母系氏族那段少有的辉煌外,在这一历史分水岭的切割下,以后数千年人类文明跌宕起伏的演进中,女人的光影往往隐匿于男人的背后。

  用当下的一句俗话说:一个成功男人的背后,往往站着一个默默奉献的女人!

  母亲尽管一到梁家,便为这个三代单传的家庭生下三儿一女,让这个人丁凋敝的家族迅速兴盛起来,但她并没有母凭子贵的那份殊荣,加在身上的更多的是责任和义务!所以说,母亲在她的江湖中是卑微的,或者是没地位的,她不仅要尊奉祖父祖母为家中至高无上的"统帅",还要维护父亲在家中无可撼动的"帮主"权威。虽然她在家中拥有着"军师"或者"政委"的身份,特别兼有"军需官"之职。但,这些都没有作用,她的地位甚至低于她的三儿一女!

母亲除了和父亲一样,日复一日风雨无阻地春耕、夏种、秋收、冬藏,年复一年地奋战在村北村南几亩主战场上外,还开辟有"薛仁贵、王宝钏"式的一孔寒窑、五间瓦房、六分院落的"第二战场"。

为了开辟"第二战场",经营好这一大后方,母亲常年围着"锅台"转,累月跟着案板站,夜深纺车缠穗忙,织棉子机上穿梭累……一生没有看到过她"对镜贴黄花"的装扮,却经常是"岁月当户织,月下捣衣忙"的情景。

她没有"小李飞刀"过人的本领,但她舞得动面杖,使得动菜刀,耍得动勺子!作为家中的"军需官",母亲常为"三军将士"的给养而愁肠百结。在面瓮见底的情况下,自强的母亲仍能把风箱的交响乐拉得如同雷鸣,仍能把灶膛的那团希望之火烧得旺红透亮,仍能把快漏底的空荡荡的大锅蒸煮出"五脏六肺"的香来,仍能把锅碗瓢盆碰撞成一日三餐,不管稀的稠的,无论黑的白的,总能让全家七八口人围桌而坐,什么回苔子、扫帚苗;什么猪耳朵、田絮苗,都能把它们做成一道道山来一道道水,让各自的嘴巴咂得震天响……在滴水成冰的日子里,母亲虽然大字不识,女红总是首屈一指,总能把浆洗缝补织做得天衣无缝,用一个农家女的身份干出了"女娲补天、嫘祖织衣"的伟大事业来,用一双飞针走线的巧手把破袄烂衫絮棉成衣,让一双双千层底、"驴脸鞋"、让一件件对襟袄、灯笼裤成为我们斗严寒、抗飞雪的护身宝甲和御寒神衣。

母亲就是母亲,总是把最好的一把棉絮絮到祖父祖母的衣服里,总是把盛得最多的一碗饭端给父亲,总是把最新最好的一件衣服留给三儿一女。而她就是第一个下地干活,最后一个端碗上桌的人……

母亲的江湖,除了我们以外,她也有她的闺蜜:新云娘,兰兰妈,年龄相仿,出身相似,阅历相同,一起哭,一起笑,一起哭哭笑笑话人生,被村里人诩为"姐妹铁三角"。

时势造英雄,而那个年代造出来的"英雄"们都是悲情英雄。常常给我们讲述一个"小时偷针,大了偷金"故事的母亲们,也有违心"作案"的时候。当"三闺蜜"们面临全家实在无米下锅,掌舵的万般无奈之际。为了筹集

"粮饷",母亲们总能放下她们那自以为傲的身段,以"我不下地狱谁下地狱"的壮烈,在伸手不见五指的夜晚,相约赴险,前往南沟集体苜蓿地"偷苜蓿",只为了那一碗勉强糊口的菜汤;或者跟在轰隆作响、翻地正忙的东方红拖拉机后浩浩荡荡的人流队伍中,跟跑着、奔跑着、披头散发地去抢拾那一截截漏收的红薯或蔓菁,只为了全家老少的一顿饥荒……

母亲,只是一个大字不识的妇女。她做不出"岳母刺字"那样惊天动地的壮举,也演绎不出"孟母三迁"那样的传奇。她的江湖很小,小到家中的锅台;母亲的江湖又很大,大到辐射延伸至儿女的江湖。她用她一生的劳累置换着我们的幸福人生,当我们的生命之花开始绽放,她的人生之树便开始枯萎缩减。刚入学时的花书包,求学路上的背馍袋,罐头瓶里的红薯杆,攥在手心一块一块借来的书本费……

沧海桑田一杯酒,风雨江湖十年灯。在我们青春奋斗的坐标里,无处不标注着浓浓的母爱;在我们踏入社会的每一个脚印里,无处不是母亲赐予我的待人以诚,与人为善,做事以勤的"硬道理"。无论我走到哪里,也无论我是擎着高端的红酒,还是优雅地品着咖啡,我都忘不了母亲飞针走线的神态,还有那纺纱织布的姿态……

岁月老将至,江湖春未归!蓦然之间,母亲已入耄耋之年。父亲走了,带走了她江湖的一半,留下的一半,为儿守护着一弯乡愁,两扇柴门。我知道,无论我走的多远,都能看得到母亲在那老院子里,柴门虚掩,窗前的那盏童年灯火依旧灿烂,照耀着回村的路,等待着疲倦了的儿子回归。

在风雨飘摇中,我们最享受的还是母亲"一帘幽梦,春风十里"的江湖。她侠骨柔情,温暖了我们的人生。

少年江湖

北风烈烈冷如刀,孤月似剑夜似霜。
回首百岁只嫌短,江湖恩怨情却长。
——江湖是什么,江湖又在哪里?
是在金庸、古龙、梁羽生的笔下,还是在我们滚滚红尘的名利场中?
提及江湖一词,我就不由得血脉偾张,豪气贯胸,脑海就会不断闪现出:郭靖和蓉儿、杨过和小龙女、张无忌和周芷若等一批批俊男靓女来,他们"轻裘握长剑,策马放狂歌"的情景就让我兴奋。他们一个个快意恩仇,负绝世武学;一个个侠肝义胆,游走天涯;一个个痴情大爱、缠绵悱恻;一个个侠之大者,为国为民。最后,"一叶泛舟去,隐于烟波中"……

对我来说,从小时候偷看《侠客行》《七剑下天山》开始,金庸、梁羽生书中所描摹的江湖,就开始在我心中波澜起伏。特别是混迹在全村男女老少赶往邻村看电影的人群中,坐在一块潮湿的砖头上热血澎湃地看完了由李连杰主演的《少林寺》以后,心中的江湖就更加神秘莫测。少林和尚觉远、武当张三丰、迷踪拳霍元甲等,或论剑华山之顶,或习武于武当山下,或隐情于明月清风之中,或为国争光打败俄国大力士于危难之际,英雄气、儿女情、少年梦,一浪更比一浪高。

不可思议的是,不止我一个人这么痴迷于假想的江湖,全村的同龄少年,乃至大我好多的兄长们也近乎疯狂。每到天黑,村东村西全是舞刀弄棒的少年郎。有的滚在地下练习鲤鱼打挺,尘土飞扬,不知磨破了多少裤腰子,来了多少父母的鞋底子;有的把一沓砖头放到脚底下猛踩,练习少林和尚的铁脚功,不知毁坏了多少好砖头,来了多少大人的皮鞭子;有的想一夜练成绝世神功,用手插铁砂,打沙袋,还有的蹲着马步对着院中大桐树的树干一掌接着一掌,噼里啪啦打得鸡叫狗跳,树和手掌皮开肉绽仍不罢休……曾有本村四个十五六岁男孩在去往割猪草的路上,心一热,扔下草筐和镰刀,义无反顾地做出了投奔少林寺的壮举。

这样的场景,又怎能不让我热血沸腾;这样的江湖,又怎能不让我心潮澎湃,热切向往。每当此时,瘦得皮包骨头的我便荷尔蒙全面迸发,臆想着总有一天,练得一身石破天惊的绝世武功,游走江湖,拯救天下。于是,无论是拉着架子车往田间送粪,还是背着草筐去往山沟里打草,总想着突然一脚踏空,掉在了一个万丈深渊,忽被树枝挂到半山腰,进入一个深不可测的山洞里,蜿蜒曲折,流水淙淙,奇香缭绕,花红柳绿,有一只通灵大雕迎接我的到来,嚼来千年仙果,让我脱胎换骨,为我打通任督二脉;一不小心,惊醒了一位隐藏在山洞里500年的绝世武林高手,一眼相中我千年不遇的非凡资质,硬是逼迫着我练就了天下第一。

意淫能让我自大,路上遇到白胡子老头,总想着是不是《武林志》里东方旭的师傅神掌李?看到要饭的乞丐就觉得一定是洪七公。在操场上早读,总想着纵身一跃,直接飞到对面的楼顶上,接受老师和同学们的顶礼膜拜,特别是班级上的那个朝思暮想的校花能够低下那高傲的头颅,像黄蓉对郭靖一样冲着我痴笑;到大队部卫生所看病,看见对面挂着的人体穴位图,眼珠子瞪得好大,心也怦怦直跳,装模作样的去研究一番,总有一种随时成为点穴高手的预感!

那时我好像真的有了绝世武功,总在想:如果春秋有我,那就不是"春秋五霸",一定是"春秋六霸";如果战国有我,那就不是"战国七雄",一定是"战国八雄"。如果秦汉有我,可能就没有白起、韩信、霍去病、卫青之流的什么事了;如果三国有我,就能单臂擒吕布,一枪定乾坤了;如果宋朝有我,就能一日灭兀术,两日捣黄龙,三日迎两帝……

幸好,我只是痛快而幸福地意淫着,在没有走火入魔的情况下,走入了所谓的"有人的地方,就有了江湖"。有人说:天有多远,江湖就有多远!而我认为:心有多大,江湖就有多大,人生无处不江湖。一千个人的

大河之东是故乡

眼中就有一千个人的江湖,一万个人眼中就有一万个人的江湖!人不同,故事不同,江湖也就不同。生命中的每一个过客都自觉和不自觉地生活在江湖之中。

拥抱冬日不觉寒

春天,还没来得及与盐湖边、南山畔的油菜花合个影,夏天便汗流满面地跑来了。

夏天,还没来得及揩干流淌在脖子上的汗水,调好空调房里的温度,享受<u>丝丝</u>清凉,便听到窗外有人嚷嚷着要结伴旅游去看红叶了。

秋天,还在踌躇着:是去夏县的泗交踏秋色,还是去平陆的马泉沟拾风景?纠结半天中,抬起的脚竟然举步维艰。全城施工,到处围堵,又到了送大暖的时节!

冬天,就这样任性,不限号,不限速,不打招呼,一阵寒风刮过,一片黄叶落过,一场雪花飘过,条山矮了,黄河瘦了,冬就铁青着面孔急吼吼地走来了……

一个寒噤打过,才知道该为这个寒冷的季节添件什么了。当我把唯一可以算作"装逼"神器的红围巾拿出来,套在自以为镜子里还能照出"五四青年"模样脖子上的时候,才知道春已去,夏已走,秋天亦挥手……

冬天来了,就意味着"年"的时光旅行也快到站了。于是,北风敲打着窗棂开始拉响了列车到站的"汽笛";叶子飘向大地开始了出站前的例行"检票"。每到这个时候,人们都开始忙乱起来。忙着盘点一年收获,忙着迎接上级检查,忙着开这会、开那会,忙着总结这,汇报那……

每到这个时候,我便会想起小时候冬天吓人的模样:白天,上着破棉袄,下穿大裆裤,猫着腰,袖着手,留着鼻涕巷道走;晚上,幽灵一样,从裂了的墙缝往里挤,从破了的窗户纸的洞洞往里钻,掀你的被子,熄你的灶火,凉你的热炕；或者折几根粗壮的树枝扔在你的院子里，或者扬几把尘土在你的窗户上，学着村里出名的"母老虎"刘二寡妇打着滚儿在屋顶吵架，在天空撒泼。那时的冬很不厚道，即使对还在上学的孩子们也不放过，把雪下得三尺厚，让你拔不出脚来；把冰冻成溜冰场，免费让你三步一小跤，五步一大跤，跌得鼻青脸肿，摔得怀疑人生。这都不算，还要撕你的脸，扯你的耳，挠你的脚，让你的耳冻疮流脓，让你的脸肿得像猪头，让你的手"发酵"如馒头，让你的脚痒到三月桃花开……即使这样，我仍然钻在门背后划杠杠，数日子，看看过年还有多少天？每天都向往着腊八节的那碗馄饨，期待着腊月二十三的糖瓜，除夕前母亲的油锅，除夕夜枕边的新衣，第二天的那挂小鞭……

　　寒风中的期待，总让人温暖；贫穷中的守望，总感觉那么富有。冬天的田野，如产后的母亲，完成了"春种夏长，秋收冬藏"的神圣使命以后，疲惫而惬意地蓬松着。连那些摘过棉花、收过玉米穗后的枝枝杆杆也在风中、雪中引以为豪，高傲地摇摆。但让我最难以忘怀的唯有那奔跑忙碌在寒风中的父兄，拽着棉花秆，刨着玉米根，拉着架子车的单薄身影，还在诠释着严冬的力量，让生命在背负风雪的四季轮回中多了一份凝重。就这样，我们在父母的陪伴下，亦步亦趋，从一个冬走向另一个冬，从儿时的冬走向青年的冬；随着时光的流失，脱离了父母的视线，又从农村的冬走向城市里的冬，从青年的冬走向中年的冬。有人说，"天若有情天亦老，人间正道是沧桑"；那么我要说，"冬若有情冬亦老，心中有暖何惧寒"。

　　冬日，一片落叶便是一个生命故事的演绎，一朵雪花也是一场季节的深情诉说。走过一道道山来一道道水，经过一场场风来刮过冬，每一次聚散，每一次离合，都是一段往事，都是一段成长，都是一段故事。

　　今天，为了迎接单位的年终检查，我起了个大早，梳着溜光水滑的傲娇发型，身着笔挺有型的轻柔棉衣，脚蹬能照出人影的新款皮鞋，脚不沾泥，衣不带土，既有风度又有温度地迈步于西街的车水马龙中，每迈一步，仿佛都能走出岁月变迁的改革风云来；每踏一脚，似乎都能踩出乾坤大挪移的时代气象来。于是，我心头便会涌上赵本山那句经典的台词："2002年的第一场雪比2001年稍稍晚了些。"耳畔便会想起刀郎的歌，或者费翔的

"冬天里的一把火"……每当这个时候,我便恨不得把冬天的风搂在怀里暖一暖,用对苦难的谅解把她焐热;我便恨不得接住飘在天上的雪花捧在唇边吻一吻,用"冬日虐我千百遍,我待冬日如初恋"的态度把她融化!

于是,站在风中,与冬对视,站在年头,与往事对话。我想:"心中若有向阳花,拥抱冬日不觉寒"。

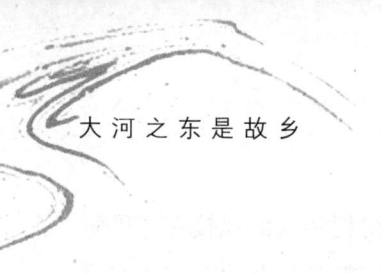
大河之东是故乡

关公磨刀雨纷纷

推开夏至的大门,恍若踢翻了太上老君的炼丹炉,运城一下子就开启了火焰山的烧烤模式。

条山挡不住太阳,黄河送不来阴凉,即使凤凰谷深处也无法安放我们燥热的灵魂。

射日的后羿在哪,追日的夸父在哪?还好,有我们的老乡关二哥一手罩着!

"条山盐池雨忽至,千丝万缕润民心。此是关公洗刀水,沾身也带英雄气。"

当时光的指针准确无误地走到每年5月13日这个非同寻常的时间刻度,关二哥总会千年如一日不管不顾勤勉赴约。为了天下百姓的五谷丰登,为了老乡们在小康路上一个都不掉队,关二哥躬身南天门前俯后仰来一场盛大的磨刀活动。

"磨刀霍霍如雷鸣,石上清流落人间"!这一场磨刀雨浇灭了天下人们夏日心头的燥热,也带给人们未来依旧可期的丰收希望。听着雨声的淅淅沥沥,我在想:关公的磨刀雨不是春雨胜似春雨,它一下下到了人们的内心深处,给人思想以洗尘,给人生活以启迪。

首先,我们应该学习关二哥身处高位本色不改的情怀。关二哥身居高位,并肩孔子,位列帝尊,雄临天下。但,关二哥的百姓情怀不变,劳动本色不改。没官谱,没架子,懂规矩,守纪律,5月13日一到,不差毫厘应卯上班,认真做事,踏实磨刀。并不因为日理万机,统管三界,就迟到,就旷工,就躺在功劳簿上磨洋工。

其次,我们应该学习关二哥认真做事的勤勉态度。"工欲善其事,必先利其器"。关二哥之所以在1800年前于百万军中取上将首级如观鱼赏花;之所以斩颜良,诛文丑,过五关斩六将,一路北伐,所向披靡;之所以东拒孙吴,西定巴蜀,南镇荆襄,北吞曹魏,无外乎是一把青龙偃月刀锋利无比。毛主席讲过,世上怕就怕认真二字。而关二哥纵然武艺高强,依然认真做事。我想,高调磨刀,刀不卷刃,永葆锋芒,才是其一生克敌制胜的不二法宝。

第三,我们应该学习关二哥初心不改,牢记使命的公仆风范。人生总是要收割的,无论是一城一池,无论是一得一失,无论是成功失败,无论是居功至伟夺天下,还是悲情收尾丢荆州。只要收割了"忠勇义智信",只要收割了上不负玉帝重托,下不负百姓厚望,无论是人还是神,总把甘霖洒人间,这就足矣。

写到这里,刀已磨好,雨也停止,不多不少刚刚好。

大河之东是故乡

说说门阀政治

作为一介布衣,对于门阀,我不仅厌恶,而且是深恶痛绝的。因为两千多年的封建社会,这个幽灵从秦汉到隋唐就任性了1000多年。这个孽障一度左右着封建社会政权的走向,直接或间接地影响着我们民族自身的发育成长。

门阀,顾名思义就是世代为官的名门贵族,世家大族,也叫作衣冠望族,是门第和阀阅的总称。门第就是家族社会地位的贵贱高低,这个高低叫作门第。第就是次序。与之相反的我们又是什么呢?就是那些没有权势的,没有名望的,没有地位的,顺理成章叫作庶族、寒族,也叫作寒门。那么阀阅是什么呢,是功绩经历。就是一个家庭有过什么功劳,有过什么经历。这个东西是在当时的仕宦人家的家门口要张贴公示的。贴到门口,表彰自己的奖状叫作阀,宣扬自己简历的叫作阅。这些居功至伟的大臣以及他们的后代子孙们为了装逼,所以在大门两侧竖立起两根高耸入云的柱子,左边的叫"阀",右边的叫"阅"。这些"装逼"的主流们就形成了一种政治制度,就叫"门阀政治"。这种政治垄断了帝国仕途,占领了上层建筑,掌握了意识形态,进而把握了全国的经济基础。用现在的话说,就是"学好数理化,不如有个好爸爸";再通俗一点说,门阀政治就是"拼爹拼爷的政治"。

门阀起始于西汉,特别是董仲舒"罢黜百家,独尊儒术"之后,门阀地主进一步形成,到了东汉末年,天下大乱,诸侯割据,烽烟四起,战事频仍,一些大豪强、大地主更是穷凶极恶,窥伺天下,控制政权……河北袁绍可谓东汉超级门阀,不但五世三公(朝廷最高官员),还坐拥地方武装,是门阀兼军阀的三国扛把子;江东陆逊也是门阀出身,居于江东四大家族之首,所以在孙权即将离世之际,一门要整死陆逊,因为陆逊不但功高震主,而且家族势力足以和孙家抗衡,直接影响着孙家政权的安危。蜀地刘焉、刘璋父子,从皇族中间分离出去的贵族,也是典型门阀,占据蜀地为一统,长达数十年。中原杨修也是门阀,不过碰到了一个不看重门第的曹操。所以很悲剧,杨修下场很惨烈……

门阀乱于东汉。当我们和苏轼一起,漫步于赤壁,感慨于江边,在浪淘尽千古风流人物的历史回望中,我们不难看出整个三国的走向就是几个门阀打架,另几个非门阀不服气,也凑上去打了一架。曹操、刘备就是当时最典型的代表人物,曹操、刘备青梅煮酒论英雄,对话中提到四世三公的河北袁绍,借父亲名望的江东领袖孙策,皆是士族。而曹操说"今天下英雄,惟使君与操耳",因为曹操出身于宦官之家,父亲是宦官曹嵩的养子,刘备也是个织席贩履之辈,二人均非士族出身,用今天的话来说,是白手起家。他们有好多相似之处。名为宗室,实为寒门,曹操因阉竖之后,宦官出身,常被天下人叱骂。如著名的官渡大战前夜,由陈琳着笔,袁绍发布《讨贼檄文》,就把曹操祖宗八代骂了个底朝天。正因曹操出身卑微,为门阀贵族所轻视,所以讨厌门阀贵族的专横跋扈,敢冒天下之大不韪喊出"宁愿我负天下人,不愿天下人负我"的言论。这里的天下人,窃以为应该指的是那些讨厌的门阀贵族,而非真正的天下人。刘备呢? 特有意思,也许是为了事业发展的需要,一个卖草鞋的一边硬往豪门贵族上边靠,自诩为汉中山靖王刘胜之后,以刘皇叔自居,左手捧着皇家金饭碗捞取政治资本,右手以手遮面、哭天抹泪赚取天下百姓心。于是乎,无论是名门望族,还是寒门布衣都喜欢他,两边也都愿意接受他,他跟两边都能打得火热,真正地运用了毛主席老人家提出的"团结一切可以团结的人"。但刘备的阵营中出身名门望族的还是少之又少,直至建立蜀汉政权后,能拿出手的也只有马岱而已。刘、关、张都不出身名门望族,尤其是关羽,最瞧不起士族;张飞相反,对士大夫非常客气,对士兵反而非打即骂,最后被士兵所杀,为此买了沉重的一单;关羽对他的士兵非常好,反而瞧不起那些士大夫。最后败走麦城,就是那些士大夫搞的鬼,又用自己的生命为此买单。正因如此,曹操才那么喜

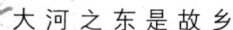

欢关羽,这与痛恨门阀,打倒门阀的一致性有关。曹操、刘备两个都是不拘一格降人才,冲破了"门阀政治"的局限性,进一步解放思想,以兼容并蓄,开放包容的态度面向天下,响亮地提出了唯才是举的新主张,聚贤纳士,网尽天下人才,故而才有了三国鼎立的局面。总之三国纷争几十年,被西晋统一后,大地主的门阀政治又一次当仁不让地占据了统治地位。

门阀终止于唐,需从我国历史上一个女人说起。武则天,唐初政治舞台上的风云人物,后人褒贬并至,毁誉不一。但不可否认的是,武则天在各方面都发展了贞观之治,使得唐朝国力继续上升,并为开元盛世奠定了基础。"政启开元,治宏贞观",直接影响着封建社会的后期走向。但要论最大的贡献,还是她对科举制度的建立与完善。武则天在位时,进行了一系列治国改革。将唐初的《氏族志》修改为《姓氏录》,从传统上和舆论上打击和削弱一贯反对自己的士族官僚集团,扶植和依靠新兴的庶族地主阶级。她认为"九域之广,岂一人之强化,必忙才能,共成羽翼"。凡能"安邦国""定边疆"的人才,她不计门第,不拘资格,一律量才使用:一是提高了进士科的地位;二是充分发挥了科举的作用;三是开创了武举的先河。为了广揽人才,她放手招贤,允许自举为官、试官,并设立员外官。此外,还首创了殿试和武举制度。这些措施,打破关陇贵族集团在政治方面的垄断,对魏晋南北朝以来崇尚门第的制度,更进一步加以打击,把政权开放给更多的人,使得科举出身做到高级领导干部的越来越多,以宰相而言,就有狄仁杰、张柬之等11人,科举出身的著名诗人就有王勃、杨炯、陈子昂、贺知章等,这都为后来的政坛风气和官吏结构改善起到了积极作用。

撒一把鱼饵钓人生

早上,应"挑担"增朝的电约,携细雨,乘清风,前往解州关帝庙拜谒关二哥。

进入庙内,庙还是那座庙,二哥还是那个关二哥,老地方、老熟人、老故事!

脚踩条山秋色,目及一园风物,点点细雨,仿佛云长思乡泪;柔柔风语,似是英雄梦呢喃!

沿着中轴线,一路向西,走向三国的纵深,一步跨越1800年,《春秋》、赤兔、冷艳锯,美人、江山、英雄冢。从一场故乡的别离,到一朵桃花的出世;从一座麦城的失守,到一个扶汉梦想的破灭,也只是三脚两步间。唏嘘一草一木,感慨一石一瓦;一块块碑刻,一座座殿宇,一炷炷香火,都在诉说一个扶汉人物的历史传奇……

一池风物好,一湖故事多!随着如织游人的脚步,不觉间漫步来到御花园的放生池旁,素来喜欢水的我一下子沉醉其中,杨柳轻拂水,浮桥慢摇曳,碧波微荡漾,幼童水边闹,一群群俏丽的鱼儿水中泛浪嬉戏,三五只可爱的乌龟慢吞吞自由自在地爬波张望……好美的一幅"你若安好,便是晴天"的江湖和谐图!

"子非鱼,焉知鱼之乐",欣赏着水中叫不上名字五彩斑斓的鱼儿,用过江之鲫来形容一点也不为过。他们有的三三两两如情侣,有的四四五五若家人,更多的是呼朋唤友,携儿带女去赶会……黑的、红的、白的、黄的,在这成群结队令人惊艳的画面中,突然冒出一只异类的老龟来,憨态可掬地夹杂在这千百条鱼儿的来来往往中,虽十分抢眼,却毫无违和感!鱼儿矫健忙碌的游姿,老龟笨拙悠闲的憨态,各行其道,和平共处,偌大的江湖无波澜,无惊涛,都是那么彬彬有礼,礼仪相让……

然,正当我沉浸在水中美好画面之时,忽然一阵阵骚动打破了水面的宁静,随着岸边游客一块块面包投向水中,水中世界的秩序顿时被打乱,优雅的鱼儿不再优雅,笨拙的龟儿不再笨拙,只为了那一块面包开始拥挤,开始撕扯!哪里有面包,哪里就有战争,不仅鱼儿在疯抢,就连龟儿也拼命地蹬腿奔跑!

我伸长脖子瞄向水中,我这里的鱼儿、龟儿都急急地去了远方……突然,两个五六岁男女孩跑到我跟前,很阔气地拿着一大块面包,撕着一小块一小块地往水面扔,我竟然羡慕起来,讨好着央求小孩:能给伯伯一块一起玩吗?小孩迟疑片刻,果断拒绝了我:这是我的!尴尬之中,我也不失时机地看热闹,四面八方的鱼儿又闻香而来,小孩每扔一块面包,随着抛物形的形成,都能惊起巨大波澜,大鱼挤小鱼,小鱼挤乌龟,拥挤着,疯抢着,挤压着,扭曲着,每个鱼都仰起头来,目光所及,湖面之上,到处是血盆大口,就连淡定的龟儿也毫不例外,瞪眼伸脖,妄想着争抢着本不属于他的一个个鱼饵……

看到湖面上一张张血盆大口,我突然恐惧起来:这鱼儿莫非就是三国时期的兵将,而这一围鱼池子不正好就是东汉垂死的疆域?那空中撒落的鱼饵不正是那城池土地,功名利禄?为了一座城为了一块地,人性丢失,兽性泛滥,尔虞我诈,尽其算计!为了一块鱼饵,董卓用赤兔千里马诱吕布;为了一块鱼饵,王允用貂蝉离间董卓和吕布;为了一块鱼饵,刘备哭着和关张结成弟兄;为了一块鱼饵,曹操叫嚣着"宁叫我负天下人,休叫天下人负我"。三国是个大江湖,人人皆是湖中的鱼,拼尽生命只是为了饵!

作为三国江湖势力最大的垂钓者曹操,以酒为饵,煮梅助之。刘备以雷为饵,脱钩逃之!曹操再以"汉寿亭侯"为饵,佐之以宝马赤兔、金银美女,云长以斩颜良、除文丑,解白马之围以换之!作为三国江湖极具智慧的垂钓者诸葛亮常以败兵为饵,伏兵林中以诱杀,多用烈火攻之,观其诸葛亮一生用兵,无论博望坡还是大赤壁,只要战略布局,十有八九放火烧山烧林,焚烧摧毁,无所不及,破坏生态,从无顾忌,堕落为"放火犯"只为一胜仗耳!作为三国江湖最小气的垂钓者周瑜为灭曹水军之首领,以醉为诈,以将干为饵,赚取了魏水军都督之头颅;作为三国江湖最无耻的垂钓者吴侯为一荆州,绞尽脑汁,以其妹为耳,赔了夫人丢了兵;作为三国江湖最虚伪的垂钓者刘备,以哭名天下,以泪动世界,三分天下得其一!

而云长为直取曹之大营这一重饵所累,反被东吴、曹魏联手设局所杀,头枕洛阳,身卧当阳,魂归故里,一身亦被三分,让人何其悲也!

缘也何也,皆因饵也!

俯首观鱼,仰首望天,鱼若人生,人生如鱼!若说时光若水,岁月若河,我们都是其中一点水,都是"池中"一尾鱼。正如早上老同学刘占伟的诗歌所评:

你我皆是鱼,游在尘世里。

一朝被人钓,烹煮不由己!

故而,要想处好江湖,就要远离鱼饵,然后我们便能如鱼得水,逍遥人生!

大河之东是故乡

逃往乡下去听雨

  乡下的秋比城里富足，仅满山遍野的瓜果飘香就足以让城里人汗颜；乡下的雨也比城里奢华，仅一瓦一檐的叮咚作响就足以让城里人羡慕！乡下，下再大的雨都不会惊恐失色，因为梁梁峁峁，沟沟畔畔到处都是希望的田野、无处不是妈妈的怀抱！而城里，往往三星两点，便汪洋恣肆，这里堵了，那里淹了，偌大的一座城，活脱脱的一片海！

  宽大的故乡炕是盛装游子梦的最好地方，八天的中秋节是看望妈妈的最佳时机！然，当我趁着黄金周期间，带着一身的疲惫逃往乡下，解除城里的一身武装，依窗卧炕准备和久违的妈长聊之际，她却伴着窗外春蚕吐丝般的雨声已酣然入睡。无聊之际，听着雨中醋蛛蛛、蟋蟀们的啾啾作响，花池子里的蛙儿呱呱放声，母亲后院养的大白鹅引颈高歌竟然兴奋起来！

  乡下的雨厚道实在，一诺千金，不装腔，不作势，说来就来！不比城里人虚头巴脑，下雨如请客，说改天请你吃饭，改天是哪天，到底哪天请，没个准日子。下雨也是这样，暴雨就是预报有雨，大雨就是大概有雨，小雨就是小心有雨！阵雨就是不知道哪一阵有雨……故而，我还是喜欢乡下雨的实实在在。

  乡下的雨连带着故乡的味道，一道道接天连地，犹如老妈扯的连锅面，只是等不及故乡炊烟的蒸煮，便已悠然不见，钻入大地的怀抱！

  乡下的雨最有故乡的温暖，一条条自长空而来，经天纬天，幕天席地，犹如老妈纺织的土棉布，只是等不到裁剪，便已悄然入梦，打湿了沉睡的村庄。

  乡下的雨最有故乡的音调，万千雨线好似一张张竖琴弹拨开乡间黑夜的弦,一曲曲弥散村落间的天籁之音从远山走来,充盈着村庄寂寥浅秋的梦!

雨,发出噼里啪啦的声响,绵醇悠远,犹如母亲童年巷口的呼唤,一声、两声、千万声地散落在青青的瓦片上,经过屋顶房脊的缓冲和铺垫,齐刷刷挂在檐下,向早已备好一溜排的盆盆罐罐做着自由落体运动,一滴两滴三五滴,只那么随便几下,便奏出了"大弦嘈嘈如急雨,小弦切切如私语。嘈嘈切切错杂弹,大珠小珠落玉盘"的意境来!偶有夜风刮过,雨点歪斜,溅在窗棂上,落在后院里,没头没脸地钻进母亲夏日精心拾掇的一垄菜畦里。万叶攒动,沙沙作响,像小时的我们捉着迷藏,追逐嬉戏,渐渐簌簌,叮叮咚咚,这种原始的乡村打击乐足以让你心情湿润,让梦沉醉。慢慢地,雨由细疏而稠密,由舒缓而焦急,成群结队的雨赶年会一样地涌过来,那一声悠扬、一声铿锵、一声叮当,像极了集市上的吆喝声、买卖声、讨价还价声……小清新渐变成了大合唱,偌大的农家院落便绽放出层层叠叠、璀璨夺目的雨花来,娇小柔美,灵秀纯净……如杏花、梨花、桃花或者广袤田野间的棉花,一朵朵依次绽放着,一朵朵又渐次凋谢着,就这样循环往复,周而复始,让那种殷实和富足的涟漪缓缓扩散,诉说着当下农家小康的幸福岁月!

夜阑卧听风吹雨,总觉得乡下雨就是比城里雨好!要不你听,自古以来,总是乡下雨得到诗人们的青睐,无论雨大雨小,总有一滴唐诗宋词湿透作者的笔端,总有一种雨花四溅的诗意在无边乡愁中氤氲扩散!望阙云遮眼,思乡雨滴心。听乡下雨就是一种享受,享受她的立体和彩色;享受她的团圆和丰收,享受她的安抚和慰藉。她不像城里的雨,除了喇叭刺耳,喧嚣闹心,就是单调枯燥无味道!要不你看,为什么一到中秋,无论雨急雨缓,又如何拦得住天南海北游子们急急切切趔趄错乱的脚步,哪怕踩着泥泞,哪怕跋山涉水,哪怕漂洋过海,总要大包小包,被思念裹挟着,被秋雨催促着,携妻带子,拖儿带女,从大城市往小城市跑,从小城市往乡村里跑。只要回到妈妈的炕上,那"七八个星天外,两三点雨山前";那"空山新雨后,天气晚来秋"的诗意才会涤荡心胸,落在枕前!

哦,乡下雨啊,原来我就是治愈母亲失眠的一味良药;哦,乡下雨啊,原来你就是医治我浓郁乡愁的一剂良方!

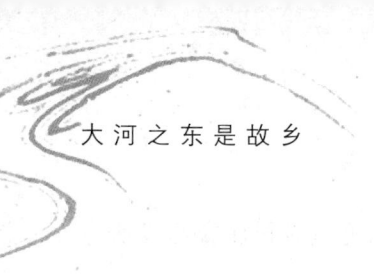

大河之东是故乡

不容易

今年河东的夏天分外的热,不知是古中国西侯度那一把圣火的熊熊燃烧,还是新运城火凤凰的城中涅槃,条山成了火焰山,盐池也成了一锅沸腾的汤!

热,真热,热死了他娘的个人!

高于40摄氏度的天气"烤"验着一城的人们,有史以来的40多摄氏度,使生活本不容易的人们更加无路可逃,有空调的钻空调,没空调的扇电扇,没电扇的顶太阳……

貌似今年还真热死了人!奶奶的,这世道,真不容易!

面对七八月份老天的烈焰红唇,人们恨不得把后羿再请回来,射他个透心凉。

于是,人们盼下雨,盼来盼去,盼了个前心热后背。老天也不容易,挣扎了好几次,天还是那晴朗的天,太阳还是那火红的太阳,就是下不来雨!于是,人们开始不敬,开始谩骂,开始自嘲,如今天气预报最新解读是:暴雨就是预报有雨,大雨就是大概有雨,小雨就是小心有雨,阵雨就是不知道哪阵儿有雨。

自嘲挡不住老天的烧烤,烧烤挡不住立秋的脚步,今日终于立秋了!在人们长松一口气之中,老天终如人愿,从天上零零星星向河东大地撩泼一些雨水,淅淅沥沥,倒给城市的夜晚增添了些许凉意!深夜,我从办公室回家,走在薄如轻纱的秋雨中,深一脚、浅一脚地踩着满腹心事往家赶!冷不防,背后有人喊我,"哥,这是某某家属院吗"?我抬头一看,不由心中一动:哦,是位穿着雨衣,骑着电摩的快递员,正一脸茫然无助地看着我,我赶紧给他确认,他一脸憨厚感激地谢过我,等我想说句话的时候,他已飞速而去!"这么晚了还送快递"?我冲他的背影嚷道,也不知他听到没,我的心一阵翻腾!人啊都不容易,也许快递哥的母亲正把饭热了又凉,凉了又热,等着儿子回家饱餐一顿;也许妻子已给丈夫打好了洗脚水,铺床展被等着他就寝……可他也许为了在这个小城有一立锥之地,尽一份家庭爱的责任,在辛苦奔波中,便没有了下班时间,雨晴时候和昼夜之分……只要美团客户随便在手机屏上一戳,他就得立了军令状似的抢分夺秒飞奔而去,管他深更半夜,哪怕前面是冰刀霜剑,留给世界的永远是背影。记得妻子告我一件事,说某次她订了一份快餐,快递哥不小心把饭洒出了少许,小心翼翼告诉妻,钱不要了,到时给个好评,千万不敢给差评!也许妻不忍看到快递哥的汗流浃背,硬是付了全款,评了满分,我对此甚为慰藉!今夜,再次偶遇快递哥,感动敬佩之余,不由得唏嘘千万,感慨万千:不容易呀不容易……

说到快递哥,不由得想到了自己,以前爬沟过涧卖冰棍,吆喝声大了,吵着别人午休,人家凶巴巴地把我骂得狗血淋头,狼狈逃窜;暑假时期,把家里麦秸堆变现后,又伙同同窗好友张黎鹏去永济贩芫荽,一麻袋一麻袋的香菜从永济菜园子一步步扛到火车上,回家后根部全腐烂,血本无归;跟着大哥卖水果,走村串巷好不容易卖完,一回头,称丢了;一点数,挣的钱不够丢的称!还有学张挖果窖,一锹下去,虎口全是血,饿得浑身酸软,厚着脸皮找厨房师傅讨了人生唯一一次大白馍,吃得眼泪哗哗的;刘原房建工地搬砖撂瓦打小工,两头不见日头,好不容易熬了两三月,欲挣点学费,谁知道到头来东家赖账,本就不多的工资又再次大大缩水……你说我容易吗?

上班了,头梳得油头粉面,衣服穿得极为周正,经常有一种阶级穿越感,貌似自己像个人物,实在像极了小时候母亲辈们经常说的,干大事的,坐办公室的,一张报纸一杯茶。殊不知,搞文字的更是脑细胞消耗战,常常是两眼一睁,忙到熄灯,一年到头,累得不行!大到五年规划、工作报告、全局讲话、市里、省里汇报总结,经验交流……小到节日贺辞,婚丧讲话,致词、悼词……说要马上要，一秒不能误！农家子弟除了背影还是背影，装不成有背景，只能靠苦干加拼命，尽管也曾赢得省市领导的肯定和表彰，尽管也有过凭借自己的奋斗，跨越县级机关，走向市级，跨越市级走向省级，一路奔跑，无所阻挡……意气风发的背后，我容易吗？机关多年，痴呆木讷，只知为文，不会为人，只会守制度，忘了有规则，奋斗多年，除了满头华发，还有就是大腹便便，一身赘肉，夸夸其谈，眼高手低，虚伪装化，啥也没有。有人说，不奋斗，无青春！可我奋斗了，青春呢？我容易吗？

公鸡打鸣，母鸡下蛋，各有各的不容易！

看看俺老娘，老娘容易吗？八十多了，父亲走了，除了忍受孤独，还要与天斗，与地斗，与满身的疾病斗；看看妻子，妻子容易吗？起早贪黑紧忙活，下班回来就下厨，每天三顿家常饭，一年三百六十五，买菜烧水洗衣服，下有儿女上有母，为了孩子操碎了心，顾不得穿衣，顾不得化妆，顾不得美容，有苦不声张，再累也不说；看看儿子，容易吗？三更灯火五更鸡，一年高考定终身，中国填鸭式教育，华夏全民热高考，普通班、重点班、火箭班，分分分，学生的命根，三本、二本、一本、硕士、博士、博士后，都如人生负重石，压力山大，不容易呀！看看我们的某些老师也不容易，补个课，收个费按说也是符合市场法则，按劳取酬，一小时二百、三百的蔚为壮观，老师收得开心，家长掏得利索，然教育局一纸通知，便做贼似的，偷偷摸摸，真不容易！

还有一些我们膜拜至极的官儿们，十八大以来，在新常态雷霆手段的反腐下，腐败由原来的明目张胆，肆无忌惮，变得小心翼翼，隐蔽多样，花样翻新了。收受贿赂通过合情合理的渠道实施，吃喝玩乐进入地下模式。想想人家也不容易。昔日吃惯了公家的饭，喝惯了公家的酒，花惯了公家的钱，每顿都是抽名烟喝贵酒，养身的名菜几桌桌，白天围着桌子转，晚上围着裙子转，整日里红袖添香。现在一下子堵得严严实实：群众性教育，三严三实，两学一做，讲规矩，守纪律。于是，上有政策，下有对策，吃饭上农家乐，茅台装进了饮料瓶子里，若稍有不慎，为名利所累，不是被纪委约谈，就是身败名裂进囹圄！您说他们容易吗？

其实，最不容易的，当属老百姓，天气最热的时候，要上到树上摘花椒，下到果园收桃子，晚一天，丰收不保，于是冒着热死的危险抢收成，据说，此类人中暑住院的不在少数!

　　如此看来,生容易,活容易,生活不容易!看看周遭,无怪乎侯王将相、平民百姓,烦恼人人有,人人都不易!那么,面对红尘滚滚,让我们删繁就简,静下心来,以简单的心态直面人生的不易,以快乐的心态克服眼前的不易,牢记"天行健,君子以自强不息;地势坤,君子以厚德载物"的格律,守好本分,做好人,做好事。那么,我们就会变不易为容易。

大河之东是故乡

蝉兄 欢迎指导

尊敬的蝉兄：

在烈火七月退位，柔情八月到来之际，在"两学一做"扎实开展，十九大即将召开的重要时刻，您老兄不辞千里万里，不畏骄阳似火，携一缕大自然的山水和我青春少年的一怀往事，鼓着两翼，扇动双翅，飞跃七层之高，风尘仆仆来到我的窗前，莅临我办前来指导工作！

为此，我谨代表办公室全体桌子、凳子对您的到来，表示热烈的欢迎和由衷的感谢！

初次见面，我不由得深为震撼，貌似我们在哪里见过？翅膀上镂着铁线般清晰的纹路，硬塑料管似的口器，在不吮吸树汁的时候就紧贴着胸口收起来，性格温和，情绪稳定，就这样老朋友似的来到我的面前。我不知道，你是否就是三十年前我家村口大白杨上的那一只小伙伴，曾约我一起爬高高的树梢，曾和我一起在烈日艳阳下唱着"知了知了"单调而重复的童年歌谣？我也不知道，你是否是就是历经九九八十一难西天取经金蝉子转世唐僧的那一只？我更不知，你是否就是唐诗宋词里"高蝉多远韵，茂树有余音"的那一只？

然，我不管你是哪一只！滚滚红尘中，我们只要能够相见，哪怕你仅仅停留在我的窗前不到半分钟，深情凝眸千分之一秒，这就足够让我明白：冥冥之中，前世一定有过续约。你为了履行这一合同，在这个八月，你冒着被螳螂捕捉的危险，顶着被黄雀一口吃掉的压力，穿越千山万水来看我，辗转时光流年来叙旧……

听着蝉兄的鸣叫,我不由得激动起来,难道上世我也是一只蝉吗?

我知道,我亲爱的蝉兄,小名叫知了,有名"雷震子"。自卵体时刻,便在雷雨风暴中自然地落入土地里,蛰伏于黑暗的地下,喝树的汁液,吮吸土地里的水分,至少两三年,最长的竟达十七年!在地下蜕皮四次,终于钻出地面,第五次才开始地上蜕皮、羽化,破壳而出,完成最后的裂变,蜕变成蝉,幼小的躯体在高大的树干上蠕动,飞上枝头,向着它的舞台,用一到两星期的生命只是为了一次最后的演出。所以,我最喜欢夏天的蝉鸣,听蝉临风,对夏长歌。因为蝉声里充满了对生命力的渴望、充满了飞上枝头之后对这个世界的惊叹长啸。如果在夏日正盛,林中听万蝉齐鸣,那密集如幕的蝉鸣声,不正是夏的宣言和火热生命的抒怀。

于是,我不能不感慨:蝉如人生,人生如蝉!

有人赞美,"居高声自远,非是藉秋风。"有人鄙视,"只凭风作使,全仰柳为都。"有人谩骂,"本以高难饱,徒劳恨费声"。有人垂泪,"日夕凉风至,闻蝉但益悲。"谁人背后不说人,哪人背后不被说。蝉,无畏流言,不惧死亡,用十七年的漫长等待,只为了夏日枝头一声灿烂庄严的宣告。我不知道,蝉与禅有无关联?但我想,如果我们都像蝉一样快乐地活着,为了实现自己人生的目标,又怎会埋怨时运不济;又怎会喟叹人生苦短?

蝉兄今天的到来,一定在昭示和告诫着我:做一只"蝉"吧,少些喧哗,耐得寂寞,少些牢骚,多些实干,通过人生道路上各个阶段的割裂和蜕变,不断地化蛹成"蝉",实现人生一次次的华丽转身。

大河之东是故乡

我走呀……

一句"我走呀"！

虽然短短的只有三个字，但却包罗万象，容纳千万……

一句"我走呀"，从一万个人嘴里说出，便有一万种不同的人生况味！

"我走呀"，最初的印象是小时候，父母亲打架最凶的时候。吃了亏的母亲哭天抹泪着："我走呀"……面对作势欲走，夺门而出的母亲，我惊恐地望着家里的其他人，多么希望能有一个人出面劝阻和拖拉，即使假装也好！然而，母亲也许是高估了自己在家中的地位，一句"我走呀"，既已喊出，无论你是真心离家，还是你负气出走，更不论你天气薄凉和夜半三更，走也得走，不走也得走！当我无望地看着母亲终于尴尬伤心地决绝而去，我内心不由得恨起来，随着祖母一声无奈地叹息："华子，还不快去撵你妈"，我便哇哇大哭着冲出门去，站在黝黑的夜色中，母亲能去哪儿？母亲远离了河南娘家，况且娘家所剩无人，她一个人又能去哪里？顺着乡间小道，我一直撵到村南的沟边，找到了向隅而泣的母亲，而那幅令人伤心的画卷无时无刻地展现在脑海心间："我走呀"，这一句话看似随意，若无相当势力，又怎能随便说出！

一句"我走呀"，跨越多少时空，辗转多少流年，演绎多少故事。

项羽一句"我走呀"，由乌江汹涌滔天，任乌骓嘶鸣长空，凭楚歌哀音四起。乌江自刎，将"霸王别姬"演绎成一声声京剧国粹，唱捻做打于历史舞台……

荆轲一句"我走呀"，把"风萧萧兮易水寒，壮士一去不复返"的刺秦决心喊得壮怀激烈,震古烁今。

董庭兰一句"我走呀",被高适一句"莫愁前路无知己,天下谁人不识君"的鼓励激荡得信心满满。

柳永的一句"我走呀",更是把"执手相看泪眼,竟无语凝噎"缠绵悱恻成一副柔肠百转的风情画卷,让坠入爱河的俊男靓女们不能自拔。

张生的一句"我走呀","碧云天,黄花地,西风紧,北雁南飞。晓来谁染霜林醉?总是离人泪",把赴京愁绪,对长亭晚,不舍崔莺莺的西厢爱情吟唱为千年佳话。

徐志摩的一句"我走呀",把"轻轻的我走了,正如我轻轻的来,我挥一挥手,不带走一片云彩"低吟成曲,高诵成歌。一句"我走呀",激荡起多少岁月的涟漪,俘获了多少个文艺青年的芳心。

其实,每一个人都有"我走呀"的经历,也都有"我走呀"的情怀和"我走呀"的故事。

小时候,吃完饭一抹嘴,"妈,我走呀",一句话未落地,便已蹿出门去,呼朋唤友,或上山抓兔,或下河捞鱼,或偷瓜摘枣,或翻翻墙头,约约群架,疯得没有母亲村东村西焦灼的呼唤不会回家。

再慢慢长大些,背着碎花布书包,一句"我走呀",不等母亲应答,早已跑得无影无踪。

再后来,肩扛行李或求学,或工作,或打工,一副远行的样子。面对村口送行的母亲,一句"我走呀",在舌尖上来回滚动,就是很难说出口,带有晋南方言的"我走呀"三个字竟沉重成了车载斗量载不动的千百吨乡愁。

踏入社会,"我走呀"更是气象万千,精彩纷呈。能力强的,不满意一辈子在机关上班的,勇气特别大。一句"我走呀",再写上一封"外面的世界很大,我想去看看"的辞职信,头也不回地走向远方和诗。混的如我一样不好的,尽管也厌倦了上班,看着镜中的满头华发,一句"我走呀"欲言又止,看看老板的脸色,心里被虐千百遍,表面上还得没出息地唯唯诺诺,朝九晚五地复制着苍白的日子,想想退休以后的远方和诗。

然,非江湖无以致远方;不仗剑何以走天涯。有人的地方必有江湖,有江湖的地方,必有刀剑,有刀剑的江湖,必有恩怨;不过我们的江湖却是文

大河之东是故乡

字江湖,我们的刀剑却是秃笔一支,我们的恩怨也不过是文人相轻,飞短流长。自从我误入文字江湖以后,泛舟《河之东》以来。巍巍条山脚下结缘,滔滔黄河岸畔交友,搬运文字邂逅大师,卖弄斯文际遇高手,虽无"武功绝学",亦无张无忌、石破天的人生奇遇,但也因诚心所致,终获得三五好友支持,认大姐,拜兄长,或寒暄"切磋"于盐池淼淼,或"论剑"于凤凰谷幽幽深处,煮酒说文,喝茶论道:或诗词,或音律,或泼墨,或赏画,或篆刻,或观石。聚了,"我来啦";散了,"我走呀",几乎成为新常态。若名家起身"我走呀",众人皆起相依别;若常人离座"我走呀",颔首示意即可去。就这样,分分合合,合合分分。今天,他俩好了,好的就像徐志摩和沈从文,可以诗歌下酒,

煮字疗伤;明天他俩散了,臭的就像鲁迅和梁实秋,打起嘴官司,海陆两岸,路人皆知,影响几代人。因此我感觉最不靠谱的就是朋友间的誓言,最终敌不过的也是时间的流言。一句"我来了",还不如一句"我走呀",来得自然和走得坦荡。

随着时光的流逝,该走的终究要走,欲留的又如何能够留得住?身边的一些亲人和朋友,从来不告诉你他远行的日子和"我走呀"的精准时间。祖父弥留之际,一句"我走呀"喊得异常艰难;祖母一句"我走呀"还没听清,便就羽化为仙。特别是我那平时抠惯了的父亲,真是江山易改禀性难移,直到最后也舍不得说一句"我走呀",便因心肌梗死远行到无期。还有初中一个同学,单位里比我还小好几岁的两个青年俊才,一个只比我大一岁的亲戚家,都是"说走咱就走"。

每参加一次葬礼,那白幡招展,纸钱纷飞总能让人内心震撼,那一声"碎金盆"的喊出,那贴满金箔的盆从逝者儿子的头顶飞过,随着震天响的号子声声,棺木被乡亲们扛起,趔趄着步伐,簇拥着奔向黄土滚滚那一方。这一时刻,内心深处就有一个人在向我道别"我走呀"!

一句"我走呀",可能是短离,也可能是长别。若是短离,我将珍惜当下的所有,待好身边的每一个人,绝不能走着走着就散了,回忆都淡了;将来若有一天是长别,那我就舞动我的秃笔,留下些许文字,冲淡内心的日渐焦灼和物欲,让文字的墨香向这个岁月做出"我走呀"的深情告白。

大河之东是故乡

抱愧了 故乡的"盘盘花"

抱愧故乡,就像抱愧我的老娘!

故乡,养育了我,我却背叛了故乡,为了理想走他乡;老娘生育了我,我却远离了老娘,为了梦想去远方!

抱愧"盘盘花",就像抱愧我的故乡和老娘。她盛开在我童年的时光,芬芳了我儿时的日子,我却疏离了她的容颜,遗忘了她的色彩。

若不是微信朋友圈卢庆芬大姐的提醒,我又怎么能想得起她;若不是"河之东"文学群里一个文友说她学名叫"蜀葵",我又怎么能百度得了她?

这样的花,到底是一种什么花呢?在我的记忆深处:她,枝干向上,可达丈许,娉娉婷婷,却不纤弱;她,叶子宽大,厚实粗糙,形似蒲扇,却不自大,如父亲、母亲的粗手,可遮阳,可聚阴;她,胚胎初成,玉盘模样,一旦绽放,虽花瓣单薄,却状如满月,默默地吐蕊,静静地花开。一旦进入五月,"盘盘花"如健硕美丽的村姑一般,挎着一篮子北方土地的黄,穿着或红或白或紫的衣裳,走亲戚,回娘家,风风火火越过一道道高低起伏的山峁,穿过一条条弯弯曲曲的小路,扶着一垄垄金黄灿烂的小麦,走进一座座农家小院,或嬉戏在房前,或拥挤在屋后,或爬上一堵堵农家的墙头,探出美丽的脑袋好奇地打量着乡村夏季。

这样的花,也许不会媚,更因不会妖,老实巴交到爹娘一样的程度,便讨不了花之仙子的青睐,她就像"猪悟能"一样,被贬到凡间,发配流放到了寂寥的乡下,被花族,被人类遗忘在寂寥的旷野。

说她叫"盘盘花",也许是哥哥,可能是姐姐,或者是母亲告诉我的。纯粹只是我们乡下的一种叫法,就像母亲唤我的乳名"狗狗"一样。因此,当我此刻提到了"盘盘花",就立马想到了故乡半掩的栅栏门、飘荡在土墙瓦顶上的袅袅炊烟,还有田间地头我们在"盘盘花"从中捉迷藏的童年身影……当然,还有乡村母亲们呼儿唤女回家吃饭的晋南口音。

想到这些,我不由得激动起来:这又该是怎样的一副往事如烟的画面啊?

"盘盘花"从不要求故乡什么,只要有阳光和空气,她就无畏地生长。她也从不叹羡什么,只要有土地,她才不管是土埝、庭院,还是深沟,就如一位待字闺中的"新娘",一旦到了花期约定的日子,她才不管"陪嫁"几许,既然热爱这片土地,她就要盛开在当下。当我把童年深情的眸子投向岁月流年,那一株株、一簇簇、一丛丛的"盘盘花"低调而奢华地散步在故乡黄河的两岸,攀登在高耸入云的中条山顶峰,随风摇曳在故乡黄褐色土地的每一寸肌肤上,我们又该是怎样的感激啊。若把故乡比作一位农人家的女孩,她就是扎在女孩头上的那道最鲜艳的红头绳。故乡的童年,就是"盘盘花"浩浩荡荡的族类怒放在故乡贫瘠的土黄,她用她那仅有的色彩装扮着故乡苍白的美。在这期间,我们又该是怎样的卑鄙啊,奔跑在原野之上,拆掉她们的四肢,拿着长长的枝干打仗;肆意摘掉她那圆圆的洁白如玉即将成为蓓蕾的胎盘,随手丢入口中,咀嚼着没有零食的时代;贪婪地摘掉一朵朵美丽的花儿,吮吸着花蕊甜甜的汁液,然后又把花儿一瓣一瓣地撕开,贴在额上、鼻子上、脸上,做着鬼脸让风儿把她的一缕香魂吹散……

就这样走在风吹雨打中,就这样走在一步三摇中,就这样走在母亲恋恋不舍目光的包围中,就这样走在花开花谢中,我们头也不回地远离了故土,也完全忘记曾一度丰盈过我那贫瘠山村色彩的盘盘花。其实,虽然我把她叫作"盘盘花",我又何时把她当作"花儿"来欣赏,来对待?我曾不惜驱车数百里前往洛阳一睹牡丹之富贵;我也曾不惜打着飞的从北方到南方辗转数千里一览梅花之芳踪,却何曾认真地看过"盘盘花"一眼。

"盘盘花尚有重开日,而我的青春却无再少年"。当我的金色童年被岁月所掠夺,当我青葱的少年被岁月所打劫,当我退无可退地来到狗日的中年,我才知道:虽然我曾离开了"盘盘花",可"盘盘花"又何曾离开过我。当我再一次回到了故乡,面对道路两旁仍如少年模样的她,我又怎能不抱愧于她?

大河之东是故乡

我以"八点子"的名义说说"二杆子"

从小到大,经常看到或者听到周围的人骂身边的人:"窝怂"是个"八点子、二杆子,你理他弄啥咧"……个中意味,有的戏谑,有的怒斥,有的讥讽,有的自嘲,还有的老拳相向,大打出手,掐架对骂,相互指摘……凡此种种,不一而足。

用晋南土话说,"八点子、二杆子"就是指那些脾气火爆、爱打架、惹是生非,说话口无遮拦,做事自不量力而莽撞行为的人。它和众人尽知的"二百五、二球货、半吊子"有"不够数,缺斤两"的异曲同工之妙。

说到"二百五、二杆子、半吊子",我们不妨追溯一下前朝往事。话说战国时期,纵横家苏秦说服韩、魏、赵、齐等六国结成同盟,对付当时最强大的秦国,被封为丞相,史称"六国封相"。正当苏秦志得意满之时,却被一个刺客当胸一剑穿了透明窟窿。齐王于是施行"引蛇出洞"之计捉拿凶手。把苏秦的头割下,让人鞭尸,然后枭首张榜:"苏秦内奸,死有余辜。今幸有义士为民除害,大快人心。奖励黄金千两,请义士来领赏。"此榜一出,果然有四人前来领赏,而且他们都一口咬定:苏秦是自己杀的。齐王见四人,问:"千两黄金,如何分法?"这四个人不知道中了计,还高兴地回答说:"这好办,每人都是二百五。"齐王拍案大怒:"把四个二百五推出去斩了!"这四个人就成了替死鬼被杀了。而真正的刺客,据说是秦国派来的杀手,早就逃回秦国去了。从此民间便留下了二百五的说法来形容那些傻瓜、笨蛋。

另一种说法是唐朝时长安市长京兆尹权势很大,每次出门,总有两名手持长竿驱赶路人的小吏,叫作"喝道伍佰"。有人将其戏称之为"两个五百"，即两个"半吊钱"，逐渐延伸出"半吊子"、不通情理、不合时宜的意思。因为他们持长竿，所以又叫二杆子。如今俗语里称"二杆子"叫"二百五"，网络语言里又叫"很二"，意思都差不多。

于是，在我"很二"的岁月里，真真切切的生活中，经常会看到和接触到一些所谓的"八点子、二杆子"。小时候，经常听到左邻右舍讲祖父一些少年轶事。说是祖父7岁的时候，由于本村地主的迫害，在被活埋的当夜，本家一个"很二"的彪形大汉手持砍刀前往营救。逃出虎口的祖父一把火点着了地主家的房屋，远遁河南。那被点着的房子，也就是后来的村集体仓库。80年代，十岁的我骑在大人们的肩上，在他们的指点下，仰头望去隐隐约约还能看到当年焚烧过的痕迹。这，也许就是"八点子、二杆子"的最初印象。70年代初，由于缺吃少穿，在离家15里之遥的黄河岸边给太安学校当厨的祖父，常常是把攒下来的口粮，还有自己那份热气腾腾的馒头装在一个口袋里，趁着学生下课的空档，大步流星往家赶，往返30里还要加上一个四五里的黄土高坡，10分钟之内要准时赶上给同学们上课敲钟，祖父这种被乡亲们称为"飞毛腿"特别"二"的速度，我至今也无法相信。也许是家族的原因，大姐年轻时也是"二"的出名，作为妇女主任兼民兵队长总是起早贪黑，一个冬夜的时刻，当她背着枪巡视到村养猪场有四五只狼正在偷袭时，想也不想，很"二"的一声枪响就冲了过去，当一群狼被一个人吓得抱头鼠窜时，大姐"二杆子"的名声也就远播梓里。要说"最二"，作为家中长子的大哥也毫不逊色，17岁时，为了一包"点心"，与村里人打赌，扛起与他单薄身材完全不匹配的300余斤檩条，硬是在村中走了一个来回，尽管累得吐血，也没吃上那包"点心"，还被母亲骂得狗血淋头，却也是耍了一回"二杆子"精神。记得2005年，刚借调到运城公路局保持共产党员先进性教育活动一个蒙蒙细雨的夏天，我坐着从芮城赶往运城的大巴，满满一车人七拐八弯，一路颠簸行至中条山顶，我忽然看见对面一个昏昏欲睡的女乘客旁边站着一位彪形大汉，右手捏着一把锋利的刮胡刀，已经切开了那个女乘客的皮包，正当继续作案时，我义愤填膺地告诉那个女人，看看你的皮包，女人一声惊叫，随即大哭，一车人都漠然视之，我掏出了刚从移动公司租来的手机，告诉女乘客马上报警。孰料，呼啦啦一下又站起来了四个彪形大汉,随即夺过手机,恐吓女人识趣一点。尽管当时内心极为紧张,还是故作镇定警告他们,那是我的手机。也不知道是我那股子"八点子"和"二杆子"的气势镇住了他们,还是他们摸不清我的底细,竟然还回我的手机,纷纷下车扬长而去。现在想来,虽然有点后怕,但却不后悔。

当然,"八点子,二杆子"不止这些,还有很多。比如,左邻右舍的大妈大婶们,常常是为了一棵葱,或者一苗蒜,甚至谁家的鸡飞到了谁家下了两颗蛋。都能跪在地上赌咒发誓,撕扯谩骂,大打出手。每当此时,比的不是谁有理,而是看谁骂得声音高,嗓音尖,骂得狠……每当此时,那种"披头散发"的彪悍,遍地打滚的撒泼,站在屋顶上的耍疯,骑在墙头上的骂娘,一蹦三尺高的威武,祖宗十八代被骂了个遍的气势……都把"八点子"演绎得活灵活现,都把"二杆子"表现得淋漓尽致。特别是经常能遇到村东村西孪生兄弟的约架,一般都是因为锅碗瓢盆分家不公,并经常在村子中央上演"全武行"。老百姓没有像"曹睿、曹植"那样争夺花花江山那样虚伪,一边温文尔雅念着"七步诗",装着很文明;一边暗流涌动你死我活相煎得非常急。两家兄弟动干戈犹如两国交战,基本对等。大哥战兄弟,嫂子对弟媳,小孩应小孩,挽起袖子就打,张开嘴巴就骂。一场鏖战,天地失色,双双对骂,骂的都是自己的爹娘,双双对打,打的都是自己的同袍。有抱在一起滚在水渠里面挥拳不止,有撕扯着头发靠在墙角谩骂不止,那分贝穿透云霄,遍及四野,能惊飞林间的鸟儿,吓跑沟里的兔儿。每每面对这些,那些劝架的、看热闹的无不摇头自嘲:真是一群八点子、二杆子……

综上所述,我们姑且理解。因为古人说过:"仓廪实而知礼节"。当面对饥饿直接威胁到人类生命的地步时,在那没有尊严的年代,为了一点点吃食,我们可爱的乡亲们把"八点子"做得光明磊落,把"二杆子"耍得轰轰烈烈,我们又能说什么呢?但,让人不能原谅的是:村子里仍有一些"不够数"和"半吊子"打骂爹娘,虐待老人,对于这些"二百五",我们从来不加以宽宥,常常是群起而攻之,全村讨伐之……当然,我们老家至今遗留下来彪悍的民风,就不只称为"八点子"和"二杆子"。而是延伸为"不服输,不放弃,敢争天下先"的一种精神。如号称为"黄河岸边的奥林匹克"风陵渡的"匡河背冰"和"亮膘",就是"二"得让人热血沸腾、心灵震撼。寒冬腊月,小伙子们赤裸上身,背负一块大冰砣,上放铡刀,手持大刀,在锣鼓的声威中游街串巷,大展雄威,开始了"亮膘"行动,展示了一幅反映晋南黄河岸边的劳动人民世代与大自然抗争、生生不息的风情画卷,不能不让人肃然起敬。

　　由此及彼,纵观古今,在这个"很二"的社会和"很二"的历史里,不乏"很二"的人物,也不缺"很二"的故事。比如,周幽王为了博得美人一笑,烽火戏诸侯,一把火不仅烧了自己的江山,也活活烧死了自己。姜太公以不挂鱼饵的直鱼钩垂钓于渭水北岸,并"很二"地扬言:"曲中取鱼不是大丈夫所为,我宁愿在直中取,而不向曲中求。我的鱼钩不是为了钓鱼,而是要钓王与侯。"后来,他果然钓到了周文王这条大鱼成就了一番伟业。最为典型的"二杆子"应该属于三国的张飞了,脾气暴,性格烈,长坂坡一声断喝,吓退曹操百万雄兵;最"二"的时代当属于北宋时期,水泊梁山这一众好汉,打家劫舍,替天行道,"花和尚"鲁智深"二劲"犯了,打死镇关西,倒拔垂杨柳;"黑旋风"李逵"二劲"犯了,两把板斧砍杀无数;"行者"武松"二劲"犯了,借着酒劲,打死山中大虫。最值得称道的最"二"的群体应该是"魏征、包拯、范仲淹、海瑞、史可法"等身在体制内,心系苍生、为民请命的人……

　　扯来扯去,每个人都会有"二"的基因,每个人也都会有"耍二杆子"的时候。但只要不是"半吊子""二百五"和"不够数",只要不违背公共良俗,不违背人伦道德,在我们生活中,就是"二"一点又有何妨?只要"二"得理直,"二"得气壮。

大河之东是故乡

我以春联的名义向新年祝福

若说，新年是一位待字"腊月"嫁给春天的新娘。那么，春联就是这位出阁新娘绯红脸庞上的一抹嫣红，窈窕身姿上的一袭嫁衣，十亿神州尽尧舜的时代宣言。春联，古称桃符，别名春贴，又称对子，是一年一度新春佳节时书写和张贴在门楣上的一种时令对联。她作为中华民族年俗风景中最动人的一抹嫣红，最初绽放于一千多年前的五代十国，被蜀主孟昶以"桃符"的形式把"新年纳余庆，佳节号长春"历史上第一副"春联"高高地悬挂在岁月最高处。随后，又被宋朝的王安石"千门万户曈曈日，总把新桃换旧符"的欢欣鼓舞无限放大。延至明代，在明太祖朱元璋的倡导下，"桃符"的形式终被纸质春联所代替，让这一抹嫣红开始红遍长城内外、耀眼大江南北。此后，她再也不辜负每一年的时光约定，莲步轻移年的尽头，红晕生辉于年的脸颊，以其特有的表达方式直抒胸臆辞旧迎新……

春联，当我们投之深情的目光，从外表上看，被喜庆地用之以"似火燃烧、热烈奔放、喜庆祥瑞"的红色纸张，佐之以"沉稳大气、厚重凝练、殷实富足"的黑色文字，辅之以文人墨客的平仄对仗，书法大家的匠心独运，一副对联便自然而然地流淌出"平安、吉祥"的万千气象；浑然一体的散发出"福禄、康寿"的宏大韵律。从内容上看，既是阳春白雪地淋漓再现，又是下里巴人的酣畅表达，从庙堂之上，到草野之间，三言两语皆成对，简练明隽可成联。不但平仄有序，对仗工整，融经铸史，雅俗共赏。其泼墨之气势，文采之飞扬。更兼有江河涛声，九州风雷；八方雅意，四海宏愿，既寓意深远，又令人荡气回肠，长歌短赋蕴含其内，纳祥吐瑞熠熠生辉。可谓是：两句包容天地人,一联担尽古今事。在寒梅绽放中,雪花飞扬下,这么往门上一贴,不亚于为"年姑娘"妩媚的容颜点加了一抹动人的胭脂!那一抹抹嫣红,便是对旧岁的长情告白,对新年的歌咏吟唱;那一副副对联,便是对遥远未来的美好期盼,对新旧更替、时空转换的壮歌舒怀……

民国时期,帝制崩塌,文化上,追求科学、民主成为时代主旋律,各种思潮和运动风起云涌,特殊的历史时期造就了特殊的历史事件,这些事件或因当权的压迫,或因事件的敏感,不能光明正大地以真面目示人,人们就通过春联的方式表达出来,或表达推翻封建帝制、实行共和的喜悦之情,或讽刺某些社会时事,或戏谑,抑或单纯地抒发观点。如"民时夏正月,国运汉元年";"共和三脱帽,光复一戎衣"都表达了人们用武装力量实现中华复兴、对国家实行的共和政体的拥护。同样拥护实行新制度的春联还有"万邦敦睦谊,五族享共和"。民国伊始,孙中山发布命令,全国采用世界通用的纪年,新年改为元旦,但是由于农历春节已在老百姓的生活中延续了两千多年,采用新的纪年困难非常大,于是民国元年的春节就出现了这样一副春联:"男女平权,公说公有理,婆说婆有理;阴阳合历,你过你的年,我过我的年",形象地表现了当时共和制度给全国人民带来的变化和尴尬。

民主革命时期,广大人民仍处在水深火热之中。1923年春节前夕,陈毅回到四川老家,乡亲们请他写对联,他挥毫写下了:"年难过,年难过,年年难过年年过;事无成,事无成,事事无成事事成。"横批是"春待来年"。真实地展现了那个时代劳苦大众的命运,贫穷的日子就连在重要的春节都难以为继,道出了全中国老百姓的心声。

1949年元旦,在革命胜利的曙光照耀下,重庆解放在即,被囚禁在渣滓洞的革命志士,欢欣鼓舞,于提联寄托感慨:"看洞中依然旧景,望窗外已是新春。"1949年4月23日,人民解放军占领南京以后,毛泽东用诗词记录下了他激动的心情"虎踞龙盘今胜昔,天翻地覆慨而慷",这句诗后来成为人们的春联,喊出了人们推翻旧社会、当家做主人的兴奋和自豪之情。"解放之春春不老,翻身最乐乐无穷";"把革命进行到底,将国家建设成功";"无限春光入门第,最后胜利属人民"……

解放以后,人民当家做主,幸福指数颇高,指点江山描美景,激扬文字话蓝图:春雨染成千里绿,东风吹得百花红。花木向阳春不老,人民跟党福无穷。此时的春联主要体现了社会发生巨变、人民当家做主人的兴奋之情以及轰轰烈烈的社会运动。以毛泽东为领导的中国共产党带领人民获得解放,成为老百姓心中的偶像,春联"翻身不忘共产党,幸福常想毛主席"真切抒发了老百姓对共产党及毛主席的感恩之情,还有"万里山河归人民,五亿群众庆新生"表达了人们对社会解放、获得新生的欢庆及对美好幸福生活的向往。

五六十年代大多是:"爆竹声声辞旧岁,锣鼓咚咚迎新年""永远跟着共产党,世代高唱东方红""人民公社长青藤,贫下中农向阳花""祖国山河好,人民岁月新""劳动门第春常在,勤俭持家年有余""向社会主义前进,沿康庄大道而行""总路线鼓舞人心,大跃进快马加鞭""放开肚皮吃饱饭,鼓足干劲搞生产""食堂巧煮千家饭,公社饱暖万人心",这样的春联最能表达当

时的情形。

"文化大革命"期间,内容大都是从毛泽东词诗中摘录的联句,如"春风杨柳万千条,六亿神州尽舜禹""中华儿女多奇志,不爱红装爱武装""千村薜荔人遗矢,万户萧疏鬼唱歌"等。还有人干脆把当时流行的革命歌曲的歌词写成春联:"千好万好不如社会主义好,河深海深没有阶级友爱深"。上山下乡的春联是"扎根农村闹革命,立足田野炼红心"。由于解放以后的楹联学在很大程度上受到了五四新文化的影响,对联中讲究的工整、对偶、平仄对仗等要素都等而次之了。其间的几件春联轶事不能不提:某年春节将至,社员们还在天寒地冻的水库工地挑土筑坝。大年初一,工地仍然在"抓革命,促生产"。一个老农见家里冷冷清清,便随手写了一副对联:"努力生产,随便过年。"某日,一贫农的儿子娶媳妇,因为"破四旧,立四新",他不敢乱写对联,思之再三,他写了一副这样的对联贴在门外:"家进人口,队增劳力。"横批是"多快好省"。

七十年代,极"左"思潮的盛行,"宁要社会主义的草,不要资本主义的苗","深入批林批孔,坚持继续革命"的春联成为主流。走进新时代,书写新春联,表达新意向。内容也不再单调,甚至是厨房、鸡舍、猪笼都要贴红的,但大多体现出人们的美好愿望或良好祝福。

八十年代,改革开放是中国历史的转折点,这一重要历史时期同样深深记录在春联中。全国开展"五讲""四美"活动,于是就出现了"一干二净除旧习,五讲四美树新风"的春联。到了上世纪八十年代中期,春联中现代化的主题渐渐凸显,比如"新长征起步春光明媚,现代化开端金鼓欢腾"。"生意兴隆通四海,财富茂盛达三江";"钱够花觉够睡日子红火,儿孙多米粮多幸福人家";"久居四海来财地,常开八方聚宝门""利如晓月腾云起,财似春潮带雨来";"万里春风抒壮志,百年美梦入长征"。五六十年代的公社制实行吃大锅饭的政策,一度打击了农民们的生产积极性,而实行家庭联产承包责任制让老百姓们看到了希望,柳暗花明又一村,"大锅饭山穷水尽,责任制柳暗花明""政策条条暖人心,果实累累富家庭"就是对改革开放后农村的真实写照。"改革春风劲,长征战鼓催",改革开放不仅是国家层面的,同时也开放了老百姓发财致富、蠢蠢欲动的心,人们已经迫不及待地、像被雷雷战鼓催着似地去创业,去奋斗,从此,"四面来财,八方进宝""改革春雨润万家万家富裕,开放东风扬神州神州腾飞""开创千秋伟业,齐描四化宏图""一年四季行好运,八方财宝进家门"成了每一个中国人奋斗的目标,人们在渴望致富的同时,更希望多福多寿,过着"年年顺景财源广,岁岁平安福寿多""致富人家春常在,勤劳门第幸福长"的美好生活,雄心勃勃、意气风发的奋斗之情溢于言表。

九十年代,人民的生活发生了翻天覆地的变化。新春佳节,人们纷纷贴出"四化宏图锦绣地,三个代表耀神州","清心执政符民意,铁面倡廉正党风""国泰民安,年丰物阜","储粮千余斤,存款上万元"的春联。

进入新世纪后,春联随着时代进步和社会的发展获得新的生命力,从传统的文化到宣传党的方针政策,催人奋进。

"您好我好大家好人民最好方为好;天新地新万象新祖国常新才是新""阳光普照洒吉祥;大棚温暖送小康"等等。近两年来,随着建设社会主义新农村和各项惠农政策的出台,反映社会和谐、文明、富贵、祥和的春联明显增多,如"德厚千秋远;家和万事兴""福星永照平安地;幸福常临吉祥门"。而减免农业税、种粮补贴和农村合作医疗、免除义务教育学杂费等政策的实施,也就有了"惠农政策好处多;家庭和睦幸福长"等春联。

十八大以来,惩治贪腐,肃清吏治,转型改革,重塑中国梦,中华民族又到了决胜的关键时刻,春联再一次百花齐放,精彩纷呈:春风化雨十八大,惠策舒心千万家;壬辰年笑脸盈盈汇,十八大红旗猎猎飘;党撑舵,何惧惊涛骇浪,民鼓帆,敢闯虎穴龙潭;羊年六畜兴旺五谷丰登,猴年九州欢歌四化辉煌;三羊开泰人膺五福趁春去,万猴维新天降大运随日至;羊毫饱蘸浓墨重彩酬壮志,猴棒劲舞实事兴邦竞风流等等。

春联,作为中国年的灵魂和主题,无论沧桑巨变、日月旋转,无论朝代易主,江山更替!她始终在流金岁月的火红年中魅力四射,犹如时代长河中次第绽放的一朵朵浪花,虽经时间淘洗,却愈加澎湃不息,激荡不止,其内涵丰富经纬交织成为中国年一面鲜红的旗帜猎猎飘扬鼓荡在中华民族年的上空……

佳节年年过,春联岁岁贴,新春愿景多,唱和各不同。当雄鸡一唱年来到,声声督促着我们爬上高高的年的梯橙,饱粘糨糊,把那最热烈最美好最鲜红的大对联贴到年的最高处,仰望沉醉于那一抹抹嫣红时,我们能够深刻地感触到春联带着时代气息扑面而来,她的内容其实是随着时代的不同而变化,在各个历史时期精准地表达传递着时代的特征,体现着与时俱进的特点,因而成为时代记忆的磁条,历史演绎的缩版……每一副春联无不打上时代的烙印,折射出时代的变迁,无不诉说着我们对当前幸福生活的歌颂,无不期许着我们对未来的无尽畅想。

  故而,在这里:我谨以春联的名义向新年祝福,向所有的已经沉浸幸福年味中的人们祝福!

怀念鲁迅

今天，我从来没有这么强烈地去怀念一个人——鲁迅。

怀念鲁迅，是因为先生离我们当今社会的文化主流愈来愈远，正在被某些"砖家"们所丑化，所鞭笞，所驱赶，想方设法地使其文学作品从中国文学的宫殿，甚至中小学课本"下架离场""驱逐出境"，直接"打入冷宫"……

怀念鲁迅，是因为先生文字幻化出来"鞭子"的痛正被某些"叫驴家"们所畏惧，所仇视，所鄙视，总在"精饲料"的槽端饱食过后，尥着蹶子，梗着脖子，或放出闷如雷声的臭屁，或发出高亢而短促的嘶鸣，不时得抛出一些"鲁迅过时论"的观点来。

怀念鲁迅，是因为在"戏子上热搜，众声皆喧哗，鸡汤遍地洒，全民玩抖音"的当下，先生正在被这个令人炫目的时代所遗忘，被一些"一怕文言文，二怕写作文，三怕周树人"的孩子们所淡忘。

少时，我们的老师让我们学鲁迅，考鲁迅，懂鲁迅，爱鲁迅，把中华民族的优秀文化基因想方设法地融入我们的血液。而现在的"砖家"们却让我们的孩子遗忘鲁迅，讨厌鲁迅，逃离鲁迅。

当人们厌倦了古文，捧起了白话文；后来放下白话文，又开始读小说；再后来只读言情小说或者武侠小说；再再后来青少年们只读漫画或玄幻作品。当下的人们爱看电影超过了看书；直到最后连电子书都不看了，每天都发朋友圈、短视频，拍抖音，做网红。当华夏五千年这本大书我们再也翻不开扉页的时候，我不能不感到悲哀：不在朗朗读书中爆发，就在三缄其口中灭亡。

故而,望着鲁迅先生渐行渐远的孤寂背影,我不得不加快了对这位文学大师迫切怀念的步伐:先生,请您慢些走,或走得慢一些。

我不知道,呼唤的背后,那一声期盼还能拦截或挽留一些什么……三味书屋那张陈旧的桌子,还是刻在桌子上的那一个"早"字?百草园的那只蟋蟀,还是飞向空中的那只云雀……

我也不知道:我还能拦截什么?是一袭灰布长衫,剑戟一般根根直立的寸发,黄里带白的面孔、嘴里永远咬着的烟嘴;还是浓墨写的隶体"一"字的"鲁式"胡须?

我更不知道:我还能怀念什么?怀念那种学生时代摇头晃脑、前仰后合的诵读姿态;怀念那种嬉笑怒骂皆成投枪匕首的篇篇杂文;怀念那种化笔为刀,剖析国民现象刀刀精准的酣畅淋漓;还是怀念那闰土的雪地捕鸟,阿Q的"精神胜利法",孔乙己的四个茴香豆、《狂人日记》中的狂人、《药》中的夏瑜、《一件小事》中的我……

其实,除了这些。还有《论雷峰塔的倒掉》《友邦惊诧论》《痛打落水狗》《纪念刘和珍君》《拿来主义》等,"鲁迅的中国式幽默、民族式风骨、孺子牛的情怀、斗士般的精神、笔锋出鞘的凌芒,子弹上膛的威力,文学艺术的光照,每一个方块汉字组合出来中国文化的筋骨魅力,每一个标点符号映照出来的革命先驱的独特思想……这些都无不令人心驰向往。

然而,当下的一些作家们却把辱骂鲁迅当时髦,以攻击鲁迅为能事:痞子王朔指责鲁迅格局太小;文化批评家朱大可认为"鲁迅是仇恨的象征";钱杏村说"鲁迅的作品早已过时";苏雪林说鲁迅简直连起码做人的资格都不够;甚至还有一位我们的山西作家从1.58的个子上直接矮化,高度猥琐……

有缺点的战士终究是战士,再宝贵的苍蝇也终究不过是苍蝇。百年以来,你骂与不骂,他的灵魂和思想就站在那里,如山峰屹立,不可跨越;你爱看不看,他的作品就摆在那里,如旗帜飘扬,不可拔夺;你承认不承认,他就是一种民族文化坐标式的存在,或站或坐,搬移不得,看不惯,也奈何不得。

面对络绎不绝的骂声、唾沫横飞的质疑声,我却更加怀念鲁迅。说到底,怀念鲁迅,其实是怀念一种少年情怀。怀念老师让我们完整背诵鲁迅作品时的强硬态度,怀念我们背诵卡壳时被老师们罚站留校的尴尬姿态,怀念每次考试时遇到周树人的文学常识时抓耳挠腮的一脸囧态。

"世上本没有路,只是走的人多了,才有了路""真的勇士敢于直面惨淡的人生,敢于正视淋漓的鲜血",给当初无知无畏、年少疯狂的我们更多的失望以希望,懦弱以果敢,迷茫以方向,让一腔热血的我们总能在荆棘遍布、四野无人的地方寻野趣、找风景,向前跑。"走自己的路,让别人去说吧",给卑微到庄稼地里的我们以挺胸的勇气,抬头的自信,甩甩刘海的傲娇,使其在最贫穷的物质世界里创造着一个少年最富有的精神情怀。

死者倘不埋在活人心中,那就真的死掉了。

怀念鲁迅,其实是在怀念一种中年的沉淀。少年初读不知文中意,中年读懂已成文中人。我们似乎总是逃不出鲁迅文章若有似无的手掌心。

小时候,我们是鲁迅文章中的少年闰土,天真活泼、童真无邪。成家立业之后,不是"官二代""富二代"的我们,遭遇各种买房买车的生活压力之后,又活成了成年后的闰土。在苦逼的生活中,阿Q的"精神胜利法"总能麻痹我生疼的神经,总能在最大的卑微困境中找到一丝丝自我慰藉的东西,很荒谬地自得其乐。

五一放假回到村里,又看到了我们村里的那个不修边幅臃肿肥胖的中老年妇女,从30岁到将近60岁硬生生地在村口站成了一道雕塑。因为和小叔子分家不当闹下矛盾,在村口经常骂人,锲而不舍,经年累月;因为孩子过了三十取不下媳妇叨叨个没完,几年下来,为骂而骂,口中总是念念有词,喋喋不休,活脱脱一个鲁迅笔下的"祥林嫂"。

还有,走到街上,忽然看到那三三两两的人群,合作一堆,潮一般地向前赶;将到丁字街口,便突然立住,簇成一个半圆向天上看。我也向那边看,却只见一堆人的后背;颈项都伸得很长,仿佛许多鸭,被无形的手捏住了的,向上提着。挤前一看,原来是在拍抖音:那天上飞的是什么,鸟儿还是云朵,我把自己唱着,你听到了吗?

面对越来越浮躁的社会,面对"偷税漏税"的丑恶,"制造假疫苗"的罪恶,以及当前"信仰缺失""看客心态""社会焦虑症""习惯性怀疑""炫富心态""审丑心理""娱乐至死"等十大社会病态。我愈加怀念鲁迅先生。我从不否认我们母亲的光荣伟大,也一直祈愿我们的母亲健康长寿,但我又不得不操心她的"高血压、冠心病,头疼脑热"等等。我们的社会同样如此,任何时代都不能讳疾忌医。如果一个偌大的960万平方公里的地方都放不下一个小小的鲁迅,那么我们这个时代、这个社会就应该提高警惕,好好地思考。

　　故而,怀念鲁迅,实实在在怀念鲁迅的批评,怀念鲁迅解剖国人基因里病灶的那把锋利的"手术刀"。

我的豆花姑娘

阳春三月,正是万物赴约的时刻!

当明媚的阳光送来爱的请柬,万般爱意从那郁郁葱葱的绿芽冒出,单位的清洁工阿姨送给了我几粒豆种,说是好种易活,当我伸手接过时,心内竟有些忐忑不安。我像做贼似的,慌里慌张把它埋进了办公室一个废弃的花盆里。我明明知道,这里本不该属于她的家。

她的家,应该属于广袤田野,哪怕垣上沟里,岩上畔下,她应该饥餐农家肥,渴饮黄河水。在她成长的日子里,早晨,应该有旭日为她照耀;黄昏,应该有流云霞光为她抚慰;夜晚,应该有灿烂星辰与她私语,甚至有风霜雨露为她洗涤;平时,应该有流萤彩蝶为她伴舞,甚至还有蛐蛐蝈蝈为她抚琴弹唱……

而在我这里,竟什么都没有,和我一样的寒酸无二;有的,只是城市里的喧嚣,几平米的天地,还有天花板上日光灯暗弱的暧昧。我下给她的聘礼除了"王宝钏式寒窑"般的花盆,用一缕愧疚的心为她覆上了一层薄薄的土,盖上了薄薄的"盖头",就霸占了她的"青春",乃至她的春华秋实。

就在此时,我竟然有了一种罪恶感,就像一个人贩子把一个好端端的姑娘拐卖到了偏远贫穷的山沟沟。明知道她在这里没有什么幸福生活,还是把她许配给这只斗室之内的破花盆,还是把她驻扎在这花盆无根土之内。给了她生命,却不能给她希望,给了她希望,却不能给她一个优越的生存环境,我真感觉我在做一件很不开心的事。可是一旦把希望的种子埋进土里,就只能在贫瘠的岁月里等待她的到来,在充满希望中等待着花开花落迎来嫁娶的日子……为了减轻我的内疚,每天第一件事,就是为她松土浇水,尽管是自来水或者是纯净水,总能弥补一点我的过失。

随着时光的流逝,突然在一个不经意的早晨,她竟然破土而出,纤细的身材,如豆芽一般面黄肌瘦,这副模样竟然让我想到了我少年时的模样。尽管如此,我还是惊喜万分,依然万分热情地迎接她的到来。在这个春天,这株来自乡下却住在城里的豆苗尽管柔柔弱弱,但她那一抹绿色瞬间占据了我的心房,其他的"发财树、富贵竹、橡皮树"等等名贵花草竟黯然失色。

为此,在五一劳动节前夕,我为这位"豆花姑娘"书写了第一封情书,《五一寄语》:我从来没有想到,这么一株生命能够在这里自强自信地破土而出,把一篇《种子的力量》发表在斗室之内。今天是五一劳动节,这些生命虽卑微却很蓬勃,虽无华却执着地来到这个世界,是向我这个劳动人民点赞,还是向劳动人民的这个节日致意。不管怎样,这是大自然今天赋予我最好的礼物。

然而,这株埋进春天,开在秋天的小花!渐渐地,由于长得过高而不堪重负。我便想到了把她移到已经死亡的发财树的盆里面,可以攀附于发财树已经枯萎的躯干。殊不料,刚刚乔迁新禧,便一度濒临死亡,叶黄枝枯,凡是来到办公室的朋友都建议拔之弃掉,可我竟舍之不得,陪她叶绿,看她叶黄。不想,生命就在无望的等待中,竟然坚持下来,不几日越发的绿意盎然,竟不依靠发财树躯干的扶持,而挺拔向上,朝着窗外的阳光竭力生长。这一刻,生命的庄重竟然湿润了我的双眼。

中秋时节,竟也绽放成花,给了我本想收获一缕绿色,殊不料却给了我一朵鲜花的意外之喜。

时至今日,本想有一朵鲜花足矣,殊不知又给了我一串串美丽的豆角。把那"种瓜得瓜,种豆得豆"演绎得分外精彩。

感谢你啊,我的豆花姑娘!

这个世界虽然辜负了你,我虽然也欺骗了你!你却从来没有因为这个世界的"吝啬"而怨天尤人,从来没有因为缺少阳光和水分而萎靡不振。在贫瘠毫无营养的花盆里,你快乐而顽强地生长着,胚胎在春天发芽,枝叶在夏天茂盛,豆荚在秋天成熟,始终以亭亭玉立的身姿向这个薄情的世界做

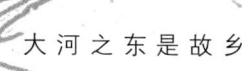

着深情的告白。

感谢你啊,我的豆花姑娘!

您让我在斗室之内,听春天的生命律动,品夏天的热烈奔放,悟秋天的人生哲思!可是,秋风徐来,我还不知在这有限短暂的生命旅程,你我还能陪伴多久;我更不知,秋天过后,你又该怎样地向我做最后的告别?

不管怎样,既然来到世上这一遭,只要发过芽,开过花,结过果就好,就能在告别这个世界时留下两句动人的诗篇:生如夏之绚烂,死如秋之静美!

今秋 有只螳螂来看我

月朗星稀的前天晚上,办公室加班。黄杰兄不期而至,茶喝正酣,脚下的地板上突然发现有一不速之客光临鄙室,在这个偌大的城市,在这么一座高而孤寂的办公楼,在这个中秋刚刚过去的秋凉之夜,何来的这个东东?俯地细察之余,原来是一只多年未见的螳螂!

这该是一只怎样的螳螂,从山沟跑到城市?

一身枯灰的铠甲,英勇威武,背负倚天屠龙"双把剑",昂昂乎"老江湖"的样子,独行大侠一般游走于我的视线之内,伸手捉他,手机拍他,书上、桌上、沙发上、花草上随意摆放摆拍他,他都乐此不疲,极为配合,忽而跃上桌子,游走书卷,忽而爬上富贵竹,打着秋千;忽而留恋朋友兰花草的作品,为人为的泼墨增添一些大自然的真性情。

晚上走的时候,还有些担心,这只可爱的小精灵从哪里来又到哪里去?晚餐吃什么?明天还能见到吗?

昨天早上上班时,特意找寻,竟寻而不见,不免一阵失望,可能已远走他乡了吧!殊不料,中午下班的时候,突然感觉胳膊有异物,扭头一看:天呐,竟然是那只螳螂,吹着胡须,扬着两把大刀,鼓着圆眼看着我,不由惊喜!忽而,又跳到了桌上,踱着方步,在河东作家群的书籍上儒雅而行!似沉吟,似断句!

下午,到了办公室,竟爬到了窗户上,犹如台湾诗人余光中一样深沉地眺望远方,那条山上的家族,那黄河岸边的亲友,那山沟沟的童年……哲人一样思考"螳螂"的一生!

大河之东是故乡

独上西楼,望断天涯路!不知是对山沟沟故乡的回忆,还是对某只"蝉"的思念,抑或是对"螳臂挡车"的历史反思,还是对"城市套路深,我要回农村的感慨"?!

黄豆在秋天出征

一场风吹过,整个秋天都是黄的,特别是黄豆,金子一般的光晃着乡亲们丰收喜悦的眼睛,我的那个老家呀,"满山尽带黄金甲,点豆成兵要出征"。

随着秋风的鼓角争鸣,乡亲们"陆海空"的梦想便一夜爬满山坡,挂满一树,铺遍田埂,长满原野:红的、绿的、白的、紫的……我最喜爱的除了苹果、梨子、南瓜、土豆、茄子、棉花……剩下的就是村东口的那垄黄的迷人的金色黄豆。

这些"豆豆们"春天"参军入伍"顶破厚土,冒出绿芽,走进万顷碧野的"军营";夏季"苦练三伏"伸展枝叶,沐风栉雨,经历生长的苦痛和喜悦,在烈火骄阳下开放出小花,结满小小嫩嫩的豆荚;到了秋天"告别青涩,走向成熟",披上了金色的战袍,毛茸茸的豆荚由短瘪走向鼓胀,沉甸甸地垂在豆枝上随风摇曳,向每一个辛勤的农人敬着"军礼"。每一个豆荚中都驻扎着三到五颗豆粒。这些成熟坚强的"士兵们"金黄闪亮、圆润饱满、瓷实光滑、珍珠一般,活脱脱一队队祭旗出征的"将士"。有性情急躁的,在秋阳热情的敦促中,不时地在田间地头发出清脆的爆裂声,从豆荚内跳跃而出。成百上千、成千上万组成方阵的"黄豆们",在万千凋零的秋天中向萧瑟宣战,发表着"种瓜得瓜,种豆得豆"的战斗檄文。

"行装已背好,部队要出发",在猎猎秋风的一再催促下,"豆子们"要离开生他养他的黄土地,要出征到一个崭新的地方去:农家的木柜、瓦瓮、酱缸……为了迎接豆子的到来,最不喜欢干活的我,一反常态,热情有加。因为,我爱豆子的圆润,我爱豆子的金黄,我爱豆子被卤水点过后的洁白无瑕,我更爱豆子"上刀山,下火海"的那种无畏无惧,特别爱他在酱缸里发酵出来的醇香,烹炸在油锅里面的脆香,下在面汤里锅底深处捞呀捞的贪婪,甚至更爱"黄豆们"在妈妈豆芽缸里完成另一个庄严生命的轮回……

收豆子,是一场战役。要想大获全胜,必须寻找最佳作战良机,或月朗星稀露水很重的早晨,或是夕阳西下雾气较大的黄昏,等黄豆枝蔓洇了雾水,失去了干裂锐利,然后趁着荚中豆粒湿润正好,不易"崩角"进行"奇袭"。只要抓住良机,便能满载而归,把田间的豆子转运到打麦场,选准大好晴天,把黄豆枝蔓均匀地摊开,用牛、用驴、用四轮拖拉机套上石碾子,不断地转圈子!几圈下来,豆粒们便纷纷从豆荚中挣脱出来,来到了农家的木柜、瓦翁和面缸,成为农家女人们解决一个家庭"盘中餐,桌上菜"的最爱之物。

我最喜爱的黄豆们作为豆类作物中"战斗豆",一旦被农家主妇们召集到案板上,为了给乡亲们清苦的岁月中添加一抹人生余香,他会毫不犹豫挺身而出,"上刀山,下火海,油炸烹煮",无所畏惧,"幻化成各种简易美食,一盘盘酱豆余味悠长,一碗碗豆浆酣畅淋漓,一块块清凉豆腐润心润肺,一碟碟豆芽清香四溢,一粒水煮黄豆也能喝他个老酒底朝天……

农人因为有了豆豆,三餐不再感到乏味,羸弱的身体也得到了钙的补充。每到鸡鸣三更的时候,村东方向总有担着担子或驾着驴车的悠悠长音传来:"豆——腐",那声音一年四季如钟点一样准时而不间断,带着晋南音律蒲剧腔,高亢嘹亮,一波三折,余音袅袅,拐着弯儿,越过屋顶,覆盖全村……于是,豆腐的清香渲染着我们孩子枕边的晨梦,左邻右舍的"母亲们"便如早上出巢的鸟儿,叽叽喳喳的从各自屋里争先恐后地出来,端着一盆盆、一碗碗的黄豆,换回一块块水晶玉石般的豆腐来。

多少年过去了,无论村子如何变迁,无论时序如何更替,无论空间如何更改!那一声声"豆——腐"的乡村小唱始终都在村口响起,唯一不同的是那担子和驴车被电驴或工具车所取代。无论我走到哪里,无论我从事什么,少年的记忆,黄豆秋天出征的场面终将成为我一生最为波澜壮阔的美好画面,黄豆的滋味必将成为我肠胃终年不可或缺的生命滋养。黄豆,他简单而真实地活在土黄色的家乡,顽强的生长在垣上、岭上、山坡上,甚至盐碱地里。如老乡们一样,在贫薄的土地中,不负春播,不负夏耘;不管风雨,只管生长;无关风月,只问秋获。

所以,在这个秋天,我要为"黄豆们"一场浩大的"出征"高歌和践行。

大 河 之 东 是 故 乡

当人生撞上理发期

　　岁月是一条长河,总有记忆在上面漂浮。特别是小时候的理发总想让人打捞一把的感觉。小时候以为,理完发以后就不是自己了;而如今,理完发以后才知道自己就是自己。

　　自从人生下来,无论男女,无论老少,无论贵贱,理发貌似是个必不可少的事。

　　记得小时候理发,也就是农村所谓的"推头",是件极为痛苦的事,往往头发长了很长,就是不理,总感觉头发理短了难看,没有刘海的遮眉,没有鬓角的乱耳,就无颜见同学、朋友和乡邻。于是,每逢遇到重大节日,有重要"出访外交"活动,碰到理发,就像上"刑场"一样的痛苦,总是在祖父的大声呵斥下,父兄的暴力威压下,母亲的"和平演变"下,我极不情愿地被父兄押解到我家后院,当父亲或哥哥拉起"手工推子",听看推子犹如蛇咬似的"吱吱"地在我头上爬行,真有到了"菜市口"末日的感觉,偶尔"推子"发了"脾气",生拉硬扯拽掉几根头发,便会"杀猪"一般地嚎叫!

　　往往此时,便会遭到"施暴者"的鄙夷和白眼,"嚎什么嚎,杀你哩?"好的时候,他们往往会拿来煤油灯,往推子上滴几点煤油,润滑一下,推子果然就不"夹肉"了!但是,整个过程还是比较难受,那时"推头"一般都要站立把个"钟头",脖子抻得极为难受,而父兄们却装模作样地左看看,右瞅瞅,前端详,后细察,真是一丝都不会放过,那种敬业精神"装"得真如一个艺术大师,美其名曰:理"洋楼",推"平头"! 不时有短发落进脖子,进入肉里,要多难受有多难受!然而,最要命的感觉就是工程收尾,到了照镜子验收工程的时刻,一看自己那心爱的一头秀发不见了,这不就是个"茶壶盖""臭光头"吗?还有那头上那"一道道山来一道水",犹如一个大青虫爬过,啃过!想想玩友同伴必将嘲弄的目光,想想刚刚得到一个女同桌的青睐……不由得伤心到了极致,咧开嘴巴,号啕大哭……

每到此时,辛苦而又不收费,自以为"大师级别"的父兄由于精心打造的"工程"被哭声所否定,便讪讪地、尴尬地离去!而祖父又是一顿严厉指责,母亲则做善后工作,"我娃头发推了以后俊多了"。俊不俊只有自己知道,很反感祖父的不讲理,很讨厌父兄"牛不喝水强按头"的不民主,也很生气母亲此时的虚伪,自己的头不能自己做主,好长一段时间,不敢出门,不敢见人,闭门思丑,面壁思过,已定格为生活深处的小片段……

后来,随着外地求学,走出村庄田野,越过乡镇的阡陌,直抵内心柔软处,我梦中的小城——芮城!摆脱了祖父的统治,父兄的监控,翻身人民得解放!那里有我平生第一次见到的理发店,陪着同学刘卫江去理发,第一次才知道:理发原来也是可以坐着的,洗头也是专门有人伺候的,真叫人脸红心跳,特别不可思议地是推子竟然是带电的,理起来那清脆有节奏的声音犹如一曲动听的"摇篮曲"让人昏昏欲睡。没有一根头发掉进脖子,不夹肉不扯皮,轻轻松松就完工……再后来,愈发高级了,什么干洗、按摩、焗油……什么板寸、毛寸,吹剪烫染理,花色品种更是令人眼花缭乱!

再后来,结婚有了孩子,带孩子去街上理发,似乎又看到了我小时的影子,三岁的儿子不知道怎有那么大的力气,一蹦三尺高,从理发店一下子窜到市中心,又是安抚又是哄骗,我和老婆左右按住,又是一阵撕心裂肺地强行完工……

再再后来,也就是前两天中午下班,老婆瞄了我一眼,说我头发又长了,去理个发,换个头型吧!走到街上,总感觉很迷茫!

不觉间走进了单位对面的"好再来"理发店:老板,来个"毛寸"吧!我不知怎样喊出了这一声,是对平时心情郁闷的一种发泄,还是受到才女诗人王晓红的蛊惑,抑或是对另一种新感觉的自我挑战?按说,这个年龄已经没有了创新的热情,也没有标新的动力,更谈不上立异的欲望!而,这一声还是不加思索很平淡地喊出!10元钱就轻而易举地出卖了坚守几十年的知识分子"分头"发型,几剪就颠覆了我以往刻板传统守旧的印象!望着镜子中的我,竟不认得自己,也感觉很难看,但没有那种号啕大哭的感觉……

走到单位门口,迎面碰到了梁科长梁大姐,对面相逢不相识,我"嗨"了一声,吓她一跳,"是你小子,还以为是个高中生!"进单位门,被门卫喝止要求登记,看清是我,哑然失笑,下班遇到了亚玲,亚玲说竟忘记我以前是个什么样子。

管它是个什么样子,我还是我,不能说理了发以后我就不是我了!

叶落唐诗起 风响宋词来

秋天是时令轮回往复的约定,秋天更是文人墨客感情泅渡的流年巷口。

叶落,掉进唐诗里,缤纷成歌;风起,吹进宋词里,婉转成曲!或身负一片凉风,或目携一朵云彩,或耳握一声雁鸣,或心煮一壶秋月,或脚踩一地秋色,醉意微醺地行走在秋天路径的纵深里。无论你是踏进秦汉时代的原野,还是步入唐宋岁月的田埂;不管你是游走于黄河流域一脉,还是身处于长江两岸一地……因为秋色的召唤,你将会看到他们踏叶而来;因为秋风的敦促,你将会看到他们沐风而至!或以落叶为笺,或以青山着墨,或以失意为题,或以抱负入诗,笔蘸秋水,毫濡流云,或悲或喜,释怀放歌!

秋之殇

秋风卷玉宇,枯叶覆河山!心上有秋便是"愁"。故而,秋天在诗人的心中多带有悲凉肃杀之气,自古逢秋怅寥廓。也可以说,秋是文人墨客绝世而独立,借以抒怀的不老主题。

战国的秋风比较硬,听起来似有刀戟战斧的肃杀之气。在这肃杀之气中,被流放,被驱逐,茕茕孑立、形影相吊的三闾大夫屈原感秋殇溅泪,一腔失意弥漫三湘大地,满腔悲愤呼之于浩浩苍穹:"惟草木之零落兮,恐美人之迟暮"。这一秋薄了天下,厚了《楚辞》……

西汉的秋风比较柔,抚过后土祠,掠过河东郡,吹得蓝天云儿飘,大雁振翅往南飞。落日熔金的汾河上,秋水渺渺,波光粼粼,桨声帆影,丝竹低徊。汉武帝刘彻站在船头之上,感初秋之凉意,怅天地之寥廓,伤日月之旋转,恨盛年不重来,把老之将至的满腹无奈化作一曲《秋风辞》:秋风起兮白云飞,草木黄落兮雁南归……这一秋凉了帝王心,平添了古人情!

晚唐的秋风肆虐无度,犹如贼子叛军,所到之处,席卷肃杀,皆被摧毁!正如颠沛流离、居无定所的杜子美风中疾呼:"八月秋高风怒号,卷我屋上三重茅。安得广厦千万间,大庇天下寒士俱欢颜。"晚唐黑暗,动荡不安,深秋萧瑟,前途迷茫。使疾病缠身、雪上加霜的杜甫:"茫茫然何所顾,飘飘然何所倚,无非只是渺渺天地一沙鸥。"这一秋黯淡了大唐江山的炫目华彩,映照了"诗圣"杜甫的人性光辉。

风依旧在刮,叶仍然在落!没有任何人能够阻挡得住秋风的摇曳;没有任何人能够阻止得住树叶的零落。无论天之涯,管它海之角。只要有风吹过的地方,便有诗人的平仄在铺排,只要有叶飘零的地方,便有墨客的小令在哽咽。风是秋的引子,风来愁绪来。君不听,宋玉哀叹"悲哉,秋之为气也"!曹丕唏嘘"秋风萧瑟天气凉,草木摇落露为霜"!贾岛感慨"秋风吹渭水,落叶满长安。"张籍叹息"洛阳城里见秋风,欲作家书意万重"。《西厢记》作者王实甫在崔莺莺与张生别离之际,"狡猾"地把他们置身于"碧云天,长亭外,黄花地,西风紧"的愁绪包围中,又赚取了天下才子佳人的多少泪水?特别是号称"秋思之祖"的元代散曲家马致远更是为历史的秋天挂出了一幅冷艳凄美的《秋郊夕照图》:枯藤老树昏鸦,小桥流水人家,古道西风瘦马。夕阳西下,断肠人在天涯……如果说风是秋的引子。那么,落叶便是秋的主题。君不见,清人袁枚在《枯叶》诗中道:"草木在人间,来去有时节";陆机在《文赋》所言"悲落叶于劲秋,喜柔条于芳春";马戴在《灞上秋居》中垂泪"落叶他乡树,寒灯独夜人"等等,都在揭示着"生命轮回,草木枯荣,人同此理,万物皆然"的道理!有瑟瑟秋风、纷纷落叶,如果没有秋雨霏霏,那秋天还是秋天吗?因为秋雨的豪洒浸润,为天上人间平添了几多意境;因为秋雨的纵情泼墨,为唐诗宋词添加了几多妩媚灵动;因为秋雨的绵绵不止,为古往今来注入了几许情思。李商隐忧伤于"君问归期未有期,巴山夜雨涨秋池";黄庭坚忧郁于"秋风吹白波,秋雨鸣败荷";李清照寻觅于红藕香残玉簟秋的梧桐夜雨中;即使巾帼不让须眉的鉴湖女侠秋瑾,也在"秋风秋雨愁煞人"的情形中,露出了愁肠百结的女儿本色……

秋之美

"一年好景君须记,最是橙黄橘绿时。"秋天有秋天独特的美,她并不完全被忧伤所裹挟,也并不完全是一副弱不禁风的"病态美"。她犹如一位藏在四季深处温润典雅、成熟美丽的大家闺秀:虽没有春的喧闹斗艳,没有夏的热烈任性,没有冬的冷若冰霜!但她含蓄而淡雅,宁静而致远,开阔而明净,成熟而富有哲思。假若不信,你听郁达夫先生是怎么说的:"秋天,无论在什么地方,总是好的。"

秋天之所以美,是因为她的名字美。以时令来说一旦进入农历七月,她便被分为"首秋、初秋、早秋、新秋和上秋";到了八月便被冠之为"正秋、中秋、桂秋";时至九月便被呼之为"晚秋、凉秋、暮秋"。此外,古时七月又称之为"孟秋",八月为"仲秋",九月为"季秋",合称"三秋",代指秋天。王勃《滕王阁序》就有"时维九月,序属三秋"之佳句。以五行之说,秋属金,故称金天或金秋。王维有诗:"金天净兮丽三光,彤庭曙兮延八荒。"同时,秋属金而色白,故而秋天又称素秋。杜甫《秋兴》:"瞿塘峡口曲江头,万里风烟接素秋。"其余的,还有商秋、西陆、白藏、霜天之别称,不胜枚举……

秋天之所以美,是因为她的"素颜"美!无须百花添艳,无须烈阳助威。其素颜之美,可以说"淡妆即可倾城,素颜也能倾国"。正如王昌龄所言:"日月荡精魄,寥寥天宇空";恰似李白所绘"为我一挥手,如听万壑松";还有陶渊明所感:"迢迢新秋夕,亭亭月将圆";王绩的"树树皆秋色,山山唯落晖";王维的"空山新雨后,天气晚来秋";杜牧的"天阶夜色凉如水,卧看牵牛织女星";美奂绝伦的还有王勃的"落霞与孤鹜齐飞,秋水共长天一色"……

秋天之所以很美,是因为她的成熟美!"春种一粒粟,秋收万颗子"!品味秋天,她犹如一杯溢满的甘醇;欣赏秋天,她犹如一幅壮丽的画卷;倾听秋天,她犹如一首丰收的歌谣。

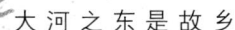

抬头看天，"雁引愁心去，山衔好月来"。俯首觅秋，"桂子云中落，天香云外飘"！漫步拾秋，扶桑正是秋光好，枫叶如丹照嫩寒！坐等秋来，看一次鹊桥飞渡，盼亲人早日归，饮一杯家乡好水，沏一壶河东香茶，斟一杯晋南陈酿，赏一轮故里圆月……你不能不陶醉于"稻花香里说丰年，听取蛙声一片"的天籁之音。你不能不痴迷于"喜看稻菽千重浪，遍地英雄下夕烟"的人间仙境……

秋之悟

人生一世，草木一秋！大自然以她独特的密码时时为我们解说着生命的本质和真谛。人事有代谢，往来成古今。秋天是草木枯荣的"分水岭"，更是人生成熟的"界别期"。

"沉舟侧畔千帆过，病树前头万木春。"风霜可以剥夺满树的绿叶而零落，却不可剥夺树根向下，枝干向上的灵魂和思想。落叶并不意味着生命的离去；雁归，正是昭示着来年的再次重聚。所以说秋天，不仅是丰收季节的颗粒归仓，春华秋实的自然告白；而且是青黄对接的必经历程；新陈代谢的重要节点，摧枯拉朽的重新开始。要不然，为什么曹操东临碣石，以观沧海，歌以咏志！为什么刘禹锡为秋来正名"自古逢秋悲寂寥，我言秋日胜春朝"。为何李太白为秋鸣不平"我觉秋兴逸，谁言秋兴悲"？为何杨万里为秋而高歌"秋气堪悲未必然，轻寒正是可人天"。为什么少年毛润之"独立寒秋，望湘江北去，到中流击水，浪遏飞舟"！为什么中年毛润之革命豪情今犹在，欣闻"战地黄花分外香"，大赞"一年一度秋风劲，不似春光。胜似春光"……

繁华落幕始见秋，洗尽铅华才归真！无论是时令之秋，还是人生之秋，只因为有了春的孕育和破土，有了夏的成长和风雨，才有了秋的收获。所以说：秋，无关烟雨，无关风月。唯有风霜披肩，人生才会成熟；唯有历尽沧桑，生命才会辉煌。

俯拾岁月的麦穗

每当时光的邮差快马加鞭地来到六月份的驿站,为我捎来龙口夺食的"信笺";每当解州的方向被暴烈的太阳烧烤成满眼的金黄;每当盐池的上空被布谷鸟的鸣叫催热了全城,我便不由得凭栏远望,在旧时光的星空里跪拾梦中遗落的麦穗……

穿过季节的热风,越过岁月的山水,梦境中的童年总会与那个叫梁家庄的小山村不期而遇,七八十户人家,三百余口老少。庭前屋后槐树、枣树、钻天杨;村子周围塬地、山沟、打麦场。

六月的田野,如晒酱豆一般,在烈日熏烤下,数百亩的金色麦海随风掠过,蔚为壮观,波涛翻滚、光灿耀眼,麦香四散开来,丰收的气息摄人心魄。这个时候的父亲们一改往日的萎靡,犹如国庆阅兵的将军,雄赳赳气昂昂地站在各自的势力范围,接受他们"士兵"的最高致意。在万千麦穗的随风朝拜中,他们不是徘徊在田间地头激动地目测着这一年的好年成,就是摘穗麦子在粗大的掌心里揉揉搓搓,咀嚼着饱满颗粒的硬度,判断着下镰收割的时间……

五黄六月的天气可谓是急脾气。下午,麦田还是"青青子衿,谁知我心";过了一夜,到了次日早晨已是"黄袍加身,急着入库"。听着风中那毕毕剥剥麦子落地令人心疼的声响,县乡村紧急动员,家家户户如临大敌。在一片花花绿绿的标语里什么"收麦有五忙,割、拉、碾、晒、藏";什么"珍惜每一粒粮食,确保颗粒归仓"的宣传中都紧急行动起来了。除了坐月子的妇女,刚生下的婴儿,上至耄耋老人,下至黄发垂髫,还有我们这些放麦假的小学生,都全副武装起来,人人如出征的战士,个个瞪着血红的眼睛,上足了法条,攒够了劲,头戴草帽,肩搭汗巾,腰捆草绳,背着水壶,提着镰刀,扛杈的,挑担的,牵牛的,拉车的……全村男女老少数百人潮水般地向麦地里涌去。

  在那金灿灿的麦海里,"草帽"们豪气冲天地一字排开,朝圣般地匍匐着比麦穗还低的身子,左手拢麦在胸,右手挥镰起舞,手上使力,脚下用劲,人人争先向前,个个唯恐落后,比的是谁的麦茬低,割得净,速度快,只见那一道道亮光闪过,一排排麦浪倒下,此起彼伏,势如奔浪。那情形、那气势波澜壮阔,那激烈,那火热不亚于发动一场战役……

  随着阳光的肆意铺排,随着满地草帽壮观地晃动,随着镰刀明晃晃的耀眼,任凭那阳光灼烧,背部脱皮;任凭那汗水横流,刺痛双眼;任凭那麦芒刺破皮肤,鲜血直流,一块又一块的麦子被割倒,一车又一车的麦子被父兄们拉到了打麦场……

  而在激烈的夏收战斗中,作为"后勤保障队"的学生娃们因为战斗力较弱,是没有资格摸镰刀把的。除了送馍送水,就是发一个小背篓去打扫战场,捡拾父兄们收割过后遗留下来的麦穗。从此,我便和大多数同龄小伙伴一样,成了一个"右手秉遗穗,左臂悬敝筐",行走在阡陌纵横广阔田野间的拾穗小孩。

  瓦蓝的天空上,几缕白纱游弋期间,犹如母亲纺车遗落下的几朵棉絮缓缓飘荡在烈日的周围,企图遮挡住一丝丝火热。刚刚割过的麦地,硝烟散尽,喧嚣尽失。除了一片片耀眼夺目的光芒,还有那裸露的或高或低、参差不齐的田垄麦茬,剩下的就是疲劳而沉寂的大地。而我和众多捡拾麦穗小孩一样被定格其中,成为时常进入我梦境之中不可或缺的童年画面……

  捡拾麦穗于那刀枪剑林般的麦茬之中,犹如刚刚清扫战场中遗落下的哑弹,依然有着不可小觑的危险。当我们带着破草帽,裸着黑黝黝的脊梁,身着目前街上流行前卫的"乞丐服"行走其中,那尖锐的麦茬一不小心就能把我那薄如蝉翼的鞋底穿个窟窿,或者把我那嫩嫩的手指刺得血流不止……在这血色般的记忆中,我极目四顾,雷达般地扫描着猎物,不断地奔走着,忽而弯腰,忽而俯首,偶尔惊飞一群群觅食的麻雀,同它们一起抢拾起那些被父兄遗漏了的麦穗,捡拾着那些被农人们视为生命的珍贵。

当我们跪在地上,用手使劲地抠出踩踏在泥土深处的一粒粒金黄,我的内心又是多大的满足和幸福,我的眼前又会浮出怎样的奇异场景呢?那藏在父亲灰色脸庞上的纵横皱褶终于有了丝丝笑意,那母亲寂寞许久的锅灶终于气势豪迈地起出了金灿灿的葱花饼……

捡拾麦穗于太上老君炼丹的六月炉火之下,我们忍受着"足蒸暑土气,背灼炎天光"的刺痛,任凭那嗓子冒烟,心里着火;任凭那四溅的汗水滴落在滚烫的麦地里。但我们仍一如既往地模仿着父辈,成为田间地头一个个逐日的夸父,始终低俯着头,弯曲着腰,瞪大着眼,在田垄里,麦茬间,仔细地觅寻着,捡拾着。

那一望无际的田野啊,在我的梦境中,犹如天地间一架横卧的竖琴,那一排排金色的麦茬就是悠长的琴弦,那遗落其中的麦穗就是错落有致的琴键,而我就是那弹琴少年,每一次俯首,把脏脏的小手深情地伸向土地,捡

拾抚摸那可爱的麦穗,就像在弹奏一首与苦难抗争的交响乐章……那一望无际的田野呵,在我的视野中,它就是随手打开的一本带有咸咸汗水味道的童年书卷,那遗落的麦穗啊,就像我刚刚入学写在作业本上歪歪扭扭的字迹:锄禾日当午,汗滴落下土。谁知盘中餐,粒粒皆辛苦……

当我俯拾梦想地奔波在广阔田野间的各个角落!当徐徐而行在麦茬田垄间,仰望着那中条山下一块块灿烂的梯田,看着它们首尾相接,携手抱肩,与那迤逦起伏的巍峨山脉遥相呼应,直插云端,望着那父辈们用心血性命搭筑的"辉煌天梯"!我常想:如果我踩着一块块梯田,拾级而上,一定能到达神仙居住的地方,那里是没有饥饿,只有温饱的天堂……

当我休憩在黄河岸畔,塬上的麦田就像伟大画家梵高一不小心打翻了的画板,和那塬下的黄河浑然一体,一片炫目的黄色随同浪花翻飞,犹如一条东方巨龙滚滚东流,随之而去的还有我那童年的好奇,因为我想知道,那黄色的尽头是否还有另一个世界,就是爸妈说的大地方……就是在这一片海市蜃楼般的奇异想象中,我不知疲倦朝圣般地奔波在从饥饿到寻求温饱的途中,捡拾着每一株被遗落在田野上的麦穗……

当火红的太阳照在新时代的田野,当轰轰隆隆的联合收割机欢唱着碾过我昔日的梦境。我就深深明白:如今的麦田再也没有一块需要我们挥镰收割;再也没有一颗麦穗需要我们俯首跪拾。然而,在我们华夏五千年农耕文明的精神原野上遗留下的"那一粒粒'节俭朴素,人之美德'的农人基因,那一穗穗'耕读传家'的父母希冀,那一簇簇'天道酬勤、自强不息、砥砺奋进'的劳动品质……"岂能忘却,又怎能不值得我们虔诚地俯首跪拾呢?

惊蛰 那一声雷

惊蛰,就是春天届时赴约的请柬。

而那一声雷呀,就是贵客临门前那一声热烈而隆重的召唤!

于是,一声炸响,一声霹雳,那雷声犹如一列从时光深处鸣笛启程的"动车",从遥远的天际,轰隆着,穿过冬天厚厚的云层,以迅雷不及掩耳之势,把透亮的惊蛰响彻在春天的鼓膜,把一车车晶莹剔透的春雨纷纷扬扬地洒到了阡陌纵横的乡野之间。这一声声回旋在天宇之间的高亢鸣奏,不就是冬日相辞行,春日来恭送的分手絮语吗?这一声声激荡在河东大地上的三月呐喊,不就是春日相饯行,冬日一挥手,时序更替的一番寒暄吗?就在这一分手一寒暄间,该走的终归要走,该来的终归要来。在那历山农耕深处,舜的一个俏生生的鞭花,和着惊蛰的雷鸣,啪的一声脆响,恰似报春的钟声,唤醒了沉睡的条山、沉睡的黄河、沉睡的盐池,以及河东大地上千家万户的晨梦。世上万事万物都开始睁开惺忪朦胧的睡眼,活动活动一身慵懒的筋骨,洗去一冬的麻木和寂寞,梳妆打扮迎接一个新的春天。

在雷声的感召下,蚯蚓虽无爪牙之利,筋骨之强,但也能巧借时令,凭着一颗恒心,上食埃土,下饮黄泉,把理想躬耕,把希望深播。蛙儿虽无天籁之音,亦无靓装之色,但也不虚度韶华,凭着一腔热情,晨起吊嗓,黄昏亮喉,把晓日赞美,把晚霞歌唱。燕雀虽无凌云之意,亦无鸿鹄之志,但也不负春光,凭着一种责任的爱,奋翼长空,鼓翅南北,衔泥噙草,昼夜不舍,把爱巢筑就,把雏儿培养。

在雷声的督促下,春风化雨,冻土酥软,枯木逢春,塬上坡下、漫山遍野的草儿、花儿开始抬起头来,挺起胸来,身着"绿军装"列队出发,向着春天进军。山涧的泉儿一路迤逦叮咚响,林间的雀儿枝头跳着"华尔兹",村庄田陇上野菜纵横舒展,为踏青的人们准备着春天最丰盛的美食。河畔柳芽儿可着劲儿地往外冒,柔软着万千枝条,招呼着一拨又一拨的孩子们吹响着一支又一支童年的柳笛;梨树一树一树可着劲儿地白,桃花一树一树可着劲儿地红,油菜花一地一地可着劲儿地黄,在大自然的舞台上生动地演绎着从"春花"到"秋实"的不变主题。"乱花渐欲迷人眼",激发着、澎湃着、撩拨着诗人们、画家们、歌唱家们迟钝了一冬天的情感,笔蘸春水,毫濡流云,引吭高歌,赞美春天,绘画春天。

在这隆隆雷声中,惊醒的不仅是蛰虫,抬头俱是希望,俯首皆是梦想。

爸爸,您在天堂还好吗

——2010清明以此文追祭我的父亲

尊敬的,分别许久的,令儿思念的,远在天边的老爸:您在那边还好吗?

爸爸,三年了,我知道您一直在牵挂着妈妈,牵挂着姐姐,牵挂着哥哥,也牵挂着您这个没出息的老儿子。您一定想知道妈妈的身体还好吗,您的儿女们生活的还幸福吗,您的孙儿学习还优秀吗,您这个不知天高地厚的儿子在运城举目无亲,无所依靠打天下,能否站稳脚跟? 爸爸,您也知道,我的工作单位,仅与咱家一山之隔,每天工作着,时时辛苦着,为了咱这个家,为了您一生的期望,为了您不再牵挂而努力奋斗着……咱家与我的工作单位路途并不遥远,往昔坐车一个小时就可回家看望您和慈祥的妈妈。但已到清明的此时,才知道已与您老人家天人相隔,只有孤独的妈妈在家盼儿回家。

爸爸,时光如水,岁月似风! 三年了,您在那边还好吗? 您的双腿还疼吗,您的饭量还那么大吗,您还喜欢大碗盛饭大口吃面,风卷残云成为儿子佩服的男子汉吗? 您那忙起来顾不得理的白发理了吗? 硬硬邦邦的胡子刮了吗? 您在那边还是不是天没拂晓就扶犁农耕,星星点灯才扛耙回家? 您在那边还是不是用自己所会的医术忙着给别人治病而忘了自己还是一个患者吗? 您在那里还是不是抽着"828"廉价香烟,过着节俭生活? 您在那里还是不是喝着便宜酒,一副知足的样子? 您在那里还是不是一件衣服洗了又洗缝缝补补穿几年? 您在那里还是不是不停念叨着儿女们的光景过不前去? 您在那里还是不是遵奉的一天两顿饭? 您说"早上吃好,中午吃饱,晚上不吃就好"。其实我们都知道,您是经过了三年困难时期,穷怕了，为了给自己"三儿一女"省口吃的……

爸爸，斜倚垂柳，仰望星空，那一闪一闪的光亮是您在天堂那边点亮的灯火吗？凭栏远眺，望断天涯，那远方吹来的微风细语是您在对儿的殷殷叮咛吗？放眼凝眸，天边飘过来的那片云彩是您匆匆回家路途中不小心留下来的足迹吗？

爸爸，回眸岁月的痕迹：听乡亲们说您很小的时候聪颖过人，随着爷爷奶奶在河南灵宝求学，在学校每读不到半年便跳级，每次考试都是名列前茅，不到十二岁，就读到了初中，您的同窗在您的眼里都是成年人，而您在这群成年人中却一直担任着学习委员。毕业以后，您先后在当地公社、钢铁厂、测量队等岗位担任要职……正当您踌躇满志，准备一展身手时，可惜爷爷要举家返回祖籍——山西运城，您作为独子为了照顾父母，忍痛放弃了自己的前程，回到了艰苦的农村。

爸爸，拨开往事的烟雾：记得我很小的时候，在农业社，哥哥姐姐、爷爷奶奶全家八口人，就凭您一个壮劳力挣着工分。白天黑夜，不知疲倦，辛勤劳作，只为口粮，不仅供全家吃喝，还要供我们兄弟姐们上学，那时您就是一头健壮的黄牛，吃的全家最少，活干的最重，在自家后院您一个人用一把铁镐、一把铁锨、一根扁担、一副框子，为全家打下了三面窑洞，在全村落下了"狠活"的名声。

爸爸，揭开岁月无情的面纱：在我上五年级的时候，由于村子里面出现了一股弃学风，村子里面几乎所有的孩子都弃学回家，最高学历就只读到完小毕业。我当时也受到了玩伴的影响，可我的班主任好像感觉我是棵苗苗，不忍放弃，家访了几次，可"吾志已决"，谁的话也不听。一贯沉默寡言的您勃然大怒，对我一次又一次暴打，但在我"威武不屈"一次又一次经受住考验的情况下，您无可奈何做出了痛苦地让步。当我背着草筐和村里同龄伙伴一起疯狂田间农野，一起在蓝天白云下享受着没有学校纪律的约束，没有更多作业习题的负担，没有考试排名次的诸多压力……爸爸您每次看到这些，眼神流露出的不仅有失望，更多的是愤愤然。也许您不甘心我这样沉沦下去，您终于发疯似的带着我下地干农活，那一年我才十一岁，但您把我作为一个成年人用，往地里运粪，拉着车子砍柴，套着牛上地，无所不及,妈妈看了心疼得直掉眼泪,可您始终板着一副铁青脸。一年过后,我终于不堪重负,缴械投降,背起了书包,走进了学堂,历经农村"洗礼",历经重活"劳改",在学校我老实了许多,也勤奋了许多,年底考试全年级一举夺魁。

爸爸,俯拾飘逝的记忆,点点滴滴记心头:我们兄妹四个一个都不让您省心。姐夫好吃懒做,四处骗钱浪荡,债台高筑,您心疼自己的女儿,不仅做完咱们家里的农活,还要到姐姐家里加班加点,忙里忙外;您省吃俭用,大哥成家立业了;您又操心二哥,二哥有了三口之家;您又操心我这个不争气的三儿子,为了我能考个好学校,平生不求人的您带着一袋红枣,乘船渡河去寻找您的老同学——河南灵宝县教育局局长。不曾想平时不出门的您,到了那里天已经黑了,您的钱物被人偷走了,那天晚上正好下着雨,您没办法淋着雨水在街头忍饥挨饿蹲了一夜,当我听到您告诉妈妈的这一幕,那一刻便深深地印在了脑海深处,成了无法磨灭的记忆。

爸爸,吞咽岁月的苦难,方知您的可敬之处:您上有爷爷奶奶要照顾,下有您的儿女们要抚养,您为了我们,过早地累残了双腿,您舍不得进医

院,您就改写着"医不自治"这一古老谚语,从田间采集艾草,进行炮制,用点燃的艾草配合,进行针灸,每当看到您给自己的身体扎满了银针,就如万针穿刺儿的心,看到您泰然处之,满是乐观地笑对生活,我由衷地敬佩您,您是儿子心中最坚强的人。

爸爸,品味岁月的艰辛,温馨感动时时绕心头:您是一个凡人,在我心中却是一个几乎完美的人。对待爷爷奶奶,您大孝至爱,在我伴随您的一生中,我敢肯定地说,您没有和爷爷奶奶大声说过一句话,拌过一句嘴,更不用说红过一次脸,您遵奉的是"出必面,返必告"。在这个大家庭,爷爷奶奶的话是最高指示,您把家里好吃的第一份留给爷爷奶奶,第二份留给您的儿女们,最后的一份才留给自己。记得每年冬季农闲的时候,每天晚上在煤油灯下,您不知道从哪里找来的《西游记》《水浒传》等故事书籍,您为爷爷奶奶不厌其烦地讲读,爷爷奶奶坐在温暖的炕上,我们偎依在旁边,随着灯火的跳动,津津有味地听着精彩的人生故事,在您沙哑的音律中,不仅感受这一份珍贵的亲情,而且在感受着一份独特的孝道;记得无论是爷爷病危,还是奶奶病重,您都不让妈妈和我们去照顾,您不放心,您亲自守护,端汤送水,擦屎擦尿,白天黑夜,从无怨言。对待邻里,您朴实无私,由于您精于医术,擅长给老人和小孩看病,每当村里有人求医,无论远近,无论贫富,无论白天黑夜,无论夏天冬天,您是有求必应,义务出诊。如今,方圆十里您看好的患者不计其数,却没收过患者的一分钱,很多治愈渺茫的小孩如今已长大成人,都还记得有一个老头或给他们针灸,或给他们施药,他们害怕您,现在却很感激您。有很多人说您是大孝子,有很多人说您是老实人,也有很多人说您很傻,您那么贫穷,治病却不收分文。我要说,我不知道您是什么人,但我知道:您是我心目中的好爸爸。

爸爸,"清明时节情可催,长歌当哭念慈颜。"是您让我穿着粗布衣服长大,是您让我就着五谷杂粮成长,是您让我住着柴舍瓦房遮风挡雨,是您用一分一分血汗钱供我求学,是您用那坚韧的性格,朴实的情怀,至爱的孝道,苦难的磨砺熏陶着我。爸爸,您的一生是把一切留给儿子,又不向儿子提一个极其简单要求的人生;您的一生是站在耙上,伏在犁上栉风沐雨辛勤耕耘的一生;您的一生是从未见过西装革履身着粗布衣服的一生;您的一生是从没品尝过美味佳肴而吞咽苦难的一生;您的一生是用一长一短残疾的双腿跨越坎坷的一生。爸爸,您虽然没有伟岸的身姿,但您瘦小的身材在我心中却始终挺拔如山;您虽然没有高官的地位,大贾的财富,尽管是一介农夫,但您赋予我的却是宝贵的生命、聪慧的头脑和永不服输的性格、知难而进的意志。爸爸,您吞咽世间的艰辛,从不言悔;您削弱的双肩担当山一样的重荷,从不喊累;您用您残疾的身体换来了我们的身强体健,您用您毕生的心血滋养着我们的幸福生活;我们都成家立业了,您却油尽灯枯,完成了自己的人生使命,告别了不足七十年的苦难岁月,远走天边。

爸爸,您捧着一颗心来,不带半根草去;您给予我们的太多,要求我们的为零,爸爸,一抔黄土怎能掩盖了您我父子的血脉情怀,悠悠岁月,怎能淡忘血丝般的记忆;星泪婆娑中,依稀看见您——我的爸爸向我走来。爸爸,条山巍峨,厚重而隐忍,让我感受着伸展向天空父爱宽广的力量;黄河滔滔,绵延而不绝,让我接受着滋养于大地血脉传承的父子情怀……爸爸,请让我再为您点燃一根不息的烟火,让您的儿子陪着您再抽一根永不熄灭的香烟,就那样静静地坐着,续说思念之情。

    此致

 敬礼

              三儿子　孟华

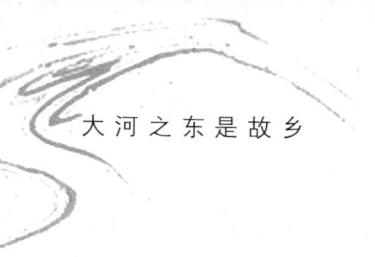
大河之东是故乡

静坐一窗秋雨

今夜,秋雨又连绵,说好了的月色呢?讨厌,天公也爽约!任一袭风起,任一场雨滴,我用一袭烂秋衣把思念捂住!管他大雨倾城,淅淅沥沥,绝不让思念冷冻成霜,斑驳成影……

秋夜漫漫,无月华点灯,如何照亮思念回家的路!月华,如同母亲点燃一盏思念的灯火,殷殷在家等待儿子推开那扇回归的柴门。无月华,唯秋雨,把思念泡软,把心田浇灌,就像一脚下去四处飞溅的雨花。让思念泛滥成灾,让思念逃无可逃!裹一裹开怀的秋衣,弱弱地问一句:爱我的人和我爱的人,此时都在干着什么?

卧听一场秋雨,细数流年过往,往事并不如烟,淡凉如水的波动,源自季节的转换!那时秋雨绵绵,穿着雨鞋,披着雨衣,戴着草帽,深一脚浅一脚走在无处不泥泞中,小心翼翼只怕淋湿了唯一的一身衣裳和田间的六亩棉花,坏了父母的一年收成;如今秋雨霏霏,昂昂然,行走在大街的水泥路上,不怕湿了衣裳,唯恐淋湿了中年那颗饱经沧桑的心情。岁月滑过指尖,秋雨落满全身,我喜欢不撑伞地在雨中行走,感受岁月薄凉,然后唱一首五音不全的歌,消失在街头巷尾……

奔走在月有阴晴圆缺,人有悲欢离合的烟火红尘中,每个人都在无休止地团聚、分手,再团聚,再分手!最美的年华总在不经意间溜去,最亲最爱的人总在无奈中离去!因为,每一场盛大的欢聚都要有爱的散场,就像月满终要缺,晴天过后必有雨,甚至是连阴雨,不会晴!故而,珍惜岁月珍惜人,不望花前月下,但愿长长久久,不说来日方长,只求相聚一刻!

静坐在一窗秋雨里,不怨月爽约,亦不怨雨敲门,只愿沏一壶茶,在浓淡相宜间,在灼烧热凉间,在芬芳扑鼻间,在茶香润胃间,执一盏清欢,听一曲心音,释一丝惆怅,执一支素笔,写一笺心语,啜一口往事,品一杯岁月,把灵魂安放。

人生是个蛋

近几天来,冷静沉默了几年的qq空间突然间热闹了起来。有朋友送鲜花的,盛开满屏,让徐徐清风绕心头;有朋友道祝福的,欢歌如潮,让丝丝温情响耳畔;有朋友赠礼物的,真诚温暖,让人生关怀伴一路……

如此这般,我才省悟:又一年的生日来了! 在诸多热闹之中,我想到一句话:谁说虚拟网络都是假的,难道现实生活都是真的?一番感慨过后,才知道是自己的生日到了。听着岁月之手,又一次焦急地叩响了年轮更替之门,我不由得触耳惊心起来:唉,什么事还都没做,时光便如路旁小草上晶莹的露珠,悠然顿逝! 真是一天很短,还来不及拥抱朝阳,便已挥手黄昏;真是一生不长,还等不到梳理青丝展美颜,便已开始焗油遮白头……故而,对生日,我不大讲究,从没有认真过过! 不喜欢觥筹交错,亦不愿推杯换盏,更没有点过蜡烛,切过蛋糕,许过愿望……总是默默地把这个日子记下,又默默地把它忘掉,让平淡冲淡一切,总感觉自己如此平庸的人生,又怎么够得上隆重庆生?

生日,对每个人来说都是平等,无论贵贱都有自己这么特殊而又重要的一天! 我们应该感谢母亲,是母亲承受一切苦难,用"十月怀胎"为我们孕育了这么美好的一天,送给了我们一轮崭新的生命,赋予了我们一个五彩多姿的世界。而从这一刻起,我们便在母亲含辛茹苦的奉献中,牙牙学语,姗姗起步,开始打理自己或贵或贱或卑或荣的一生。

虽然自己不大喜欢过生日,但在遥远的时光背后,记忆的锅灶旁边,总有母亲把那么一枚或青衣或白壳的鸡蛋丢进沸腾的开水中,任那一枚鸡蛋从母亲的手中,犹如伏明霞或郭晶晶从母亲布满老茧的跳板上,以一个漂亮的365度后空翻,翩然入水,那种"酷暑浴汤锅,沸腾自镇定,水滑洗凝脂,清水出芙蓉"的景象;那种无畏"刀山火海"的气势,不惧"上下沉浮"的淡定,总让人在垂涎中被定格在脑海。那握在手上的滚汤热度总能澎湃不息地流转经过我的周身脉络!那种从锅中取出,经凉水浸润冷静后,小心翼翼剥壳,认认真真取皮时的严肃和庄重总让人怀念,那种完全脱壳后,青白的惊艳,金黄的奢华,轻启朱唇的一吻,齿颊留香的陶醉,顿让人生有幸福之感,满足之感……

从此,我那贫薄的生日便从一枚青蛋零一般开始,由母亲煮沸,赐我成熟人生到二十!慢慢地母亲老了,站不动灶台了,拉不动风箱了,煮不熟一颗青蛋了!我也飞走了,工作了,娶妻生子了。由母亲的一枚青蛋煮人生开始,到了妻子的一碗荷包酸汤面接替,不知几度春秋,几度风雨,一筷挑起人生的唏嘘,一筷挑起岁月的味道,咽下去的是五味杂陈,想起来的是母亲的味道!

从一枚青蛋起步,也曾经年少,拥抱着阳光;也曾经奋发,追逐着梦想;也曾经坎坷,似迷途的羔羊。一个个生日,一枚枚鸡蛋把我煮成了沧桑!闻着蛋香,除了母亲的爱,还记录着我走过的点点滴滴:潇洒或凄美,叹息或黯然。然而,无论如何,总有那一种喊你回家吃饭的声音,穿过岁月的弄堂,走过时光的巷口,飘过大地苍穹,在千里之外徜徉于你的耳际,把暖意贯彻在全身每一处伤怀,把爱意装满你风雨旅行的肩包。

若说年轮是岁月留给大树的记忆,那么皱纹将是岁月留给人类的沧桑。时间在一枚青蛋剥壳取皮的轮回中悄然流逝,花开花又谢,一年又一年,不管世事如何变迁,都别让渐渐老去的心长满皱纹。

人生如蛋,蛋若人生!经煮烹煎炸炒,方才成熟味美!当我再一次站在季节的枝头,瞭望已经走远的春天,目睹还未逝去的夏季,我的目光穿过沉甸甸地挂在枝蔓的秋果,看到的是已经足够苍老的母亲再也无力为我捞起生日的煮蛋!此刻,悄然远去的,除了岁月,还留下了这些简单的诉说!

大 河 之 东 是 故 乡

那年我去交公粮

每当布谷鸟"快收,快收"的催叫从条山峰顶焦灼地响起,每当吹黄麦穗的夏风从黄河岸畔飘过,每当晋南大地金灿灿的麦田如米勒的油画迤逦展开,我的耳边就会时常响起那曲热烈奔放、节奏欢快的《扬鞭催马运粮忙》的笛子独奏,眼前便会浮现出二十年前与父亲一起交公粮的种种往事。

"南阳院村的广大村民请注意,根据公社要求,我村从明天开始起到学张粮站交公粮,三天之内必须完成……"在村大队部高音喇叭一遍又一遍的督促声中,一张"售粮证"就派发到父亲的手中,正面清清楚楚地写着要交多少斤公粮、多少斤余粮,背后还写着"完成粮食收购任务,是每个农民应尽的义务"。

对这项义务,父亲从来不敢懈怠,"种地纳粮,天经地义"啊!趁着六月的日头正红,一家人把小麦晒得用牙嚼着嘎嘣响,并乘着正午的热风扬净了场。母亲用一把扫帚把一地的收获聚成了一座"金山",守在一旁等候多时的哥哥和我,便迫不及待地拿出了麻袋去装。这时,父亲总会很严肃地嘱咐我们:"装的时候别急,一定得拣干净麦子里的石子、土块!"

临睡以前,父亲就像出征的将军,检查兵器一样,仔仔细细地把架子车勘修一遍。看看车厢的木板结实不结实,轮轴灵便不灵便,轮胎的气饱不饱,如果发现哪里有了毛病,便加班加点一丝不苟地修理起来,直到确定车况一切正常后,才肯安心地睡下。农村的夏夜似乎很短,当鸡叫两遍的时候,屋子的灯亮了,父亲母亲都早早起了床,平时很贪觉的我也很兴奋地一轱辘爬起来。大家开始忙着把沉甸甸的麦袋子往架子车上装。车装满后，我们带着母亲烙得油油的葱花饼和煮熟的鸡蛋，顶着漫天的星辉，匆匆出发。

去粮站的路距离村子七八里，一路慢上坡，拉着一车粮食走得很费劲。父亲把车袢带套在肩头，驾着车辕使劲往前拉，我在后面绷着腿奋力朝前推，那可真是"北上到粮站，艰哉何巍巍！羊肠坂诘屈，车轮为之摧"。

及至天色放亮，当我们到达粮站时，不由得惊呆了，眼前早已是车水马龙、人头攒动，架子车顺着通往粮站门口的大路摆成了一字长蛇阵，拐着弯儿一直蜿蜒到一里开外的中学门口。"还说咱们早呢，人家半夜就来排队了，咱们今天能不能交上粮，够玄乎。"父亲满脸的忧郁，甚至有点担心了。

粮站的大门口几个给粮食验级的年轻人成了核心，他们虽是粮站普通职工，但责任重大。所以，"验粮一根棍，责任大如天"。所以，每当到了大门口就要验粮的时候，乡亲们就都赔着笑脸尽量给验粮的年轻人说好话，甚至有些低声下气的味道，目的无非是通融一下好过关，或者是怕在验级的时候吃了亏。检验员们黑着脸，一副公事公办的样子，粮食不合格，天王老子也不行。于是，就经常得罪人，甚至当地的"耍二杆"就会寻衅闹事，往往围在他们周围一叠声地问："几级啊？几级啊？"那验级的也不管是谁，实事求是："没有级！粮食太湿，拉一边再晒晒去！""二杆"们就说："谁说粮食湿？你再验验！"验级的就嚷："湿就是湿，还验什么验？"一语未了，"嘭"的

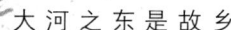

一拳照面打来……吵归吵,打归打,秩序乱过之后,该怎样收还怎样收,该晒的还得晒,该扬的还得扬……

就是在这漫长的等待中,我们站在粮站浩浩荡荡交公粮排队的路上从早上旭日初升一直熬到玉兔当空,一寸寸、一步步往前挪动。排在前边被验收上的人欢天喜地、如释重负,没被验收上的人家垂头丧气。后边排队交粮的人们看着被拉回的一辆辆装满麦子的车子,忧虑重重,手心里全是汗。就这样一边担心,一边向前移动,饿了吃一些自带的饼子,渴了喝几口自带的白开水,等到大家对今日的行情了解得差不多了,带来的口粮也吃光了,队伍也排到跟前了。轮到我家的时候,"快点快点,我们快下班吃饭了"。工作人员一边叫着,一边擦着汗,我们费力把一袋一袋小麦往验收员跟前搬。父亲把袋搬好,来不及擦汗,诚惶诚恐地给工作人员递了根烟,等着宣判。工作人员眯着眼,看着烟,打着哈哈,顺手接过放在磅秤上边,一边拿着个好似刺刀的东西往袋里刺进去,那"刺刀"中间有个槽,拉出来时,槽里带出了些谷子,熟练地往手里倒了出来,吹一口气拿几颗塞到嘴里,咯吱咯吱地咬咬,对这些我不太看重,我只是心疼那袋子,好好地刺上几刀,不就烂了洞了吗?可平时节俭的父亲却不在意,屏住气息,紧张地看着验收员,唯恐打回去重晒再来。"好了好了,搬下去吧",工作人员一边把咬过的麦子朝磅秤边的地下吐出去,一边朝我们说着,父亲这才赶忙把袋子一袋袋地往粮仓里搬。粮仓的入口在两头,要上个五六米高的台阶,搬上去后,打开袋口,往下倒,完了把袋收好,从上面飞快得小跑下来,再把另一袋搬上去,几趟下来,大汗淋漓,浑身湿透。尽管这样,父亲还是很高兴,谢了又谢,工作人员开好收据,父亲仔细收好,

"交够国家的,留足集体的,剩下就是自己的。"当父亲完成了交公粮的任务,一身轻松地用那布满老茧的手点数着用一年劳动成果换来的花花绿绿的钞票,攥在手心里的仍有几百元,那种心花怒放的表情就一并开在了脸上……

当交公粮的历史车轮浩浩荡荡地从春秋时期鲁国的"初税亩"一路走到2004年,被老百姓习惯上称作"皇粮国税"的时代彻底结束了。现如今,农民不仅不用交公粮了,种地政府反而还给补助,但以前交公粮的往事又怎能不忆起?

以清明的名义，下一场思念的雨

清明，是牛拖着犁铧犁出来的！

随着舜在历史天空挥舞过的一朵朵鞭花，随着鞭花回荡在历山深谷的一声声脆响，后稷便开始忙于稼穑，嫘祖便开始着手养蚕，中华五千年农耕文明的脚步便延展开了清明节气这一幅种瓜点豆的美丽画卷！

桃花岭上赏桃红，盐池下面观菜花，清明一路踏青去，折根柳枝当哨吹！然而，最让人心动的还是清明时节雨纷纷。这不，一到节点，这场春雨便按照千年的约定届时光临。这幅清明烟雨图的第一滴墨韵便从河东的山山水水开始勾勒，这场清明节气的第一滴雨水便从河东上空的云朵开始下落。这一下，淅淅沥沥就是五千年。

清明节是一场适时的雨。这场雨从天上到地下，从江南到塞北，浸透在我们脚下的每一寸土地，镌刻在我们夏历二十四节气岁时历法的华表上。丝丝缕缕的雨，经天纬地间，就编织成了一张网，以"情"网恢恢，疏而不漏之势，网住了你，网住了我，网住了古今，一网打尽了清明节所有人的绵绵情思。

清明节是一场适时的雨。年年岁岁雨相似，岁岁年年雨不同！这场雨，每年都是新的，或是春秋战国时期介子推泪洒绵山之顶的热血澎湃；或是唐宋诗人杜牧遥望四月深处杏花村里的那一杯酒香；抑或是今古人们思亲念祖的万千思绪。节气中的每一个人都能找到属于自己借以寄托的雨滴，每一颗晶莹剔透的雨滴都能映射出列祖列宗的容颜来。

清明节是一场适时的雨。这场雨以清明的名义向先贤告白，为您诵读

"南北山头多墓田,清明祭扫各纷然。纸灰飞作白蝴蝶,泪血染成红杜鹃"慎终追远的节日主题,在气清景明中感悟人生,敬畏生命,回顾以往,憧憬将来!

"好雨知时节,当春乃发生"!清明节是一场适时的雨。这场雨以清明的名义向春天发出了热烈的邀请,向万物吹响了蓬勃生长的集结号!这雨明艳了十里桃红,这雨染黄了油菜花香,这雨助推野菜疯长,这雨丰润着杏李的梦想,这雨灌浆着,这雨抽条着,这雨饱满着……这雨孕育了条山脚下的希望,这雨芬芳了黄河两岸的麦香……

清明节是一场适时的雨。这雨以清明的名义为您开启一年最美好的行程!一滴清明雨,洗尽世上尘!行走在桃红柳绿的四月,徜徉在希望与梦想交织的时光中,还用打伞吗?让我们沿着秦皇汉武的路径,顺着唐宋明清的方向,踩着先人们的足迹走向心中向往的远方……

柿子红了 照出农人的模样

小时候,没有远方和诗,只有后院的那棵柿树,目光所及,一切少年的壮志凌云,都萦绕在树梢最顶端的那抹艳红。

常言说得好:不怕贼偷,就怕贼惦记。一到秋天柿子红,贪吃的我就常在后院柿子树下面瞪着眼睛数个数,心里盘算着哪个柿子快红了,算计着哪些个红了的柿子又快软了。为了一个"旦柿子",时常流着哈喇子和哥争和姐争和鸟儿争。最后,争过哥争过姐,但却从未争过鸟!因为,树上最高枝头的那个最好吃的总是被鸟儿占了先,啄了去。

喜欢柿子,除了它甘甜好吃以外,更关键的是我们从童年到青年再到中年穿过岁月的风霜,那红在故乡枝头的色彩依然能够照出农人的模样来。

柿子树,最像农人,老实巴交,居于乡下。他从不在乎居住条件的好坏和环境的优劣,从不在意土地的肥沃还是贫瘠,无论房前屋后,无论沟里峁上,只要有扎根的地方,哪怕是长在石头缝里,给一点阳光他就会灿烂发芽,给一点雨水他就敢"泛滥"生长;给一缕秋风他就能把田野燃烧成一把熊熊的火。

柿子树,最像农人,绿荫如盖,铁杆虬枝,父亲一般粗壮的模样,守护着大地,守护着他的乡亲。他从不在乎是否能够享受到一般果树施肥灌溉的待遇,他也无意于与脚底下的植物争养料。他只是老实本分干自己应该做的事,比如生长,挂果,成熟,给季节一个交代,给乡亲们一个丰收的喜悦。他就这样:在"一畦韭叶绿,十里菜花香"的春天,默默地吐绿发芽,开出淡黄色的小花儿;在"足蒸暑土气,背灼炎天光"的夏天,默默地结出青青的果儿来;在"喜看稻菽千重浪,遍地英雄下夕烟"的秋天,随着风霜的浸润,柿子从青涩到青黄,再到黄红,直至艳红,给故乡的原风景添加一抹波澜壮阔最动人心魄的秋日红,那红给大地以喜庆,给乡亲们以希冀。

  柿子树,最像农人,朴实坚韧,粗糙地活着,他从不吝啬自己的"汗水"和"力气",总是在栉风沐雨中以最廉价的"劳力"付出着最大的心血。"七月核桃八月梨,九月的柿子红了皮,不熟透的柿子不能吃,眼看着红果心着急。"柿子成熟了,可以吃了。然后,柿子树肩挑着累累硕果守候在秋天的

枝头,以成熟的姿态默默地等着最亲近的人们拿着钩子,挽着筐子,拉着车子说着笑着摘取他们。当乡亲们理所当然把他们一筐筐、一担担、一车车浩浩荡荡满载而归,又有谁可曾想起感激他?于是,墙上挂的,案头放的,院中堆的,席子上摆的,无论是"竹柿子""汗柿子"或"水柿子",在那贫穷的年代,在缺梨少苹果的乡下,柿子不仅成了农人们秋冬院落、房顶、炕头上丰收的主基调,而且还是充饥果腹的救命粮。

柿子树,最像农人,大度慷慨,乐于奉献,从不吝啬自己的所有,一旦被人们所需要,无畏凌迟加身,不怕千刀万剐,敢于赴汤蹈火,纵然皮肉分身,也要把最美的味道献给乡亲们。当然,没有成熟的柿子,不能吃,是涩的,红了皮的柿子不熟透也很难吃。你若是啃上一口,就会口腔麻木,舌头干燥涩苦,吐咽不得,当地有"一嘴啃个生柿子——涩(啬)死人啦"的歇后语。但经过乡亲们的加工创造,还是吃法多多。一种吃法是把尚未成熟的青涩的硬柿子或挂房檐,或放案头,静等岁月过滤,当看起来果子透明发亮,色泽变得血红,果汁涨满得像要撑破皮似的,触摸着柿子发软,就是常说的"吃柿子单捡软的捏"(形容欺负弱人)的俗语,熟透的柿子,也就是我们晋南人所说的"旦柿子",牙齿微碰,果皮即破,不需要咀嚼,唇间即化,汁液入口,浓香甘甜,浸舌润肺,滋养五脏;还有一种,就是母亲把众多硬柿子放在大锅中,添加冷水,用麦秸软火温柔"暖烤",经过一两天浸泡,拿出可食,不涩不苦,不缠舌头,咬起来,咔咔有声,清脆香甜,那种妈妈的味道成为我们童年小伙伴上学时争相抢食,竞相攀比的水果之一;还有另一种吃法就是刀具加"柿",或旋或切,皮为柿条,肉为柿饼,放在芦苇席上经秋霜浸染,等到雪白趯眼时便被珍藏,只待逢年过节,拿出厚待客人……

霜重秋愈浓,又见柿子红!如今,回到久违了的故乡,站在寂寥田野的柿子树下,已经看不到当年爬树贪玩的孩子们;看不到上树杈摘柿子的青壮年。这个昔日的宠儿,抢夺的娇子,就像一个弃儿被进城打工的人们抛弃在放弃了希望的田野里。寒风凛冽中,当我凝目注视那火红的柿子,那风霜浸染的流光中依稀能够照见昔日的繁华,依稀能够照见父亲的沧桑和农人的模样。

猪年的告白

2018,狗叼着12月剩下的最后一根骨头,向着时光深处渐行渐远!

2019,猪衔着春天赐予的第一把"金草",哼哼唧唧地走进了新年的"围栏"!

猪就是猪!对于年关,对于"磨刀霍霍向猪羊"的年关,这头"笨猪"竟然"虽千万屠夫吾往矣",大摇大摆,目中无人地前来叩关,摇头晃脑地演绎着"肥猪拱门"的贺岁喜剧……

面对去岁而求新,向死而后生的猪的祭台,我不由得收回以往对猪的极度鄙视,开始佩服起2019——新年的主角——猪!在这个"千万人狂欢,一个猪的牺牲"的节日盛宴里,这个猪呀,真有一股子"砍头好比风吹帽""革命志士"的大丈夫情怀!

对于猪,我以前是极度讨厌,极度鄙视,极度痛恨的……可,偏偏不幸的是:我一出生,便被岁月贴上了"猪"的标签,人生履历表上竟然被"这头可恶的猪"登堂入室占去了关键一栏,如影随形地伴随了我的一生,让我无法驱赶,无法摆脱。

痛恨猪,是因为我的一大半童年的时光总被它侵占。为了它的一日三餐,每每放学或放假,总被父母吆喝着背上草筐上山,拿着镰刀下滩,东西南北跑断腿,风雨无阻割草忙!为此,没少因"下面树枝撑,上面草来盖",弄虚作假招来了父母不计其数的"狗板子"。当一瘸一拐的我看到"猪先生"不是躺在圈里蒙头睡大觉,就是悠闲地踱着"干部步"在栏里哼着晋南小调调,或者靠在北墙角蹭着痒痒晒太阳……我就气不打一处来:娘的,总有一天要来一刀子的。于是,我便盼望着过年杀猪,在村头的打麦场里,挤在腊月的人堆里,幸灾乐祸地听猪惨叫,看着热闹⋯⋯

讨厌猪,是因为小时候总因猪而挨训!课堂上,老师总因为我没完成的作业,狠狠地揪我的头发和扯我的耳朵,并当着全班同学的面讥讽我:你是猪呀,笨就算了,还这么懒,连最基本的题都不会做?课堂下,男同学们总因为我的猪头猪脑,当着大多女同学的面开涮我:你知道猪是怎么死的?我说不知道。他们就哄堂大笑:"笨死的呀。"饭桌上,饥饿的我还没扒拉两口,爷奶爸妈便敲着桌子:你是猪呀,吧唧啥哩,啃猪槽哩,吃那么响,把碗沿咬掉⋯⋯这一桩桩一件件,无不令人心里添堵,对猪生厌。

鄙视猪,是因为猪的形象真不怎么好!猪,没有狗的英武霸气,一身好武艺,忠诚又担当;没有鸡的勤勉上进,公鸡常打鸣,母鸡勤下蛋;没有猫的乖巧讨喜,世间一宠物,人见皆犹怜。而猪,肥而笨,脏而差,傻而拙,只知道吃了睡,睡了吃,周而复始,直至最后一刀。即使在文学作品里,总是拿猪对人一以贯之地丑化贬低,比如作家夏衍在《包身工》中写到,工头对包身工的称呼一律是"猪猡"二字,显示出他们对包身工的歧视和人身侮辱。特别是影视剧里的一些反面人物,不是大腹便便,丑陋无比;就是蠢到如猪,傻到极致,一出场,便携膘而来,好坏立判。特别是四大名著《西游记》里猪界的头号人物,唐僧的二徒弟猪八戒,名猪刚鬣,法号悟能,其实就是无能。本是天蓬元帅,因调戏嫦娥而被贬凡间,误投猪胎成妖,后随唐僧西天取经。他猪性不改,贪吃,偷懒,又好色,喜进谗言,还贪小便宜。后来"猪八戒"便成了"好吃懒做,贪恋女色"的代名词。吴承恩硬是把猪从天上鄙夷到地下,从神仙糟蹋到凡间。即使西天取经,事业有成,位列仙班,也不过是如来很鄙夷地施舍给了个"净坛使者"。这不是赤裸裸地打脸吗?你说,不鄙视他,又鄙视谁?

为此,当别人无意间问我属啥?我总是讪讪地害羞地捂着脸:哎呀,我不会属相,随便"属"猪吧!可意想不到的是,十有八九的人都会吃一惊,剩下的一二更是大吃一惊:属猪?属猪好啊,属猪的人有福气!是吗?我不可思议地问。"真的真的呀,"望着回答人的坚定面孔,我不由得回顾起身边每个属猪人的生活本色。果不其然,除了我狼狈些外,其他的"猪"都过得

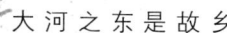

有声有色:有圈住,有食吃,有槽拱,有太阳晒,有步可踱,有歌可哼,有梦可做,衣食住行,样样不差,心宽体胖,生活安然!于是,浮想联翩中,我想起了宋朝潘妨的一首诗:甲马营中紫气高,属猪人已著黄袍。此回天下地无事,可是山中睡得牢。

于是,我不得不去重新思考猪的哲学!

猪,自从人类群居以来,就代表着吉祥和富足。"家"字宝盖头的下面为"豕"("豕"为猪),可谓无猪不成家,猪的数量也象征着过去一个家庭的富裕和文明。所以,猪在人类发展的岁月长河里不可小觑。

猪,很智慧,"耳大容闲事,嘴长无乱词。"既有老子的无为淡定,又有陈抟老祖的嗜睡入仙,更有郑板桥的难得糊涂。

猪,很满足,"残羹剩饭无嫌弃,吃秕吞糠不怨穷。"一圈一窝一槽足矣,绝不好高骛远,绝不仰望星空,绝不攀比他人,而是身卧大地,背靠墙根,忍得委屈,守得寂寞,与世无争,增膘报主,长肉富民。

猪,很善良,"排名居末位,率直性无私。"憨厚老实,安分守己,从不防范人,也不加害人,并为人们带来经济上的富足,成为乡亲们一年收入的"聚宝盆",我们农家子弟上学路上的"取钞机"。

猪,很无私,盛宴筵佳客,齐夸主食香。猪,就是新年的主题。虽然他"尿臊粪臭一身脏",却"留得人间死后香"。他全身的每一个器官,从头到尾,都是人们百吃不厌的美食。所以说,他是蒸笼里的最爱,油锅里的热烈,餐桌上的硬菜。杀猪,成了中国年的魂魄,没有了猪,新年就失去了热闹红火的景象,没有了猪肉,新年就没有了中华民族的味道。

说到底,岁月是把杀猪刀:年年过年吃猪肉,年年味道大不同。

走进猪年,不由得我想,做只"猪"有何不好?猪一样的胃口,猪一样的睡眠,猪一样的心宽,猪一样的体魄,猪一样的智慧,猪一样的善良,猪一样的无私……

那么,我骄傲,我就是一头猪!

今夏河东无蝉声

夏日,除了阳光、火云、啤酒、冰镇西瓜外;还有的就是裙摆、热裤、吊带衫了。然而,最最重要的还是唤醒夏天魂魄的那一声声韵律悠扬的蝉声了。

因为,再也没有比蝉更了解夏天的了,也没有比夏更需要这一蝉虫了!

俗话说得好:蝉声起处夏正浓!

蝉若不发令,蝉若不吐口,蝉若不邀请,蝉若不唱和,夏天他敢来么?

然而,你来,或者不来,河东盐池边,黄河条山下,我们都在这里痴痴地等你,连同唐诗宋词里的"柳永、辛弃疾、白居易、王维、苏轼"等一大帮喜蝉爱蝉者,或在杨柳岸晓风残月中,或在明月别枝惊鹊下,或在六月初七日,或倚杖柴门外,或在秋雁一字布阵时,抑或在绿槐高柳下……望蝉归来,等蝉飞歌。

从六月等到七月,又从七月等到八月,在望穿秋水的一厢情愿中,寻蝉蝉无影,觅蝉蝉无声,这个性若烈火的夏之季竟然"三天一小啼,五天一大哭",硬是把一个《西游记》的烈烈酷暑"火焰山"演绎成了《白蛇传》淅淅沥沥逆流成河的"水漫金山"。

月出先照山,风生先动水。亦如早蝉声,先入闲人耳。

眼看着,夏天的背影越来越远,秋风曼舞却越来越近,我这个闲人怀揣一丝忧伤执着地侧耳倾听,依然捕捉不到一丝丝的蝉鸣。我不由得狐疑起来:朝槐暮柳抱叶而隐的蝉,到底去了哪里?往年那没日没夜,时而清越高亢,时而悠扬绵长;时而低沉晦暗,时而亢奋嘹亮,时而稀疏单调,时而稠密雄壮,一层层,一片片,一场场,高低错落、此起彼伏的"独唱""二重唱""大合唱"又在哪里?

到底是夏抛弃了蝉?

还是蝉始乱终弃辜负了夏?

难道《诗经·卫风·硕人》里"螓首蛾眉,巧笑倩兮"的爱情就这么不堪一击?几千年的夏蝉绝恋就此撕裂?

曾记得前年,也就是2017年8月3日,"两学一做"主题教育活动开展得如火如荼之际,一只金蝉从天而降,爬到了我7楼办公室的窗台前,在我的办公桌上与我不期会晤,共同分享了我的学习心得和我的民主生活会发言提纲,我为此专门写了一篇《蝉兄,欢迎指导》的散文。直至今年,时过境迁,想那蝉已蜕化成"禅",不由得令人戚戚然。

"春蚕不念秋丝,夏虫不可语冰,蟪蛄不知春秋"。金蝉的一生,让站在食物链顶端的我们来看,那趴在桐树上的,卧在柳树枝上的,隐在槐树叶上的,甚是恓惶:它们说到底也只有1-2个月的生命,为了这短暂的光明,它们无怨无悔地在黑暗的地下度过3年、7年、甚至20年的漫长岁月,然后化蛹成蝉,不飞则已,飞辄冲天;不鸣则已,鸣辄惊人。但,无论它们如何横冲直撞地冲破地表,来到了人间,却依旧摆脱不了悲惨的命运,有的幼蝉刚刚出土,眼睛还未来得及全部打开,欣赏这大千世界的花花草草,便成了我们这些所谓的文明人手中觥筹交错的下酒菜。

其实,蝉,作为"昆虫音乐家""大自然的歌手",无论是仰天长啸,还是俯首高歌,都是对生命弥足珍贵的一种执着礼赞。它的歌声不仅为我们枯燥的童年带来了无限的童趣,也为神秘的大自然、暴热的夏天增添了无边的情趣,更给我们艰苦生活以鼓舞和迷茫人生以启迪。故而,夏日听蝉,听的是一种"禅"意,养的是一种"禅"心,育的是一种情怀。然而,回眸我们闪耀着华夏五千年文明之光的河东大地,那吮吸着尧舜禹汤文明养料的枝枝杈杈,竟无一枝可安放小小金蝉的倩影……

高柳有蝉鸣,声声总关情。几千年来,只要文明不断流,蝉声就不会停止。蝉从商朝开始,就成了达官贵人的追捧,认为蝉与玉一样也有"五德":"文、清、廉、俭、信"。头上有冠带,是文;含气饮露,是清;不食黍稷,是廉;

处不巢居,是俭;应时守节而鸣,是信。到了唐代,蝉也成了文人墨客托物言志的对象。"垂緌饮清露,流响出疏桐,居高声自远,非是藉秋风。"唐朝虞世南以此表现自己被贤君重用的喜悦之情;唐代李商隐的诗句"本以高难饱,徒劳恨费声"表现了诗人对高洁品质的追求;唐代骆宾王的诗句"露重飞难进,风多响易沉"表现出自己有才难施的悲哀。这三首诗都是唐诗中托咏蝉以寓意的名作,被后人喻为"咏蝉三绝",蝉也因此名声大震。

"造化生微物,常能应候鸣。"

听蝉,当寻一好去处,或盐池死海,坐浴南风,倚树对瓦,静听蝉鸣;或凤凰谷底,条山脚下,揽月入怀,让蝉声入耳;或黄河岸畔,头枕涛声,目无一毫,蝉音洗心……让生活的压力散去,让人生的欲望消解。

然而,当我们寻寻觅觅,始终寻而不见;我们侧耳倾听,到底是万籁俱寂。我们看到的是三个一群,五个一伙,全家老少齐上阵。盐池边,小树林,条山下,到处是闪闪烁烁,忽明忽暗的萤火之光。夜晚的河东大地,瞬间变成了灯的天堂,蝉的地狱。

记得几年前,曾经和三五朋友在南山消夏,朋友很热情要给我点一盘奢华昂贵的油炸知了猴,我连忙摆手,逃也似的拒绝了这道美味。现在想想:是当下树林大片被伐,蝉们仓皇逃离的结果;还是生活垃圾乱倒,影响蝉幼虫繁殖的结果;抑或是为了以解口腹之欲的人们,把知了猴逮绝烹尽的原因?

"春听风声,夏听蝉声,秋听虫声,冬听雪声,白昼听棋声,月下听箫声。"可今夏无蝉声,我们又去听什么?

我想,我们的孩子,或者我们孩子的孩子今后只能在唐诗宋词里去寻找蝉儿的模样和蝉儿逐渐远逝的绝唱了。

大 河 之 东 是 故 乡

"南征北战"卖冰棍

九十年代初的夏天,有两个入赘到我们梁庄村的小伙子,因为头脑聪明,机灵能干,骑车进城卖起了冰棍。这股"冰火两重天"的风暴席卷全村,波及村东和村西,让习惯了在二亩地里伺候庄稼的小伙子们再也坐不住了,纷纷扔掉牛鞭,丢下犁耙,攒起二八自行车,捏着破铃铛,风驰电掣向县城奔去……

当时,作为一个刚从学校回到农村的"落第秀才",面对村北村南的两块广阔田地,"有心杀敌,却无力回天"的我,望着浩浩荡荡渐行渐远的卖冰棍队伍,我迅速揩干了眼角上尚未风干的泪水,征得父亲那辆浑身都响就是铃不响的"神行太保",腿一偏,骑上大梁,顺着村东那条猪肠子一样的土路颠颠簸簸奔向烈火炙烤的日子、甜蜜冰凉的事业……那时的卖冰棍队伍甚是雄壮,一色的十八九、二十岁汉子,一车一绳一箱便是标配。村西头记得有狗让、建国、雪亮、二战、交运、春田、联合……村东记得有军军、邦师、亚军、奇红……每天清晨天还未放亮,村东村西的柴门便吱吱嘎嘎相继打开,小伙子们不约而同形成一股车流披星戴月向县城进军。

依稀记得县城有三家做冰棍的,东关的龙粗、西关的黑娃、南关的夏青。三家相互竞争,我们也就周旋其中,与老板们勾肩搭背都成了朋友。那时品种不是很多,两毛钱的冰块,三毛钱的冰棍,五毛钱的蛋卷……每次装货,总是心狠,在作坊人员的监督点数下,往铺有塑料纸的泡沫箱里整齐码够120根蛋卷,上面再铺上厚厚一层冰棍和冰块,最上面的是一块湿毛巾和棉褥子,资深卖冰棍者会故意多装上3、5根蛋卷,算账的时候吵吵嚷嚷把零头抹掉。

冰棍箱子装好,放到自行车的后座,用绳拴紧,一副"军号已吹响,钢枪已擦亮,行装已背好,部队要出发"雄赳赳,气昂昂的样子,脚一蹬,铃一响,踩着风火轮朝着前一天根据采集的情报策划好的路线,朝着心中的"战场"奔去。

第一次卖冰棍,恰逢西陌乡改镇,声势浩大的庆祝盛会成为我们首次卖冰棍的"演兵场"。通过对当前形势的估计和研判,我们没有"化整为零,单兵作战";而是团结一致,整齐划一的向西陌进发。到了西陌镇,高抬锣鼓,人山人海,戏曲杂耍,水泄不通。我们卖冰棍的队伍四散而开,东西南北各个布点,推车游走于人群中相互鼓励打气,卖冰棍的吆喝声此起彼伏,遥相呼应……在磨盘大的日头下,潮水般的人群中,冰棍箱子发出耀眼的白刺激着赶会人干渴冒烟的味蕾,撩拨着少男少女起火的情怀,不到半小时一箱冰棍迅速见底,在巨大利益的刺激下,我们满怀信心掉转车头,以温瑞安武侠小说里"夺命、追魂、闪电"的速度赶回县城,载满第二箱冰棍飞驰十数公里,一番努力,再度告罄。当满手是汗地捏着挣来的毛毛票票,气势雄伟地在集市凉粉摊上占了一个抢眼座位,风卷残云拉开了一个卖冰棍的壮阔日子。

其实,卖冰棍,集团作战,需要一种团结包容的胸怀……单兵作战,更需要有一种夸父追日的精神,跋山涉水的勇气,收集情报的智慧……

卖冰棍,就是追着日头跑,哪里天最热,人最多,地最远,我们就往哪里跑。哪里麦田刚搭镰,哪个村里正摊场,哪户人家扬粮忙,我们门门清。南至黄河滩,北至岭底村,一沟一壑无处没有我们的足迹,一村一寨到处都有我们的身影。打麦场、校门口、大队部……抢占高地,坚守岗位,不是夸父,胜似夸父;不是后羿,强似后羿,射不掉太阳,就拿来冰棍,为百姓送去清凉。

卖冰棍,也是一种马拉松的体验,韧性耐力的挑战。走陌南,进洪池,特别是与其他卖冰棍的一起挺进近百公里的平陆坛道庙。那时,趁着庙会,组团作战,一下批发好几大箱冰棍,或夫妻携手,或兄弟互助,我带上老父亲,左右肩各拎一箱,剩下一箱父亲看守。在鞭炮震天、烟雾缭绕,炮

屑齐脚深的人群中左冲右突地卖完一箱又一箱。

卖冰棍,更是抢尽先机,一种智慧的体现。大王258,西陌147,东卢369,阳城、风陵渡……哪个集哪一天会,哪个地方要唱戏,都要了然于胸。哪个村娶媳妇,哪个村要埋人,都要情报搞清楚。都需要和走事的响家子,也就是和唢呐班子搞好关系,这样路线才能确定,方向才能明确。第二天,箱子装满,一大早便驻扎到办事的村口守株待兔,迎来送往的谁不瞟上一眼,特别是走亲戚的孩子们,谁不抱着大人的腿"天翻地覆慨而慷"地大闹一番……特别是遇到白事,络绎不绝吊唁的,撕心裂肺哭灵的,哭天抹地干嚎的,谁的嘴角不起泡,谁的嗓子不起火。一拨又一拨,一群又一群,拿着洋瓷大碗,端着洗脸盆盆,大方的一买七八个,豪气的一买十几个……

人都有过五关,斩六将的时候。冰棍卖完,明晃晃的太阳底下,一手捏车把,一手提啤酒,灌一口啤酒,哼一首小曲,揣着挣来的碎银子,风中踩着快乐的脚踏,回家报喜讯;但,败走麦城,也时常有之。有时情报有误,有时路线错误,有时风云突变……赔了的,化了的,碎了的。最忘不了的是周青村口,被村民放狗追咬惊慌失措的狼狈;还有黄河滩半坡上,爬在冰棍箱子里塑料纸上舔着融化了冰水的阵阵干渴;特别忘不了爬在南卫村口的水渠边,用手拂过麦秸秆后的一番痛饮……

走过时光的寒暑,穿过岁月的小巷,那种夸父追日的奔跑,兜卖青春的日子却历久弥新。不信,你听,"卖冰棍"的声声呼唤又一次深情地回荡在我的耳旁,响彻在夏季的深处:冰棍儿……冰棍儿……卖冰棍儿喽……

鸟事三章

时光如鸟,在岁月的天空悠忽划过。

蓦然回首,除了振翅远逝的鸟鸣,故乡的枝头空空如也!眨眼之间,村前的小桥不见,村中的池塘不见,门前的鹅鸭不见,屋顶的炊烟不见,院落中的高大椿树不见,以及椿树上的鸟巢不见,还有那房檐上的燕子、枣树上的麻雀、梧桐树上的喜鹊统统不见……

如今,我以一个中年大叔的身份,透过时光旋转的档口,寻找那一抹童年最美的风景——乡村鸟事。

一、与鸟同窗

远看山有色,近听水无声。

春去花还在,人来鸟不惊。

在一片稚气满满的"芮普"方言中,唐朝大诗人王维用一首极其唯美的《画》把我们引入了与鸟同窗的诗意童年。

梁庄村不大,不到300口人,四个年级不超过30个人,麻雀扎堆似的挤在同一间70多平方的老房子里,与鸟同室,与鸟为友,与鸟同窗。唯一不同的是,我们是坐在马扎上,趴在石桌上,摇头晃脑地读书;而那些麻雀们或在教室的房梁上蹦蹦跳跳,或在窗台上悠闲地踱步,或从教室的墙缝里探出好奇的小脑袋,与我们一起静静地听老师讲课。讲到热闹处,往往有人走了鸟屎运,一颗热气腾腾的白色化学物从天而降,或吧唧落到某位同学的头上,或吧唧绽放到某位同学的书桌上,便引来一声惊叫和谩骂。于是,一阵哄堂大笑中,或掷书上梁,或飞书破窗,或扔书击墙,人鸟大战中,"争渡争渡,惊起一滩鸥鹭"……

四年来,在这些鸟儿的伴读下,我们知道了:燕子来了,冰河就解冻了;布谷鸟唱歌了,就该收麦子了;鸦雀子喳喳叫,贵客就来到……

可惜的是,随着社会现代化步伐的加快,梁庄小学也在我们羽翼渐丰、外出求学的征途中,逐渐"沦陷",直至"覆没"。至今想来我们村的鸟儿应该是鸟儿中最有学问的鸟,至少与我们同窗四年的那部分鸟儿应该拥有小学四年级的文凭。悠闲间,这些"文化鸟"可巢中吟唐诗,枝头弄宋词。

二、仰望鸟巢

小时候,我家院子正中间有一棵大椿树,伸开两臂无法抱拢,抬头仰望,枝干直插云霄,一个巨大的鸟巢安卧其上。

秋月撩人的夜晚,全家人围坐在大椿树底下,或撕玉米苞子,或摘棉花朵儿,在手忙脚乱中,扯闲篇,讲古经。父亲为了营造气氛,常常会来一场谜语竞赛。"大院树上有个碗,年年落雨装不满"。面对父亲的谜题,自诩聪明的我,一下子愣在那里:什么碗,年年落雨装不满?莫非是玉皇大帝的神碗、七仙女的聚宝盆不成?当我急得抓耳挠腮之际,哥哥姐姐提醒我,向上看。上面有什么呀,不就是大椿树吗?奶奶告诉我,再往上看,哦,我看见了,大椿树最高处的鸟巢啊!

接着,姐姐哥哥也参与其中,关于鸟儿的谜语竞猜就在大椿树下掀起了高潮。什么"迎风飞千里,能把信息送,城市和门牌,它都记得清"(信鸽);什么"身穿小黑袄,尾巴像剪刀,筑巢屋檐下,捉虫喂宝宝"(燕子)。什么"小大夫,本领大,尖嘴爱给树开刀,坏树皮,全啄掉,叼出害虫一条条"(啄木鸟)。什么"空中人字飞行,遵守纪律严明,春天飞到北方,秋天江南过冬"(大雁)。什么"三五成群蹦蹦跳,嘴儿小巧吱吱叫,从早到晚吵不停,五谷害虫它都叼"(麻雀)。还有什么"头黑肚白尾巴长,传说娶妻忘了娘,其实它受人喜爱,因为常来报吉祥"(喜鹊)等等。

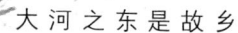

大树下面故事多,大树杆儿长得长,大椿树鹤立鸡群一般高于全村的最高建筑,云端之上那个巨大的鸟巢犹如我们当年情怀少年的一只军帽戴在故乡的头顶,犹如看护全村的哨兵一样,以庄严的身姿在袅袅炊烟中,在春花秋月中,在驴嘶马叫中,在鸡犬相闻中瞭望远方,守望故乡……

每次听着鸦雀儿在枝头报喜,不由得伸长脖子仰望鸟巢,眼前总会浮现好多心动的画面:一盘黄灿灿的鸟蛋,一把小兵张嘎藏在鸟巢的手枪,一幅乌鸦反哺的景象……

仰望鸟巢,我总会想起小学课本上曾经讲述过一个关于"寒号鸟"的故事,大概是说,寒号鸟由于懒于筑巢,结果冻死在寒冷的冬夜。所以,对于辛勤筑巢的鸟儿,总有一种敬意油然而生!因为,站在食物链最顶端的人类曾发出过这样的喟叹:娶媳妇盖厦,提起害怕!然而,对于筑巢搭窝的小小鸟儿来说,这又是一项怎样浩大的工程?在屋檐下选址,在墙缝里规划,在悬崖峭壁上搭建,在百年树洞里安卧,在灌木丛中建设,寻枯枝,找草根,捡树叶,拾羽毛,噙泥土,既当搬运工,又做设计师,还要兼任建筑师,成千上万根材料,一点一滴全靠爪和喙。千辛万苦,只为风雨飘摇中的一个"家"。一个鸟巢就是一份爱,它是鸟的神圣殿堂。鸟爹鸟妈在巢里谈情说爱,繁衍鸟类,哺育儿女。清晨,旭日东升,它们振翅远飞;傍晚,晚霞夕照,它们带着虫儿满载而归。

时光荏苒,抬头望天,椿树已被大哥结婚盖房用作了厦梁,鸟巢早已不翼而飞,唯有白云悠悠,鸟事悠悠。

三、与鸟为邻

记忆中,乡下最多的是麻雀,小巧的个头,敏捷的动作。在我们芮城叫"西夫"(这两个字也不是很准确),"西夫"总是喜欢大群大群地飞落在夏收后的田野里,寻觅着食物;或者集结在一根又一根细细的电线上,麻雀们在上面站成一排排琴键,犹如弹奏着一首乡愁。特别是麦收以后,碾打出来的新麦子摊铺在院中央晒干的过程中,我们这些青葱少年就成了看麦子的"稻草人",搬一个马扎坐在房檐或者树荫下,一手拿着长长的竹竿,一手拿本课外书,看一眼书,看一下摊铺在地下的麦子;看一下摊铺在地下的麦子,再看一眼书,与一群又一群的麻雀作无休止的斗争。抬起竹竿,麻雀轰然飞走;撂下竹竿,麻雀又轰然而至,拿起放下,放下拿起,与麻雀争夺着每一粒麦子。麻雀最可气的还不止于此,前院的葡萄,后院的柿子也让这些"不速之客"啄食了许多,尤为可恨的是,它们犹如孙大圣吃蟠桃,不在一穗子葡萄上啄,这里啄几粒,那里啄几粒,弄得满院葡萄都零零碎碎的。麻雀再狡猾也是在白天,到了晚上,就会乖乖地束手就擒。儿时,经常拿着手

电,跟着大一点的伙伴循着每家每户的屋檐下走。那时的房子都是土墙,成为麻雀主要栖息的大本营。我们摸透了麻雀的习性,一边走,一边寻找着小小的圆孔,用手电一照,就会看到毛茸茸的,晚上被手电照着的麻雀一动也不动,伸进手去就会抓出好几只来,有时会挖出没有羽毛,光溜溜的小麻雀来,有时还会挖出麻雀蛋来。在同伴中,我属于"稀松包"之类,不敢靠前挖麻雀,因为一不小心就会挖出蛇来。

燕子来时新社,梨花落后清明。燕属候鸟,在《礼记》里被称玄鸟,随季节变化而迁徙。"小燕子,穿花衣,年年春天到这里……"一首歌谣唱出了一代又一代农人的心声,燕子们在歌声中穿云破雾,飞越千山万水,只为了旧时主人一年一季地等待。乡亲们一直视燕子为吉祥的鸟类,从不打搅更不会驱赶它们,而是尽可能地为燕子筑巢提供方便。燕子们也不负农人美意,从田间地头到回家途中,日夜不息,嚙泥结草,今天围个底,明天圈个沿……不到一星期,一个美丽精致的"燕窝"就在房梁竣工。平日里,燕子出则成双,进则成对,无论捕食,还是归巢,相濡以沫成为鸟类爱情的典范,故为文人墨客所青睐,经常出现在唐诗宋词中,或惜春伤秋,或渲染离愁,或寄托相思,或感伤时事。《诗经》曾云:"燕燕于飞,差池其羽;之子于归,远送于野","燕尔新婚,如兄如弟"等。苏东坡一时兴起,如此唱和:"花褪残红青杏小。燕子归时,绿水人家绕"。新婚祝福则用"紫燕入堂,丹凤栖梧"。新年祝福则用"一帘晴雪卷梅花,满地绿荫飞燕子";农时劝耕则用"燕子做窝,割麦插禾"。凡是农村少年没有不知道"燕子低低飞,出门带雨衣""燕子飞高高,天气晴了天"的谚语。人们喜欢燕子,远不止于此,谁家添丁进口,无论男女,给孩子起名总带个燕字,男的叫:燕生、燕昌、燕民、燕飞,女的叫:小燕、爱燕、春燕、燕妮、燕蓉……

乌鸦、猫头鹰也是最常见的。故乡称乌鸦为"老娃"(老鸹)。乌鸦最让人讨厌,长得难看,叫得难听,羽毛一身透黑,叫声极为瘆人。小时候看电影,特别是敌特片或者是战争片,一旦镜头出现了乱坟岗,或者荒野坡,乌鸦"嘎嘎"地叫着,就一定会发生恐怖的凶杀案。猫头鹰,头宽大,嘴短而粗壮,前端成钩状,面部与猫极其相似,故称猫头鹰。猫头鹰属于夜行肉食动物,经常在伸手不见五指的深夜出没。老一辈总告诫我们"不怕猫头鹰叫,就怕猫头鹰笑"。在人们的眼里,乌鸦和猫头鹰都是"不祥之鸟",在民间也被叫作"报丧鸟"。无论是乌鸦在村头的大树上鸣叫,还是猫头鹰在空中怪笑,就预示着村里要死人。"乌鸦嘴、乌鸦嘴"就是这么得来的;"夜猫子进宅没好事"估计也应该是这么得来的。

布谷鸟,是故乡最热心的鸟,深受乡亲们喜爱,送给它报时鸟、催耕鸟、吉祥鸟等很多美誉。对于布谷鸟,从小到大,不见其鸟,只闻其声。总感觉布谷鸟很神秘,它唱歌的舞台大到无形,有时在村口的谷子地里,有时又远在中条山深处,还可能在黄河滩的芦苇丛中;它的义演一年只有春夏两场。整个冬季,乃至早春,它一直噤若寒蝉,仿佛人间蒸发,一旦春耕到来,它突然不知从哪个角落冒了出来,"布谷——布谷",四声一度,叫声短促,音节明快,内容丰富,既有黄河浪打浪的紧凑,又有晋南蒲剧的悲壮苍凉,绵长深情,嘹亮悠远,东一声、西一声、远一声、近一声,犹如田野风中的麦浪,此起彼伏,昼夜不歇,又好像一位负责任的生产队长,在提醒人们莫误农时,快快耕种。"布谷——布谷"千百年来,依据人们的不同经验,有了很多说法:"快快割麦","快快播谷","快种苞谷","光棍好苦","不如归去","家公家婆,快快插禾"等等。每当这一时节,乡亲们便扛着犁耙,牵着耕牛,忙着耕种。于是,田埂边、条山下、河两岸,一幅喜人春耕图。难怪宋代诗人宋襄诗云:"布谷声中雨满犁,催耕不独野人知。"

布谷退场群雁来,人字队形穿运过。近年来,随着城镇化加快,空心村加剧,加之农药的大面积使用,鸟类越来越少,鸟鸣声也日渐稀落。为此,我谨用"鸟事三章"来深切缅怀条山深处的啼叫,黄河岸边的鸟鸣。

大河之东是故乡

天下最大的杯 应该是世界杯

天下最大的杯。

我想,应该是世界杯!

这一杯,装得下五湖四海。

这一杯,装得下全球狂欢。

世界杯,一等四年,杯中无酒也醉人。

世界杯,一饮一月,地球围着足球转。

这一杯,22个人,不舍昼夜,为了荣誉,追着一个小球踢。

这一杯,32个队,64个场次,拼尽全力,朝着一个命门射。

为了这一杯,全世界47.3%的人都失眠了,夜店爆了,美团炸了,啤酒、鸡爪、鸭脖、花生米、麻辣小龙虾都拥堵在了路上……

为了这一杯,20多亿的人宵衣旰食,夙夜不懈,让热爱、信仰、泪水和灵魂一起飞。

这一杯,喝不到五天,俄罗斯的啤酒就告罄。

这一杯,喝不到三分,四大洋疯了,五大洲醉了,全世界癫了。

我想:若没世界杯,你还看个球?

我想:若没世界杯,你还喝个球?

我想:若没世界杯,你还醉个球?

我想:若没世界杯,你还猜个球?

其实,人生本来就是一场短暂的旅途,遇见了谁都是一个美丽的意外:昨天熬夜看世界杯的你,还好吗?

其实，我还是想说，别以为你多熬了几个通宵，别以为你多喝了几桶啤酒，别以为你多吃了几碟毛豆，你就是个资深球迷；别以为你知道了梅西、C罗、莫德里奇，你就真懂个球。

2004年，国际足联就确认足球起源于四大文明古国之一的中国，"蹴鞠"是最早的足球活动。让我们意淫一下：北宋王朝的宫廷大院就是绿茵场，北宋两皇帝就是当年"足球队"的创始人，君臣一干人等拉起来就是当年世界杯上傲视全球最坚挺的一支"足球"队，而当年巨星高俅才是足球界的"鼻祖"。你听名字就很威武：高俅。姓高名俅，因"蹴鞠"技高过众，而深受皇帝老儿的宠爱和提拔！可谓是为球生，为球长，生为球的人，死为球的鬼……然，作为足球的老祖宗，中国足球却不行！就是因为我们太谦逊，我们很礼让，我们不想让别人难堪，更不想让自己难堪！还有人说，美国是世界第一大经济体，不踢世界杯；更有人说，中国是世界第二大经济体，也不踢世界杯。世界杯只是落后国家给强大国家的娱乐表演而已，不是什么高大上的运动项目。我们老祖宗早就预见并发明成语"美中不足"。也就是说，美国和中国是不踢足球的……

然而，爹亲，娘亲，不如世界杯亲。

恰如资深球迷白岩松所说："中国除了足球队没去，基本上其他都去了。"尽管世界杯中，中国整队缺席！但，仍有七万国人购票飞抵俄罗斯。

还有，千好，万好，不如足球好。

有多少人眼馋于我们国足队员的年薪千万，梦寐以求加入国足。信誓旦旦具备十大条件：一、我也能不赢球；二、我也不能带球突破对方球员；三、对方球员带球也能很轻松地把我晃过；四、面对对方球门，我也射不进球；五、我也接不住队友传给我的球；六、我也不能把球准确地传给队友；七、在场上我也敢骂裁判；八、输了球，面对媒体我也会潸然泪下；九、晚上我也能经常泡妞；十、输球了300万奖金照拿不误。实在不行的话，当一名年薪百万的解说员，也是人生梦想的一部分。反正就那么几句：一、留给中国队的时间不多了。二、中国队的形势非常严峻。三、今年的场地和天气对中国队产生了很大的阻碍。四、危险。五、还有机会。六、现在出线只剩理论上的可能了。七、虽然被淘汰了，但是让我们看到了希望。

于是,有人感慨:何以致富,唯有足球;何以解忧,唯有世界杯!有球友说,年轮的更迭,昼夜的交替,时光的流逝,唯一不变的是对世界杯的期待!

"我可以不看球,但是我不能不看世界杯!"因此,烈烈夏日,除了激情、动感、啤酒和炸鸡;还有酒驾、醉驾和打架;还有挤上高台风中凌乱的茫然和忧伤……

人生,恰似一届世界杯。世界喧嚣的背后,多是明星的寂寞。你左冲右突,他高接低挡,小小绿茵场,风云变幻地,昨日是梅西,今日却"没戏"。世界杯告诉我们:C罗一球成名,三分靠天才,七分靠打拼;人生的机遇如射门,需要好好把握,错过一次,便是一生。淘汰赛就是狭路相逢勇者胜,人生处处有对抗,时时有博弈,自己不强大,终将被淘汰。门将,要守住门线;做人,要守住底线。世界杯,四年等一次才精彩;白娘子,千年等一回才情深。所以,有些朋友值得信任和等待;有些成功就是九十岁也不怕来得晚。

潮起潮落,青春芳华有几何?

输输赢赢,人生几场世界杯?

假设90后,按照70岁平均年龄:可以看10场左右世界杯。

假设80后,按照70岁平均年龄:可以看8场左右世界杯。

假设70后,按照70岁平均年龄:可以看6场左右世界杯。

也许大家能够在一起看球赛的时间真的不多。生命在于运动,球场就像现在的人生一样,不断地奔跑,不断地追逐,目标是进球,但我认为,过程远比结果更重要。

天下最大的一杯酒,应该是世界杯,谁喝都能醉!

故而,看好世界杯,走好人生路。管它假踢,管它黑哨,管它输赢,我自闲庭散步,笑看场内场外。

运城从来未输

近日来,一场《人说山西好风光》山西旅游发展大会主办城市的电视竞演活动,让整个运城,乃至整个山西都处于一种极度充血的亢奋状态之中!11个地级市网络投票争夺战的"硝烟"四起,东起太行,西至吕梁,南始运城,北及大同,弥漫于整个山西15万平方公里的上空。

作为一个运城人,终日被一阵喧嚣包围和裹挟着。"请为运城投一票"的呐喊时时能在"朋友圈"听到;"只差你一票了"的疾呼每分每秒都能在"微信群"里被爆棚……"如果申办成功,运城将迎来大批投资"的焦灼和渴望如洪水一般漫过每一个人的心头。

"要钱,要钱,还是要钱,有钱了,我们运城就能发展得更好了"。一城人眼热,一城人心切,一城人投票。党委下文件,市县乡村四级联动,把投票的触角从城市的各个角落一直延伸到地处偏远的乡村老百姓。于是,党员起表率,干部带好头,县包乡,乡包村,村包队,队包户,加班加点,决不放过一票,即使老年人的老年机也要把卡拿出来,安装到智能机上注册投票。

就这样,一场群众投票攻坚战轰轰烈烈地打响了。于是,人见人,不是问:"你吃了吗?"而是问:"你投了吗?"为了加大投票积极性,于是电影票满天飞,话费满天飞,景区门票满天飞……

一日之内,个个群情高涨,人人热血奔涌,投票成了世界的主题,那可真是"烈日与投票齐飞,泪水与汗水一色"。一日之内,个个都是"为什么我眼含热泪,因为我对运城这一票爱得深沉"……

"猛一看以为是中央电视台主持人,细一看原来是运城市委书记"。"古

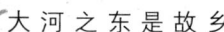

中国,新运城"的精彩演绎在"人说山西好风光"竞演之中,可谓是高潮迭起……

于是一浪高过一浪"追大同,超大同,甩大同,运城必胜"的呼声澎湃激荡于黄河之滨,响彻于条山之巅。会唱歌的引吭高歌助力运城,会写诗的泼墨挥毫加油运城,不会写诗和唱歌的,就在朋友圈、微信群里疯狂转发……于是一城的狂欢,满满的自信,焦躁的等待。

然而,当喧嚣过后,运城出局,除了一地的网络票数外,剩下的就是满朋友圈的抱怨,屏里屏外的失落。对此,我不由得圪蹴在僻静的角落掩面沉思,我们运城这一票到底差在哪里呢?

一个城市犹如一个人,是要有点气质和内涵的,是要有点自信和品位的,是要有点内敛和精神的。

而运城正是我们这个拥有519万人民、1.4万平方公里区域的中心,他是我们华夏文明五千年的发源地,更是我们政治文化经济的集合地,引领着我们这方社会的发展。而一个城市的文化精神更是这个城市的内在核心力,有着强大的磁场效应、感召凝聚力和方向牵引力,他能把我们整个运城民众紧紧地联系在一起,凝聚在一起,高扬精神的旗帜,引领着这一区域的人民为了一个共同的小康理想而奋勇向前。

而一个城市精神的确立,是一个区域具有独特文化的标志。运城已经有了五千年的文化积淀,河东文化越来越成熟。故而,运城从来未输。而这一次投票争夺战,以及"人说山西好风光"的电视竞演,恰是对我们这个城市文化精神的提炼,对河东文化的一个梳理总结,对本土文化的发展和社会的进步,具有重要的现实意义和深远的历史意义。

意义在于此,就无所谓一个旅游城市的主办权了,就无所谓"孔方兄"的青睐与否。只要这个城市的精神在,底气就在、自信就在。"一万年太久,只争朝夕"。180万年的古中国就在西侯度的点火仪式上;尧舜禹的古中国,就在浩如烟海早已发黄的古籍典本中;关公、王之涣、吕洞宾的古中国,就在一座座庙宇里,一尊尊泥塑金身上、一幅幅斑驳陆离的壁画间……城市文化精神不是虚构出来的,不是金钱堆积出来的,不是钢筋水泥构架起来的,它是城市历史文化的传承,也是城市居民精神的凝聚。

前天已经远遁,昨天也已失去,打造"古中国",更要建设"新运城"。

因此,我看这一票,就在于城市精神的培育上,环境生态的改造上,大众民生的幸福中,小康建设的进程中。

大 河 之 东 是 故 乡

凉山未凉 英雄未死 三十儿郎在庙堂

  2019年的愚人节,该死的上帝跟中国人民开了一个极其悲摧的"玩笑",一场突如其来的天火降临凉山……

  在生与死的考验中,80后、90后、00后的消防战士在国家利益面前,无畏死亡,赴汤蹈火;顶风而行,飞蛾投火;不惧死神,逆火而进……在一寸山河一寸血,寸寸山河扑救中,风力突转,山火爆燃,三十名救火儿郎悲壮跳崖:1个80后、24个90后、2个00后……

  孩子们啊,地无分南北恸哭,年无分老幼流泪!模糊的泪眼让我们无法看清,也不忍看清您们一个个年轻英俊的面容;哽咽的声音让我们无法流畅地读出您们一个个鲜活的英雄的名字……

  还是孩子啊,我的兄弟们……您们也许还没有谈过一场轰轰烈烈的恋爱,也还没有拉过一次心仪女孩子的手,也许还没有来得及和准新娘去领已经定了日子的结婚证,也许还没有等的上看一眼即将出生儿子的可爱模样……您们就这样,在熊熊烈火中长眠,又在烈火熊熊中永生。

  在这个一如既往的早春四月,我们的战士们还没来得及享受新春第一缕阳光;还未来得及和亲人们、战友们付诸实施已经规划好了的新一年发展蓝图,就溘然离去。一切都太过匆忙,一切都特别的突然,这批可爱的孩子们,我们尊敬的英雄们的生命就此定格在2019年的人间最美四月天……

  "牵衣顿足拦道哭,哭声直上干云霄"。望着烈火中孩子们渐行渐远的背影,我们的同龄,您们的父母;我们的爸妈,您们的爷奶,还有您的兄弟、您的战友、您的爱人又该怎样的撕心裂肺,疼断肝肠?我们试图追寻,可是最终寻而不见；我们希望重生，可我们还是回天乏术。这泪如滔滔雄波，滚滚岩浆，一滴滴都是沥血大爱，一声声都是对亲人的呼唤。人生，从自己的哭声中开始，在别人的泪水中结束；人活着，长歌当哭，声音不悲不苦，为国为民啼出血路。您们，这个年轻的一代，本该是这个清明的主祭者，鲜衣怒马，踏青折柳，手捧花草，为友人，为亲人，为先人，为烈士祭一觞酒，上一炷香……然而，您们却在清明的前夕，来不及抹一把脸上的灰烬，等不及擦一把遮住双眼的汗水，顾不上和父母爷奶道一声告别，就壮烈殉国，倒在了被祭奠的路上。

英雄报国不惜命，何曾虑及身后名。我国历史上少年英雄不胜枚举，在中国共产党领导人民进行的革命、建设、改革事业中也涌现了大批少年英雄，他们中不少人的名字我们可能都听说过。过去电影《红孩子》《小兵张嘎》《鸡毛信》《英雄小八路》《草原英雄小姐妹》等说的就是一些少年英雄的故事，也是我们耳熟能详的，这一切足够证明在我们中华民族的道德基因里渗透着英雄的血液。

一个有希望的民族不能没有英雄，一个有前途的国家不能没有先锋。孩子啊，也许您们没有想到过会成为英雄，但您们的的确确成为了英雄。您们的血肉融进山河，与祖国同在；您们的魂魄幻化成星，闪耀在我们中华民族图腾的苍穹，与日月齐辉。

今天，您们这些英勇无畏的青年战士的离去，我们全民族不能不为之鞠躬致敬。

因为您们，天安门前华表的庄严将会增加几分，五星红旗的色彩将会增艳几分，人民英雄纪念碑将会增高几分，万里长城的城墙将会增厚几分，万里山河的澎湃将会汹涌几分……

凉山未凉，英雄未死！我们除了深切的缅怀和无边的痛惜，还有悲恸之后的行动与力量！

让我们以"大火已熄灭，山河已无恙"的捷报来告慰30名战士的在天之灵，让我们以最高的礼仪把这些英雄们请进我们中华民族的最高殿堂，永驻我们心中。

大河之东是故乡

致敬金庸

当历史的指针,一如常态地指向2018年10月30日下午7时28分,这个时间刻度终究会成为我们中国武侠文学史上一个时代的拐点,金庸辞世,巨星陨落,灰暗的天空告诉人们:斯人已去,后会无期!

当瑟瑟秋风掠过十月的上空,无情地吹落武侠作家界的"武林泰斗"金庸大师生命大树上仅存的最后一片叶子时,它不是孤零零地飘向大地,而是以金庸笔下的虚拟江湖激起了人们现实江湖的滔天巨浪,飞叶如刀,一刀"致命";飞叶如剑,一剑"封喉"。刀刀剑剑"刺痛"了亿万华人那柔弱的心……

于是,在这个薄凉的江湖,我亲率大师笔下的一干人等,包括"无敌暖男靖哥哥、爱妻狂魔杨少侠、撩妹达人韦小宝、冰雪聪明俏黄蓉、嘻嘻哈哈老顽童;还有潇洒令狐冲、狠毒欧阳锋、阴险岳不群、高人扫地僧"……与我一起在这季节的巷口为金老九十四岁的江湖人生深情送行。

"飞雪连天射白鹿,笑书神侠倚碧鸳!"这一对联是以金庸的十四部小说的开头字组成的。这十四个字里,书写着金庸一生的壮丽画卷,也安放着几代人武侠梦的共同记忆。而站在由这一部部巨著搭建起来武侠小说的文学高峰上,放眼江湖,致意遥远,倾听绝唱,追思大贤,我们不能不向老先生脱帽致敬。

中国不缺文人,只是缺少有风骨的文人;江湖不缺少故事,只是缺少以笔为剑书写中国故事的人。而这个人正是金庸,被称为"文坛圣侠"的金庸。

大师说：人生就是大闹一场，然后悄然离去；而我要说，金庸先生的人生就是大写一场，然后人去书还在，江湖还在，传说还在。

金庸之所以大闹，是因为他既有传统士大夫情怀，"居庙堂之高则忧其民，处江湖之远则忧其君"，入世要峨冠博带，立志做得外交官，出世则粗布麻衣，散淡当得老百姓。除了这些，他又有草根平民化的常人心，为老百姓说话，替草根们执笔，他的江湖大多是小人物得奇遇逆袭成功，上演着"穷则独善其身，达则兼济天下""为国为民，侠之大者"的家国情怀。

金庸之所以大闹，是因为他的壮志难酬，情绪需要有一个火山喷发的宣泄口；是因为他的人生愿景难以实现，心中的江湖需要一幅美丽的画卷来描绘；是因为他对一定时期社会现状的不满，对所处江湖人心险恶的认识，这些都需要揭露、抨击和批判的平台。而武侠小说这一载体，最适合性情中人的金庸金大侠，可雄文奇章跌宕起伏，可才情挥洒书写江湖，可铺陈故事，浇胸中块垒，可借机拍案而起针砭时弊，又可借"成人的童话"以求自保。

赵敏最懂张无忌，任盈盈最适合令狐冲，黄蓉独爱郭靖，阿朱躲不开萧峰，金庸先生笔下的爱情写尽了世间的爱恨情仇；郭靖大侠的憨厚速成，令狐冲的草根上位，张无忌的逆袭成功，还有韦小宝这样的屌丝走向高富帅……金庸先生笔下的江湖可以说是为全社会大多数平民百姓的人生理想展开了一幅幅令人向往的桃花岛美妙景象，点燃了一代代草根人的英雄梦想，创业情结。

所以说，金庸先生大笔一挥，就勾勒出一个个霁月风光、刀光剑影的江湖，跳出一个个东邪西毒、南帝北丐中神通等厉害人物。华山论剑，武林争雄，沧海玉箫横，正邪两不立。郭靖忠诚坚韧，杨过痴情不改，张无忌胸怀大义、与世无争，令狐冲潇洒不羁、淡泊名利，虚竹的混沌未开、大智若愚，就连韦小宝也是为朋友两肋插刀的存在，这些品质就是江湖中最厉害的武功，就是屌丝战败高富帅的"倚天剑、屠龙刀"。

于是，金庸小说的每一章精彩情节，总能满足各个阶层的人们对江湖向往的瑰丽幻想；金庸小说中的每个故事人物，总能在现实的生活中对号入座；故事中的男女一号，总能让各个阶层和年龄段的人们在里面找到自

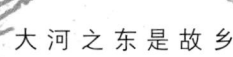

己的影子，于是人人都想当郭靖，个个都想做令狐冲。

一读金庸深似海，从此江湖是梦乡。

遥想当年躲在被窝里打着手电看金庸，遥想当年上课时藏在桌下看金庸，遥想当年学校小树林里苦练金庸，总想走进桃花岛，有绝世武功，有宝马良驹，白衣如雪去如风，快意恩仇仗青锋。如果没有金庸，我们的少年时代该是多么无趣，我们的青年时代又该是多么寂寥，他带给我们的不光是刀光剑影的刺激，江湖风云的变幻，侠骨柔情的感动，更是引导读者遍览中国大好河山，领略众多门派，观看三山五岳风光无数，窥伺少林武当奥妙无穷……

金庸就是这样，现实与浪漫交织、历史和虚拟重叠，以琴棋书画进武学，以武学小说映华夏……少了金庸，我们一代人，甚至几代人血脉偾张的武侠梦想又将到哪里找寻！

人事有代谢，往来成古今！

金庸大师金戈铁马的人生大闹了一场，来了一次说走就走的旅行，转身江湖的那一刻，给人间"金粉"们留了一地的稀碎梦想，在国人唏嘘不已中，我相信金庸武侠作品提倡的为国为民"侠之大者"的情怀一定会根植于我们民族文化的血液，也一定会成为我们每一个武侠迷的人生追求。

我们向金庸大师致敬，也向"郭靖、杨过、乔峰"等致敬，让我们用一个时代为金庸另一时代的谢幕送行。

河之东 一个磅礴时代的文学"检阅"

生活,是一本书,时间是最伟大的书写者!

岁月,是一本书,历史是最伟大的书写者!

《河之东文集》,更是一本沧桑之书,我们这个文学平台的两万之众,特别是这次148件文学作品结集出版的百位作家都是这本沧桑大书的书写者……

河之东,中华民族五千年文明的发源地。在这里,禹凿龙门,让黄河文明鱼跃鸢飞,迤逦向东;在这里,舜耕历山,让农耕文明五谷生香,耕耘至今;在这里,嫘祖养蚕,让衣被文化,温暖至今。在这里,一个运城创办最早、受众最多的文学公众平台,自2016年1月"落草"于条山脚下,诞生于黄河两岸以来,整整3年,已有数万文学爱好者从五湖四海抱梦而来,他们中间有教师、有医生、有军人、有工人、有学生……身份虽然不同,却有一个共同的名字,那就是河之东文学人;整整3年,已有500期、500多万字、3000多篇文学作品在这里相继问世……这些作品,从我们河之东出发,走向国家、省、市级报刊,以10万+的阅读量辐射周边、影响各地。

在这个没有大家、没有名家、只有家人的文学平台上,我们以文取暖,互勉共励!在这个浮躁的时代,我们这一批人坚持写作、坚持著文,在社会上一些"写文章能当饭吃?"的冷嘲热讽中坚持论道!3年来,我们让文学一次次清除我们内心的垃圾,让文学重新温热我们因世故而冷淡的心,让文学重新柔软我们因麻木而坚硬的态度。我们用事实证明:文学绝非消遣,也不装点繁华,也许它并不能解决各种令人苦恼的现实问题,但却可以一次次唤起我们的清醒感受,激发我们的热情和意志。3年来,对于坚守的文友,我们心手相连……

如果说,2016是河之东文学的发展元年;那么,2017便是河之东文学的崛起之年;2018则是河之东文学具有里程碑意义的成果之年!

河之东,一个充满诗意的名词;河之东,一个令人热血沸腾的故乡称谓。当我们沐浴着华夏文明浩浩长风,当我们吮吸着五千年的历史养料,我们不能不为生长在这片美丽的土地上感到荣幸和激动。因为我们脚下的这片土地,不仅有隆起的条山,更有几千年生生不息、激荡不止的古老黄河。她不仅是一条自然的河流,她更是一条流淌着秦简汉方、唐诗宋词的河流,一条流淌着母汁乳液、拥有无比苦难更兼具无比辉煌的中华民族的河流。这是我们的荣幸,也是我们不言放弃文学的足够理由。一条大自然的河流,哺育着两岸儿女的繁衍生长,是不能中断的;一条精神的河流,传承着华夏文明的文化纽带,也是不能中断的。站在河之东,追思先贤,仰望星空,"河之东"这本五千年的皇皇巨著从开天辟地起就从未断篇,尧舜禹汤史诗永续,宗元文章壮歌留传,王之涣登高一吟唱千年,司马光雄文一卷映华夏……可以说,河东大地的文脉巨峰,就是在他们的前赴后继下增高加厚;历史文化的璀璨星空,就是在他们的代代传承中辉映古今。

江山留胜迹,我辈复登临。在这样一个喧嚣的时代,为天地著文章,为生民吐心声,为过往续文脉,为万世留墨香,成为当下爱好文学的我们职责之所在。为了给自己一个交代,也为了给一切热爱和支持河之东文学大众一个交代,我们河之东决定在成立3周年之际,也就是2019年1月,择选平台部分作品结集出版,以一个文学群体的庄严使命为这个灿烂了五千年之久的"河东案头"放置一本新的文集,这是我们对河之东广大文学爱好者的一个承诺,也是我们这次结集出书的初衷!

"文章合为时而著,歌诗合为事而作。"今天,我幸运地第一个拿到我们《河之东文集》的样本,触摸着那一篇篇有思想、有温度、有品质的作品,阅读着那一篇篇"沾泥土、带露珠、冒热气"的文章,我不由地内心震撼、热泪盈眶。他们用一个个方块字搭建起巍巍中条的文人风骨,他们用朴实的作品汇聚成滔滔黄河的澎湃激情。《河之东文集》具有鲜明的时代性和地域性,印刻着历史沧桑的烙印,折射出河之东文人的气质。这部作品集能够让人在这个凛冽的冬日感受到炽热的温度。它的温度来自创作者对祖国的爱、对家乡的爱、对亲人的爱。他们诉说家长里短,体察民生冷暖,让我们能在字里行间品到乡间泥土的味道,听到七嘴八舌的街谈巷议,看到了河之东一段历史中、一片沃土上的风情画卷。如果说文学是生命,未免有点矫情,但是河之东文人的确是把写作看成很重要的事情。从创作的技巧来看,也许他们的作品并非无可挑剔,但是那种来自黄河岸边、条山脚下的粗粝质感、五谷香气,那种不可重复的德孝亲情、人生感悟以及生命体验,那种在城府深沉的世态中不免显得天真甚或幼稚的念头,都让我为之感动。文学,旺盛地存活在我们河之东身边。

"积力之所举,则无不胜也;众智之所为,则无不成也。"今天,《河之东文集》的出版,是我们河之东文人的一次集体亮相,也是一次"沙场点兵"的宏大展示。我们坚信,物质终将灰飞烟灭,而思想永存。我们更坚信,这是一本沉甸甸的书籍,我们的生命会因她而拉长,我们的精神会因她而富有,我们的灵魂会因她而高贵。

青山遮不住,毕竟东流去!河之东,我们来过,我们每个人都是见证者、参与者、书写者。不是所有的告别,都能以赞美结束;但一切的开始,都要以祝福开启。无论在悠悠白云下静水流深,还是在百转千回里川流不息,祝愿奔腾而来的河之东,我们风华正茂,永远年轻,走出千里万里,归来仍是翩翩少年!

大河之东是故乡

写自己的文章 让别人骂去吧

最近,因为我在"河之东"上写了一篇关于"网红校长"的时评,首次被好多人在网上吊打,口诛笔伐,狠骂了一通!

作为一介寒儒,童年是在唱着《学习雷锋好榜样》的歌曲中蹦蹦跳跳长大;青年是在看着《焦裕禄》的电影泪流满面中成长;中年是在一半身子飘浮在城市,另一半身子依然赖在农村,做着进退维谷的"两面人"中挣扎!如此一个来自山村黄土地里的"苗子",平时只用"家粪养",从来不靠"化肥壮",与世无争,老实本分、绿色环保、人畜无害的"汉子"又怎么会遭人唾骂?

写这篇《教育请走正步,切莫跳鬼步》的时评,本是揣着一番善意,在千万人的狂欢中,鄙人只想用一个人的寂寞去稍加提醒一下,不想弄巧成拙,惹得千夫所指:中央电视台、新华社做的事会错吗?你老梁算哪根葱,看到网红就眼红,吃不上葡萄就说葡萄酸。当然,林林总总,还有好多更狠的话就不好意思在这里一一叙说。

唉,我本将心向明月,奈何明月照沟渠!

对此,我只好无奈地露出两只大板牙朝镜子中的自己尴尬一笑:谁人背后无人骂,哪个人前不骂人!

老梁是怎样炼成的?不就是在骂与被骂,唾星四溅中长大的吗?若回首侧听,也曾骂声沸沸,如滚石,似檑木,轰轰隆隆,不绝于耳。儿时,学校各科老师骂;少时,家里父母兄长骂;成人时,社会上一些认识的、不认识的背后指指点点骂!特别是现在,还有文学圈里的一些朋友也多有微词:哼,梁孟华是个啥东西？心胸小，气量窄，傲气足，地地道道的"芮城鬼子"……如此云云！

人非圣贤，孰能无过，事实上非但常人，即使圣贤也有坐蜡的时候！一旦做错了，被别人大骂一顿，汗颜开悟，岂不妙哉！

故而，仔细听听，骂我者，皆能"百步穿杨"，一语中靶，可谓是用词精准，不差毫厘！我常想：心胸宽，气量大的都不是一般人，不是将军头上能跑马，就是宰相肚里能撑船！而我，又算个什么东东？只不过一俗人耳！动不动文学群里踢人，朋友圈里删人！直来直去，不会迂回，不会隐忍，不会谦虚，不会弯弯绕，心眼像针鼻一样大，藏不住任何东西，喜怒哀乐皆形于色！真是给芮城人丢脸，辱没了我引以傲骄的"芮城鬼"名片！一旦看不惯就说，实在看不惯就骂，实实在在看不惯的就拍着桌子骂……比如，面对"白字"北大校长，自己就曾"痛心疾首"地骂；面对假疫苗事件，自己就曾"咬牙切齿"地骂；面对学历造假的翟天临以及其母校北影就曾"怒火中烧"地骂……

其实，骂人不只是我们这些凡夫俗子的专利，就连历史上最温文尔雅的孔老夫子在有理说不通的时候也照样骂人。夫子曾经骂那些无所作为的统治者为"斗筲之人"（饭桶的意思）；骂那些为老不尊者"老而不死谓之贼"；骂他的学生"朽木不可雕，粪土之墙不可圬也"；骂那些在原则面前和稀泥的人为"乡愿，德之贼也"……

为了究其"骂"字，我也是扑下身子，细细研究，真是源远流长，令人咋舌：一个马上两个口，在古代原本是指两军对垒时，两边的兵马相互叫嚣。后来组成这个骂字，就是以马表示战场，以两个口表示两张嘴骂阵……

这一骂阵，就骂了上下数千年。既有两国交兵，不斩来使的国骂，也有乡村野夫撒泼打滚的民骂，更有那些文人墨客不带半个脏字的反唇相讥，隔空文骂。说白了，华夏民族史，也就是骂与被骂的社会发展史。一旦忘记了这些骂声，就意味着背叛历史。

中华文明之所以有"轴心时代"，先秦思想的灿烂辉煌时刻，就是孔子、老子、韩非子、墨子等一大群人凑在一起骂与被骂的结果。正因为他们因观点不同而辩论，因激辩不止而争吵，因争吵不止而对骂，在唾星四溅，口

水横飞中才开启了中华民族"百花齐放,百家争鸣"的伟大时代。

公元前209年,两个破衣烂衫的农夫,一个叫陈胜,一个叫吴广,冒着倾盆大雨,举着破竹竿子,带领900多名和他们一样的人破口骂着"王侯将相,宁有种乎",朝着腐朽的大秦王朝冲去……

三年后,也就是公元前206年,在一个叫鸿门堡村的地方,由楚霸王项羽组织了一次饭局,参与者除了范增、项庄、樊哙等人以外,还有一个最重要的人物,也就是后来的汉高祖刘邦。在这场饭局中,范增曾气愤地大骂项羽:"竖子不足为谋"。这一骂,为项羽泪洒乌江,折戟沉沙,上演千古悲剧"霸王别姬"埋下了伏笔……

东汉末年,一部《三国演义》就是一部"骂与被骂"的演义。曹操被骂奸雄,刘备被骂大耳贼,张飞被骂"环眼贼",孙权被骂"紫髯鼠辈",诸葛亮被骂"诸葛村夫",吕布被骂"三姓家奴",曹仁被骂"要钱太守"……最典型的要数孔明骂死王朗,气死周瑜。

到了民国,蒋介石的"娘希匹",张作霖的"妈拉个巴子",还有韩复榘的"奶奶个熊"……整个国民党阵营,一群不文明的人,最后不文明的溃败应在情理之中。

然而,对于自己喜欢骂别人这事,专家鲁迅是这么解释的:"我想,骂人是中国极普通的事,可惜大家只知道骂而没有知道何以该骂,谁该骂,所以不行。现在我须得指出其可骂之道,而又继之以骂,那么,就很有意思了,于是就可以由骂而生出骂以上的事情来的罢。"

面对吃人的社会,鲁迅以杂文为投枪、匕首去战斗,毛主席称他是"伟大的文学家、伟大的思想家、伟大的革命家,他的骨头是最硬的,他是最正确的、最勇敢的、最坚决的、最忠实的、最热诚的"。由此,鲁迅被毛主席钦点为中国现代第一文圣人,他的文章占了新中国中小学教材的第一篇幅,而被他骂过的人无一不被钉在了新中国历史的耻辱柱上。

当社会发展到了日新月异的今天,在莺歌燕舞,万众喧哗的时代,听一些不同的声音,接受一些发自有良知人们内心的忧虑有何不可?

故而,生活在这个和平富足的当下,有梦可做的今天,不妨闲时弄拙文,得空听骂声,方不虚此生耳。

河东飞雪吊宗元

公元805年,一位落魄文人在被贬谪南下的路上,为即将谢幕的晚唐下了一场亘古无两的大雪!

这场雪,从帝都长安到湖南永州,纷纷扬扬,充塞天地,飘飘洒洒,冠绝古今,这一下就是永年……

在北风那个吹,雪花那个飘,寂寞沙洲冷的孤绝画卷中,我们的河东老乡柳宗元在晚唐昏暗的天空上哆哆嗦嗦挥笔写下了二十个字:"千山鸟飞绝,万径人踪灭。孤舟蓑笠翁,独钓寒江雪"……

这首呵气成霜,结字成冰的千古绝唱被朔风漫卷,传之四海,垂钓着一个失意诗人排山倒海的内心忧伤和雪拥脚下,寒彻入骨,前路迷茫的真实写照!

人生,谁没有过兵荒马乱?人心,谁又没有过千疮百孔?

然而,柳宗元旷古烁今的人生正如这每一片雪花,自天而降,晶莹剔透,高洁孤冷,转瞬即逝,飞入大地浑不见,一生大美留人间……

天纵英才下长安

公元773年,柳宗元生于大唐长安,出身河东柳氏名门,也就是当今山西芮城、永济一带。

少年时期,柳宗元经历了安史之乱的战火给国家和人民带来的动荡和伤痛,十二岁时便开始随父宦游,发愤治学;青年时代便立志从政,决心重振没落家族的昔日辉煌。在儒学父亲的积极影响下,佛学母亲的良好家教下,弱冠之年的柳宗元13岁便以文成名,震动长安;20岁便进士及第,誉满天下;21岁,便峨冠博带,跻身国家公务员序列,昂昂乎立于庙堂之上,一步登上了掌管国家图书馆的文脉高地;28岁,下派蓝田县县尉——担任公安局长,主抓一方治安;两年后,挂职期满,荣调长安,委任监察御史;32岁的柳宗元迎来了一生中的高光时刻,被推上了大唐文化教育部司长一职……

当时,柳宗元的朋友圈"逼格"很高,与韩愈并称"韩柳",与刘禹锡合称"刘柳",与王维、孟浩然、韦应物统称"王孟韦柳"。在注目的长安城内,这些青年才俊出入庙堂,议论时政,唱和诗词歌赋,倡导古文运动,一时风头强劲,风光无两……

风云际会中,一不小心,步入"星光大道"的柳宗元,走进了比他大22岁的孟郊老兄"春风得意马蹄疾,一日看尽长安花"的诗作之中,在万众注目下,昔日河东少年,成为今日之长安浩缈星空上冉冉升起的一颗最为耀眼的政治新星!

公元804年,唐德宗驾崩,唐顺宗李诵即位,此君立志改革朝政,欲扶大厦之将倾,力挽大唐之狂澜!嗅觉灵敏的朝中干臣王叔文等人在新皇李诵的支持下,掌控朝政,组阁力量,大力启用柳宗元、刘禹锡等新一代青年才俊,于805年(贞元二十一年)发动"永贞革新"……

革命,就意味着流血和牺牲;维新,就意味着破旧和拔根。在"永贞革新"的暴风骤雨下,柳宗元作为这个政治集团的三号人物全力以赴,强势出击,无情地抑制藩镇势力,全面加强中央集权;摧枯拉朽地废除宫市;大力整斥贪官污吏;从上到下整顿税收,全面废除地方官吏和地方盐铁使的额外进奉……

在狂飙猛进、刮骨疗毒的革新运动中,长安秩序焕然一新,大唐气象也逐步显现,照此下去,"贞元盛世"不是没有可能,柳宗元出将入相亦不远矣……

然而,这个唐顺宗也太不顺了,当了26年的太子,只当了8个月的皇帝,体弱多病的李诵因为健康问题而被逼宫。公元805年的8月5日,在宦官、官僚、藩镇三方势力联合拥立下,宪宗李纯登基,顺宗李诵退位,史称

"永贞内禅"。

风云突变,江山易主,在政权迭变中,宪宗一即位,因改革而被触动根本利益的反动派们立刻对"王叔文集团"疯狂反扑,彻底清算,一场波澜壮阔的改革运动历经180天后胎死腹中,变法之路在这血的喷薄中惨淡散场。

罢官流放出帝都

公元805年,可以说是柳宗元荣辱人生的分水岭!这一年,既是柳宗元一生最为得意的巅峰时刻,又是从庙堂之上贬谪江湖之远,跌入万丈深渊的至暗时期。

当雪山崩塌,每一片雪花都不是无辜的。"永贞革新"的政治集团随着李诵皇权的被迫交割而土崩瓦解,所有代表人物集体贬谪,王叔文被贬渝州,次年赐死;王伾被贬开州,不久病死;刘禹锡则被贬为远州司马,柳宗元初贬为邵州(如今的垣曲)刺史,11月加贬永州司马,并规定"终身不得量移"。在这场史无前例的"二王八司马"贬谪运动中,柳宗元夹杂其中被驱逐出京。八个月的意气风发,八个月的政治辉煌,八个月的政治理想,犹如飘过长安上空的一片雪花,绽放在帝都城头的一抹烟火,划过历史天空的一颗流星,灿烂过后,随风飘散。

10年前,柳宗元以赢者的姿态,在唐政府的万人海选中耀眼全场。10年后,却从一步登天到一步登空的人生逆转中以输家的狼狈黯然离场,成了漂泊半生的孤独浪子!

有些荒凉,必须独自走过,有些伤痛,必须独自承担。中国文人,最脆弱的是什么?中国文人,最坚强的又是什么?为花落而悲,为鸟徙而叹,为水流而歌,为明月而问,为佳人而唱,为蜉蝣而鸣,为尘埃而哀……没有什么不能引起中国文人的伤感,文人们脆弱的神经一旦被触碰,就会被一片落花、一杯清泉、一抹夕阳伤得满心愁绪。而柳宗元呢?在贬谪的路上又会遇到什么?贬谪永州之前,柳宗元所敬重并影响一生的陆质病死;来永州不久,柳宗元又遭丧母之痛;元和五年(公元810年)随行的女儿又因病夭折……可以说在贬谪的路上,柳宗元四面楚歌,在事业没了,亲情没了,友

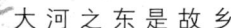

情没了,爱情没了的困顿之下,又遭遇了健康的威胁,33岁的柳宗元"百病所集,痞结伏积"。王叔文被赐死后,他内心更加恐惧,"行则膝颤,坐则髀痹"。柳宗元在一路向南踽踽独行的途中,真正活成了孤家寡人。

踏着被贬的路走向重生

"天地间一片孤绝,不见一个腌臜英雄。"越过瘴疠之气,走进蛮荒之地,栖居破庙的柳宗元,没有消极厌世,没有自暴自弃,更没有自我沉沦。柳宗元就是柳宗元,耸条山风骨,担千般苦难,敞黄河胸襟,纳万般委屈,在被贬的路上放大格局,踏着如歌的行板,于放逐的岁月里一边自我救赎,一边奋力进取。

孤独是一种隐形财富,在湖南永州10年间,柳宗元走过岁月的兵荒马乱,开始学会与生活化干戈为玉帛,在薄情的世界里,深情地活着。他一边适应那里的水土,一边买房置地,融进当地群众生活。晨起,日出而作;黄昏,荷锄而归。他开发"愚溪",蜗居"愚溪",创作"愚溪",纵情山水,赋诗作文,发奋创作,潜心向学。在孤寂的世界里,穿越时空,以《天对》释《天问》,与千年前的屈原答辩;处江湖之远,以《天说》为引子,与庙堂之上的好友韩愈对话,展开朝野上下的哲学之争……

盛世文人,诗词为冠;乱世文人,血泪无憾。政治理想的破灭,使他在不幸中幻想,在苦痛中反思,及时地调转人生航向,把政治上的挫败化为文学上的养料,把文学创作变成了他抵御人生苦难的唯一手段。而当他清空了欲望的垃圾,放下了精神上的负担,昔日的热血便被复活,往日的激情便被点燃,文学创造力便如滔滔黄河一样汹涌而至,诗词歌赋的灵感便如火山爆发一样喷涌而出,他用深沉的思索和丰富的社会生活体验,创作了大量的政治哲学著作和反映社会矛盾的散文诗歌,《小石潭记》《黔之驴》《捕蛇者说》《永州八记》等作品,都是这一时期的成果。可以这么说,永州十年,是柳宗元从三十而立到四十不惑的十年;是他搏击命运,重辟蹊径,成就自我的十年;是他身处炼狱一生创作最为辉煌的十年;是他集大成于一身,成名成家一飞冲天的十年。因为十年后,当他挥手告别永州的一草一木时,已将一生的代表作《柳河东全集》的540篇诗文中317篇写在了这片让他受苦蒙难,亦让他浴火重生的千山万水之间。

若不是贬谪所逼,生活所迫,谁愿意把自己弄得一身才华。永州10年,柳宗元羸弱的身体没有倒下,而是坚韧地踏着被贬的路一瘸一拐走向诗和远方。

客死柳州飞雪去

公元815年,柳宗元被召回京。当他手捧朝廷诏,不顾足疾痛,趋步灞桥边,热泪望长安,准备迎接政治生命的第二个春天,撸起袖子大干快上的时候。殊不知,人生的寒流并未远离,肃杀的雪花再度扑来,因为好友刘禹锡的一首讥讽"打油诗",在朝堂上掀起的一场轩然大波再次把这个落魄的、倒霉的文人打发到遥远的柳州。

翻开一部中国文学史,其实就是一部文人血泪斑斑的悲剧史。自屈原以降,司马迁、陶渊明、李白、杜甫左迁流放不绝于世,纷至沓来的还有柳宗元、刘禹锡、韩愈等人屡遭贬谪,一再打压……

人生如此,牵马来!

没有最悲催,只有更悲催,一朝被贬后,再无出头日!绝望之后,寂寞惆怅、孤标傲世的柳宗元不愿再多看一眼长安街上的一城繁华,不想再留恋灞桥柳的一枝一叶,头也不回地骑着瘦马奔向人生最后的归宿——柳州。

无论命运多么悲催,无论人生多么短暂,无论活得如何苟且。柳宗元始终放不下一个中国文人的家国情怀。无论现实多么残酷,无论自身的力量多么渺小,柳宗元从来就不曾放弃"致君尧舜上,再使风俗淳"的远大理想,被贬后更是立志从我做起,身体力行地改变岭南的蛮荒愚昧。

柳州四年,柳宗元以风雨飘摇之残烛,点亮柳州黑暗之黎明:颁布政令,释放奴隶;开办学堂,狠抓教育;为民谋利,开凿水井;开垦荒地,植树造林……

命运以痛吻我,我报世界以歌!最后的余光里,柳宗元用身体写诗,用生命著文，为百姓造福，直至公元819年，柳宗元用尽了洪荒之力，为柳州种植上了最后一棵沙柳，榨干了身体的最后一滴鲜血，一头栽倒在47岁的生命旅途之中！

哎，柳宗元，生的何其委屈，死的又极其光荣！

柳宗元，犹如他《江雪》中一朵唯美的雪花，从生到死，孤寂飘零，晶莹而深情，短暂而永恒，困顿而高洁，寒冷而温热。

柳宗元所说输了当代，却赢得了后世！

他的文人风骨，家国情怀，人性光辉，伟大作品早已植根于中国民众的内心深处，早已掩盖了逶迤秦岭的一切壮丽，覆盖了巍峨长安的所有辉煌。

至此，我站在2019年的最后关口，想借一片河东的飞雪凭吊这位河东大儒，用所有的敬意为宗元先生送去1200年的祝福。

带着老妈看红叶

周末,喜欢摄影的老同学占伟约定,说是带上各家老人去看红叶。对此,一拍即合,因为早有想法,却没做法,一直想带着窝在村里一辈子的母亲出去转一转,可坐高铁,感受一下风驰电掣的时代变迁;可坐轮船,看看大海的蓝,尝尝大海的咸;可坐飞机,远离地球,摸一摸离神仙不远的天,瞅一瞅离打麦场不远的星……然而,这一切总在幻想中,占伟的这次提议正中下怀,去不了远方和诗,就去近处的平陆马泉沟。不过,又有担心,母亲年龄大了,总喊腿疼,走不了几步长路,能不能做通思想工作还是两说。

晚上回到家,看到母亲刚刚用完煎好的药汤,放下药碗就给我诉苦,说近日来冠心病又犯了,大哥拉着她到某医院检查了一次没效果,又到山里一家诊所抓了几副药,病情有所减轻……看着母亲身体基本复原,说话中气很足,我有点放心,说是明天和占伟爸妈去平陆马泉沟,一起出去散心,母亲执意推辞,说是腿疼,哪里都不想去,待在家里打麻将最好。看到母亲既畏惧爬山路,又想让我带着她,一副犹豫不决的样子,我心里有数:母亲是想"三拒",让我再"三请",最后再装作极不情愿的样子被我"硬请"……我心里暗笑,一向和母亲斗智斗勇的我,故意装得漫不经心:"哦,您不想去,那就待在家里罢,我们去去就回"!母亲被我将了一军,为之一愣,看着不按她的常规出牌,想说什么,欲言又止,脸上失落滑过,一会吞吞吐吐地问:"平陆远不?""不远,一会就到,您去过平陆吗?"母亲:"没有。""您这辈子连平陆都没去过,不冤得慌?""明天走吧。"我趁机再做最后一把思想工作。母亲就坡下驴:"那明早我给咱做早饭,吃完早饭就出发。"议定之后,

82岁的母亲踏实落枕,酣然入睡。我却睡意全无,靠在墙上,在手机上划拉着,构思一篇"猪肉涨价"的文章……

一夜无话,第二天一大早,占伟就打来电话,说是米汤已经熬好,赶紧带着老妈过来。母亲有些难为情,说是去人家家吃饭多不好意思,我说占伟家又不是别人家,该吃吃,该喝喝。到了占伟家,刘叔、刘婶举家出迎,给了母亲最高的礼遇,母亲也很实在,虽说不好意思吃,但吃的比我还多。吃饱喝足,从县城出发,平陆的文友一早就在大街上等着。根据高德导航甜美声音的提示,我一路打马前行,占伟是紧随其后,穿过陌南,快马加鞭到了圣天湖高速进口处,因雾大封路,无奈调转马头,另辟蹊径。进入233省道,一路迤逦前行,真是沟是沟来坡是坡,沟沟坡坡无尽头,走过大沟是小沟,爬上一坡又一坡,沟套沟,坡连坡,全是应景了一句话"平陆不平沟三千,坡下就占一千三"。

路不是很好,村庄集镇星罗棋布,有的段落坑坑洼洼,有的段落曲折如拐,有的段落狭窄似线,过往车辆,特别是重载车辆较多,走路会车真是有着平陆老乡们的热情厚实,都是急扑着贴面而行,拥抱着呼啸而去。听着导航的絮絮叨叨,什么疙瘩桥,毛家涧,走过一村又一寨,时而坡底蜗行,时而坡上飞行,高低起伏中,母亲还算坚强,只是一遍又一遍地催问:"到了吗?""快了,快了,马上就到了。"母亲问一遍,我就重复一遍,一边走一边哄。问急了,母亲就生气了:"马上就到了,驴上都到不了,真后悔跟你来"。我说:"要不,您回去?"母亲说:"那你送我回去。""我不管事,我管您来,谁还管您回去。"和母亲一路争执中,忽然想到,小时候过年和母亲走亲戚,母亲一手提着馍袋,一手牵着我,走走停停,也是走一会儿问一次,到了吗?母亲也是一遍又一遍不厌其烦地哄我,快了,马上就到了。哄的时候多了,我就不信了,耍赖着不走,硬是让母亲抱着或者背着走。而此刻,在路途的颠簸中,我感觉到了岁月的轮回,母亲说她今天上当了,我说您上当也不止一回了吧,一天上一当,是当当不一样,而且是当当不重复,随时变花样。母亲说,可不是,大多都是上你的当。

穿过天鹅湖景区,平陆文友电话告知,再有10分钟到达县城。结果一不小心,作为资深"路痴"的我,又一次在导航的指引下,成功地把刘占伟带偏了正确航向,一路向北,直接冲向运城、太原的高速进口。在占伟及时全力纠正下,我是前卫变后队,跟着刘占伟直达条山大街,接上文友,直奔马泉沟。

马泉沟,久负盛名,其红叶之红,已经红遍全国,成为传说中的"网红",位于县城东部地区,北倚中条,南临黄河,需翻越5条大沟12面长坡。荆老师告诉我们,该村地下有1915年就获得巴拿马世界博览会金奖的石膏、地上有夏布浓绿秋色艳的檀树交漫山红叶、村里有1350年的栽培历史而久负盛名、皇上贡品的马泉沟水化柿。他们一直在这里进行帮扶,村民因循守旧、观念落后,思想保守,看不到优势背后蕴藏的致富潜力,只把眼睛盯在种麦收秋上。祖祖辈辈都是"住在金山守死宝,抱着银碗讨饭吃",始终没有摆脱贫困的羁绊,近年来,在帮扶队的努力下,思想解放了,视野开阔了,什么农家乐、土产品逐步红火起来,富裕起来。

一路徐徐前行,什么米汤沟、虎头崖、锥子山、龙潭瀑布、神龟探水等鬼斧神工的自然景观,在荆老师上车以后,沿途风情来个全面解读,母亲一边津津有味地听着,不再喊吃亏上当,不觉之间到了目的地,瞬间拨云见日,极目四顾,四面环山,植被丰富,一树树火红的"水化"柿子在尚未散尽的薄雾里映衬着蓝蓝的天空,黄栌、红栌、元宝枫等十余个彩叶品种流光溢彩,以大自然的神奇之笔勾勒出一幅天然的秋色画卷,一道道沟来一座座岭、一个个山峰层林染,或许周末,游人如织,览红叶的,品水化柿子的,尝农家特色饭的,俊男靓女争相拍照的。我们一行6人,就有三位老者,鉴于行动不便,坐上了观光游览车,一上一下将近个把小时。观景处,母亲坐在路边死活不上亭子,说她啥叶子没见过,跑这么远看树叶子。刘叔掏出自带的相机不时地寻找着艺术感觉,刘婶也陪着母亲歇息,我和占伟爬上亭子,装模作样地抓拍着……

有人说,人到中年就是一部西游记:孙悟空的压力,猪八戒的体型,沙和尚的发型,还有唐僧的碎碎念……但无论如何,陪老人出来散心的时间还是一定要有的,哪怕路程跑了四个小时,山间只能逗留半个钟头,起码也是很有意义的。为此,我苦思冥想,以打油诗记之:年华不经秋风吹,车轮滚滚为之催;严霜染得叶正红,青山如画把景追!

下一次,继续让母亲"上当",上什么当,怎样上当,先酝酿时间和地点,至于"阴谋"嘛,暂且保密吧!

"中国式"吃得开

有人说,科学无疆域,艺术无国界!

要叫我说,吃,才是人类的共同话题!

因为,"吃穿住行"排在人类四大之首。吃,自然也就成了人类生存的头等大事。

可以说是,有"吃"无类。"吃",无物界之分,无地域之限,无时间之别,只要有生命的地方,就离不开吃!从人类起源开始,从人猿相揖别,从匍匐到行走,最明显的标志就是"吃"。有了火,吃就有了质的飞跃;有了石器,吃才有了基本的保障,直至有了熟食果腹,脱离了茹毛饮血,逐步成型的人类,才有了吃饱喝足的力气,站到这个世界上食物链的最顶端,俯视一切,口衔日月,嘴吞八荒,舌卷玉宇,睥睨天下……

故而,这个世界就是"吃货"的世界,人类的历史就是"吃货"的历史!远的不说,就说咱们运城,其实就是个"吃货"的故乡!西侯度遗址之所以举世闻名,是因为发现了180万年前的"圣火",因为有了这把"火",才保证了"一口吃的"把人类向前推进了180万年……之后,为了这口吃的,为了一块咸咸的盐巴,终究有了皇帝战蚩尤的美丽传说,硬生生地为我们故乡留下了一个叫作"解州"的镇子;同样为了这口吃的,黄帝、炎帝也顾不得绅士风度,开始抱在一起打群架。结果,打来打去,打出了一个民族,这个民族就叫华夏民族;他们的后裔,也就是现在的我们,被共同唤作炎黄子孙!在这千千万万的炎黄子孙中,最了不起的两位:舜,为了给这个民族一口吃的,不辞辛苦,躬耕历山,以播五谷;禹,为了给故乡这块荒芜之地以灌溉,让神州之地避"黄祸",三过家门而不入,斧凿龙门治水患!此后,三皇五帝以降,无论是"春秋五霸",还是"战国七雄",都是为了一口吃的,去抢地盘,为了一块地盘,发动一次次战争!用历史向我们证明着,这个世界就是"大鱼吃小鱼,小鱼吃虾米,虾米吃瞅不着,瞅不着吃看不见"……

至今,我在想:國,不就是一人一口一弋一块土地嘛,而这块土地不就是被四堵墙围着吗?

自古以来,"吃"文化也决定着历史进程的走向。饭桌上,推杯换盏间,就可以让江山易主,山河变色;大快朵颐,举箸放筷间,也可涂改史书,另写青史!很多历史的关键档口,都是在"兵马未动,粮草先行"波澜壮阔的"群殴"中,在"鸿门宴""渑池会""煮酒论英雄""杯酒释兵权"一次次"吃货"的阴谋阳谋中,我们的民族在一次次觥筹交错、血与火的洗礼中,秦皇汉武分分合合,唐宋明清合合分分……

在我们国度,中国式人见人,无论贫穷富贵,见面第一句话都是:你吃了吗?听听,多么感人!这句问候语一问数千年,悠悠之音不绝于耳,不知出自哪位哲人之口,寥寥数字,寓意丰富,不乏人类生存基本之要义,常喊不衰,常喊常新,岂非"四大发明"能够比拟的?中国式人敬人,最感天动地的方式就是:走,下馆子去!

下过几次馆子后,我就在想:今天的这主席那主席的,这称呼是怎么来的?不就是混得好,吃得开吗?不就是在吃饭的席口上,被众星捧月地拥戴在主要位置上吗,坐在主位上的人,既可手握一筷,坐拥全席,又可轻提一杯,雄视宾朋!主位上的那个人若不急于动筷,即使四座朋友饿得头昏眼花,也只能陪着谈笑风生,静等主席随时"剪彩",肠胃可以饿坏,规矩不能破坏!因为第一口菜,应该是由"主席"去夹的,第一杯酒也应该是敬给"主席"的……

"千里做官,只为吃穿";"学得文武艺,卖与帝王家"!于是,一个"吃"字,就把人们划成了等级,而最高的等级就是天潢贵胄。胄,以"由"为声旁,以"肉"为形旁,大部分"月"字旁,其实都是古时"肉"字旁,代表着贵族后裔。花间一壶酒,月月都长肉。若没有肉,怎配得上贵族!所以,三国时的刘备,凡见人就深情表白,先声夺人,某乃西汉中山靖王刘胜之后,借以洗白自己插标卖鞋耳!所以,凡进入体制内,吃得开的,混得好的,叫"金饭碗";混得较好的,叫"铁饭碗";混得差的,吃不开的,体制外的,叫"泥饭碗"。吃"皇粮"的比较威风,端"泥饭碗"的最不靠谱,吃得不好,还吃得不饱,还得小心翼翼以防"碗"掉在地上摔得稀碎!

我们的国度,我们的汉语言里,特别是我们的故乡,我们的村子,方言俚语中便发明创造了一句人人耳熟能详的句子"吃得开"!"吃得开",顾名思义,应该是"不仅有得吃,而且能吃饱;不仅能吃饱,而且吃得好;不仅吃得好,而且是嘴大吃四方,到处吃得开"……

记忆最深的是小时候,一说到吃,人人眉飞色舞,个个劲头十足,无论是墙根下,巷子口,石磨旁,小桥边,总有一群面黄肌瘦的人唾星四溅,争执不已:谁谁谁,在城里混得好,吃的是"皇粮",当的是"国家人",工资高,吃得开;谁谁谁,大学毕业后,分配到了某机关当了科长,吃香的,喝辣的,你看人家那方面大耳将军肚,面子有派头,肚子有油水;谁谁谁,前天又被村长请去喝酒了,三个人,喝了四瓶,我的天哟,喝得竟是"贱男春"……

在乡亲们眼里,"吃得开"的人就是"不是正在吃席,就是正走在吃席的路上";不是被人请,就是正在被人请……

哪个男人有本事,就看他下馆子的次数!村子里,最大的事无非是"娶媳妇盖厦,提起害怕"!然而,这些大事,一旦到了吃的关口,啥都不是事,都是在吃吃喝喝中进行的!记得小时候,村里无论哪一家要"过事",提前半个月,甚至一个月都成了全村人村头巷尾热议的头等大事,都在掐着日子,焦灼地等待一场集体的狂欢,想象着狂欢时的一场盛宴!"有几个热的,几个凉的,几个咸的,几个甜的,抽什么烟,喝什么酒"都在讨论竞猜之中!"谁谁当理事""谁谁盘锅灶""谁谁搭帐篷""谁谁借桌凳""谁谁找碗筷"……不用安排,小小的我们,不是左邻右舍搬低桌,就是三五一群拉着架子车往返邻村去借水,或者提一个茶壶,满院四处乱转,店小二一样地端茶倒水招呼人,再大些就端着盘子上菜肴。每逢开席,呼朋唤友,召儿叫女,亲戚一家坐一桌,关系好的围一起。像我们这些屁小孩抢不上好位置,占不上高桌凳,蹲在没有椅子的低桌旁,瞪大眼睛等着上菜,吃一个数一个,兴高采烈地算计着还剩几个菜,每逢有硬菜,什么"拔丝丸子"或"蒸米枣糕",

为了公平起见,七八个孩子便推出一个喊口令的,1、2、3过后,方能出筷。那时,场面让人紧张,八双筷子,或者九、十双筷子,高举空中,筷头朝下,一个同心圆紧盯着一盘菜……往往3字刚出口,便听叮叮当当,风卷残云,盘子早已见底,反应快的,三五筷已攒于自己的盘上,对于反应较慢的我,好不容易夹了一块,还烫得放不到嘴上……往往为了一个丸子,争执不下,为了一勺醪糟,比拼着速度!那时,吆五喝六,猜拳行令,打关挖窝,拼酒斗酒,旁观叫好,万众一心只是吃,团结协作只是喝,没有比吃更大的事,没有比吃更高兴的事!特别是那些村里吃得开的村干部、管事的,可以自由进入后厨,拿着碗盛上满满一碗,趾高气扬独自享用……

  村里人赶集,下馆子是应有之义。然而,同村的一位老兄带着他母亲上街赶集,一通忙活过后,到了饭点,该老兄让其母亲坐等在馆子门口,自己进去说句话,殊不知,就在馆子里偷嘴的当口,被同村人发现,几十年过去了,笑谈仍在流传,时不时被乡亲们戳着脊梁骨。还有本家一位大哥,在临汾戏团里做饭,端着铁饭碗,领着高工资,家里光景居全村上游,尽管如此,每次领着大嫂上集,一到饭点,就说让忍忍,吵吵闹闹一路饥饿一路忍,一忍几十年,一吵几十年,一闹几十年。从此,逢集赶会,忍忍成了家常便饭,吵吵闹闹也成了赶集的必备项目……

  小时候,从来没有仰望过父亲,甚至有点"鄙视"自己的父亲。父亲,老实巴交,在村里吃不开,待人接物不灵活,为人处事不圆滑,直来直去不拐弯,谋生挣钱没能力。懂医术,会看病,村里唯一的一个赤脚医生,却从不会把自己的手艺变成谋生的手段,十里八方,求医看病,不问农忙时节,不管白天黑夜,也不管风里雨里,只要有人叩门,就是下刀子也不误看病,看了一辈子的病,治疗患者无数,从没收过病人一分钱,越看越穷,越穷越看,别人的病越来越轻,他的穷病却越来越重。只会土里刨食的父亲,最典型的中国农民,一辈从来没被别人请过客,他一辈子也没请过任何人,标准的"吃不开",被他的四个子女掏空以后,父亲最终活成了一把穷骨头!

  九十年代,乡镇参加工作以后,看惯了乡亲们为了一口吃的,挣扎在黄土地上的样子。作为乡干部,催粮要款是主责,刮宫流产是使命!经常是"政策攻心三分钟,过后就是龙卷风"!组成工作组,带着"专业队",进村入户,一户户算,一家家清,打开粮柜子,揭开米罐子,有时一次受缴,都用笤帚把粮柜扫得干干净净,一粒不剩。没有粮食的,专业队就四处搜寻,凡是值钱的东西都不放过,即使一桶油,一根木头都要抬走,百姓急了,操起铁锨挡在门口,专业队人员一拥而上,用手铐带着,押到乡里……至今想起,心内隐隐作痛!

而当时那些吃得开的乡干部,流传着好多顺口溜:早上黑着脸是包公,中午喝着酒是关公,晚上颠三倒四是济公……还有就是"酒杯捏扁,筷子握短,一顿饭一头牛,屁股底下一座楼";还有什么,早上围着车子转,中午围着桌子转,晚上围着裙子转……

作为"农三代"的我,混在机关里,智商不够,情商不足,多年如一日,一心听党话,工作拼命干,拼命干工作,只要干不死,就往死里干,硬是凭着父亲强大的遗传基因,把"吃不开"发挥得淋漓尽致,默默看世界,一心向平凡!

"俺曾见,金陵玉树莺声晓,秦淮水榭花开早,谁知道容易冰消!眼看他起朱楼,眼看他宴宾客,眼看他楼塌了。"出来混,迟早是要还的!好在十八大以后,那些所谓吃得开的,贪墨成千万,甚至上亿元的,也都走进了"小轩窗,凭栏望,忏悔忆人生"……

至今,我似乎有点明白:中国式吃得开不在吃一时,而在吃一世;不在一时吃得好,而在一世吃得稳!

如此,方叫中国式"吃得开"!

大 河 之 东 是 故 乡

把孔乙己老师的账还了吧

1919年的一个深秋,孔乙己先生喝完了最后一碗酒,字迹工整地写下了十九文欠账后,双手支撑着地面,艰难地把自己高大的身躯慢慢移出咸亨酒店,在寒风萧瑟、黄叶飘零中,把一个孤独的背影挪出很远,终不知所踪……

百年以来,孔乙己这三个大字便被岁月无情放大,堂而皇之地写在了咸亨酒店大堂之上的粉板上,每年的春节、清明、五一、国庆等重大节假日,酒店的老板便望着络绎不绝的食客,总要在"众里寻他千百度"中,落寞地对着这块粉板,祥林嫂般地念念叨叨:孔乙己还欠着十九文酒钱呢……

于是,百年以来,孔乙己因为欠下这"十九文酒钱"而被活在人们心中,不管岁月如何流转,无论酒店几易其手,老孔从未死去,其欠账的事犹如"明星八卦""娱乐新闻"满世界乱飞,特别是被一个叫鲁迅的人很详细地记在课本里,让世世代代的学生们摇头晃脑地广而告之……

真是欺人太甚,有辱斯文,区区十九文酒钱就玷污了孔老先生一袭长衫的骄傲和尊严?

百年之后,终有一群不服气的人,美其名曰孔乙己先生的学生,自称来自"河之东",七七八八拥进百年咸亨老店,站在曲尺形的大柜台前,用一口极为难懂的晋南方言嚷嚷道:"老板,来把孔先生欠的账结了……"

"结账就结账,嚷嚷什么;是范进中举了,还是彩票中奖了,欠了100年的账,今天才还,好像很光彩似的?"

作为全国一流"背景大学"中文系的高才生,仅仅因为一次中层岗位的竞聘演讲,误把"鸿鹄之志"念成"鸿浩之志",就被一棍子打入冷宫,安排在前台做"店小二"的我,本就一肚子委屈,还被支来喝去地涮碗洗盘子,更是气不打一处来,听到这样酸溜溜的声音,岂能不火冒三丈?

冷眼瞥去,七八个男男女女,一群看起来很文艺很有气质的人。听谈话,好像是什么文学平台、作家协会的,领头的那个貌似姓"良",西装革履,派头十足,梳着油光铮亮的知识分子头,鼻梁架着一副变形了的金丝眼镜,西装袖口上的名牌标签赫然在目,仔细一看,那粗糙的做工工艺正在悄悄地出卖着它的主人……

哼,又是一群能装的人。

"微信、支付宝?"我不屑一顾地问。

"什么宝?"这个看起来文质彬彬的良老师竟像外星人一样疑惑尴尬地看着我。

"微信、支付宝",我仍然不屑一顾地白着眼。

这次,看上去修养极好的良老师儒雅清秀的脸上竟闪过了一丝气愤,"我没什么宝,现钱支付"。说完,从上衣口袋里掏出一只厚实的皮夹来,霸气侧漏地摸出了一沓鲜红耀眼的大钞来,从厚度目测足有两三千大洋,良老师的手在耀眼的红中费劲地摸索了一半天,终于摸出了一张"大零"来,啪地一张20元拍在了柜台上,"19块,剩下的不用找了"……

我靠,好像我占了多大便宜似的,一边迅速地把多余的一块钱装进兜里,一边强按心头的不快:"各位客官,还需要什么?"

良老师一边把粉板上好像已经生锈了的100年的"孔乙己"三个字很神圣很庄严地慢慢抹去;一边望着乱哄哄的大厅,皱着眉头:"安排个雅间吧"。

"最好是临窗靠景的",一个玉树临风的高个子男人抢着说,貌似是什么湖的文学主编。

"对对对",一群人附和着,被我引进了二楼的"周树人厅"。进了雅间,富丽堂皇的装饰,奢华高端的器具,徐徐电动的大圆饭桌,转盘之上鲁镇全景式山水惊呆了几位"大家们"。拿着金碧辉煌的菜单竟然不知所措,我心里不由得暗笑:叫你们好好装,看你们下次还来不?

在你推我让的尴尬过程中,良老师终于又一次拿出了"河之东"的自信来,大气沉稳地提议:"今天,大家都很辛苦,为了XXX全国征文大赛,辛苦了个把月,今天把胃好好解放一次。刘大姐点吧,张老师、李老师、杨老师随后补充,想吃什么就点什么,每人必点一个自己喜欢的硬菜,今天谁都不许替我省。"

诗人刘大姐视死如归地端着菜单,颇有哲思地研究着:嗯,来一个青龙卧雪(一盘白糖上面放根黄瓜),再来一个关公战秦琼(西红柿炒鸡蛋),还有一国两制(煮花生米炸花生米)、绝代双骄(青辣椒炒红辣椒)、穿过你的黑发我的手(海带炖猪蹄)……刘老师每点一个菜,便很艰难地偷偷地瞅一眼东道主良老师的脸,感觉过得去,就点下一个菜,几番目光交流,终于尘埃落定,长出了一口气。

剩下的几位老师也都大胆地补充着,什么黑熊掰棒(木耳炒豆芽),什么翠柳啼红(菠菜炒蘑菇)等等。

你们不出血,叫我这个服务生去喝西北风啊!

一气之下,我立马上前:"各位老师,您看这个'红烧飞机、清蒸游艇、油炸火车'是我们店的百年名菜,要不要一起尝尝呢?"

我把期待的目光聚焦到器宇不凡的"良大师"身上,良老师果然不同凡响,开口便道:今天不同往常,一方面为我们孔乙己先生清账正名,另一方面庆贺我们河之东全国文学大赛告一段落,没有一个硬菜也说不过去,我看……"

面对良老师的提议,大家和我一样惊喜地猜测着。

"为了保证大家的健康,避免'三高'出现在我们身上,我看荤菜就免了,来一盘这个店里最有名的百年老菜——孔先生最喜欢吃的'茴香豆'吧",良老师气壮山河地一锤定音!

我靠,一顿操作猛如虎,一看战绩零杠五。

这一群什么人啊,在雅间里高谈阔论,什么戏剧大师XX老师近日逝世啦,谁的悼念文章被推上了当今热搜榜啦;哪一个青年作家最近高产,谁的诗词又获得了国际大奖啦;某某的时评阅读量过百万,吃了不少流量啦……望着他们举箸落筷间的热烈,把200块钱的席口吃出了两万五的气势,我不由得内心一阵鄙夷：什么时代了，不谈马云谈鲁迅，不论挣钱论文学。

随后的几次，这一群人总在我不欢迎的时候频频光顾，器宇轩昂地穿过大厅的人们，成了"周树人厅"的常客，总是在用餐期间，包间里传来咿咿呀呀的声音，不是什么京剧《智斗》，就是什么美声通俗，每次结账，总是"良式招牌"手法，摸出皮夹子，掏出厚一沓，扣扣索索"排"出一摞零票来。在你来我往的应酬中，得知我是"背大"毕业的高才生，竟然热络起来，和我探讨散文的四种写法，非要丢给我一本什么破书集子，死乞白赖地给我签名留念，时不时地影响我正在"魔兽世界"的游戏战绩。

当然，良老师也有讨人喜欢的时候，每每在大厅遇见了"河之东"的粉丝，便不由得激动，强拉着进入"周树人厅"，大声嚷嚷着来一盘当前风口正火爆的红烧猪肉来，这一盘猪肉又让我赚了不少的小费。

最近一次见到良老师，好像是中秋的前一天，一个人跛着腿，一瘸一拐地迈进了咸亨酒店，脸上淤青着，众人打趣地问："良老师，昨晚偷牛了吧"？"昨晚不小心，掉进坑里啦。""不是吧，'四只眼'还看不见吗？"众人依旧不依不饶。良老师绕过大家，讪讪地在大厅找一个不起眼的角落，要一盘酸辣土豆丝，一碟茴香豆，一瓶啤酒，埋头吃喝。

自打霜降以后，再也没见过良老师了，大家也互相打听着。一个文学爱好者神秘地告诉大家，传说良老师写了一篇什么狗屁文章，惹恼了丁举人的玄孙，被追着恨恨地打了一顿，住院观察呢……

此后，良老师的消失犹如秋冬的一片落叶，被环卫工一扫帚扫进了日常的生活中，再也没有人提起……

大 河 之 东 是 故 乡

11.11:这"四个光棍"还能走多远

昨夜！

你剁剁剁,剁手了吗?

昨夜！

你买买买,买物了吗?

从2009年开始,11月11日,这个再也普通不过、稀松平常的日子,被一个叫马云的人简单包装以后,这一天"光棍节"就从淘宝商城出发,挂着四根"文明"拐杖或者更像拿着四把长剑,在伸手不见五指的深夜凌晨开始"打劫",亿万网民的腰包瞬间解绑,于是"双十一"变成了全中国网民一年中"买买买"最疯狂的促销狂欢节……

当整个中华民族正在伟大复兴征途中追逐梦想的时候,是马云在半路上添加了一道美丽的小小风景线,他站在淘宝网站上振臂一呼,把打折的声音盖过神州大地,让全国网民们集体抬头仰视,"占便宜"几乎成了这个时代物欲意识最强烈的主题。

于是乎,"双十一"成了人民币集体排队的节日,在马云"121,121"有节奏的要求下,浩浩荡荡向阿里巴巴进发……两分钟破百亿,一天破千亿,甚至写下了2135亿元的神话。

除了生死,购物才是大事!

于是,人人枕"币"待旦,伏"键"而动,抢红包、凑满减,以及玩转各种复杂的游戏规则,专等零点一到,一触即发。

不买东西也是没钱,

买了东西也是没钱,

那就说明买东西它不要钱啊!

不要钱为什么不买!

便宜这东西,不占白不占,占了不白占,白占谁不占?

双十一就是这么一个让人以为可以任性地买买买的日子,一个让人觉得花了钱还捡了大便宜的日子,一个让人担心有很多该占的便宜没有占到,而没占到的便宜就是亏了的日子。

问题是,当天下的网民自以为占尽天下便宜时。殊不知,姓马的却在捂嘴偷笑。十年来,阿里巴巴是整个零售行业中增长和盈利最好的也是唯一的公司。2017年,零售商在阿里巴巴平台上每产生100元销售额,就有4.2元成为阿里巴巴的营业收入。这4.2%的"阿里税"过去基本上旱涝保收,几乎从来不会因经济形势或企业普遍的经营状况而发生改变。

在这个不消费毋宁死的时代,我们不能不佩服马同志,草船借箭,借势造势,生生创造出了一个对国人来说比春节还要重要的商业节日。

于是,十年间,"双十一"的大数据不断在变:2009年,"光棍节"促销活动日营业额:5200万元;2018年,营业额2315亿;2009年,参与品牌:27个;2018年,参与品牌:超过18万个。2009年,快递数量:几千个;2018年双11包裹将超过18.7亿件。2016年全国铁路开始为电商站台,其中最快的时速350公里高铁动车组有170列。

为此,马云在致阿里巴巴股东的信中,曾傲娇地说:"生意难做之时,正是我们兑现'让天下没有难做的生意'的使命之时。"

在这个中国经济转型、社会消费升级不断"革命"的今天。

有人说:我的女盆友是个简单、明媚的女子,不倾国,也不倾城,只因"双十一"而倾家荡产。

当马云一个人的孤单变成全国全球几亿人的狂欢,那么"双十一"到底还能走多远?

有人说:双十一结束后我更新了简历,曾经和马云合作过2135亿的大项目。

有人说:从前的双11是嘲笑你无法脱单,现在的双11是嘲笑你无法脱

贫。

女朋友问：失败是成功之母，那什么是成功之父？

我哭着说：每当我花钱帮你清空购物车时，叫成功支付。

更有网友神评论：我的钱虽然不是大风刮来的，但是在双十一却像是被大风刮走的。

然而，老祖宗说：吃亏是福，人人都不；占便宜是害，人人都爱。

"双11"之所以能成为全民狂欢节，最大的原因就在于马云让天上开始掉馅饼，大家也都相信会掉馅饼，于是诱人的价格让大家获得满足。但在消费纪录不断刷新的背后，是"双11"后退货率和投诉量的大幅上升。先涨价后降价、虚构"原价"、随意标注价格。2017年11月29日中国消费者协会发布了当年"双11"网购商品价格跟踪调查体验报告，报告显示，近8成非预售商品根本没有便宜。

没有买卖，便没有杀害。

在这个偌大的电商网上，由于市场监管疲软乏力，不良供货商便趁机鱼目混珠，利用"双11"大捞一把，给消费者挖坑套路，让消费者防不胜防。先提价后优惠成为不良商家欺诈消费者最常用的手法，在淘宝上，西门子蒸烤一体机原本显示满减到手价低至12780元，10日当晚再也看不到12780元的数字，只显示预售价低至13780元。在京东上，三星65英寸HDR智能电视预约价为6999元，11月10日当晚价格为预约价7499元。还有一些不良商家充分利用消费者"双11"购物便宜的心理，"双11"价格不降反升。"双11"的水很深，买家没有卖家精，消费者想便宜购物，结果买得更贵。

"天下没有免费的午餐"，"羊毛只会出在羊身上"，我不相信打折的东西，更不赞成打折的消费观。我只相信一分钱一分货物。对于"双十一"这种不理智的、跟风的、误导国民的"物质主义"的消费观我不赞同。

故而，我不知道这"四个光棍"到底能走多远？但在一个人人参与的国民游戏中，我绝非故作清高、自我放逐。

要我说：双十一最应该打折的是什么？

答：自己的手

裸奔吧　哥们

在这个世界面前,我们从来都是在寒暑相继中"着衣"而行,在日月相推中"包装"成长,从来都没有想到过某一天会像山顶洞人一样一丝不挂,裸奔于世;而如今,我们在科技高速发展的今天,终于被大数据、云计算的神奇之手剥光了我们所有的"遮挡",在这个繁华万象的时代渐行渐裸……

一

裸奔,已无可阻挡。

站在日月旋转的今天,不少人是否还记得N年前北京中关村街头立起的大标牌:"中国人离信息高速公路有多远?向北1500米。"从1994年4月20日中国与互联网开始"全功能连接"算起,25年已经过去。如今,7亿多中国网民都已踏上这条高速路。从古老的驿道到纵横的铁轨,从陆地的迂回曲折到直冲九霄的腾空万里,每条路上都有自己的行车规则。聚集着如此巨大人群的信息高速路,在改变我们生活的同时,也转换了我们行为的方式。

大数据好比太阳,云计算仿佛月亮,在它们相推相演下,我们都是裸奔的透明人!

我们每天每时都说了什么、吃了什么、干了什么、去了哪里,一切的行动轨迹都会被精准地计算推演和科学再现!你都去过哪个饭店,和谁通过几次电话,说了什么关键词?用了哪几个APP?玩过什么游戏,赢过多少金币,QQ交友、微信聊天,聊了什么内容?网上购物,都去了哪几个网站,买了哪些心仪之物?旅游住店,走了哪条线路,住了哪家酒店?乘坐哪一趟高铁,搭乘哪一班飞机?天上地下,云里雾里,一切行踪,无一隐瞒,一个个ID,让你无处可逃。特别是近期以来,脸书5000万用户数据遭第三方机构"剑桥分析"滥用的事件,就引发了全球用户对脸书数据保护能力的信任危机,多国监管机构已经对其启动调查程序。

因此,别说你住酒店的时候没有登记,也别说你坐火车时候没有买票,但只要你出现,有一种人工智能叫人脸识别,当你进入酒店和车站的那一刻,你的"五官"便被刻画,你的行踪便被锁定,不要以为你藏在深山老林,就与世隔绝,只要你打开手机,基站就让你无处遁身,通过信号就可以测算出你和基站的距离,当两个基站联手运营,就能精准地确定你的位置。不要以为你们的私下聚会就没人知道,每一个人的ID都是标签,当某一领域敏感标签同时出现在某一个地点的时候,大数据、人工智能等技术展现出的对个人行为和思想的透视和操控能力,就能计算出你们在商量谋划什么,一切的"阴谋"都会成为"阳谋"而大白于天下。所以,在这个时代下,没有"天知,地知,你知我知",要想人不知,除非已莫为!因为,你在做,天在看,数据云在算!

说白了,这个时代就是一个网,你我都在网中央,互联又共享,一方面感受着互联网的巨大好处;另一方面,又被互联网无所不在地监督着……

二

裸奔,已浩浩荡荡。

时代如奔腾的大河,浩浩荡荡,奔涌而行!

在这个互联网时代的滚滚激流中,我们被浪花冲击得不着一线,裸泳裸奔……

曾有一段时间，各路来电八方来袭，不同的方言问着同一个主题，纷纷咨询刚建的公司要不要财务会计；每天早中晚，都能接到股票推荐电话，民间借贷联系，时时处处都能收到各地银行发来的短信，告诉我可以有多少贷款额度……不胜其烦的背后，是因为我们在互联网的时代，已被扒得所剩无几，"春光"泄露！

生活规则的改变，刷新我们的存在状态，"网络强迫症"成了部分人的通病，搜不到网络信号就难以忍受，离开了手机就坐立不安，时间被切割成碎片，注意力也大大分散。

我们总认为，办公室是我们的隐秘空间，鸽子笼是我们的篱笆保障。殊不知，高科技已把人类推向了多维空间，大多数人，也就是正在读屏的我们，正在成一少部分人眼里的完全透明人，我们的行为是全方位裸展！比如以前，我们看到的今日头条的页面是统一的，因为这些页面的设计"着装"是为所有人统一定制的，头条的界面是什么，主题的内容是什么，我们每个人看到的是一模一样的。而某一天，某一个朋友向你惊呼："怎么咱们今日头条"的内容不一样，你关心的热点我这没有，我喜欢的精彩你那里却看不到？你也突然发现了一个不可思议的事实:每个人看到的淘宝、京东、赶集、同城、今日头条、微信公众号、火山小视频、百度、抖音和360都是不一样的。因为我们使用过的那些网站或APP，早就根据我们的阅读习惯，点击内容推算到了每一个人的职业爱好和日常需求。细看今日头条，首先为你提供的内容一定是你平时最关注最感兴趣的新闻、视频、产品和小说；再瞧淘宝的首页，大多产品一定是你经常留意的，还有百度、360下面的购物、广告、招生、游戏等信息，全部都是和你的个人信息符号密切相关的。而且这些网站之间在互相交换和打通数据，它们甚至比我们更加了解我们自己，比如当你在浏览今日头条的时候，你再打开淘宝，或者当你看微信公众号的时候，再打开京东，上面的商品一定是你浏览过的。我们就这样裸奔着，被置于互联网的时代大风口，这个社会原有的"千篇一律"正被互联网转型升级到"千人千面"。

裸泳，裸泳；裸奔，裸奔……网海奔浪，大河浩荡。

三

裸奔，必须裸得彻底，正大光明！

疆域规则的改变，促使我们的视野无限扩大，斯诺登推开"棱镜门"展现暗战一角，各国因特网大数据尽数被搜索引擎掌握，互联网已经成为陆、海、空、天之外，人类活动的"第五空间"。

海阔凭鱼跃，天高任鸟飞！

在这互联网裸泳的时代大潮中，在这个裸奔的社会大空间，要"跃"，就必须光明正大，要"飞"，就必须正大光明。

否则，法网恢恢疏而不漏！

因为，无论是现在的你，还是未来的你，房子有几套，资金有多少，创业渠道在哪里，收入来源在何处?收入有多少?缴税有多少?资全流向去哪里?所有的一切都会被无限放大和真实展现，如范冰冰之流的偷税漏税不要再有非分之想。

如想求发展，就必须数据化，如想开公司，就必须使之透明化、法治化、网格化，税收、社保、个税就必须正规化，流程化，因为所有的数据都是透明化，浑水摸鱼的时代已经一去不复返了。

天行健，君子以自强不息;地势坤，君子以厚德载物。这是老祖宗留给我们的财产，既适应过去，也适应现在，更适应未来，投机的机会越来越少，要想赢得未来必须厚德方能载物！无论是火山直播，还是抖音盈利，无论是平台增粉，还是流量为王，正能量才是发展之基，信用度才是财富之源，芝麻信用胜过"芝麻开门"！在价值多元化的现在，互联网、区块链都给了你无与伦比的发展空间。在"平台+个体"的时代，每一个"个体"都被平台时刻监督。阿里巴巴可以关闭一个淘宝(天猫)店;腾讯可以封一个自媒体;抖音可以封杀一个网红，滴滴可以停止一个司机的ID;美团也停止一个餐厅线上生意，等等，只要它们认为你违反了规则，就可以随时捏死你。以上这些，都在倒逼着我们时刻检点自己的行为，真是举头三尺有神明。要想人不知，除非己莫为。

我们正在走入"自律性"社会。

未来，我们唯一能做的，就是做一个好人。

堂堂正正地做人，是未来唯一的选择。

光明磊落，是一个人最好的通行证。

大河之东是故乡

慷慨悲歌向灶台

　　妈的,猪槽还没拱几下呢,就要被撵着出栏了!

　　岁月这个屠夫,又高高地举起了那把寒光闪闪的杀猪刀……

　　猪圈外,"这检查,那汇报,这考核,那述职"一浪高过一浪的喧嚣,让我心惊肉跳,后脖颈也不由得阵阵发麻……即使猪脑子也该明白了:年关到了,又到了杀年猪,发福利的节点了……

　　"小孩小孩你别哭,过了小年就杀猪!"

　　妈的,在日益浓厚的节日氛围包裹中,猪舍内,我"怒发冲冠,凭栏处、袅袅又炊烟;抬望眼,仰天长啸,膘肥何激烈。一槽草料尘与土,三百余天吃与睡。只等闲,肥了猪大头,一刀切"……

　　在人类铺天盖地的元旦致辞中,惶恐不安的我终于按捺不住内心的小骚动,前脚搭在红砖砌就的猪圈围墙上,慢慢探出肥肥的猪脑子来,目送着2019的渐行渐远,腊月的光影之下,我不由得倒吸一口凉气,因为我看到了他们一边在霍霍地磨刀,一边小心翼翼地拭着刀刃的锋芒;尤其显眼的是村口谷场上架起的那口足以容得下任何庞大猪身的巨大的铁锅,那口铁锅下面堆积下的柴火正欢快地唱着年夜前奏曲,蓝格滢滢的小火苗正腾腾地烧着,那锅中的水正腾腾地冒着年的汗气……

　　呀,我终于发现了失踪一上午的那头大黑猪;对,就是和我最要好的黑毛猪,一头有草同吃,有窝同拱的铁"老黑"。昨天还和我在草料堆上谈养生,谈情怀,即使今天早上还和我一起靠着墙根蹭痒痒谈猪生,说理想……然而这会,却在五六个壮年小伙的生拉硬拽下,被扯向一个烧着开水的锅灶处,那锅中的水仿佛咕嘟咕嘟地念着"大悲咒"。奋力挣扎的黑毛大哥嘶吼着被按倒在一张殷红殷红的案板上,屠夫伸手在"老黑"脖子下有经验地比划一下,随机一把亮闪闪、明晃晃的刀子从他的粗脖子底下快速捅进,一股子热血喷薄而出。血,如箭镞般射出,飞溅到地上,犹如艺术家的剪纸,极为鲜艳地贴到了生它养它的大地上。黑毛,这条硬汉猪,虽说血快流干,但在生命的尽头,他还是表现出了作为一只猪的尊严,蹬腿嘶叫,大鸣大放,振聋发聩,响彻长空,整个村子的上空都滚动着它那悲怆激昂的音符。按着黑毛的每个人都在冒汗,都在喘气,都在震撼,包括那把带血的刀子在屠夫的手里一抖,掉落在地。

此时此刻,我却想吟诗一首:"百千年来碗里羹,冤深似海恨难平。欲知世上刀兵劫,但听屠门夜半声。"

一群男女老少兴奋地围观着,争论着,讨论着,膘的厚度、肉的斤数都成为他们打赌的对象!对了,最可恶的还有横放在不远处的一只大铁盆冷冷地瞅着我,正虚位以待要清洗"老黑"的肠子、肺子、肝子等五脏六腑!

妈的,即使被"老黑"引以为骄的小尾巴,也被流着哈喇子的人们盯着,据说猪尾巴能治小孩的口水病!

呜呼,老黑!谁说命运掌握在自己的手里?

哀哉,老黑!真正的猛猪,就应该直面惨淡的猪生。

村前村后零零星星的鞭炮声,不时地在提醒着我,猪年最后的日子终究不多了,好好珍惜吧!该吃吃,该喝喝,该睡睡,只争朝夕,不负韶华,管它明日蒸煮炒?争取在上红案板前也要落个肚儿圆……可是,一想到"猪肉、粉条、大白菜",还有我的"老黑",坚强的我还是不由得想哭!

作为"猪",总觉得自己就是人类所说的"丑且笨,愚且陋,馋且懒"的"三个代表"!一贯抬不起猪头的我,当吭哧吭哧地走到了公元2019年元月时,成为12属相主角的我,终于自信地站到了时代的风口,沉稳而笃定地向全世界发出了深情而又大气的猪年致辞——《猪年的告白》。在这份《告白》书中我曾上下五千年，纵横八万里，引经据典，为猪呐喊，旁征博引，为猪代言，大书特书，为猪正名……

然，岁月确实是把杀猪刀！从猪年告白的第一声宣言划过2019元旦的上空，到今天的腊月逼近，年味来袭，2020年的第一缕曙光初现；从一只充满幻想可爱的小猪、贪吃贪睡的半大猪，走向膘肥体壮的出栏猪。这一年，与青草谈恋爱，拥猪槽为常态；这一年，圈里闲庭散步，圈外云卷云舒；这一年，淡看非洲猪瘟，笑看猪价飞天；这一年，看惯了一头头亲人们的不断离去，听惯了他们被宰时一声声的惨叫！蓦然回首，那些如水的时光，那些流年的故事，那些青草的芳香都变成了无法忘怀的记忆。亲情友情爱情，都成了心底最柔软的部分……

然而，养猪百日，享猪一时。千百年来，"杀猪过年，过年杀猪"成为年的主题、年的灵魂、年的色彩。

故而，作为"猪"，我无怨无悔，食人间草料，献一身毛肉。可以说，猪血除尘、猪肺润肺、猪腰补肾、猪尾健腰、猪肚养胃、猪棕为刷、猪皮为衣、猪粪为肥。

吾尽猪一生：捧着一颗心来，不带半根草去……

人类预言家早就说过：过年的肥猪，早晚得杀！

如果能为火红的中国年增添一缕魂魄，即使上刀山，下火海，跳油锅，进蒸笼，又何惧之有？

壮哉，猪一只；快哉，一只猪！

慷慨歌街市，从容作红烧。

引刀成一块，不负这猪头。

我爱河东这片土地

我爱着河东
我更爱着这片
生长玉米高粱还有棉花大豆的土地
我爱这片土地
更爱着这片土地上被女娲抟土造出来的人们
我不知是躬耕历山的舜,还是斧凿龙门的禹?
是弯弓射日的后羿,还是追日竞走的夸父?
抑或是养蚕的嫘祖,还是教人稼穑的后稷?

甭管他是谁
我都要感谢我的母亲,感谢母亲怀胎十月
把我生长在这块"三皇五帝"曾经成长过的地方
依偎在条山父亲伟岸的脚下
撒娇在黄河母亲温暖的臂弯
有幸躺在中华民族的摇篮
把貌似难听的晋南方言
哭成一首"我爱河东"的童年歌谣

我爱我的河东
我爱饮黄土高坡上的一袭风沙

我爱喝天上下雨地下流一窨子的黄水汤
我爱攀爬在林立拱卫于乡村小路的白杨棵棵
我爱背着草筐打着猪草一口蒲剧的悠扬声声
我更爱咬一口母亲刚刚出锅酵子馍的口口醇香

我爱我的河东
我更爱巍巍条山跌宕起伏的苍茫
我更爱滔滔黄河孤帆远影的风光

我爱我的河东
我爱她辽阔原野上四处生长的麦香
我爱她凤凰谷深处布谷鸟不舍昼夜的歌唱

我爱我的河东
我更爱一场亘古不息的南风
把一场春秋往事
交给一池硝花进行五千年的绽放

我爱我的河东
更爱那座香火永续的庙宇
把武圣一生的忠义
交给一个民族一个世界去顶礼膜拜

我爱我的河东
更爱那鹳雀楼上的一袭青衫
抬脚一步便站在河东的最高处
随口一吟便登上了唐诗宋词的最顶端

我爱我的河东

更爱那蒲州女儿
风华绝代倾尽江山
眼波流转一个盛唐

我爱我的河东
更爱永乐墙上的一幅壁画
给世界一点颜色
千年过后不褪不减

我爱我的河东
更爱那河东先生
宗元文章千秋绝唱
《师说》《马说》源远流长

我爱我的河东
更爱那一本汉楷生辉的《资治通鉴》
把华夏几千年的沧桑从容打包
交给一个叫司马光的老乡去抒写去歌唱

我爱我的河东
更爱那普救寺一屋顶的月光
把一面反抗封建礼教的爱情旗帜
猎猎飘扬在莺莺塔顶的苍穹之上
让"有情人终成眷属"的祝愿在河东大地回响

我爱我的河东
我更爱她朴实的盘盘花
在乡村屋后的篱笆上颤巍巍地盛开
我爱她晨风雨露

在枯枝草尖上自由自在地跳荡
我爱她土地贫瘠仍结出了干瘪的谷穗
我爱我的乡亲们流着汗水却挺直着黑黝黝的脊梁。
我爱我的父亲忧郁脸庞上沟壑纵横的纹理
我爱我的母亲裸露胸脯上干瘪的乳房

我是河东这片土地
您的儿子啊
喊一声娘啊,我泪水盈眶
我爱你用一盏油灯给了我刺破黑暗的光芒
我爱你用一双千层底给了我风雨中前行的力量
我爱你身上每一段悲伤的历史
我爱这土地上平凡又卑微的人民
我爱黄河澎湃大写几字的峰回路转

我爱我的河东
因为这是一个大变革的古中国,
千帆竞发百舸争流号子声声
我爱我的河东
因为这是一个大激荡的新运城
鹰击长空鱼翔浅底雷声阵阵
在这蓝天下嘹亮的鸽哨中
让我拿什么来爱你呀
我的河东
我愿化作条山脚下的一块石头
托举起我那伟岸的故乡
时时关注
河东大地的裂变
我愿化作一朵小小的浪花

汇聚在黄河奔涌的大浪淘沙中
时时倾听
凤凰城这个时代涅槃的巨响